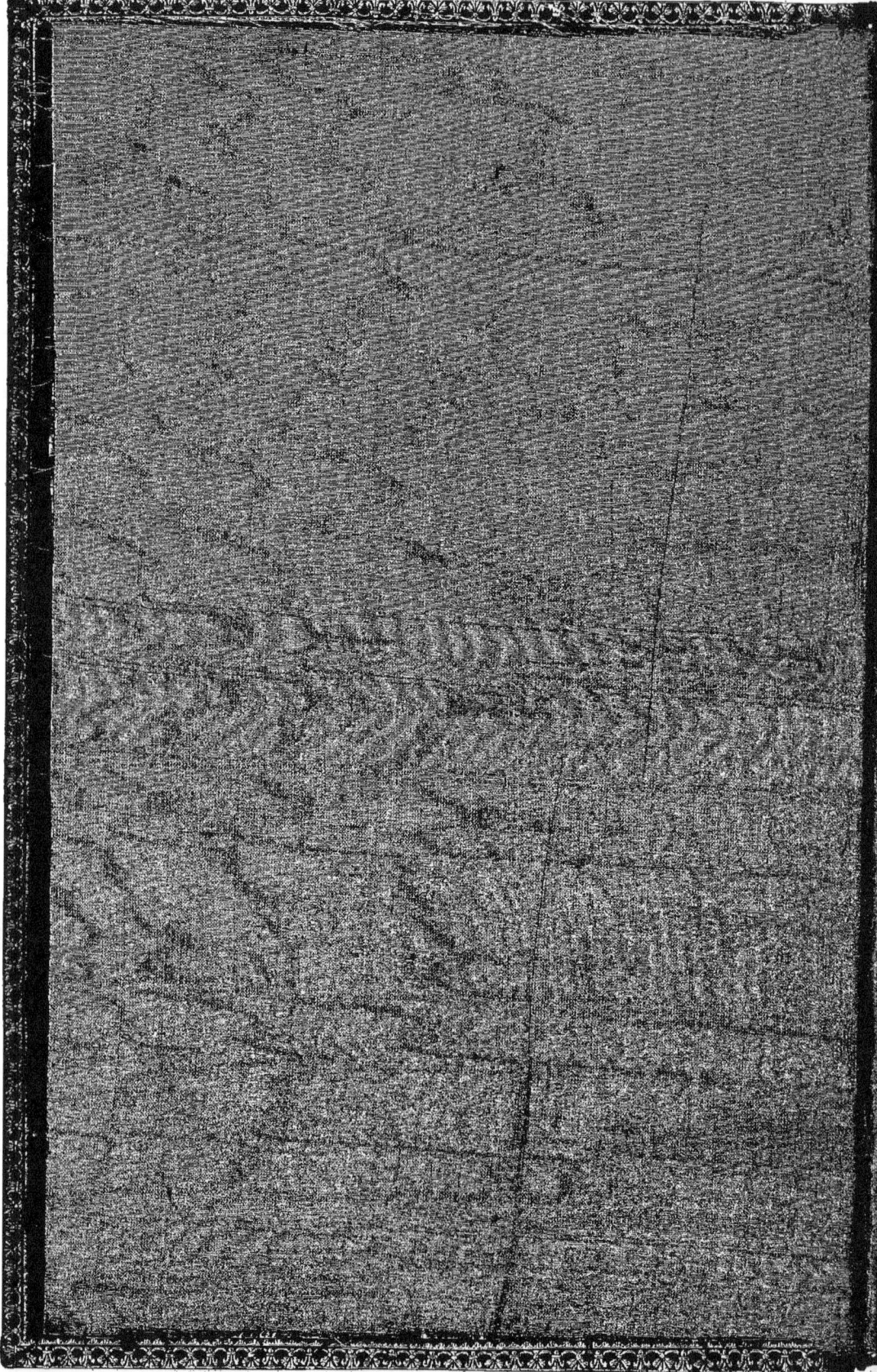

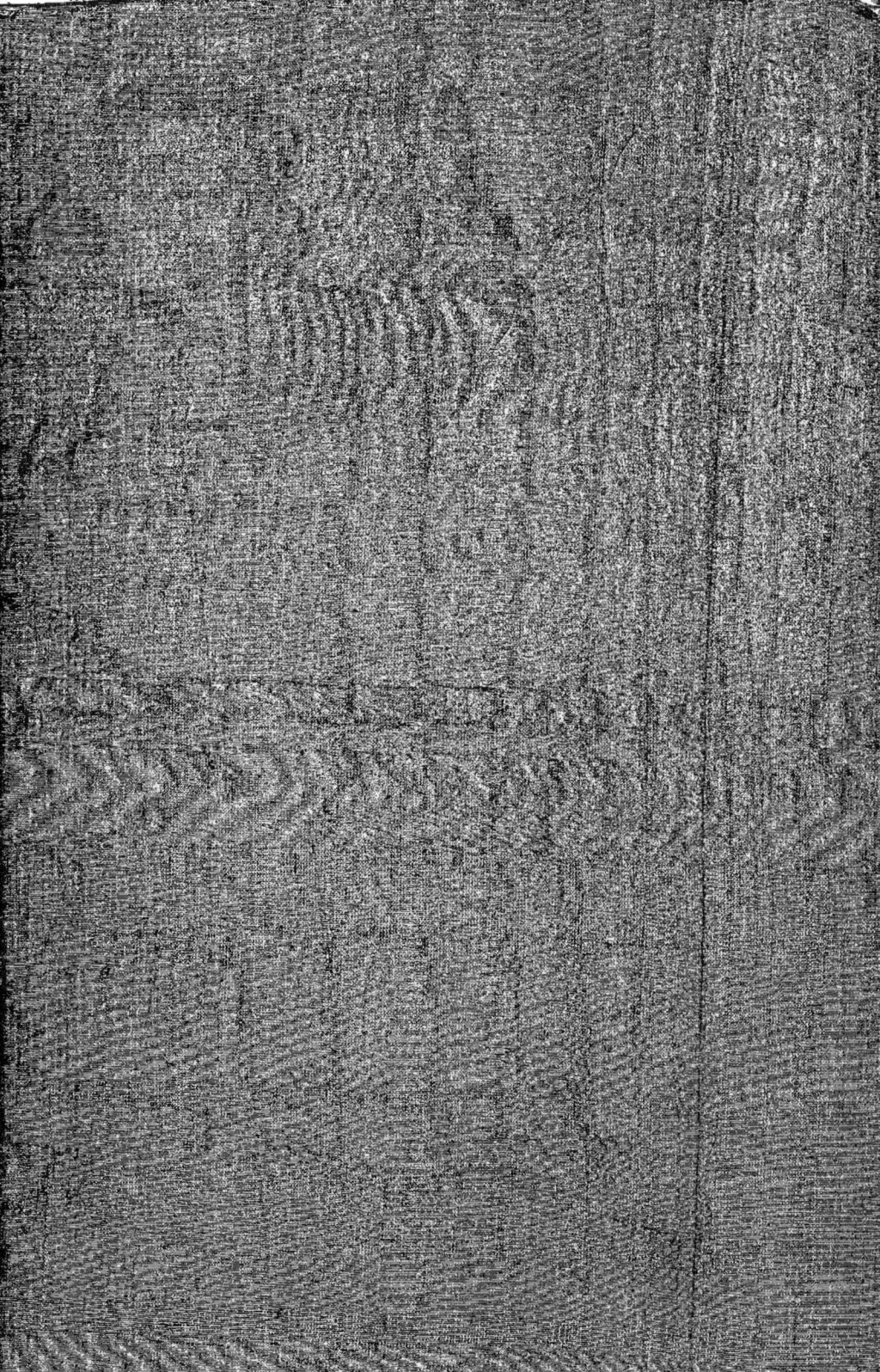

OEUVRES

COMPLETES

DE

VOLTAIRE.

OEUVRES

COMPLETES

DE

VOLTAIRE.

TOME VINGT-HUITIEME.

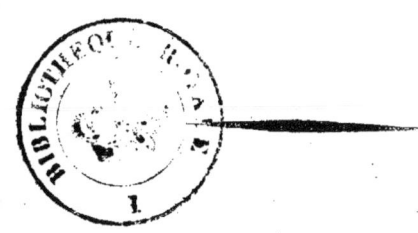

DE L'IMPRIMERIE DE LA SOCIÉTÉ LITTÉRAIRE-
TYPOGRAPHIQUE.

1 7 8 5.

MELANGES

HISTORIQUES.

FRAGMENS

SUR

L'HISTOIRE.

ARTICLE PREMIER.

Qu'il faut se défier de presque tous les monumens anciens.

IL y a plus de quarante ans que l'amour de la vérité, & le dégoût qu'inspirent tant d'historiens modernes, inspirèrent à une dame d'un grand nom, & d'un esprit supérieur à ce nom, l'envie d'étudier avec nous ce qui méritait le plus d'être observé dans le tableau général du monde ; tableau si souvent défiguré.

Cette dame, célèbre par ses connaissances singulières en mathématiques, ne pouvait souffrir les fables que le temps a consacrées, qu'il est aisé de répéter, qui gâtent l'esprit & qui l'énervent.

Elle était étonnée de ce nombre prodigieux de systèmes sur l'ancienne chronologie, différens entre eux d'environ mille années. Elle l'était encore davantage que l'histoire consistât en récits de batailles sans aucune connaissance de la tactique, excepté dans *Xénophon* & dans *Polybe*; qu'on parlât si souvent

A 2

de prodiges , & qu'on eût fi peu de lumières fur
l'hiftoire naturelle ; que chaque auteur regardât fa
fecte comme la feule vraie , & calomniât toutes les
autres. Elle voulait connaître le génie , les mœurs,
les lois , les préjugés , les cultes , les arts ; & elle
trouvait qu'en l'année de la création du monde
trois mille deux cents , ou trois mille neuf cents , il
n'importe, un roi inconnu avait défait un roi plus
inconnu encore , près d'une ville dont la fituation
était entièrement ignorée.

Plufieurs favans recherchaient en quel temps
Europe fut enlevée en Phénicie par *Jupiter ;* & ils
trouvaient que c'était jufte treize cents ans avant
notre ère vulgaire. D'autres réfutaient cinquante-neuf
opinions fur le jour de la naiffance de *Romulus* , fils
du dieu *Mars* & de la veftale *Rhéa-Sylvia.* Ils établiffaient un foixantième fyftème de chronologie. Nous
en fîmes un foixante & unième ; c'était de rire de
tous les contes fur lefquels on difputait férieufement
depuis tant de fiècles.

En vain nous trouvions par toutes les médailles
des veftiges d'anciennes fêtes célébrées en l'honneur
des fables ; des temples érigés en leur mémoire ;
elles n'en étaient pas moins fables. La fête des
lupercales attefta le 15 février, pendant neuf cents
ans , non-feulement le prodige de la naiffance de
Romulus & de *Rémus* , mais encore l'aventure de
Faunus , qui prit *Hercule* pour *Omphale* dont il était
amoureux. Mille évènemens étaient ainfi confacrés
en Europe & en Afie. Les amateurs du merveilleux
difaient : Il faut bien que ces faits foient vrais ,
puifque tant de monumens en font la preuve. Et

nous difions : il faut bien qu'ils foient faux, puifque le vulgaire les a crus. Une fable a quelque cours dans une génération; elle s'établit dans la feconde; elle devient refpeétable dans la troifième; la quatrième lui élève des temples. Il n'y avait pas dans toute l'antiquité profane un feul temple, une feule fête, un feul collége de prêtre, un feul ufage, qui ne fût fondé fur une fottife. Tel fut le genre-humain ; & c'eft fous ce point de vue que nous l'envifageâmes.

Quelle pouvait être l'origine du conte d'*Hérodote*, que le foleil, en onze cents années, s'était couché deux fois à l'Orient ? où *Licophron* avait-il pris qu'*Hercule*, embarqué fur le détroit de Calpé dans fon gobelet, fut avalé par une baleine ; qu'il refta trois jours & trois nuits dans le ventre de ce poiffon ; & qu'il fit une belle ode dès qu'il fut fur le rivage ?

Nous ne trouvons d'autre raifon de tous ces contes que dans la faibleffe de l'efprit humain, dans le goût du merveilleux, dans le penchant à l'imitation, dans l'envie de furpaffer fes voifins. Un roi égyptien fe fait enfevelir dans une petite pyramide de douze à quinze pieds ; un autre veut être placé dans une pyramide de cent ; un troifième va jufqu'à cinq ou fix cents. Un de tes rois eft allé dans les pays orientaux par mer ; un des miens eft allé dans le foleil, & a éclairé le monde pendant un jour. Tu bâtis un temple à un bœuf ; je vais en bâtir un pour un crocodile. Il y a eu dans ton pays des géans qui étaient les enfans des génies & des fées : nous en aurons qui efcaladeront le ciel & qui fe battront à coups de montagnes.

Il était bien plus aifé, & même plus profitable d'imaginer & de copier tous ces contes que d'étudier les mathématiques. Car, avec des fables, on gouvernait les hommes ; & les fages furent prefque toujours méprifés & écrafés par les puiffans. On payait un aftrologue, & on négligeait un géomètre. Cependant il y eut par-tout quelques fages qui firent des chofes utiles ; & c'était-là ce que la perfonne illuftre, dont nous parlons, voulait connaître.

L'hiftoire univerfelle anglaife, plus volumineufe que le difcours de l'éloquent *Boffuet* n'eft court & refferré, n'avait point encore paru. Les favans, qui travaillèrent depuis avec un juif & deux presbytériens à ce grand ouvrage, eurent un but tout différent du nôtre. Ils voulaient prouver que la partie du mont Ararat, fur laquelle l'arche de *Noé* s'arrêta, était à l'orient de la plaine de Sénaar, ou Shinaar, ou Seniar ; que la tour de Babel n'avait point été bâtie à mauvaife intention ; qu'elle n'avait qu'une lieue & un quart de hauteur, & non pas cent trente lieues, comme des exagérateurs l'avaient dit ; que *la confufion des langues à Babel produifit dans le monde les effets les plus heureux & les plus admirables :* ce font leurs propres paroles. Ils examinaient avec attention lequel avait le mieux calculé, ou du favant *Pétau*, qui comptait fix cents vingt-trois milliars fix cents douze millions d'hommes fur la terre, environ trois fiècles après le déluge de *Noé ;* ou du favant *Cumberland*, qui n'en comptait que trois milliars trois cents trente-trois mille. Ils recherchaient fi *Ufaphed* roi d'Égypte, était fils ou neveu du roi *Véneph*. Ils ne favaient pourquoi *Cayomarat*, ou *Cayoumaras* ayant été le premier roi de

Perfe , cependant fon petit-fils *Siamek* paffa pour être l'*Adam* des Hébreux, inconnu à tous les autres peuples.

Pour nous , notre feule intention était d'étudier les arts & les mœurs.

Comme l'hiftoire du refpe&able *Boffuet* finiffait à *Charlemagne*, Mme du *Châtelet* nous pria de nous inftruire en général avec elle de ce qu'était alors le refte du monde , & de ce qu'il a été jufqu'à nos jours. Ce n'était pas une chronologie qu'elle voulait; un fimple almanach antique des naiffances , des mariages, & des morts de rois, dont les noms font à peine parvenus jufqu'à nous , & encore tout falfifiés. C'était l'efprit des hommes qu'elle voulait contempler.

Nous commençâmes nos recherches par l'Orient, dont tous les arts nous font venus avec le temps. Il n'eft aucune hiftoire qui commence autrement. Ni le prétendu *Hermès*, ni *Manéthon* , ni *Bérofe* , ni *Sanchoniathon*, ni les Shafta, ni les Veidam indiens, ni *Zoroaftre* , ni les premiers auteurs chinois , ne portèrent ailleurs leurs premiers regards; & l'auteur, infpiré du Pentateuque , ne parla point de nos peuples occidentaux.

ARTICLE II.

De la Chine.

IL ne nous fallut ni de profondes recherches, ni
un grand effort pour avouer que les Chinois, ainsi que
les Indiens , ont précédé dès long-temps l'Europe
dans la connaissance de tous les arts nécessaires.
Nous ne sommes point enthousiastes des lieux éloignés
& des temps antiques; nous savons bien que l'Orient
entier, loin d'être aujourd'hui notre rival en mathématiques & dans les beaux arts, n'est pas digne d'être
notre écolier; mais s'ils n'ont pas décoré, comme
nous , le grand édifice des arts , ils l'ont construit.
Nous crûmes, sur la foi des voyageurs & des missionnaires de toute espèce, tous d'accord ensemble , que
les Chinois inventèrent l'imprimerie environ deux
mille ans avant qu'on l'imitât dans la basse Allemagne; car on y grava d'abord les planches en bois ,
comme à la Chine , & ce ne fut qu'après ce tâton-
nement de l'art qu'on parvint à l'admirable invention
des caractères mobiles. Nous dîmes que les Chinois
n'ont jamais pu imiter, à leur tour , l'imprimerie
d'Europe. M. *Warburton*, qui ne hait pas à tomber
sur les Français , crut que nous proposions aux
Chinois de fondre des caractères de leurs quatre-
vingt - dix mille mots symboliques. Non ; mais
nous désirâmes que les Chinois adoptassent enfin
l'alphabet des autres nations , sans quoi il ne sera

guère poffible qu'ils faffent de grands progrès dans des fciences qu'ils ont inventées.

Toutefois leur méthode de graver fur planche nous paraît avoir de grands avantages fur la nôtre. Premièrement, le graveur qui imprime n'a pas befoin d'un fondeur. Secondement, le livre n'eft pas fujet à périr, la planche refte. Troifièmement, les fautes fe corrigent aifément après l'impreffion. Quatrièmement, le graveur n'imprime qu'autant d'exemplaires qu'on lui en demande ; & par-là on épargne cette énorme quantité d'imprimés, qui chez nous fe vendent au poids pour fervir d'enveloppes aux ballots.

Il paraît inconteftable qu'ils ont connu le verre avant nous. L'auteur des *Recherches philofophiques fur les Egyptiens & fur les Chinois*, vrai favant, puifqu'il penfe ; & qui ne paraît pas trop prévenu en faveur des modernes, dit que les Chinois n'ont encore que des fenêtres de papier. Nous en avons auffi beaucoup, & furtout dans nos provinces méridionales ; mais des officiers très-dignes de foi nous ont affuré qu'ils avaient été invités à dîner auprès de Kanton, dans des maifons dont les fenêtres étaient figurées en arbres chargés de feuilles & de fruits, qui portaient entre leurs branches de beaux deffins d'un verre très-tranfparent.

Il n'y a pas foixante ans que notre Europe a imité la porcelaine de la Chine : nous la furpaffons à force de foins ; mais ces foins mêmes la rendent très-chère, & d'un ufage peu commun. Le grand fecret des arts eft que toutes les conditions puiffent en jouir aifément.

M. *Paw*, auteur des *Réflexions philofophiques*, ne fait pas des réflexions indulgentes. Il reproche aux Chinois leurs tours verniffées à neuf étages, fculptées, & ornées de clochettes. Quel eft l'homme pourtant qui ne voudrait pas en avoir une au bout de fon jardin, pourvu qu'elle ne lui cachât pas la vue? le grand-prêtre juif avait des cloches au bas de fa robe; nous en mettons au cou de nos vaches & de nos mulets. Peut-être qu'un carillon aux étages d'une tour ferait affez plaifant.

Il condamne les ponts qui font fi élevés, que les mâts de tous les bateaux paffent facilement fous les arcades; & il oublie que fur les canaux d'Amfterdam & de Roterdam, on voit cent ponts-levis qu'il faut lever & baiffer plufieurs fois jour & nuit.

Il méprife les Chinois, parce qu'ils aiment mieux conftruire leurs maifons en étendue qu'en hauteur. Mais du moins il faudrait avouer qu'ils avaient des maifons vernies, plufieurs fiècles avant que nous euffions des cabanes où nous logions avec notre bétail, comme on fait encore en Veftphalie. Au refte, chacun fuit fon goût. Si on aime mieux loger à un feptième étage, *ubi ponunt ova columbæ*, qu'au rez-de-chauffée; fi l'on préfère le danger du feu & l'impoffibilité de l'éteindre, quand il prend au faîte d'un logis, à la facilité de s'en fauver, quand la maifon n'a qu'un étage; fi les embarras, les incommodités, la puanteur, qui réfultent de fept étages établis les uns fur les autres, font plus agréables que tous les avantages attachés aux maifons baffes; nous ne nous y oppofons pas. Nous ne jugeons point du mérite d'un peuple par la façon dont il eft logé; nous ne décidons point entre Verfailles & la grande maifon de l'empereur chinois , dont frère *Attiret* nous a fait depuis peu la defcription.

Nous voulons bien croire qu'il y eut autrefois en Egypte un roi appelé d'un nom qui a quelque rapport à celui de *Séfoftris* , lequel n'eft pas plus un mot égyptien que celui de *Charles* & de *Fréderic*. Nous ne difputerons point fur une prétendue muraille de trente lieues, que ce prétendu *Séfoftris* fit élever pour empêcher les voleurs arabes de venir piller fon pays. S'il conftruifit ce mur, pour n'être point volé , c'eft une grande préfomption qu'il n'alla pas lui-même voler les autres nations, & conquérir la moitié du monde pour fon plaifir , fans fe foucier de la gouverner, comme nous l'affure M. *Larcher* , répétiteur au collége Mazarin.

Nous ne croyons pas un mot de ce qu'on nous dit d'une muraille bâtie par les Juifs, commençant au port de Joppé , qui ne leur appartenait point , jufqu'à une ville inconnue, nommée Carpafabé, tout le long de la mer , pour empêcher un roi *Antiochus* de s'avancer contre eux par terre. Nous laiffons là tous ces retranchemens , toutes ces lignes qui ont été d'ufage chez tous les peuples : mais il faut convenir que la grande muraille de la Chine eft un des monumens qui font le plus d'honneur à l'efprit humain. Il fut entrepris trois cents ans avant notre ère : la vanité ne le conftruifit pas , comme elle bâtit les pyramides. Les Chinois n'imitèrent point les Huns, qui élevèrent des paliffades de pieux & de terre , pour s'y retirer après avoir pillé leurs voifins. L'efprit de paix feul imagina la grande muraille. Il eſt certain que la Chine, gouvernée par les lois, ne voulut qu'arrêter les Tartares, qui ne connaiſſaient que le brigandage. C'eſt encore une preuve que la Chine n'avait point été peuplée par des tartares, comme on l'a prétendu. Les mœurs, la langue, les uſages, la religion, le gouvernement, étaient trop oppoſés. La grande muraille fut admirable & inutile : le courage & la diſcipline militaire euſſent été des remparts plus aſſurés.

M. *Paw* a beau regarder avec des yeux de mépris tous les ouvrages de la Chine, il n'empêchera pas que le grand canal, fait de main d'homme, dans la longueur de cent ſoixante de nos grandes lieues, & les autres canaux qui traverſent ce vaſte empire, ne ſoient un exemple qu'aucune nation n'a pu encore imiter : les Romains mêmes ne tentèrent jamais une telle entrepriſe.

ARTICLE III.

De la population de la Chine & des mœurs.

VOILA donc deux travaux immenſes qui n'ont pour but que l'utilité publique ; la grande muraille qui devait défendre l'empire chinois, & les canaux qui favoriſent ſon commerce. Joignons-y un avantage encore plus grand, celui de la population, qui ne peut être que le fruit de l'aiſance & de la ſureté de chaque citoyen, dans ſa petite poſſeſſion en temps de paix ; les mendians ne ſe marient en aucun lieu du monde. La polygamie ne peut être regardée comme contraire à la population ; puifque, par le fait, les Indes, la Chine, le Japon, où la polygamie fut toujours reçue, font les pays les plus peuplés de l'univers. S'il eft permis de citer ici nos livres facrés, nous dirons que DIEU même, en permettant aux Juifs la pluralité des femmes, leur promit *que leur race ferait multipliée comme les fables de la mer.*

On allègue que la nature fait naître à-peu-près autant de femelles que de mâles, & que par conféquent fi un homme prend quatre femmes, il y a trois hommes qui en manquent. Mais il eft avéré aujourd'hui que dans l'Europe, s'il naît un dix-feptième de plus d'hommes que de femmes, il en meurt auffi beaucoup plus avant l'âge de trente ans, par la guerre ; par la multitude des profeffions pénibles, plus meurtrières encore que la guerre ; & par les débauches non moins funeftes. Il en eft probablement de même en Afie. Tout Etat, au bout de trente ans, aura donc moins de mâles que de femelles. Comptez encore les eunuques & les bonzes, il reftera peu d'hommes. Enfin, obfervez qu'il n'y a que les premiers d'un Etat, prefque toujours très-opulens, qui puiffent entretenir plufieurs femmes, & vous verrez que la polygamie peut être non-feulement utile à un empire, mais néceffaire aux grands de cet empire.

Confidérez furtout que l'adultère eft très-rare dans l'Orient ; & que dans les harem, gardés par des eunuques, il eft impoffible. Voyez au contraire comme l'adultée marche la tête levée dans notre Europe ; quel honneur chacun fe fait de corrompre

la femme d'autrui ! quelle gloire fe font les femmes
d'être corrompues ! que d'enfans n'appartiennent
pas à leurs pères ! combien les races les plus nobles
font mêlées & dégénérées ! Jugez après cela lequel
vaut le mieux, ou d'une polygamie permife par les
lois, ou d'une corruption générale autorifée par les
mœurs.

Si dans la Chine plufieurs femmes de la lie du
peuple expofent leurs enfans, dans la crainte de ne
pouvoir les nourrir, c'eft peut-être encore une preuve
en faveur de la polygamie : car fi ces femmes avaient
été belles, fi elles avaient pu entrer dans quelque
férail, leurs enfans auraient été élevés avec des foins
paternels.

Nous fommes loin d'infinuer qu'on doive établir
la polygamie dans notre Europe chrétienne. Le pape
Grégoire II, dans fa décrétale adreffée à *St Boniface*,
permit qu'un mari prît une feconde femme quand
la fienne était infirme. *Luther* & *Mélanélon* permirent
au landgrave de Heffe deux femmes, parce qu'il avait
au nombre de trois ce qui chez les autres fe borne à
deux. Le chancelier d'Angleterre *Cowper*, qui était
dans le cas ordinaire, époufa cependant deux femmes,
fans demander permiffion à perfonne ; & ces deux
femmes vécurent enfemble dans l'union la plus édifiante : mais ces exemples font rares.

Quant aux autres lois de la Chine, nous avons
toujours penfé qu'elles étaient imparfaites, puifqu'elles font l'ouvrage des hommes qui les exécutent.
Mais qu'on nous montre un autre pays où les
bonnes actions foient récompenfées par la loi, où le
laboureur le plus vertueux & le plus diligent foit

élevé à la dignité de mandarin fans abandonner fa charrue : par-tout on punit le crime ; il eſt plus beau fans doute d'encourager à la vertu.

A l'égard du caractère général des nations, la nature l'a formé. Le fang des Chinois & des Indiens eſt peut-être moins âcre que le nôtre, leurs mœurs plus tranquilles. Le bœuf eſt plus lent que le cheval ; & la laïtue diffère de l'abſinthe.

Le fait eſt qu'à notre Orient & à notre Occident la nature a de tout temps placé des multitudes d'êtres de notre eſpèce, que nous ne connaiſſons que d'hier. Nous fommes fur ce globe comme des inſectes dans un jardin : ceux qui vivent fur un chêne rencontrent rarement ceux qui paſſent leur courte vie fur un orme.

Rendons juſtice à ceux que notre induſtrie & notre avarice ont été chercher par-delà le Gange ; ils ne font jamais venus dans notre Europe pour gagner quelque argent ; ils n'ont jamais eu la moindre penſée de fubjuguer notre entendement ; & nous avons paſſé des mers inconnues pour nous rendre maîtres de leurs tréfors, fous prétexte de leur rendre le fervice de gouverner leurs ames.

Quand les *Albuquerques* vinrent ravager les côtes de Malabar, ils menaient avec eux des marchands, des miſſionnaires, & des foldats. Les miſſionnaires baptiſaient les enfans que les foldats égorgeaient ; les marchands partageaient le gain avec les capitaines ; le miniſtère portugais les rançonnait tous ; & des auteurs moines, traduits enſuite par d'autres moines, tranſmettaient à la poſtérité tous les miracles que

fit la Ste Vierge dans l'Inde pour enrichir des marchands portugais.

Les Européans entraient alors dans deux mondes
nouveaux ; celui de l'Occident a été prefque tout
entier noyé dans fon fang. Si des fanatiques d'Europe
ne font pas venus à bout d'exterminer l'Orient, c'eft
qu'ils n'en ont pas eu la force ; car le défir ne leur
a pas manqué ; & ce qu'ils ont fait au Japon ne l'a
prouvé que trop à leur honte éternelle.

Ce n'eft pas ici le lieu de retracer aux yeux
épouvantés des lecteurs judicieux ces portraits que
nous avons déjà expofés, de la fubverfion de tant
d'Etats facrifiés aux fureurs de l'avarice, & de la
fuperftition, plus cruelle encore que la foif des
richeffes. Contenons - nous dans les bornes des
recherches hiftoriques.

A R T I C L E   I V.

Si les Egyptiens ont peuplé la Chine, & fi les Chinois
ont mangé des hommes.

Nous avons toujours foupçonné que les grands
peuples des deux continens ont été *autoctones*, indi-
gènes ; c'eft-à-dire originaires des contrées qu'ils
habitent, comme leurs quadrupèdes, leurs finges,
leurs oifeaux, leurs reptiles, leurs poiffons, leurs
arbres, & toutes leurs plantes.

Les rangifères de la Laponie, & les girafes d'Afrique
ne defcendent point des cerfs d'Allemagne & des

chevaux

chevaux de Perfe. Les palmiers d'Afie ne viennent
point des poiriers d'Europe. Nous avons cru que les
Nègres n'avaient point des Irlandais pour ancêtres.
Cette vérité eft fi démontrée aux yeux, qu'elle nous a
paru démontrée à l'efprit ; non que nous ofions avec
S*t* *Thomas* (a) dire que l'être fuprême, agiffant de
toute éternité, ait produit de toute éternité ces races
d'animaux qui n'ont jamais changé parmi les bouleverfemens d'une terre qui change toujours. Il ne
nous appartient pas de nous perdre dans ces profon-
deurs ; mais nous avons penfé que ce qui eft a du
moins été long-temps. Il nous a paru, par exemple,
que les Chinois ne defcendent pas plus d'une colonie
d'Egypte que d'une colonie de Baffe-Bretagne. Ceux
qui ont prétendu que les Egyptiens avaient peuplé
la Chine, ont exercé leur efprit & celui des autres.
Nous avons applaudi à leur érudition & à leurs
efforts ; mais ni la figure des Chinois, ni leurs mœurs,
ni leur langage, ni leur écriture, ni leurs ufages, n'ont
rien de l'antique Egypte. Ils ne connurent jamais la
circoncifion : aucune des divinités égyptiennes ne
parvint jufqu'à eux : ils ignoraient toujours les myftères d'*Ifis*.

M. *Paw*, auteur des *Réflexions philofophiques*, a
traité d'abfurde ce fyftème, qui fait des Chinois une
colonie égyptienne, & il fe fonde fur les raifons les
plus fortes. Nous ne fommes pas affez favans pour
nous fervir du mot *abfurde;* nous perfiftons feulement
dans notre opinion, que la Chine ne doit rien à
l'Egypte. Le père *Parennin* l'a démontré à M. de

(a) *Summa catholicæ fidei*, liv. II, chap. XXXII.

Mairan. Quelle étrange idée dans deux ou trois têtes de français qui n'étaient jamais sortis de leur pays, de prétendre que l'Egypte s'était transportée à la Chine, quand aucun Chinois, aucun Egyptien n'a jamais avancé une telle fable !

D'autres ont prétendu que ces Chinois si doux, si tranquilles, si aisés à subjuguer & à gouverner, ont dans les anciens temps sacrifié des hommes à je ne sais quel dieu, & qu'ils en ont mangé quelquefois. Il est digne de notre esprit de contradiction de dire que les Chinois immolaient des hommes à DIEU, & qu'ils ne reconnaissaient pas de Dieu. Pour le reproche de s'être nourris de chair humaine, voici ce que le père *Parennin* avoue à M. de *Mairan.* (*b*)

,, Enfin si l'on ne distingue pas les temps de cala-
,, mités des temps ordinaires, on pourra dire de
,, presque toutes les nations, & de celles qui sont les
,, mieux policées, ce que des Arabes ont dit des
,, Chinois ; car on ne nie pas ici que des hommes
,, réduits à la dernière extrémité n'aient quelquefois
,, mangé de la chair humaine ; mais on ne parle
,, aujourd'hui qu'avec horreur de ces malheureux
,, temps, auxquels, disent les Chinois, le ciel irrité
,, contre la malice des hommes, les punissait par le
,, fléau de la famine, qui les portait aux plus grands
,, excès.

,, Je n'ai pas trouvé néanmoins que ces horreurs
,, soient arrivées sous la dynastie des *Tang*, qui est
,, le temps auquel ces Arabes assurent qu'ils sont

(*b*) Dans sa lettre datée de Pékin du 11 août 1730, pag. 163, tom. XXI des *Lettres édifiantes*, édition de Paris 1734.

,, venus à la Chine, mais à la fin de la dynaſtie des
,, *Han*, au ſecond ſiècle après JESUS-CHRIST. ,,

Ces Arabes dont parlent MM. de *Mairan* & *Parennin*,
ſont les mêmes que nous avons déjà cités ailleurs.
Ils voyagèrent, comme nous l'avons dit, à la Chine
au milieu du neuvième ſiècle, quatre cents ans avant
ce fameux vénitien *Marco Paolo*, qu'on ne voulut pas
croire lorſqu'il diſait qu'il avait vu un grand peuple
plus policé que les nôtres, des villes plus vaſtes, des
lois meilleures en pluſieurs points. Les deux arabes
y étaient abordés dans un temps malheureux, après
des guerres civiles & des invaſions de barbares, au
milieu d'une famine affreuſe. On leur dit, par inter-
prètes, que la calamité publique avait été au point
que pluſieurs perſonnes s'étaient nourries de cadavres
humains. Ils firent comme preſque tous les voyageurs, ils mêlèrent un peu de vérité à beaucoup de
menſonges.

Le nombre des peuples que ces deux arabes nom-
ment anthropophages, eſt étonnant: ce ſont d'abord
les habitans d'une petite île auprès de Ceilan, peuplée
de noirs. Plus loin ſont d'autres îles qu'ils appellent
Rammi & Angaman, où les peuples dévoraient les
voyageurs qui tombaient entre leurs mains. Ce qu'il
y a de triſte, c'eſt que *Marco Paolo* dit la même choſe,
& que l'archevêque *Navarette* l'a confirmée au dix-ſep-
tième ſiècle, *à los Europeos que cogenes conſlante que vivos
ſe los van comiendo.*

Texera dit que les Javans avaient encore cette
abominable coutume au commencement du ſeizième
ſiècle, & que le mahométiſme a eu de la peine à l'abolir.

Quelques hordes de cafres & d'africains ont été accufés de cette horreur.

Si on ne nous a point trompés fur la Chine, fi dans un de ces temps défaftreux où la faim ne refpecte rien, quelques chinois fe livrèrent à une action de défefpoir qui foulève la nature, fouvenons-nous toujours qu'en Hollande la canaille de la Haie mangea de nos jours le cœur du refpectable de *Wit*, & que la canaille de Paris mangea le cœur du maréchal d'*Ancre*. Mais fouvenons-nous auffi que ceux qui percèrent ces cœurs furent cent fois plus coupables que ceux qui les mangèrent. Songeons à nos matines de Paris, à nos vêpres de Sicile, en pleine paix; aux maffacres d'Irlande, pendant lefquels les Irlandais catholiques fefaient de la chandelle avec la graiffe des Anglais proteftans. Songeons aux maffacres des vallées du Piémont, à ceux du Languedoc & des Cévènes, à ceux de tant de millions d'Américains par des Efpagnols qui récitaient leur rofaire, & qui établiffaient des boucheries publiques de chair humaine. Détournons les yeux, & paffons vîte.

ARTICLE V.

Des anciens établiffemens & des anciennes erreurs avant le fiècle de Charlemagne.

Avant de venir au mémorable fiècle de *Charlemagne,* il fallut voir quelles révolutions avaient amené ce fiècle dans notre Occident, & comment les deux religions chrétienne & mufulmane s'étaient partagé le monde depuis le golfe de Perfe jufqu'à la mer Atlantique. C'était un grand fpectacle, mais une pénible recherche : il fallut preffer cent quintaux de menfonges pour en extraire une once de vérités. La foule des auteurs qui n'ont écrit que pour nous tromper eft effrayante. Qu'on en juge feulement par cinquante évangiles apocryphes, écrits dès le premier fiècle, & fuivis fans interruption de fables abfurdes, jufqu'aux fauffes décrétales forgées au fiècle de *Charlemagne,* & jufqu'à la donation de *Conftantin,* & cette donation de *Conftantin* fuivie de la légende dorée, & cette légende dorée renforcée par la fleur des faints, & cette fleur des faints perfectionnée par le pédagogue chrétien; le tout couronné par des miracles de l'abbé *Pâris* dans le faubourg Saint-Médard, au dix-huitième fiècle.

Nous ofâmes d'abord douter de ces donations immenfes faites aux évêques de Rome par *Charlemagne* & par fon fils, & furtout des donations de pays que *Charles* & *Louis le faible* ne poffédaient pas : mais nous ne prétendîmes point mettre en doute le droit que

B 3

les papes ont acquis par le temps fur le pays qu'ils poffèdent. Ils en font fouverains, comme les évêques d'Allemagne font fouverains dans leurs diocèfes. Leurs droits ne font pas à la vérité écrits dans l'évangile. Une religion formée par des pauvres, & qui anathématife la richeffe & l'efprit de domination, n'a pas ordonné à fes prêtres de monter fur des trônes & d'armer leurs mains du glaive ; mais rien n'exifte aujourd'hui de ce qu'était l'Eglife dans fon origine ; le temps a tout changé, & changera tout encore ; il a établi dans notre occident les fouverainetés des barbares vomis de la Scythie, & changé les chaires d'inftruction en trônes.

Nous avons refpecté ces dominations nouvelles dans notre hiftoire, & nous avons même remarqué combien notre antique barbarie les avait rendues néceffaires. Quelques jéfuites, & furtout je ne fais quel *Nonotte*, écrivirent alors contre nous avec plus d'amertume que de fcience. Ils nous accufèrent d'avoir été peu refpectueux envers *St Pierre* & *St Charlemagne*. Ils ne fe doutaient pas alors que les fucceffeurs de *Charlemagne* & de *Pierre* aboliraient l'ordre des jéfuites, & que les généraux cafferaient leurs foldats mal payés. Quoique nous euffions parlé de l'établiffement du chriftianifme avec le plus profond refpect, on nous accufa cependant d'en avoir un peu manqué.

On voulut nous écrafer fous foixante volumes de pères de l'Eglife, pour nous prouver que *St Pierre* avait été à Rome, fans que *St Luc* & *St Paul* en euffent jamais parlé ; qu'il avait été *fur le trône épifcopal de Rome*, quoiqu'affurément il n'y eût point de trône épifcopal en ce temps-là, ni même d'évêques d'aucun

diocèfe. La principale démonftration du voyage de
St Pierre à Rome fe tirait d'une lettre qu'il avait écrite
& datée de Babylone : or Babylone fignifiait évidem-
ment Rome , comme Falaife fignifie Perpignan. Les
autres preuves étaient fondées fur certains contes d'un
Abdias , d'un *Marcel* , & d'un *Egéfippe* , qui n'étaient
dignes affurément d'être ni pères ni fils de l'Eglife.

Ces fefeurs de mille & une nuits nous contaient
donc que *Simon Pierre* , étant venu à Rome, (quoique fa miffion fût pour les circoncis) y rencontra le
magicien *Simon* , qui fe changeait tantôt en brebis &
tantôt en chèvre. Ce *Simon* d'abord lui envoya faire
un compliment par un de fes chiens , auquel *Simon
Pierre* répondit fort poliment. Ils fe brouillèrent
enfuite par un coufin de l'empéreur *Néron* qui était
mort. *Simon*, qu'on appelait vertu de D I E U , défia
St Pierre à qui reffufciterait le mort. *Simon* le fit remuer ;
mais *Pierre* le fit marcher , & gagna la gageure.
Enfuite ils fe défièrent au vol , en préfence de l'empereur. *Simon* vola dans les airs mieux que *Dédale ;*
mais *Pierre* pria le Seigneur fi ardemment de faire
tomber *Simon* vertu-dieu , comme *Icare* , qu'il tomba
& fe caffa les jambes. *Néron* , indigné de voir fon forcier
eftropié , fit crucifier *Pierre* les pieds en haut , & couper
la tête à *Paul* , &c...&c...Cela arriva la dernière année
de *Néron*. *Pierre* avait gouverné l'Eglife vingt-cinq ans
fous cet empereur , qui n'en régna que treize.

Ce livre d'*Abdias* , écrit en fyriaque , fut traduit en
grec par fon difciple nommé *Eutrope* , & nous l'avons
en latin de la traduction de *Jules africain* , homme
favant du troifième fiècle , & prefque un père de
l'Eglife par fes autres écrits.

B 4

Quoi qu'il en foit, que *St Pierre* eût fait ou non le voyage de Rome, cela était abfolument indifférent pour le gouvernement de l'Eglife. Ce gouvernement fut modelé du temps de *Conftantin* fur l'adminiftration politique de l'empire. Les principaux fiéges, Rome, Conftantinople, Alexandrie, devaient avoir l'autorité principale. Et de même que les rois d'Efpagne régnèrent en ce pays, foit que *Tubal* ou *Hercule* l'eût peuplé; de même que la race des Francs poffeda les Gaules, foit qu'elle defcendît de *Brancus* fils d'*Hector*, foit qu'elle eût une autre origine; ainfi les papes dominèrent bientôt dans la ville impériale, du confentement même des Romains, fans fe mettre en peine fi la première églife de cette capitale avait été dédiée à *St Jean de Latran*, ou à *St Pierre* hors des murs. Ainfi les patriarches des grandes villes de Conftantinople & d'Alexandrie eurent plus d'honneurs, de richeffes & d'autorité que des évêques de village. Les hommes d'Etat n'établiffent guère leurs droits fur des difcuffions théologiques : ils vont au folide, & ils laiffent leurs écrivains s'épuifer en citations & en argumens.

ARTICLE VI.

Fauſſes donations. Faux martyrs. Faux miracles.

LA vérité de l'hiſtoire, bien plus utile qu'on ne penſe, nous força d'examiner les fauſſes légendes auſſi attentivement que le voyage de St *Pierre*. Nous crûmes que le menſonge ne pouvait que déshonorer la religion. Les miracles de JESUS-CHRIST & des apôtres ſont ſi vrais qu'on ne doit pas riſquer d'affaiblir le profond reſpeét qu'on a pour eux, en leur aſſociant de faux prodiges. Admirons, célébrons, révérons le *Lazare* reſſuſcité ; le bienfait des noces de Cana; les démons chaſſés du corps des poſſédés ; ces eſprits immondes précipités dans les corps d'animaux immondes comme eux, & noyés avec eux dans le lac de Génézareth ; le fils de DIEU enlevé ſur le faîte du temple & ſur une montagne par l'ennemi de DIEU & des hommes; JESUS confondant d'un ſeul mot cet éternel ennemi qui oſait propoſer à DIEU même d'adorer le Diable ; JESUS transfiguré ſur le Thabor pour manifeſter ſa gloire à *Moïſe* & à *Elie*, qui viennent du ſein des morts recevoir ſes leçons éternelles; JESUS la ſource de la vie, JESUS créateur du genre-humain, mourant pour le genre-humain ; les morts reſſuſcitant quand il expire, & rempliſſant les rues de Jéruſalem ; le ſoleil s'éclipſant en plein midi & en pleine lune par toute la terre, à la confuſion de tout l'empire

romain , affez aveugle pour négliger ce grand événement ; le St Efprit defcendant en langue de feu fur
les apôtres, &c. . . . . Ces vrais miracles font affez
nombreux , affez avérés. Des hommes infpirés les
ont écrits ; tout leƈteur judicieux les apprécie ; tout
bon chrétien les adore.

Mais, c'était, nous ofons le dire, une impiété &
une folie de vouloir foutenir ces prodiges, que Dieu
daigna lui-même opérer en Judée , par des fables
abfurdes , que des hommes inconnus ont inventées
tant de fiècles après.

La perfonne illuftre qui étudia l'hiftoire avec nous ,
fut très-fcandalifée qu'un jéfuite nommé *Papebroke*
prétendît avoir traduit un manufcrit grec qui contenait le martyre de St *Théodote* cabaretier , & de fept
vierges âgées de foixante douze ans chacune , que le
gouverneur de la ville d'Ancire condamna à livrer
leur pucelage aux jeunes gens de la ville. Cette fentence portée contre ces fept vieilles , ou plutôt contre
ces jeunes gens , était encore la plus fimple & la moins
merveilleufe anecdote de toute cette aventure. La
légende de ce faint cabaretier , & de fon ami le curé
Frontin eft affez connue.

On arrache la langue à St *Romain* , qui était
bègue, & auffitôt il parle avec la plus grande volu-
bilité ; l'auteur, grand phyficien , remarque *qu'il eft
impoffible de vivre fans langue* : ce qui rend le miracle
plus beau.

Que dire de St *Paulin* qui, voyant un poffédé fe
promener la tête en-bas comme une mouche à la
voûte d'une églife, envoya vîte chercher des reliques

de *St Felix* de Nole ? Dès qu'elles furent arrivées , le poffédé tomba par terre.

Eft-il poffible qu'on ait écrit férieufement que *St Denis* l'aréopagite, étant venu d'Athènes à Paris, fut pendu à Montmartre ; qu'il prêcha du haut de la potence dès qu'il fut étranglé , & qu'enfuite il porta fa tête entre fes bras , dès qu'il eut le cou coupé ?

Nous pourrions citer trois morts reffufcités en un jour par *St Dominique ;* vingt-huit aveugles , quatre poffédés , fix lépreux , trois fourds , trois muets guéris, & quatre morts reffufcités , le tout par *St Victor.*

St Maclou , preffé de reffufciter un mort, répond : Qu'il attende que j'aie dit ma meffe. La meffe finie , il le reffufcite : le mort demande à boire ; foudain *St Maclou* change de l'eau en vin , un caillou en gobelet , un balet en ferviette. Le mort boit & reconnaît que ces trois miracles font en l'honneur de la Trinité. C'eft-là pourtant ce qu'écrivent les jéfuites *Ribadénéira* & *Antoine Girard* dans la vie des faints.

On a écrit, & depuis la renaiffance des lettres on a imprimé plus de dix mille contes de cette force. Le bénédictin *Ruinard* nous en a donné de pareils dans fes prétendus *Actes fincéres* , qui font évidemment du treizième fiècle , & tous écrits du même ftyle. C'eft-là qu'il renouvelle l'hiftoire du cabaretier *Théodote* , & de la langue de *Romain*.

On rendit à la raifon & à la religion le fervice de détruire ces fables : elles étaient encore fi accréditées qu'un jéfuite nommé *Nonotte* prit leur défenfe , & fut même fecondé par quelques écrivains.

Plufieurs regardaient comme un article de foi
l'apparition du labarum dans les nuées. Ils ne favaient
fi c'était vers Befançon, ou vers Troie, ou vers Rome,
& fi l'infcription était en latin ou en grec ; mais ils
étaient fûrs de l'apparition.

Par quel excès de démence a-t-on écrit & répété
fi fouvent que dans l'année 287, au temps même
que *Dioclétien* favorifait le plus notre fainte religion,
lorfque les principaux officiers de fon palais étaient
chrétiens, lorfque fa femme était chrétienne, cet
empereur fit couper la tête à toute une légion,
appelée thébaine, compofée de fix mille fept cents
hommes, & cela parce qu'elle était chrétienne ?
Nous avions anéanti cette fable impertinente attri-
buée à l'abbé *Eucher*, depuis évêque de Lyon, mort
en 454, cent foixante-fept ans après cette aventure.
Nous avions fait voir combien il était ridicule d'attribuer à cet évêque une rapfodie dans laquelle il
eft parlé, avant l'année quatre cents cinquante-
quatre, du roi de Bourgogne *Sigifmond*, qui mourut
en 523. Cette ineptie était affez fenfible. Nous
avions prouvé qu'aucun auteur ne parla jamais
d'une légion thébaine. Il y avait trois légions en
Egypte ; mais aucune n'était compofée d'habitans
de Thèbes. Cette prétendue légion n'avait pu arriver
d'Orient en Occident par le Velais, comme on le
dit : elle n'avait pu être entourée de troupes fupé-
rieures en nombre qui l'auraient égorgée dans le
petit défilé d'Agaune, où l'on ne peut ranger deux
cents hommes en bataille, & où la moitié d'une
cohorte aurait aifément arrêté toutes les légions de
l'empire romain. Ce monftrueux amas de bêtifes

méritait d'être développé ; & il s'eſt trouvé un *Nonotte*
qui les a défendues comme ſon bien propre. Il a
intitulé ſon livre *nos erreurs*, & il a trouvé des dévotes
qui l'ont cru ſur ſa parole.

A R T I C L E V I I.

De David, de Conſtantin, de Théodoſe, de Charlemagne, &c.

Après les exemples continuels d'injuſtice, de
cruauté, de meurtre, de brigandage, dont l'hiſtoire
de preſque toutes les nations eſt ſurchargée, il nous
parut utile & conſolant de ne pas canoniſer ces crimes
chez les princes, de quelque religion qu'ils fuſſent.
David était ſans doute un bon juif; mais ce n'était
pas une choſe honnête (humainement parlant) de ſe
révolter contre ſon ſouverain, de ſe mettre à la tête
de quatre cents voleurs, de rançonner, de piller ſes
compatriotes, de trahir à la fois ſa patrie & le roitelet
Achis ſon bienfaiteur ; de maſſacrer tout dans les villages
de ce bienfaiteur, juſqu'aux enfans à la mamelle,
afin qu'il ne reſtât perſonne pour le dire ; de faire
cuire dans des fours, de déchirer ſous des herſes de
fer les habitans de Rabath ; de ſcier le crâne & la
poitrine aux autres Amorrhéens ; d'écraſer ſous des
chariots leurs membres palpitans ; de donner ſept
enfans du roi *Saül* ſon maître aux Gabaonites, pour
les pendre, &c... &c... &c...

Plus nous étions touchés reſpectueuſement de ſon
repentir, plus il nous ſembla qu'en effet jamais repentir

ne fut mieux fondé. Nous fûmes même très-étonnés qu'on chantât encore, dans quelques églifes, des hymnes attribuées à *David*, dans lefquelles il eft dit : *Heureux qui prendra tes petits enfans, & qui les écrafera contre la pierre !* pfaume 137. *Que vos pieds foient teints de leur fang, & que la langue de vos chiens en foit abreuvée !* pfaume 67. On y peut chercher un fens myftique ; mais le fens naturel eft dur. Il nous femble qu'on aurait pu s'attacher aux pfaumes qui enfeignent la clémence plus qu'à ceux qui célèbrent la cruauté. Nous refpeâtâmes le texte ; mais nous ne pouvions fouler aux pieds la nature.

Le même efprit d'équité nous anima, quand nous nous crûmes obligés de ne point diffimuler les crimes de *Conftantin*, de *Théodofe*, de *Clovis*, &c. Ils favori-fèrent le chriftianifme, nous en béniffons DIEU ; & fi *Conftantin* mourut arien après avoir tour à tour favorifé & perfécuté *Athanafe*, on doit en être affligé, & adorer les décrets de la Providence. Mais les meurtres de tous fes proches, de fon fils même & de fa femme, n'étaient pas fans doute des aâions chrétiennes.

Conftantin, tout voluptueux qu'il était, s'était fait une telle habitude de la férocité, qu'il la porta jufque dans fes lois. *Dioclétien* avait été affez humain pour abolir la loi qui permettait aux pères de vendre leurs enfans ; *Conftantin* rétablit cette loi barbare. Il permit aux citoyens romains de faire leurs fils efclaves en naiffant. (c) On dit, pour l'excufer, qu'il ne permit ce trafic qu'aux pauvres ; mais il n'y a que les pauvres qui puiffent être tentés de vendre leurs enfans. Il fallait

(c) Cod. liv. *de patribus qui filios.*

les mettre à l'abri du befoin qui les forçait à ce commerce dénaturé : mais l'affaffin de fon fils devait
approuver qu'un père vendît les fiens. Par la même
jurifprudence, il abolit les peines établies par les lois
contre les calomniateurs ; c'eft ce que nous foumettons
au jugement de toutes les ames honnêtes.

Nous ne penfâmes pas que *Théodofe* eût fuffifam-
ment réparé le maffacre fi long-temps prémédité des
habitans de Theffalonique, en n'allant point à la meffe
pendant quelques mois.

Pour *Clovis*, le jéfuite *Daniel* lui-même convient
qu'il fut plus méchant après fon baptême qu'auparav-
vant. On eft obligé d'avouer qu'il engagea un *Clodoric*,
fils d'un roi de Cologne, à tuer fon propre père ; &
que pour récompenfe il le fit affaffiner lui-même, &
s'empara de fon petit Etat ; qu'il trahit & affaffina
Ranacaire roi de Cambrai ; qu'il en fit autant à un roi
du Mans nommé *Renomer*, & à quelques autres princes ; après quoi il tint un concile d'évêques à Orléans.
On ne lui reprocha dans ce concile aucun de ces
affaffinats ; ils n'avaient été commis que fur des princes
idolâtres.

Nous avons détefté le crime par-tout où nous l'avons
trouvé ; & fi les infidelles & les hérétiques ont fait
quelques bonnes actions, s'ils ont eu des vertus que
St Auguftin appelle des péchés fplendides, nous
n'avons pas cru devoir les taire. L'empereur *Julien* fut
fobre & chafte comme un anachorète, auffi brave que
Céfar, auffi clément que *Marc-Aurèle*, puifqu'il par-
donna à douze chrétiens qui avaient comploté de
l'affaffiner. Il fallait ou en convenir ou être un fot ;
nous prîmes le premier parti. Un ex-jéfuite de

province, nommé *Paulian*, vient encore de répéter que *Julien*, bleffé à mort au milieu de fa victoire, jeta fon fang contre le ciel, & s'écria : *Tu as vaincu, Galiléen.* Rien n'éclairera donc jamais les ignorans ! rien ne corrigera les gens de mauvaife foi ! Ce n'était pas contre les Galiléens que ce grand homme combattait, c'était contre les Perfes. Ce conte du calomniateur *Théodoret* eft mis actuellement par tous les favans avec l'autre conte des femmes que *Julien* immmola aux dieux pour obtenir leur protection dans cette guerre. Le bon fens rejette ces abfurdités, & l'équité réprouve ces calomnies.

La raifon eft l'ennemie des faux prodiges. Les globes de feu qui fortirent des fondemens du temple juif, lorfque *Julien* permit qu'on le rebâtit, font avérés, difait-on, par *Ammien Marcellin*, auteur païen ; & on nous allégue cette puérilité comme un témoignage que nos ennemis furent forcés de rendre à la vérité.

Nous expofâmes tout le ridicule de ce prodige. Nous montrâmes combien *Ammien* aimait le merveilleux, & à quel point il était crédule. On ne pouvait donner de nouveaux fondemens au temple bâti par *Hérode*, puifque ces fondemens de larges pierres de vingt-cinq pieds de long fubfiftent encore. Des globes de feu ne peuvent fortir de ces pierres, puifque jamais les flammes ne s'arrondiffent en globes, & qu'elles s'élèvent toujours en fpirales & en cônes. D'ailleurs on fait que dans ce temps-là, plufieurs villes de Syrie furent endommagées par des volcans fouterrains, fans qu'il fût queftion de rebâtir un temple. On ajouta encore à ce prodige des globes de feu, ces petites

croix

croix enflammées qui s'attachaient aux vêtemens des ouvriers. Voilà bien du merveilleux.

Il eſt évident que ſi *Julien* diſcontinua la reconſtruction du temple de Jéruſalem, ce fut par d'autres raiſons. Si les prétendus globes de feu l'en avaient empêché, il en aurait parlé dans ſa lettre ſur cette aventure. Voici cette lettre importante.

» Que diront les Juifs de leur temple, qui a été » bâti trois fois, & qui n'eſt point encore rebâti? Ce » n'eſt point un reproche que je leur fais, puiſque » j'ai voulu moi-même relever ſes ruines; je n'en » parle que pour montrer l'extravagance de leurs » prophètes, qui trompaient de vieilles femmes imbé-» cilles. *Quid de templo ſuo dicent, quod cùm tertiò ſit* » *everſum, nondum ad hodiernum uſque diem inſtauratur?* » *Hæc ego, non ut illis exprobrarem in medium adduxi,* » *utpote qui templum illud tanto intervallo à ruinis excitare* » *voluerim; ſed ideo commemoravi, ut oſtenderem deliraſſe* » *prophetas iſtos, quibus cum ſtolidis aniculis negotium* » *erat.* »

N'eſt-il pas clair par cette lettre, que *Julien* ayant d'abord eu la condeſcendance de permettre que les Juifs achetaſſent le droit de bâtir leur temple, comme ils achetaient tout, il changea d'avis enſuite, & ne voulut pas qu'une nation ſi fanatique & ſi atroce eût un ſignal ſacré de ralliement, & une fortereſſe au milieu de ſes Etats? Une telle explication eſt ſimple, naturelle, vraiſemblable. Il ne faut point embrouiller par un miracle ce qu'on peut démêler par la raiſon. Nous déplorons, encore une fois, nous déteſtons l'erreur de *Julien;* mais il faut être équitable.

Si nous défendîmes la caufe de *Julien* avec quelque chaleur, c'eft qu'en effet ce prince philofophe, qui était fi dur pour lui-même, fut très-indulgent pour les autres ; c'eft qu'étant à la tête d'un des deux partis qui divifaient l'Empire, il ne fit jamais couler le fang du parti oppofé au fien.

L'empereur *Conflance*, fon proche parent & fon perfécuteur, affaffin de toute fa famille, avait toujours été fanguinaire. *Julien* fut le plus tolérant des hommes, & l'unique chef du parti qui fût tolérant.

La Blétrie, qui dans le dix-huitième fiècle a ofé écrire une vie de *Julien* avec quelque modération, & le défendre contre plufieurs calomnies groffières dont on chargeait fa mémoire, n'a pas ofé pourtant le juftifier fur fon attachement à l'ancienne religion de l'Empire. Il le repréfente comme un fuperftitieux qui croyait combattre une autre fuperftition. Nous eûmes une autre idée de *Julien* ; il était certainement un ftoïcien rigide. Sa religion était celle du grand *Marc-Aurèle*, & du plus grand *Épiétète*. Il nous femblait impoffible qu'un tel philofophe adorât fincèrement *Hécate*, *Pluton*, *Cybèle* ; qu'il crût lire l'avenir dans le foie d'un bœuf; qu'il fût perfuadé de la vérité des oracles & des augures, dont *Cicéron* s'était tant moqué.

En un mot, l'auteur de la fatire des *Céfars* ne nous parut pas un fanatique, c'eft-à-dire un furieux imbécille. Une forte preuve, c'eft qu'il donna fouvent bataille malgré des aufpices que tous fes prêtres croyaient funeftes. Il courut même en dépit d'eux à son dernier combat, où il fut tué au milieu de ses victoires.

L'auteur du livre de la *Félicité publique*, homme en effet digne de la faire cette félicité, si elle était au pouvoir d'un sage, semble n'être pas de notre avis en ce point; & par conséquent il nous a réduit à nous défier long-temps de notre opinion. *Julien*, dit-il, *au lieu de montrer sur le trône un philosophe impartial, ne fit voir en lui qu'un païen dévot.*

Les apparences en effet sont quelquefois pour l'estimable auteur de la *Félicité publique*. *Julien* paraît trop zélé pour l'ancien culte de sa patrie; il fait trop de sacrifices; il est trop prêtre. *Jules César*, tout grand-pontife qu'il était, sacrifiait beaucoup moins.

Mais qu'on se représente l'état de l'Empire sous *Julien*: deux factions acharnées le partagent; l'une à la vérité divine dans son principe, mais s'écartant déjà de son origine, par l'esprit de parti & par toutes les fureurs qui l'accompagnent; l'autre fondée sur l'erreur, & défendant cette erreur avec tout l'emportement qui se met à la place de la raison: même opiniâtreté des deux côtés, mêmes fraudes, mêmes calomnies, mêmes complots, mêmes barbaries, même rage. La plupart des chrétiens, il faut l'avouer, éclairés d'abord par Dieu même, étaient aussi aveugles que ceux qu'on appela depuis païens.

Que pouvait faire un empereur politique entre ces deux factions, lorsqu'il s'était déclaré hautement pour la seconde? S'il n'avait pas montré un grand zèle pour son parti, ce parti lui eût reproché de

n'en avoir pas affez ; ce parti l'eût abandonné , &
l'autre l'eût peut-être détrôné. Il fallait mener les
païens avec les brides qu'ils s'étaient faites eux-
mêmes. Qui a montré plus de zèle pour fa religion ,
qui a été plus affidu à des prêches & au chant des
pſeaumes que le prince d'Orange *Guillaume le
taciturne* , fondateur de la république de Hollande,
& *Guſtave-Adolphe* , vainqueur de l'Allemagne ?
Cependant il s'en fallait beaucoup que ces deux
grands-hommes fuſſent des enthouſiaſtes.

L'Europe , & furtout le Nord , a le bonheur de
poſſéder aujourd'hui des ſouverains éclairés & tolérans , dont aucun fanatiſme n'obſcurcit les lumières ;
dont aucune diſpute théologique n'a égaré la raiſon ;
& qui tous ſavent très-bien diſtinguer ce que la
politique exige , & ce que la religion conſeille.
Il en eſt même qui n'ont ni cour , ni conſeil , ni
chapelle , & qui conſument les journées entières
dans le travail de la royauté. Mais qu'il s'élève
dans leurs Etats une querelle de religion , une
guerre inteſtine de fanatiſme , telle qu'on en vit au
temps de *Julien ;* ou nous nous trompons fort , ou
tous agiront comme lui.

Quant au nom d'apoſtat que des écrivains des
Charniers donnent encore à l'empereur *Julien* , il
nous ſemble que ce ſobriquet infâme ne lui conve-
nait pas plus que le titre d'empereur chrétien à
Conſtantin , qui ne fut baptiſé qu'à ſa mort. *Julien* ,
baptiſé dans ſon enfance , eut le malheur de n'être
chrétien que pour ſauver ſa vie. Il n'était pas plus
chrétien que notre grand *Henri IV* & ſon couſin le
prince de *Condé* ne furent catholiques , lorſqu'on

les força d'aller à la meffe après la St Barthelemi.
La ligue ofa appeler ces princes relaps, ils ne
l'étaient point, on les avait forcés. On força de
même *Julien* à recevoir ce qu'on appelle l'un des
quatre mineurs, à être lecteur dans l'églife de
Nicomédie ; mais il eft certain, par fes écrits, que
dès-lors il fe livrait tout entier aux inftructions de
Libanius, le philofophe le plus entêté du paganifme.

Ce qu'on peut donc reprocher bien plus raifon-
nablement à cet empereur, c'eft d'avoir été l'ennemi
du chriftianifme dès qu'il put fe connaître ; & ce
qu'il y a de plus déplorable, c'eft qu'il était le plus
beau génie de fon temps, & le plus vertueux de
tous les empereurs après les *Antonins*.

La Blétrie répète férieufement le conte ridicule
que *Julien*, dans fes opérations théurgiques qui
étaient vifiblement une initiation aux myftères
d'*Eleufine*, fit deux fois le figne de la croix, & que
deux fois tout difparut. Cependant malgré cette
ineptie, *la Blétrie* a été lu, parce qu'il a été fouvent
plus raifonnable.

Au refte, nous ofons dire qu'il n'eft point de
français, & furtout de parifiens, à qui la mémoire
de *Julien* ne doive être chère. Il rendit la juftice
parmi nous comme *Lamoignon* ; il combattit pour
nous en Allemagne comme *Turenne* ; il adminiftra
les finances comme un *Rofni* ; il vécut parmi nous
en citoyen, en héros, en philofophe, en père :
tout cela eft exactement vrai. On verfe des larmes
de tendreffe quand on fonge à tout le bien qu'il
nous fit. Et voilà ce qu'un poliffon appelle *Julien*
l'apoftat.

En admirant la valeur de *Charlemagne*, fils d'un héros ufurpateur, & fon art de gouverner tant de peuples conquis, c'était affez d'être homme pour gémir des cruautés qu'il exerça envers les Saxons; & nous avouons que nous n'exprimâmes pas affez fortement notre horreur. Le tribunal veimique, qu'il inftitua pour perfécuter ces malheureux, eft peut-être ce qu'on inventa jamais de plus tyrannique. Des juges inconnus recevaient les accufations rédigées par un délateur, n'entendaient ni les témoins ni les accufés, jugeaient en fecret, condamnaient à la mort, envoyaient des bourreaux déguifés, qui exécutaient leurs fentences. Cette cour d'affaffins privilégiés fe tenait à Ormound en Veftphalie ; elle étendit fa jurifdiction fur toute l'Allemagne, & ne fut entièrement abolie que fous *Maximilien I.* C'eft une vérité horrible, dont peu d'auteurs parlent, mais qui n'en eft pas moins avérée.

Que devait-on dire de l'iniquité dénaturée avec laquelle il dépouilla de leurs Etats les fils de fon frère ? La veuve fut obligée de fuir, & d'emporter dans fes bras fes malheureux enfans chez *Didier* fon frère, roi des Lombards. Que devinrent-ils, lorfque *Charlemagne* les pourfuivit dans leur afile, & s'empara de leurs perfonnes ? Les fecrétaires, les moines, qui fabriquaient des annales, n'ofent le dire : nous nous taifons comme eux ; & nous fou-haitons que ce *Karl* n'ait pas traité fon frère, fa fœur, & fes neveux, comme tant de princes en ces temps-là traitaient leurs parens. La foule des hiftoriens a encenfé la gloire de *Charlemagne*, & jufqu'à fes débauches. Nous nous fommes arrêtés la balance à la main ; nous avons laiſſé marcher la foule : on nous a remarqués ; on a voulu nous arracher notre balance ; & nous avons continué de peſer le juſte & l'injuſte.

Nous n'avons pu encore découvrir quel droit avait *Charlemagne* ſur les Etats de ſon frère, ni quel droit ſon frère & lui & *Pepin* leur père avaient ſur les Etats de la race d'*Ildovic* ; ni quel droit avait *Ildovic* ſur les Gaules & ſur l'Allemagne, provinces de l'empire romain ; ni même quel droit l'empire romain avait ſur ces provinces.

C'eſt immédiatement après *Charlemagne* que commença cette longue querelle entre l'empire & le ſacerdoce, qui a duré, à tant de repriſes, pendant plus de neuf ſiècles : guerre dans laquelle tous les rois furent enveloppés ; guerre tantôt ſourde ; tantôt éclatante ; tour à tour ridicule & funeſte ; qui n'a ſemblé terminée que par l'abolition des jéſuites ; & qui pourrait recommencer encore, ſi la raiſon ne diſſipait pas aujourd'hui, preſque par-tout, les ténèbres dans leſquelles nous avons été plongés ſi long-temps.

ARTICLE VIII.

D'une foule de menfonges abfurdes qu'on a oppofés
aux vérités énoncées par nous.

Nous nous fervons rarement du grand mot *certain* : il ne doit guère être employé qu'en mathématiques , ou dans ces efpèces de connaiffances ,
je penfe, je fouffre , j'exifte ; deux & deux font quatre.
Cependant fi l'on peut quelquefois employer ce mot
en fait d'hiftoire , nous crûmes certain , ou du moins
extrêmement probable :

Que les premiers étrangers qui prirent & qui
faccagèrent Conftantinople furent les croifés , qui
avaient fait ferment de combattre pour elle.

Que les premiers rois francs avaient plufieurs
femmes en même temps ; témoins *Gontran, Caribert,
Childebert ; Sigebert , Chilpéric , Clotaire ,* comme le
jéfuite *Daniel* l'avoue lui-même.

Que le comble du ridicule eft ce qu'on a inféré
dans l'hiftoire de *Joinville* , que les émirs mahométans & vainqueurs offrirent la couronne d'Egypte à
St Louis leur ennemi , vaincu , captif , chrétien ,
ignorant leur langue & leurs lois.

Que toutes les hiftoires écrites dans ce goût
doivent être regardées comme celles des quatre fils
Aymon.

Que la croyance de l'Eglife romaine , après le
temps de *Charlemagne* , était différente de l'Eglife

grecque en plufieurs points importans , & l'eft encore.

Que long-temps après *Charlemagne*, l'évêque de Rome, toujours élu par le peuple, felon l'ufage de toutes les Eglifes, toutes républicaines, demandait la confirmation de fon élection à l'exarque ; que le clergé romain était tenu d'écrire à l'exarque fuivant cette formule : „ Nous vous fupplions d'ordonner la „ confécration de notre père & pafteur. „

Que le nouvel évêque était par le même formulaire obligé d'écrire à l'évêque de Ravenne ; & qu'enfin, par une conféquence indubitable, l'évêque de Rome n'avait encore aucune prétention fur la fouveraineté de cette ville.

Que la meffe était très-différente au temps de *Charlemagne* de ce qu'elle avait été dans la primitive Eglife ; car tout changea fuivant les temps, fuivant les lieux, & fuivant la prudence des pafteurs. Du temps des apôtres, on s'affemblait le foir pour manger la cène, le fouper du Seigneur. (*Paul aux Corinth.*) On demeurait dans la fraction du pain. (*Act. ch. 2.*) Les difciples étaient affemblés pour rompre le pain. (*Act. chap.* 20.) L'Eglife romaine, dans la baffe latinité, appelle *miffa* ce que les Grecs appelaient *fynaxe*. On prétend que ce mot *miffa*, meffe, venait de ce qu'on renvoyait les catéchumènes qui, n'étant pas encore baptifés, n'étaient pas encore dignes d'affifter à la meffe. Les liturgies étaient différentes ; & cela ne pouvait alors être autrement : une affemblée de chrétiens en Chaldée ne pouvait avoir les mêmes cérémonies qu'une affemblée en Thrace. Chacun fefait la commémoration du dernier

fouper de notre Seigneur en fa langue. Ce fut vers
la fin du fecond fiècle que l'ufage de célébrer la
meffe le matin, s'établit dans prefque toutes les
églifes.

Le lendemain du fabbat, on célébrait nos faints
myftères pour ne fe pas rencontrer avec les Juifs.
On lifait d'abord un chapitre des évangiles ; une
exhortation du célébrant fuivait ; tous les fidelles,
après l'exhortation, fe baifaient fur la bouche en
figne d'une fraternité qui venait du cœur ; puis on
pofait fur une table du pain, du vin, & de l'eau ;
chacun en prenait ; & on portait du pain & du vin
aux abfents. Dans quelques églifes de l'Orient, le
prêtre prononçait les mêmes paroles par lefquelles
on finiffait les anciens myftères : paroles que notre
divine religion avait retenues & confacrées : *Veillez
& foyez purs*. Tous ces rites changèrent : le rite gré-
gorien ne fut point le rite ambroifien. Le baptême
qui était le plongement dans l'eau, ne fut bientôt
dans l'Occident qu'une légère afperfion : les barbares
du Nord devenus chrétiens, n'ayant ni peintres ni
fculpteurs, ignorèrent le culte des images. L'Eglife
grecque différa furtout de l'Eglife romaine en dogmes
& en ufages.

Jufqu'aux temps de *Charlemagne*, il n'y eut point
ce qu'on appelle de meffe baffe. Les formules qui
fubfiftent encore nous le prouvent affez. On n'aurait
pas fouffert alors qu'un feul homme officiât, aidé
d'un petit garçon, qui lui répond, & qui le fert :
les évêques eurent cette condefcendance pour les
grands feigneurs & pour les malades. Enfin les
religieux mendians dirent des meffes baffes pour de

l'argent ; & l'abus vint au point que le jéfuite *Emmanuel Sa* dit dans fes aphorifmes : ,, Si un prêtre ,, a reçu de l'argent pour dire des meffes, il peut les ,, affermer à d'autres à un moindre prix, & retenir ,, pour lui le furplus. ,, *Cui datur certa pecunia pro miffis à fe dicendis , poteft alios minore pretio conducere , & reliquum fibi retinere.*

Nous dîmes que la confeffion de fes fautes était de la plus haute antiquité ; que le repentir fut la première reffource des criminels ; que ce repentir & cette confeffion furent exigés dans tous les myftères d'Egypte, de Thrace , & de Grèce ; que l'expiation fuivait la confeffion &c. . . .

La fable même imita l'hiftoire en ce point nécef-faire aux hommes. *Apollonius de Rhodes* rapporte que *Médée* & *Jafon* , coupables de la mort d'*Abfyrte* , allèrent fe faire expier dans l'Æa , par *Circé, reine* & prêtreffe de l'île , & tante de *Médée. Jafon* , en arrivant au foyer facré de la maifon de *Circé,* enfonça fon épée en terre ; ce qui fignifiait que fa femme & lui avaient commis un crime avec l'épée, & qu'ils avaient répandu le fang innocent fur la terre. Après quoi *Circé* les expia tous deux avec les luftrations ufitées chez elle. Peut-être même cette ancienne fable n'eft pas fi fable qu'on le croit.

On fait que *Marc-Auréle* , le plus vertueux des hommes, fe confeffa en s'initiant aux myftères de *Cérès.* Cette pratique falutaire eut fes abus : ils furent pouffés au point qu'un fpartiate voulant s'initier, & le prêtre voulant le confeffer : *Eft-ce à* DIEU *ou à toi que je parlerai ?* dit le fpartiate. *A* DIEU , répondit l'autre. *Retire-toi donc, ô homme.*

Les Juifs étaient obligés par la loi d'avouer leur délit lorfqu'ils avaient volé leurs frères, & de reftituer le prix du larcin avec un cinquième par-deffus. Ils confeffaient en général leurs péchés contre la loi, en mettant la main fur la tête d'une victime. *Buxtorf* nous apprend que fouvent ils prononçaient une formule de confeffion générale, compofée de vingt-deux mots, & qu'à chaque mot on leur plongeait la tête dans une cuvette d'eau froide; que fouvent auffi ils fe confeffaient les uns aux autres; que chaque pénitent choififfait fon parrain qui lui donnait trente-neuf coups de fouet, & qui en recevait autant de lui à fon tour. Enfin l'Eglife chrétienne fanctifia la confeffion. On fait affez comment les confeffions & les pénitences furent d'abord publiques; quel fcandale il arriva fous le patriarche *Nectaire*, qui abolit cet ufage; comment la confeffion s'introduifit enfuite peu à peu dans l'Occident. Les abbés confeffèrent d'abord leurs moines; (*d*) les abbeffes même eurent ce droit fur leurs religieufes.

St *Thomas* dit expreffément dans fa fomme: (*e*) *Confeffio, ex defectu facerdotis, laïco facta, facramentalis eft quodam modo.* Confeffion à un laïque, au défaut d'un prêtre, eft comme facrement.

St *Bafile* fut le premier qui permit aux abbeffes d'adminiftrer la confeffion à leurs religieufes, & de prêcher dans leurs églifes. *Innocent III*, dans fes lettres, n'attaqua point cet ufage. Le père *Martène*, favant bénédictin, parle fort au long de cet ufage,

(*d*) Voyez le *Dictionnaire philofophique*, au mot *Confeffion*.

(*e*) Tome III, page 255.

dans fes rites de l'Eglife. Quelques jéfuites , &
furtout un *Nonotte* , qui n'avaient lu ni *Bafile* ; ni
Martène, ni les lettres d'*Innocent III* , que nous avions
lues dans l'abbaye de Sénones, où nous féjournâmes
quelque temps dans nos voyages entrepris pour nous
inftruire, s'élevèrent contre ces vérités. Nous nous
moquâmes un peu d'eux. Il faut l'avouer : notre
amour extrême de la vérité n'exclut pas les faibleffes
humaines.

C'eft une chofe rare que cette perfévérance
d'ignorance & de hauteur , avec laquelle ces bons
Garaffes nous attaquèrent fans relâche, & fans favoir
jamais un mot de l'état de la queftion.

Nous fûmes obligés d'approfondir l'étonnante
aventure de la pucelle d'Orléans, fur laquelle nous
avions recueilli beaucoup de mémoires. Il fallut
revenir fur une *Marie d'Arragon* , prétendue femme
de l'empereur *Othon III*, qu'on fit paffer, dit la légende,
pieds nus, fur des fers ardens. Il fallut leur prouver
que la ville de Livron en Dauphiné fut affiégée par
le maréchal de *Belle - Garde* , qui leva le fiége fous
Henri III. Ils n'en favaient rien, & ils criaient que
Livron n'avait jamais été une ville , parce que ce
n'eft aujourd'hui qu'un bourg. La chofe n'eft
pas bien importante , mais la vérité eft toujours
précieufe.

Il fallut foutenir l'honneur de notre corps calomnié,
& faire voir que *Lognac*, le chef des affaffins qui
maffacrèrent le duc de *Guife* , n'avait jamais été du
nombre des gentilshommes ordinaires de la chambre
du roi ; qu'il était un de ces *gentilshommes d'expédition* ,
fournis par le duc d'*Epernon*, & payés par lui. Nous

en avions cherché & trouvé des preuves dans les regiftres de la chambre des comptes.

Quelle perte de temps, quand nous fûmes forcés de leur prouver que la terre d'Yeffo n'avait point été découverte par l'amiral *Drake!* Et le petit nombre des lecteurs qui pouvaient lire ces difcuffions, difait : qu'importe.

Enfin, dans deux volumes de *nos erreurs*, ils trouvèrent le fecret de ne pas mettre un feul mot de vérité.

Que firent-ils alors ? Ils nous appelèrent hérétique & athée. Ils envoyèrent leur libelle au pape : ils s'adreffaient mal. Le pape n'a pas accueilli, depuis peu, bien gracieufement leurs libelles.

Le jéfuite *Patouillet* minuta contre nous un mandement d'évêque, dans lequel il nous traitait de vagabond, quoique nous demeuraffions depuis vingt ans dans notre château ; & d'écrivain mercenaire, quoique nous euffions fait préfent de tous nos ouvrages à nos libraires. Le mandement fut condamné, pour d'autres confidérations plus férieufes, à être brûlé par le bourreau. Nous continuâmes à chercher la vérité.

ARTICLE IX,

Eclaircissemens sur quelques anecdotes.

Nous pensâmes toujours qu'il ne faut jamais répondre à ses critiques, quand il s'agit du goût. Vous trouvez la Henriade mauvaise; faites-en une meilleure. Zaïre, Mérope, Mahomet, Tancrède, vous paraissent ridicules; à la bonne heure. Quant à l'histoire, c'est autre chose. L'auteur à qui on conteste un fait, une date, doit ou se corriger, s'il a tort, ou prouver qu'il a raison. Il est permis d'ennuyer le public; il n'est pas permis de le tromper.

Notre esquisse de l'Essai sur l'histoire des mœurs & l'esprit des nations, fut terminée par celle du grand siècle de *Louis XIV.* Nous ne cherchâmes que le vrai; & nous pouvons assurer que jamais l'histoire contemporaine ne fut plus fidelle. On nous nia d'abord l'anecdote de l'homme au masque de fer; & il est très-utile que de tels faits ne passent pas sans contradiction. Celui-ci fut reconnu aussi véritable qu'il était extraordinaire; vingt auteurs s'égarèrent en conjectures; & nous ne hasardâmes jamais notre opinion sur ce fait avéré, dont il n'est aucun exemple dans l'histoire du monde.

Les préjugés de l'Europe & de tous les écrivains s'élevaient contre nous, lorsque nous assurâmes que *Louis XIV* n'avait eu aucune part au testament de *Charles II,* roi d'Espagne, en faveur de la maison de

France: cette vérité fut confirmée par les mémoires de M. de *Torcy* & par le temps.

C'est le temps qui nous a aidés à ouvrir les yeux du public sur ce débordement de calomnies absurdes, qui se répandit par-tout vers les derniers jours de *Louis XIV*, contre le duc d'*Orléans*, régent de France.

Les *Nonottes* nous soutinrent que l'archevêque de Cambrai, *Fénélon*, n'avait jamais fait ces vers agréables & philosophiques sur un air de *Lulli*:

> Jeune, j'étais trop sage,
> Et voulais trop savoir:
> Je ne veux, à mon âge,
>   Que badinage;
> Et touche au dernier âge
>   Sans rien prévoir.

On les avait insérés dans une édition de Mme *Guyon*; & lorsque M. de *Fénélon*, ambassadeur en Hollande, fit imprimer le Télémaque de son oncle, ces vers furent restitués à leur auteur: on les imprima dans plus de cinquante exemplaires, dont un fut en notre possession. Quelques lecteurs craignirent que ces vers innocens ne donnassent un prétexte aux jansénistes d'accuser l'auteur qui avait écrit contre eux, de s'être paré d'une philosophie trop sceptique; & furent cause qu'on retrancha ce madrigal du reste de l'édition du Télémaque. C'est de quoi nous fûmes témoins. Mais les cinquante exemplaires existent; qu'importe d'ailleurs que l'auteur d'un beau roman ait fait ou non une chanson jolie?

Fefons ici l'aveu que toutes ces vérités historiques, qui ne peuvent intéresser que quelques curieux dans

un

un petit canton de la terre, ne méritent pas d'être comparées aux vérités mathématiques & phyfiques qui font néceffaires au genre-humain. Cependant les querelles fur ces bagatelles ont été fouvent vives & fatales. Les difputes fur la phyfique font moins dangereufes ; ce font des procès dont il y a peu de juges : mais en fait d'hiftoire, le plus borné des hommes peut vous chicaner fur une date, déterrer un auteur inconnu qui a penfé différemment de vous, abufer d'un mot pour vous rendre fufpect. Un moine, fi vous n'avez pas flatté fon ordre, peut calomnier impunément votre religion. Un parlement même était ulcéré, fi vous aviez décrit les folies & les fureurs de la fronde.

ARTICLE X.

De la philofophie de l'hiftoire.

LORSQU'APRÈS avoir conduit notre effai fur les mœurs & l'efprit des nations depuis l'établiffement du chriftianifme jufqu'à nos jours, nous fûmes invités à remonter aux temps fabuleux de tous les peuples, & à lier, s'il était poffible, le peu de vérités que nous trouvâmes dans les temps modernes aux chimères de l'antiquité, nous nous gardâmes bien de nous charger d'une tâche à la fois fi pefante & fi frivole. Mais nous tâchâmes, dans un difcours préliminaire qu'on intitula *Philofophie de l'hiftoire*, de démêler comment naquirent les principales opinions qui unirent des fociétés, qui enfuite les divifèrent, qui en armèrent plufieurs les unes contre les autres. Nous cherchâmes toutes ces origines dans la nature ; elles ne pouvaient être ailleurs. Nous vîmes que fi on fit defcendre *Tamerlan* d'une race célefte, on avait donné pour aïeux à *Gengis-kan* une vierge & un rayon de foleil. *Manco Capak* s'était dit de la même famille en Amérique. *Odin*, dans les glaces du Nord avait paffé pour le fils d'un dieu. *Alexandre* long-temps auparavant effaya d'être fils de *Jupiter*, dût-il brouiller, comme on le dit, fa mère avec *Junon*. *Romulus* paffa chez les Romains pour le fils de *Mars*. La Grèce avant *Romulus* fut couverte d'enfans des dieux. La fable de l'arabe *Bak* ou *Bacchus*, à qui on donna cent noms différens, eft le plus ancien exemple qui nous foit refté de ces généalogies. D'où put venir cette conformité d'orgueil & de folie entre tant d'hommes féparés par la diftance des temps & des lieux, fi ce n'eft de la nature humaine par-tout orgueilleufe, par-tout menteufe, & qui veut toujours en impofer ? Ce fut donc en confultant la nature, que nous tâchâmes de porter quelque faible lumière dans le ténébreux chaos de l'antiquité.

Il ne faut pas s'enquérir quel eft le plus favant, dit *Montagne*, mais quel eft le mieux favant. Il a plu à M. *Larcher*, très-favant homme, à la manière ordinaire, de combattre notre philofophie par fon autorité. (*f*) Ainfi il était impoffible que nous nous rencontraffions.

Nous avions, parmi les contes d'*Hérodote*, trouvé fort ridicule, avec tous les honnêtes gens, le conte qu'il nous fait des dames de Babylone, obligées par

(*f*) Voyez la *Défenfe de mon oncle* dans le Tome premier de ces mélanges;

la loi facrée du pays, d'aller une fois dans leur vie fe proftituer aux étrangers, pour de l'argent, au temple de Milita. Et M. *Larcher* nous foutenait que la chofe était vraie, puifqu'*Hérodote* l'avait dite. Il joint pourtant une raifon à cette autorité ; c'eft qu'on avait dans d'autres pays facrifié des enfans aux dieux, & qu'ainfi on pouvait bien ordonner que toutes les dames de la ville la plus opulente & la plus policée de l'Orient, & furtout des dames de qualité, gardées par des eunuques, fe proftituaffent dans un temple.

Mais il ne réfléchiffait pas que fi la fuperftition immola des victimes humaines dans de grands dangers, & dans de grands malheurs, ce n'eft pas une raifon pour que les légiflateurs ordonnent à leurs femmes & à leurs filles de coucher avec le premier venu, dans un temple ou dans la facriftie, pour quelques deniers. La fuperftition eft fouvent très-barbare ; mais la loi n'attaque jamais l'honnêteté publique, furtout quand cette loi fe trouve d'accord avec la jaloufie des maris, & avec les intérêts & l'honneur des pères de famille.

M. *Larcher* voulut donc nous démontrer que les maris proftituaient leurs femmes dans Babylone, & que les mères en fefaient autant de leurs filles. Sa raifon était que *Sextus-Empiricus*, & quelques poëtes latins, ont dit qu'il fallait abfolument qu'un mage en Perfe fût né de l'incefte d'un fils avec fa mère. On eut beau lui remontrer que cette calomnie des Grecs & des Romains contre les Perfes leurs ennemis, reffemble à tous les contes que notre peuple fait encore tous les jours, des Turcs, & de *Mahomet II*, & de *Mahomet* le prophète. M. *Larcher* n'en démordit point, & préféra

toujours les vieux auteurs à la vérité ancienne &
moderne.

Il nous traita d'homme ignorant & dangereux,
parce que nous ofions douter des cent portes de la
ville de Thèbes, des dix mille foldats qui fortaient par
chaque porte avec deux cents chars armés en guerre.
Il eft perfuadé que le prétendu *Concofis*, père du prétendu *Séfoftris*, pour accomplir un de fes fonges, &
pour obéir à un de fes oracles, deftina fon fils, dès
le jour de fa naiffance, à conquérir le monde entier;
que pour parvenir à ce bel exploit, il fit élever auprès
de *Séfoftris* tous les petits garçons nés le même jour
où naquit fon fils; que pour les accoutumer à conquérir
le monde, il les fefait courir à jeun huit de nos grandes
lieues, ou quatre, comme on voudra, fans quoi ils
n'avaient point à déjeûner.

Quand ils furent en âge d'aider *Séfoftris* à fa
conquête, ils étaient dix-fept cents qui avaient environ
vingt ans. Il en était mort le tiers, felon les fupputa-
tions de la vie humaine les plus modérées. Ainfi il
était né en Egypte deux mille deux cents foixante &
fix garçons le même jour que *Séfoftris*. Un pareil
nombre de filles devait auffi être né ce jour-là; ce qui
fait quatre mille cinq cents trente-deux enfans.

Or comme il n'eft pas probable que le jour de la
naiffance de *Séfoftris* fût plus fécond que les autres,
il fuit évidemment qu'au bout de l'année, il était né un
million fix cents cinquante-quatre mille cent quatre-
vingts égyptiens.

Si vous multipliez ce nombre par trente-quatre,
felon la méthode de M. *Kerfebaum*, reconnue très-
exacte en Hollande, vous trouverez que l'Egypte était

peuplée de cinquante-six millions deux cents quarante-
deux mille cent vingt perfonnes. Il eft vrai qu'elle n'en
a jamais eu, depuis qu'elle eft connue, qu'environ trois
millions, & que fon terrain cultivable n'eft pas le tiers
du terrain cultivable de la France.

Enfin *Séfoftris* partit avec une armée de cent mille
hommes, & vingt-fept mille chars de guerre. Le pays,
à la vérité, a toujours eu peu de chevaux & très-
peu de bois de conftruction ; mais ces difficultés
n'embarraffent jamais les héros qui montent à cheval
pour fubjuguer toute la terre, & pour obéir à un
oracle. Elles n'embarraffent pas plus M. *Larcher* notre
adverfaire.

Nous ne répéterons point ici les groffes injures de
favant qu'il prodigue à propos des velus & du bouc
de Mendès, & de *Sanctus Socrates pederafta*, dont il
nous flatte qu'il parlera encore, & des autres injures
qu'il répète d'après M. *Warburton*, auffi grand compi-
lateur que lui de fatras & d'injures. Mais il nous eft
permis de répéter auffi que le favant M. *Warburton* a
prétendu donner pour la plus grande preuve de la
miffion divine de *Moïfe*, que *Moïfe* n'avait jamais
enfeigné l'immortalité de l'ame. Nous ne fommes
point de l'avis de M. l'évêque *Warburton* ; nous croyons
l'ame immortelle ; nous penfons, comme de raifon,
que *Moïfe* devait avoir la même croyance ; & fi l'ame
de M. *Larcher* eft mortelle, c'eft à eux à le prouver.
Ces difputes ne doivent point altérer la charité chrétienne ; mais auffi cette charité peut admettre quelques plaifanteries, pourvu qu'elles ne foient point
trop fortes.

ARTICLE XI.

Qu'il faut savoir douter. Eclaircissemens sur l'histoire
de Charles XII.

L'INCRÉDULITÉ, souvenons-nous-en, est le
fondement de toute sagesse, selon *Aristote*. Cette
maxime est fort bonne pour qui lit l'histoire, &
surtout l'histoire ancienne.

Que de faits absurdes, quel amas de fables qui
choquent le sens commun ! Hé bien, n'en croyez
rien.

Il y a eu des rois à Rome, des consuls, des
décemvirs. Le peuple romain a détruit Carthage ;
César a vaincu *Pompée* ; tout cela est vrai : mais
quand on vous dit que *Castor* & *Pollux* ont combattu
pour ce peuple ; qu'une vestale avec sa ceinture a
mis à flot un vaisseau engravé ; qu'un gouffre s'est
refermé quand *Curtius* s'y est jeté ; n'en croyez rien.
Vous lisez par-tout des prodiges, des prédictions
accomplies, des guérisons miraculeuses opérées dans
les temples d'*Esculape*; n'en croyez rien : mais cent
témoins ont signé le procès-verbal de ces miracles sur
des tables d'airain : mais les temples étaient remplis
d'*ex-voto* qui attestaient les guérisons; croyez qu'il y a
eu des imbécilles & des fripons qui ont attesté ce
qu'ils n'ont point vu. Croyez qu'il y a eu des dévots
qui ont fait des présens aux prêtres d'*Esculape*, quand
leurs enfans ont été guéris d'un rhume; mais pour les

miracles d'*Efculape*, n'en croyez rien. Ils ne font pas plus vrais que ceux du jéfuite *Xavier*, à qui un cancre vint rapporter fon crucifix du fond de la mer, & qui fe trouva à la fois fur deux vaiffeaux.

Mais les prêtres égyptiens étaient tous forciers; & *Hérodote* admire la fcience profonde qu'ils avaient de la diablerie : ne croyez pas tout ce que vous dit *Hérodote*.

Je me défierai de tout ce qui eft prodige : mais dois-je porter l'incrédulité jufqu'aux faits qui, étant dans l'ordre ordinaire des chofes humaines, manquent pourtant d'une vraifemblance morale?

Par exemple, *Plutarque* affure que *Céfar* tout armé fe jeta dans la mer d'Alexandrie, tenant d'une main en l'air des papiers qu'il ne voulait pas mouiller, & nageant de l'autre main. Ne croyez pas un mot de ce conte que vous fait *Plutarque*: croyez plutôt *Céfar* qui n'en dit mot dans fes commentaires; & foyez bien fûr que quand on fe jette dans la mer, & qu'on tient des papiers à la main, on les mouille.

Vous trouverez, dans *Quinte-Curce*, qu'*Alexandre* & fes généraux furent tous étonnés quand ils virent le flux & le reflux de l'Océan, auquel ils ne s'attendaient pas; n'en croyez rien.

Il eft bien vraifemblable qu'*Alexandre* étant ivre, ait tué *Clitus*; qu'il ait aimé *Epheftion*, comme *Socrate* aimait *Alcibiade*; mais il ne l'eft point du tout, que le difciple d'*Ariftote* ignorât le flux & le reflux de l'Océan : il y avait des philofophes dans fon armée : c'était affez d'avoir été fur l'Euphrate, qui a des marées à fon embouchure, pour être inftruit de ce phénomène.

Alexandre avait voyagé en Afrique, dont les côtes font baignées par l'océan. Son amiral *Néarque* pouvait-il être affez ignorant pour ne pas favoir ce que favaient tous les enfans fur le rivage du fleuve Indus ? De pareilles fottifes, répétées dans tant d'auteurs, décréditent trop les hiftoriens.

Le père *Maimbourg* vous redit, après cent autres, que deux juifs promirent l'Empire à *Leon l'Ifaurien*, à condition que quand il ferait empereur, il abattrait les images. Quel intérêt, je vous prie, avaient ces deux juifs à empêcher que les chrétiens euffent des tableaux ? comment ces deux miférables pouvaient-ils promettre l'Empire ? N'eft-ce pas infulter à fon lecteur que de lui préfenter de telles fables ?

Il faut avouer que *Mezerai* dans fon ftyle dur, bas, inégal, mêle aux faits mal digérés qu'il rapporte, bien des abfurdités pareilles : tantôt c'eft *Henri V* roi d'Angleterre, couronné roi de France à Paris, qui meurt des hémorrhoïdes pour s'être, dit-il, affis fur le trône de nos rois ; tantôt c'eft *St Michel* qui apparaît à *Jeanne d'Arc*.

Je ne crois pas même les témoins oculaires, quand ils me difent des chofes que le fens commun défavoue. Le *Sire de Joinville*, ou plutôt celui qui a traduit fon hiftoire gauloife en ancien français, a beau m'affurer que les émirs d'Egypte, après avoir affaffiné leur foudan, offrirent la couronne à *St Louis* leur prifonnier : j'aimerais autant qu'on me dît que nous avons offert la couronne de France à un turc. Quelle apparence que des mahométans aient penfé à faire leur fouverain d'un homme qu'ils ne pouvaient regarder que comme un chef de barbares, qu'ils avaient pris dans une bataille, qui ne connaissait ni leurs lois, ni leur langue, qui était l'ennemi capital de leur religion ?

Je n'ai pas plus de foi au *Sire de Joinville*, quand il me fait ce conte, que quand il me dit que le Nil se déborde à la St Remy, au commencement d'octobre. Je révoquerai aussi hardiment en doute l'histoire du vieux de *la Montagne*, qui, sur le bruit de la croisade de *St Louis*, dépêche deux assassins à Paris pour le tuer; & sur le bruit de sa vertu, fait partir le lendemain deux courriers pour contre-mander les autres. Ce trait a trop l'air d'un conte arabe.

Je dirai hardiment à *Mezerai*, au père *Daniel*, & à tous les historiens, que je ne crois point qu'un orage de pluie & de grêle ait fait rentrer *Edouard III* en lui-même, & ait procuré la paix à *Philippe de Valois*. Les conquérans ne sont pas si dévots, & ne font point la paix pour de la pluie.

Rien n'est assurément plus vraisemblable que les crimes; mais il faut du moins qu'ils soient constatés. Vous voyez chez *Mezerai* plus de soixante princes à qui *on a donné le boucon;* mais il le dit sans preuve, & un bruit populaire ne doit se rapporter que comme un bruit.

Je ne croirais pas même *Tite-Live*, quand il me dit que le médecin de *Pyrrhus* offrit aux Romains d'empoisonner son maître, moyennant une récompense. A peine les Romains avaient-ils alors de l'argent monnayé, & *Pyrrhus* avait de quoi acheter la république si elle avait voulu se vendre : la place de premier médecin de *Pyrrhus* était plus lucrative

probablement que celle de conful. Je n'ajouterai foi
à un tel conte, que quand on me prouvera que
quelque premier médecin d'un de nos rois aura propofé à un canton fuiffe de le payer pour empoifonner
fon malade.

Défions-nous auffi de tout ce qui paraît exagéré.
Une armée innombrable de Perfes arrêtée par trois
cents fpartiates au paffage des Thermopyles ne me
révolte point ; l'affiette du terrain rend l'aventure
croyable. *Charles XII* avec huit mille hommes
aguerris, défait à Nerva environ quatre-vingts mille
payfans mofcovites mal armés ; je l'admire, & je le
crois. Mais quand je lis que *Simon de Monfort* battit
cent mille hommes avec neuf cents foldats divifés en
trois corps, je répète alors, *je n'en crois rien*. On me
dit que c'eft un miracle ; mais eft-il bien vrai que
DIEU ait fait ce miracle pour *Simon de Montfort* ?

Je révoquerais en doute le combat de *Charles XII*
à Bender, s'il ne m'avait été atteflé par plufieurs
témoins oculaires, & fi le caractère de *Charles XII* ne
rendait vraifemblable cette héroïque extravagance.
Cette défiance qu'il faut avoir fur les faits particuliers,
ayons-la encore fur les mœurs des peuples étrangers ;
refufons notre créance à tout hiftorien ancien &
moderne, qui nous rapporte des chofes contraires à
la nature, & à la trempe du cœur humain.

Toutes les premières relations de l'Amérique ne
parlaient que d'anthropophages ; il femblait, à les
entendre, que les Américains mangeaffent des
hommes auffi communément que nous mangeons des
moutons. Le fait mieux éclairci fe réduit à un petit

nombre de prifonniers qui ont été mangés par leurs vainqueurs, au lieu d'être mangés des vers.

Le nouveau *Puffendorf*, auffi fautif que l'ancien, dit qu'en l'an 1589 un anglais & quatre femmes, échappés d'un naufrage fur la route de Madagafcar, abordèrent une île déferte; & que l'anglais travailla fi bien, qu'en l'an 1667, on trouva cette île nommée *Pines*, peuplée de douze mille beaux proteftans anglais.

Les anciens & leurs innombrables & crédules compilateurs nous répètent fans ceffe qu'à Babylone, la ville de l'univers la mieux policée, toutes les femmes & les filles fe proftituaient dans le temple de *Vénus* une fois l'an. Je n'ai pas de peine à penfer qu'à Babylone, comme ailleurs, on avait quelquefois du plaifir pour de l'argent; mais je ne me perfuaderai jamais que dans la ville la mieux policée qui fût alors dans l'univers, tous les pères, & tous les maris envoyaffent leurs filles & leurs femmes à un marché de proftitution publique, & que les légiflateurs ordonnaffent ce beau trafic. On imprime tous les jours cent fottifes femblables fur les coutumes des Orientaux; & pour un voyageur comme *Chardin*, que de voyageurs comme *Paul Lucas*, & comme *Jean Struys*, & comme le jéfuite *Avril*, qui baptifait mille perfonnes par jour chez les Perfans, dont il n'entendait pas la langue, & qui vous dit que les caravanes ruffes allaient à la Chine, & revenaient en trois mois!

Il n'en eft pas ainfi de l'hiftoire de *Charles XII.* Je peux affurer que fi jamais hiftoire a mérité la créance du lecteur, c'est celle-ci. Je la composai d'abord, comme on fait, sur les mémoires de M. *Fabrice*, de MM. de *Villelongue*, & de *Fierville*, & sur le rapport de beaucoup de témoins oculaires ; mais comme les témoins ne voient pas tout, & qu'ils voient quelquefois mal, je tombai dans plus d'une erreur, non sur les faits essentiels, mais sur quelques anecdotes qui sont assez indifférentes en elles-mêmes, & sur lesquelles les petits critiques triomphent.

J'ai depuis réformé cette histoire sur le journal militaire de M. *Adlerfeld* qui est très-exacte, & qui a servi à rectifier quelques faits & quelques dates.

J'ai même fait usage de l'histoire écrite par *Norberg*, chapelain & confesseur de *Charles XII*. Il est vrai que c'est un ouvrage bien mal digéré, & bien mal écrit, dans lequel on trouve trop de petits faits étrangers à son sujet, & où les grands événemens deviennent petits, tant ils sont mal rapportés. C'est un tissu de rescrits, de déclarations, de publications qui se font d'ordinaire au nom des rois quand ils sont en guerre. Elles ne servent jamais à faire connaître le fond des événemens ; elles sont inutiles au militaire & au politique, & sont ennuyeuses pour le lecteur : un écrivain peut seulement les consulter quelquefois dans le besoin pour en tirer quelque lumière, ainsi qu'un architecte emploie des décombres dans un édifice.

Parmi les pièces publiques dont *Norberg* a surchargé sa malheureuse histoire, il s'en trouve même de fausses & d'absurdes, comme la lettre d'*Achmet*, empereur des Turcs, que cet hiftorien appelle fultan baffa, par la grâce de DIEU. (g)

Ce même *Norberg* fait dire au roi de Suède ce que ce monarque n'a jamais dit ni pu dire au fujet du roi *Staniflas*. Il prétend que *Charles XII*, en répondant aux objections du primat, lui dit que *Staniflas* avait acquis beaucoup d'amis dans fon voyage d'Italie. Cependant il eft très-certain que jamais *Staniflas* n'a été en Italie, ainfi que ce monarque me l'a confirmé lui-même. Qu'importe, après tout, qu'un polonais dans le dix-huitième fiècle ait voyagé ou non en Italie pour fon plaifir? Que de faits inutiles il faut retrancher de l'hiftoire! & que je me fais bon gré d'avoir refferré celle de *Charles XII*!

Norberg n'avait ni lumière, ni efprit, ni connaiffance des affaires du monde; & c'eft peut-être ce qui détermina *Charles XII* à le choifir pour fon confeffeur: je ne fais s'il a fait de ce prince un bon chrétien; mais affurément il n'en a pas fait un héros; & *Charles XII* ferait ignoré, s'il n'était connu que par *Norberg*.

Il eft bon d'avertir ici que l'on a imprimé, il y a quelques années, une petite brochure intitulée: *Remarques hiftoriques & critiques fur l'hiftoire de Charles XII, par M. de Voltaire*. Ce petit ouvrage eft du comte *Poniatowski*; ce font des réponfes qu'il avait faites à de nouvelles queftions de ma part dans fon dernier voyage à Paris; mais fon fecrétaire en ayant fait une double copie, elle tomba entre les mains d'un

(g) Voyez la lettre de M. de *Voltaire* à M. *Norberg*, à la tête de l'Hiftoire de *Charles XII*.

libraire qui ne manqua pas de l'imprimer; & un correcteur d'imprimerie de Hollande intitula *critique* cette instruction de M. *Poniatowski*, pour la mieux débiter. C'est un des moindres brigandages qui s'exercent dans la librairie.

La Motraye, domestique de M. *Fabrice*, avait aussi imprimé quelques remarques sur cette histoire. Parmi les erreurs & les petitesses dont cette critique de *la Motraye* est remplie, il ne laisse pas de se trouver quelque chose de vrai & d'utile; & j'ai eu soin d'en faire usage dans les dernières éditions, & surtout dans celle de 1739 : car en fait d'histoire, rien n'est à négliger; & il faut consulter, si l'on peut, les rois & les valets de chambre.

A R T I C L E   X I I.

Remarques sur la manière d'étudier & d'écrire l'histoire.

NE cessera-t-on jamais de nous tromper sur l'avenir, le présent, & le passé? Il faut que l'homme soit bien né pour l'erreur, puisque dans le siècle éclairé on prend tant de plaisir à nous débiter les fables d'*Hérodote*, & des fables encore qu'*Hérodote* n'aurait jamais osé conter même à des Grecs.

Que gagne-t-on à nous redire que *Ménès* était petit-fils de *Noé*? & par quel excès d'injustice peut-on se moquer des généalogies de *Moréri*, quand on en fabrique de pareilles? Certes *Noé* envoya sa famille voyager loin; son petit-fils *Ménès* en Egypte, son autre petit-fils à la Chine, je ne sais quel autre petit-fils en Suède, & un cadet en Espagne. Les voyages alors formaient les jeunes gens bien mieux qu'aujourd'hui : il a fallu chez nos nations modernes des dix ou douze siècles pour s'instruire un peu de la géométrie; mais ces voyageurs, dont on parle, étaient à peine arrivés dans des pays incultes, qu'on y prédisait les éclipses. On ne peut douter au moins que l'histoire authentique de la Chine ne rapporte des éclipses calculées il y a environ quatre mille ans. *Confucius* en cite trente-six, dont les missionnaires mathématiciens ont vérifié trente-deux. Mais ces faits n'embarrassent point ceux qui ont fait *Noé* grand-père de *Fo-hi ;* car rien ne les embarrasse.

D'autres adorateurs de l'antiquité nous font regarder les Egyptiens comme le peuple le plus sage de la terre; parce que, dit-on, les prêtres avaient chez eux beaucoup d'autorité : & il se trouve que ces prêtres si sages, ces législateurs d'un peuple sage, adoraient des singes, des chats, & des oignons. On a beau se récrier sur la beauté des anciens ouvrages égyptiens, ceux qui nous sont restés sont des masses informes ; la plus belle statue de l'ancienne Egypte n'approche pas de celle du plus médiocre de nos ouvriers. Il a fallu que les Grecs enseignassent aux Egyptiens la sculpture; il n'y a jamais eu en Egypte aucun bon ouvrage que de la main des Grecs. Quelle prodigieuse connaissance, nous dit-on, les Egyptiens avaient de l'astronomie! les quatre côtés d'une grande pyramide sont exposés aux quatre régions du monde ; ne voilà-t-il pas un grand effort d'astronomie? Ces Egyptiens étaient-ils autant de *Caffini*, de *Halley*, de *Keplers*, de *Ticho-Brahé* ? Ces bonnes gens racontaient froidement à *Hérodote* que le foleil en onze mille ans s'était couché deux fois où il fe lève : c'était-là leur aftronomie.

Il en coûtait, répète M. *Rollin*, cinquante mille écus pour ouvrir & fermer les éclufes du lac Mœris. M. *Rollin* eft cher en éclufes, & fe mécompte en arithmétique. Il n'y a point d'éclufe qui ne doive s'ouvrir & fe fermer pour un écu, à moins qu'elles ne foient très-mal faites. Il en coûtait, dit-il, cinquante talens pour ouvrir & fermer ces éclufes. Il faut favoir qu'on évalua le talent du temps de *Colbert*, à trois mille livres de France. *Rollin* ne fonge pas que depuis ce temps la valeur numéraire de nos efpèces eft augmentée prefque du double, & qu'ainfi la peine d'ouvrir les éclufes du lac Mœris aurait dû coûter, felon lui, environ trois cents mille francs, ce qui eft à peu près deux cents quatre-vingt-dix-fept mille livres plus qu'il ne faut. Tous les calculs de fes treize tomes fe reffentent de cette inattention. Il répète encore après *Hérodote*, qu'on entretenait d'ordinaire en Egypte, c'eft-à-dire dans un pays beaucoup moins grand que la France, quatre cents mille foldats; qu'on donnait à chacun cinq livres de pain par jour, & deux livres de viande. C'eft donc huit cents mille livres de viande par jour pour les feuls foldats, dans un pays où l'on n'en mangeait prefque point. D'ailleurs, à qui appartenaient ces quatre cents mille foldats, quand l'Egypte était divifée en plufieurs petites principautés? On ajoute que chaque foldat avait fix arpens francs de contribution; voilà donc deux millions quatre cents mille

arpens,

arpens, qui ne payent rien à l'État. C'eſt cependant ce petit Etat, qui entretenait plus de foldats que n'en a aujourd'hui le grand-feigneur, maître de l'Egypte, & de dix fois plus de pays que l'Egypte n'en contient. *Louis XIV* a eu quatre cents mille hommes fous les armes pendant quelques années ; mais c'était un effort, & cet effort a ruiné la France.

Si on voulait faire uſage de ſa raiſon au lieu de ſa mémoire, & examiner plus que tranfcrire, on ne multiplierait pas à l'infini les livres & les erreurs ; il faudrait n'écrire que des choſes neuves & vraies. Ce qui manque d'ordinaire à ceux qui compilent l'hif-toire, c'eſt l'eſprit philoſophique : la plupart, au lieu de difcuter des faits avec des hommes, font des contes à des enfans. Faut-il qu'au fiècle où nous vivons, on imprime encore le conte des oreilles de *Smerdis* ; & de *Darius*, qui fut déclaré roi par ſon cheval, lequel hennit le premier ; & de *Sanacharib*, ou *Sennakérib*, ou *Sennacabon*, dont l'armée fut détruite miraculeuſe-ment par des rats ! quand on veut répéter ces contes, il faut du moins les donner pour ce qu'ils font.

Eſt-il permis à un homme de bon fens, né dans le dix-huitième fiècle, de nous parler férieuſement des oracles de Delphes ? tantôt de nous répéter que cet oracle devina que *Créſus* feſait cuire une tortue & du mouton dans une tourtière ; tantôt de nous dire que des batailles furent gagnées ſuivant la prédiction d'*Apollon*, & d'en donner pour raiſon le pouvoir du diable ? M. *Rollin*, dans ſa compilation de l'hiſtoire ancienne, prend le parti des oracles contre M^rs *van-Dale, Fontenelle*, & *Baſnage : pour M. de Fontenelle*, dit-il, *il ne faut regarder que comme un ouvrage de jeuneſſe ſon*

Mélanges hiſt. Tome II.   E

livre contre les oracles , tiré de van-Dalc. J'ai bien peur que
cet arrêt de la vieilleſſe de *Rollin* contre la jeuneſſe de
Fontenelle ne ſoit caſſé au tribunal de la raiſon ; les
rhéteurs n'y gagnent guère leurs cauſes contre les phi-
loſophes. Il n'y a qu'à voir ce que dit *Rollin* dans
ſon dixième tome, où il veut parler de phyſique : il
prétend qu'*Archimède*, voulant faire voir à ſon bon
ami le roi de Syracuſe la puiſſance des mécaniques,
fit mettre à terre une galère, la fit charger doublement,
& la remit doucement à flot en remuant un doigt,
ſans ſortir de deſſus ſa chaiſe. On ſent bien que c'eſt-
là le rhéteur qui parle : s'il avait été un peu philoſophe, il aurait vu l'abſurdité de ce qu'il avance.

Il me ſemble que ſi l'on voulait mettre à profit le
temps préſent, on ne paſſerait point ſa vie à s'infatuer
des fables anciennes. Je conſeillerais à un jeune
homme d'avoir une légère teinture de ces temps
reculés ; mais je voudrais qu'on commençât une étude
ſérieuſe de l'hiſtoire au temps où elle devient véritablement intéreſſante pour nous : il me ſemble que
c'eſt vers la fin du quinzième ſiècle. L'imprimerie,
qu'on invente en ce temps-là, commence à la rendre
moins incertaine. L'Europe change de face ; les Turcs,
qui s'y répandent, chaſſent les belles-lettres de Conſtantinople ; elles fleuriſſent en Italie ; elles s'établiſſent
en France ; elles vont polir l'Angleterre, l'Allemagne,
& le Septentrion. Une nouvelle religion ſépare la
moitié de l'Europe de l'obédience du pape. Un nouveau
ſyſtème de politique s'établit ; on fait, avec le ſecours
de la bouſſole, le tour de l'Afrique ; & on commerce
avec la Chine plus aiſément que de Paris à Madrid.
L'Amérique eſt découverte ; on ſubjugue un nouveau

monde, & le nôtre eft prefque tout changé ; l'Europe chrétienne devient une efpèce de république immenfe, où la balance du pouvoir eft établie mieux qu'elle ne le fut en Grèce. Une correfpondance perpétuelle en lie toutes les parties, malgré les guerres que l'ambition des rois fufcite, & même malgré les guerres de religion encore plus deftructives. Les arts, qui font la gloire des Etats, font portés à un point que la Grèce & Rome ne connurent jamais. Voilà l'hiftoire qu'il faut que tout homme fache ; c'eft là qu'on ne trouve ni prédictions chimériques, ni oracles menteurs, ni faux miracles, ni fables infenfées : tout y eft vrai, aux petits détails près, dont il n'y a que les petits efprits qui fe foucient beaucoup. Tout nous regarde, tout eft fait pour nous ; l'argent fur lequel nous prenons nos repas, nos meubles, nos befoins, nos plaifirs nouveaux ; tout nous fait fouvenir, chaque jour, que l'Amérique & les grandes Indes, & par conféquent toutes les parties du monde entier, font réunies depuis environ deux fiècles & demi par l'induftrie de nos pères. Nous ne pouvons faire un pas qui ne nous avertiffe du changement qui s'eft opéré depuis dans le monde. Ici ce font cent villes, qui obéiffaient au pape, & qui font devenues libres. Là on a fixé pour un temps les priviléges de toute l'Allemagne. Ici fe forme la plus belle des républiques, dans un terrain que la mer menace chaque jour d'engloutir. L'Angleterre a réuni la vraie liberté avec la royauté ; la Suède l'imite, & le Danemarck n'imite point la Suède. Que je voyage en Allemagne, en France, en Efpagne ; par-tout je trouve les traces de cette longue querelle qui a fubfifté entre les

maifons d'Autriche & de Bourbon, unies par tant
de traités, qui ont tous produit des guerres funeftes.
Il n'y a point de particulier en Europe, fur la fortune duquel tous ces changemens n'aient influé. Il
fied bien, après cela, de s'occuper de *Salmanafar* &
de *Mardokempad* ; & de rechercher les anecdotes du
perfan *Cayamarrat*, & de *Sabaco Métophis!* Un homme
mûr, qui a des affaires férieufes, ne répète point les
contes de fa nourrice.

ARTICLE XIII.

Suite du même fujet.

PEUT-ETRE arrivera-t-il bientôt dans la manière
d'écrire l'hiftoire ce qui eft arrivé dans la phyfique.
Les nouvelles découvertes ont fait profcrire les anciens
fyftèmes. On voudra connaître le genre-humain dans
ce détail intéreffant, qui fait aujourd'hui la bafe de
la philofophie naturelle.

On commence à refpecter très-peu l'aventure de
Curtius, qui referma un gouffre en fe précipitant au
fond lui & fon cheval. On fe moque des boucliers
defcendus du ciel, & de tous les beaux talifmans
dont les dieux fefaient préfent fi libéralement aux
hommes ; & des veftales, qui mettaient un vaiffeau
à flot avec leur ceinture ; & de toute cette foule de
fottifes célèbres dont les anciens hiftoriens regorgent.
On n'eft guère plus content que, dans fon hiftoire
ancienne, M. *Rollin* nous parle férieufement du roi

Nabis, qui fefait embraffer fa femme par ceux qui lui apportaient de l'argent, & qui mettait ceux qui lui en refufaient, dans les bras d'une belle poupée toute femblable à la reine, & armée de pointes de fer fous fon corps-de-jupe. On rit, quand on voit tant d'auteurs répéter, les uns après les autres, que le fameux *Othon*, archevêque de Maïence, fut affiégé & mangé par une armée de rats en 698 ; que des pluies de fang inondèrent la Gafcogne en 1017 ; que deux armées de ferpens fe battirent près de Tournay en 1059. Les prodiges, les prédictions, les épreuves par le feu &c. font à préfent dans le même rang que les contes d'*Hérodote*.

Je veux parler ici de l'hiftoire moderne, dans laquelle on ne trouve ni poupées qui embraffent les courtifans, ni évêques mangés par les rats.

On a grand foin de dire quel jour s'eft donnée une bataille, & on a raifon. On imprime les traités, on décrit la pompe d'un couronnement, la cérémonie de la réception d'une barrette, & même l'entrée d'un ambaffadeur, dans laquelle on n'oublie ni fon fuiffe ni fes laquais. Il eft bon qu'il y ait des archives de tout, afin qu'on puiffe les confulter dans le befoin ; & je regarde à préfent tous les gros livres comme des dictionnaires. Mais, après avoir lu trois ou quatre mille defcriptions de batailles, & la teneur de quelques centaines de traités, j'ai trouvé que je n'étais guère plus inftruit au fond. Je n'apprenais là que des événemens. Je ne connais pas plus les Français & les Sarrazins par la bataille de *Charles Martel*, que je ne connais les Tartares & les Turcs par la victoire que *Tamerlan* remporta fur *Bajazet*.

E 3

J'avoue que quand j'ai lu les mémoires du cardinal
de *Retz*, & de Mme de *Motteville*, je fais ce que la
reine-mère a dit mot pour mot à M. de *Jerfay*;
j'apprends comment le coadjuteur a contribué aux
barricades; je peux me faire un précis des longs
difcours qu'il tenait à Mme de *Bouillon*. C'eft beaucoup pour ma curiofité; c'eft pour mon inftruction
très-peu de chofe. Il y a des livres qui m'apprennent
les anecdotes vraies ou fauffes d'une cour. Quiconque
a vu les cours, ou a eu envie de les voir, eft auffi
avide de ces illuftres bagatelles, qu'une femme de
province aime à favoir les nouvelles de fa petite
ville. C'eft au fond la même chofe & le même mérite.
On s'entretenait fous *Henri IV* des anecdotes de
Charles IX. On parlait encore de M. le duc de *Bellegarde*
dans les premières années de *Louis XIV*. Toutes ces
petites miniatures fe confervent une génération ou
deux, & périffent enfuite pour jamais.

On néglige cependant pour elles des connaiffances
d'une utilité plus fenfible & plus durable. Je voudrais
apprendre quelles étaient les forces d'un pays avant
une guerre, & fi cette guerre les a augmentées ou
diminuées. L'Efpagne a-t-elle été plus riche avant
la conquête du nouveau monde qu'aujourd'hui?
De combien était-elle plus peuplée du temps de
Charles-Quint, que fous *Philippe IV*? Pourquoi Amfterdam contenait-elle à peine vingt mille ames il y
a deux cents ans? Pourquoi a-t-elle aujourd'hui
deux cents quarante mille habitans? & comment
le fait-on pofitivement? De combien l'Angleterre eft-
elle plus peuplée qu'elle ne l'était fous *Henri VIII*?
Serait-il vrai, ce qu'on dit dans les *Lettres perfanes*,

que les hommes manquent à la terre, & qu'elle eſt
dépeuplée en comparaiſon de ce qu'elle était il y a
deux mille ans ? Rome, il eſt vrai, avait alors plus
de citoyens qu'aujourd'hui. J'avoue qu'Alexandrie
& Carthage étaient de grandes villes ; mais Paris,
Londres, Conſtantinople, le grand Caire, Amſterdam, Hambourg, n'exiſtaient pas. Il y avait trois
cents nations dans les Gaules ; mais ces trois cents
nations ne valaient la nôtre ni en nombre d'hommes
ni en induſtrie. L'Allemagne était une forêt : elle eſt
couverte de cent villes opulentes. Il ſemble que
l'eſprit de critique, laſſé de ne perſécuter que des
particuliers, ait pris pour objet l'univers. On crie
toujours que ce monde dégénère, & on veut encore
qu'il ſe dépeuple. Quoi donc, nous ſaudra-t-il
regretter les temps où il n'y avait pas de grand
chemin de Bordeaux à Orléans, & où Paris était
une petite ville dans laquelle on s'égorgeait ? On a
beau dire, l'Europe a plus d'hommes qu'alors, &
les hommes valent mieux. On pourra ſavoir dans
quelques années combien l'Europe eſt en effet peuplée ; car, dans preſque toutes les grandes villes, on
rend public le nombre des naiſſances au bout de
l'année ; & ſur la règle exacte & ſure que vient de
donner un hollandais auſſi habile qu'infatigable, on
fait le nombre des habitans par celui des naiſſances.
Voilà déjà un des objets de la curioſité de quiconque
veut lire l'hiſtoire en citoyen & en philoſophe. Il
ſera bien loin de s'en tenir à cette connaiſſance ; il
recherchera quel a été le vice radical & la vertu
dominante d'une nation ; pourquoi elle a été puiſ-
ſante ou faible ſur la mer ; comment & juſqu'à quel

E 4

point elle s'eſt enrichie depuis un ſiècle, les regiſtres des exportations peuvent l'apprendre. Il voudra ſavoir comment les arts, les manufactures ſe ſont établies ; il ſuivra leur paſſage & leur retour d'un pays dans un autre. Les changemens dans les mœurs & dans les lois ſeront enfin ſon grand objet. On ſaurait ainſi l'hiſtoire des hommes, au lieu de ſavoir une faible partie de l'hiſtoire des rois & des cours.

En vain je lis les annales de France ; nos hiſtoriens ſe taiſent tous ſur ces détails. Aucun n'a eu pour deviſe : *Homo ſum, humani nil à me alienum puto.* Il faudrait donc, me ſemble, incorporer avec art ces connaiſſances utiles dans le tiſſu des événemens. Je crois que c'eſt la ſeule manière d'écrire l'hiſtoire moderne en vrai politique & en vrai philoſophe. Traiter l'hiſtoire ancienne, c'eſt compiler, me ſemble, quelques vérités avec mille menſonges. Cette hiſtoire n'eſt peut-être utile que de la même manière dont l'eſt la fable, par de grands événemens qui font le ſujet perpétuel de nos tableaux, de nos poëmes, de nos converſations, & dont on tire des traits de morale. Il faut ſavoir les exploits d'*Alexandre*, comme on fait les travaux d'*Hercule*. Enfin cette hiſtoire ancienne me paraît, à l'égard de la moderne, ce que ſont les vieilles médailles en comparaiſon des monnaies courantes ; les premières reſtent dans les cabinets ; les ſecondes circulent dans l'univers pour le commerce des hommes.

Mais, pour entreprendre un tel voyage, il faut des hommes qui connaiſſent autre choſe que les livres ; il faut qu'ils ſoient encouragés par le gouvernement, autant au moins pour ce qu'ils feront, que le furent les *Boileau*, les *Racine*, les *Valincourt*, pour ce qu'ils ne firent point ; & qu'on ne dife pas d'eux ce que difait de ces meffieurs un commis du tréfor royal, homme d'efprit : *Nous n'avons vu encore d'eux que leur fignature.*

A R T I C L E X I V.

De l'utilité de l'hiftoire.

CET avantage confifte furtout dans la comparaifon qu'un homme d'Etat, un citoyen, peut faire des lois & des mœurs étrangères avec celles de fon pays ; c'eft ce qui excite l'émulation des nations modernes dans les arts, dans l'agriculture, dans le commerce.

Les grandes fautes paffées fervent beaucoup en tout genre. On ne fauroit trop remettre devant les yeux les crimes & les malheurs. On peut, quoi qu'on en dife, prévenir les uns & les autres. L'hiftoire du tyran *Chriftiern* peut empêcher une nation de confier le pouvoir abfolu à un tyran ; & le défaftre de *Charles XII* devant Pultava avertit un général de ne pas s'enfoncer dans l'Ukraine fans avoir des vivres.

C'eft pour avoir lu les détails des batailles de Crécy, de Poitiers, d'Azincour, de Saint-Quentin, de Gravelines &c., que le célèbre maréchal de *Saxe* fe déterminait à chercher, autant qu'il pouvait, ce qu'il appelait des affaires de poftes.

Les exemples font un grand effet fur l'efprit d'un prince qui lit avec attention. Il verra que *Henri IV* n'entreprenait fa grande guerre, qui devait changer le fyftème de l'Europe, qu'après s'être affuré du nerf de la guerre, pour la pouvoir foutenir plufieurs années fans aucun nouveau fecours de finances.

Il verra que la reine *Elifabeth*, par les feules reffources du commerce & d'une fage économie, réfifta au puiffant *Philippe II;* & que de cent vaiffeaux qu'elle mit en mer contre la flotte *invincible*, les trois quarts étaient fournis par les villes commerçantes d'Angleterre.

La France, non entamée fous *Louis XIV* après neuf ans de la guerre la plus malheureufe, montrera évidemment l'utilité des places frontières qu'il conftruifit. En vain l'auteur des caufes de la chute de l'empire romain blâme-t-il *Juftinien* d'avoir eu la même politique; il ne devait blâmer que les empereurs qui négligèrent ces places frontières, & qui ouvrirent les portes de l'empire aux barbares.

Un avantage que l'hiftoire moderne a fur l'ancienne, c'eft d'apprendre à tous les potentats que depuis le quinzième fiècle on s'eft toujours réuni contre une puiffance trop prépondérante. Ce fyftème d'équilibre a toujours été inconnu des anciens : & c'eft la raifon des fuccès du peuple romain qui, ayant formé une milice fupérieure à celle des autres peuples, les fubjugua l'un après l'autre, du Tibre jufqu'à l'Euphrate.

Il eft néceffaire de remettre fouvent fous les yeux les ufurpations des papes, les fcandaleufes difcordes de leurs fchifmes, la démence des difputes de controverfe, les perfécutions, les guerres enfantées par cette démence, & les horreurs qu'elles ont produites.

Si on ne rendait pas cette connaiſſance familière aux jeunes gens; s'il n'y avait qu'un petit nombre de favans inſtruits de ces faits, le public ferait auſſi imbécille qu'il l'était du temps de *Grégoire VII.* Les calamités de ces temps d'ignorance renaîtraient infailliblement, parce qu'on ne prendrait aucune précaution pour les prévenir. Tout le monde fait à Marſeille par quelle inadvertance la peſte fut apportée du Levant, & on s'en préferve.

Anéantiſſez l'étude de l'hiſtoire, vous verrez peut-être des St Barthélemi en France, & des *Cromwell* en Angleterre.

A R T I C L E   X V.

Fragment ſur la Saint-Barthélemi.

ON prétend en vain que le chancelier de l'*Hoſpilal* & *Chriſtophe de Thou*, premier préſident, diſaient ſouvent : *Excidat illa dies,* (que ce jour périſſe.) (*h*) Il ne périra point; ces vers même en conſervent la mémoire. Nous fîmes auſſi nos efforts autrefois pour la perpétuer. *Virgile* avait mieux réuſſi que nous à tranſmettre aux ſiècles futurs la journée de la ruine de Troie. La grande poëſie s'occupa toujours d'éternifer les malheurs des hommes.

(*h*) Ce font des vers de *Silius Italicus ; Excidat illa dies ævo, nec poſtera credant ſæcula* .... &c.

Nous fûmes étonnés de trouver en 1758, près de deux cents ans après la Saint-Barthélemi, un livre contre les proteftans, dans lequel eft une differtation fur ces maffacres; l'auteur veut prouver ces quatre points qu'il énonce ainfi :

1°. Que la religion n'y a eu aucune part.

2°. Que ce fut une affaire de profcription.

3°. Qu'elle n'a dû regarder que Paris.

4°. Qu'il y a péri beaucoup moins de monde qu'on n'a écrit.

Au 1°. nous répondrons. Non fans doute, ce ne fut pas la religion qui médita, & qui exécuta les maffacres de la St Barthélemi; ce fut le fanatifme le plus exécrable. La religion eft humaine, parce qu'elle eft divine; elle prie pour les pécheurs, & ne les extermine pas; elle n'égorge point ceux qu'elle veut inftruire. Mais fi on entend ici par religion ces querelles fanguinaires de religion, ces guerres inteftines qui couvrirent de cadavres la France entière pendant plus de quarante années, il faut avouer que cet effroyable abus de la religion arma les mains qui commirent les meurtres de la Saint-Barthélemi. Nous convenons que *Catherine de Médicis*, le duc de *Guife*, le cardinal de *Birague*, & le maréchal de *Retz*, qui confeillèrent ces maffacres, n'avaient pas plus de religion que monfieur l'abbé (*) qui en veut diminuer l'horreur. Il nous reproche d'avoir appelé *Birague* cardinal, fous prétexte qu'il ne fut décoré de la pourpre romaine, qu'après avoir répandu le fang des Français. Mais ne dit-on pas tous les jours que le

(*) *Caveyrac.*

cardinal de *Retz* fit la première guerre de la fronde, quoiqu'il ne fût alors que coadjuteur de Paris ? Que fait aux maffacres de la Saint-Barthélemi le quantième du mois où un *Birague* reçut fa barrette ? eft-ce par de tels fubterfuges qu'on peut défendre une fi déteftable caufe ? Oui, le fanatifme religieux arma la moitié de la France contre l'autre ; oui, il changea en affaffins ces Français aujourd'hui fi doux & fi polis, qui s'occupent gaiement d'opéra comiques, de querelles de danfeufes, & de brochures. Il faut le redire cent fois ; il faut le crier tous les ans le 24 augufte, où le 24 août, afin que nos neveux ne foient jamais tentés de renouveler religieufement les crimes de nos déteftables pères.

2°. *Que ce fut une affaire de profcription.*

Quelle affaire ! profcrire fes propres fujets, fes meilleurs capitaines, fes parens, le prince de *Condé ;* notre *Henri IV*, depuis reftaurateur de la France, notre héros, notre père, qui n'échappa qu'à peine à cette boucherie ! On dit une affaire de finance, une affaire d'honneur ou d'intérêt, affaire de barreau, affaire au confeil, affaires du roi, homme d'affaires. Mais qui avait jamais entendu parler d'affaires de profcription ? il femble que ce foit une chofe fimple & en ufage. Il n'eft que trop vrai que ce fut une profcription : & c'eft ce qui excitera toujours nos cris & nos larmes.

Mais on laiffa au peuple fanatique & barbare le foin de choifir fes victimes. Le frère pouvait affaffiner fon frère, le fils plonger le couteau dans les mamelles qui l'avaient alaité. Il n'eft que trop vrai qu'on égorgea des femmes & des enfans. *Les charrettes chargées de corps morts de damoifelles, femmes, filles, & enfans, étaient menées & déchargées dans la rivière.* Quelle affaire !

3°. *Que cette affaire n'a jamais dû regarder que Paris.*

Et pour nous prouver cette étrange affertion, monfieur l'abbé nous affure qu'à Troies un catholique voulut fauver la vie à *Etienne Marguien ;* mais il ne nous dit point qu'*Etienne Marguien* échappât au carnage. Si cette affaire n'avait regardé que Paris, pourquoi la cour envoya-t-elle des ordres à tous les gouverneurs des provinces & des villes de répandre par-tout le fang des fujets ? Il y en eut qui s'en excufèrent. Les feigneurs de *Saint-Herem*, de *Chabot*, d'*Ortes*, d'*Ognon*, de *la Guiche*, *Gordes*, & d'autres, écrivirent au roi en différens termes, qu'ils avaient des foldats pour fon fervice, & non des bourreaux.

Au refte, il doit nous être permis d'en croire les véridiques *Augufte de Thou* & *Maximilien* duc de *Sulli*, qui virent de bien plus près la Saint-Barthélemi que monfieur l'abbé qui n'y était pas, & qui ne paffe peut-être pas pour auffi véridique.

4°. *Qu'il y a péri beaucoup moins de monde qu'on n'a écrit.*

Il n'eft pas poffible de favoir le nombre des morts ; on ne fait pas dans les villes le nombre des vivans. Tel auteur exagère, tel autre diminue, perfonne ne compte. Nous n'avons jamais cru aux trois cents mille farrazins tués par *Charles Martel ;* il n'eft pas queftion ici de favoir au jufte combien de Français furent maffacrés par leurs compatriotes. Qui pourra jamais avoir une lifte exacte des habitans de Theffalonique égorgés par l'ordre de *Théodofe* dans le cirque , où il les invita par des jeux folemnels ? il eft avéré que tout ce qui entra fut tué. Theffalonique était une ville marchande , opulente, & peuplée. Il n'eft pas vraifemblable qu'elle ne contînt que fept mille ames. Mais que *Théodofe*, dans fa Saint-Barthélemi, ait fait maffacrer quinze mille de fes fujets, ou trente mille, le crime eft égal.

L'archevêque *Péréfixe* pouffe jufqu'à cent mille le nombre des victimes frappées dans la profcription de *Charles IX*. Le fage de *Thou* réduit ce nombre à foixante & dix mille. Prenons une moyenne proportionnelle arithmétique, nous aurons quatre - vingt-cinq mille : Quelle affaire, encore une fois !

De nos jours, un avocat irlandais a plaidé pour les maffacres d'Irlande, exécutés fous le règne de l'infortuné *Charles I*. Il a foutenu que les Irlandais catholiques n'avaient affaffiné que quarante mille proteftans. Nous ne voulons pas compter après lui ; mais en vérité ce n'eft pas peu de chofe que quarante mille citoyens expirans dans des tourmens recherchés, des filles attachées vivantes encore au cou de leurs mères fufpendues à des potences ; les parties génitales des pères de famille , mifes toutes fanglantes dans la bouche de leurs femmes égorgées ; & leurs enfans coupés par morceaux fous les yeux des pères & des mères ; le tout à la plus grande gloire de DIEU.

Nous aurions mauvaife grâce de nous plaindre des reproches que nous fait monfieur l'abbé fur ce que nous fîmes, il y a cinquante ans, je ne fais quel poëme épique dans lequel il eft parlé de la Saint-Barthélemi. Un de nos parens fut tué dans cette journée: mais nous nous tenons très-heureux d'en être quittes aujourd'hui pour des injures.

ARTICLE XVI.

Le préfident de Thou juftifié contre les accufations de M. de Buri, auteur d'une vie de Henri IV.

TOUT homme de lettres, tout bon français, doit être étonné & affligé de voir notre illuftre préfident de *Thou* indignement traité dans la préface que M. de *Buri* a mife au-devant de fon hiftoire de la vie de *Henri IV*. Voici comme il s'exprime fur un des plus grands-hommes que nous ayons jamais eus dans la magiftrature & dans les lettres.

,, L'hiftoire, dit-il, ne doit point être un recueil
,, de bons mots & d'épigrammes, encore moins de
,, fatires & de médifances, auxquels fe livrent les
,, hiftoriens qui veulent donner de l'efprit, & le font
,, fouvent aux dépens de la vérité. Nous avons beau-
,, coup d'écrivains qui ont acquis leur principale
,, réputation par le mal qu'ils ont affecté de dire des
,, princes & des particuliers; tels font, entre autres,
,, de *Thou* & *Mézerai*, écrivains recherchés par les
,, médifances qu'ils ont répandues dans leurs ouvra-
,, ges, parce que beaucoup de perfonnes s'imaginent
,, que ce font des actes de vérité. ,,

II

Il faudrait au moins favoir parler fa langue, lorfqu'on ofe cenfurer fi durement un hiftorien qui a
écrit auffi purement que le préfident de *Thou*, dans
une langue étrangère. On ne dit point *donner de l'efprit*
tout court; on dit donner de l'efprit à ceux que l'on
fait parler, & pour cela il faut en avoir. Cette
expreffion *donner de l'efprit* n'eft pas françaife. On ne
dit point *des actes de vérité*, comme on dit des actes
de foi, de charité, de juftice.

,, La plupart des auteurs, continue-t-il, ont voulu
,, imiter *Tacite*, dont le ftyle a gâté beaucoup d'hifto-
,, riens par la malignité de fes réflexions, qui n'ont
,, rien de naturel ni d'innocent. ,,

Il aurait dû voir que le ftyle n'a rien de commun
avec la malignité des réflexions. On peut avoir un bon
ou un mauvais ftyle, foit qu'on faffe une fatire, foit
qu'on faffe un panégyrique. Et *une malignité qui n'a
rien d'innocent* eft affurément une phrafe qui n'a rien
de fpirituel.

Eft il permis à un homme qui écrit ainfi de reprocher à M. de *Thou* du *pédantifme* ? Il le condamne
furtout parce qu'il a écrit en latin. Ne fait-il pas que
du temps de M. de *Thou* le latin était encore la langue
univerfelle des favans ? Le français n'était pas formé;
il fallait écrire en latin pour être lu de toutes les
nations.

Une telle préface révolte tout honnête-homme;
& lorfqu'on voit enfuite l'auteur parler de lui-même,
en commençant la vie de *Henri IV*, & dire qu'il a
déjà donné au public la *Vie de Philippe de Macédoine*,
on voit que ce pédant de *Thou*, qui peut-être était en
droit, par fon rang & fon mérite, d'ofer parler de lui

dans fon admirable hiftoire , n'a pourtant point eu un *pédantifme* fi déplacé.

Le fieur de *Buri* ne devait ni fe citer ainfi lui-même , ni infulter un grand-homme , mais il devait mieux écrire.

,, Son courage, dit-il , (en parlant d'*Henri IV*.) était ,, prefque au-deffus de l'humanité. Il eft toujours ,, forti des occafions périlleufes victorieux & avec ,, avantage. ,,

Le terme d'*humanité* fait ici une équivoque qui n'eft pas permife, & quand on fort *victorieux* d'une action périlleufe , apparemment qu'on en fort auffi avec *avantage*. Ce n'eft pas là le ftyle du *pédant de Thou*.

Je ne remarque ces fautes , dans le début de cette hiftoire , que pour faire voir combien il eft indécent à un homme qui écrit fi mal de fe déchaîner contre le plus éloquent de nos hiftoriens. Je ne parlerai point des fautes de langage qui font en trop grand nombre dans cet ouvrage ; je paffe à des objets plus importans.

L'auteur remonte jufqu'à la mort de *François I*, & dit que ce monarque laiffa dans fon tréfor quatre millions d'éfpèces. Je ne veux point trop blâmer ici l'ufage où font tant d'auteurs de répéter ce que d'autres ont dit; mais il faut au moins s'expliquer d'une manière intelligible. Quatre millions d'efpèces ne fignifient rien. Le *pédant de Thou* nous apprend que *François I* laiffa quatre cents mille écus d'or , outre le quart des revenus, dont le recouvrement n'était pas encore fait, ce qui ne compofe point quatre millions d'efpèces, mais feize cents mille livres numériques, à quatre livres l'écu d'or.

Venant enfuite à la paix de Cateau-Cambrefis, faite avec *Philippe II*, l'auteur dit (*) *qu'on rendit les conquêtes de part & d'autre, excepté Metz, Toul, & Verdun.* On croirait, par cet énoncé, que *Henri II* avait pris Metz, Toul, & Verdun, fur *Philippe;* mais il les avait prifes fur l'Allemagne, & il n'en fut point du tout queftion dans le traité de Cateau-Cambrefis.

Il eft bien étrange que dans la *Vie de Henri IV* on parle des batailles de Jarnac, de Moncontour, & de la Saint-Barthelemi, avant de parler de la naiffance de ce prince, de fon éducation, & de la part qu'il eut à tous ces événemens; & il eft encore plus étrange que l'auteur en revenant fur fes pas, & en parlant de la Saint-Barthelemi, ne nomme aucun de ceux qui étaient alors auprès de *Henri de Navarre*, & qui fe cachèrent jufque fous le lit de la princeffe *Marguerite*, fa femme. Il ne parle point de ceux qui furent égorgés entre fes bras. La réticence fur des faits fi intéreffans n'eft point pardonnable.

Il eft encore plus répréhenfible de ne pas dire que *Henri IV*, étant gardé à vue après la Saint-Barthelemi, changea de religion. C'eft un fait fi important, & le nom de *relaps*, qu'on lui donna depuis, fufcita contre lui tant d'ennemis, & fut pour eux un prétexte fi fpécieux, qu'il eft impoffible de fe faire une idée nette des traverfes qu'il effuya, quand on omet ce qui en a été le principe; c'eft pécher contre la principale loi de l'hiftoire. Il eft vrai que quarante pages après,

(*) Tome I, page 13.

F 2

il dit un mot qui suppose cette abjuration de *Henri IV* : mais un mot qui n'est pas à sa place ne suffit pas ; & *jam nunc dicat jam nunc &c.*

Je passe bien des fautes de cette espèce pour arriver à la mort du prince *Henri de Condé* en 1587. On ne trouve que cinq ou six lignes sur ce fatal événement. *Henri IV* alors roi de Navarre, n'était qu'à quelques lieues de Saint-Jean d'Angeli, où le prince *Henri de Condé* était mort. Les lettres qu'il écrivit sur cette mort sont un des plus précieux monumens de l'histoire ; elles sont connues, elles sont authentiques : je les transcrirais ici si elles n'étaient pas imprimées dans l'*Essai sur les mœurs & l'esprit des nations.* (Tom. IV, pages 31 & suiv. de cette édition).

Ce sont là des monumens précieux, absolument nécessaires à un historien qui doit s'instruire avant que d'instruire le public. Ce n'est pas la peine de répéter des faits rebattus, & de transcrire sans choix les mémoires composés par les secrétaires du duc de *Sulli*, & trop corrigés par l'abbé de l'*Ecluse.* Qui n'a rien de nouveau à dire doit se taire, ou du moins se faire pardonner son inutilité par son éloquence.

Il faut surtout, quand on répète, ne se pas tromper. L'exactitude doit venir au secours de la stérilité.

L'auteur s'exprime ainsi sur le prince palatin *Casimir*, qui vint plusieurs fois faire la guerre en France : (*) ,, On donna au prince *Casimir*, pour le renvoyer dans ,, ses Etats, une satisfaction tant en argent qu'en ,, présens. ,,

Ce prince *Casimir* ne put être renvoyé dans ses Etats, car il n'en avait point ; il était le quatrième fils

(*) Tome I, page 86.

de *Fréderic III* électeur palatin ; mais c'était un prince entreprenant & courageux, qui offrait fes fervices à tous les partis qui défolaient alors la France. Le roi *Henri III* lui avait donné une compagnie de cent hommes d'armes, le duché d'Etampes, & des penfions. Voilà le prince que M. de *Buri* nous donne pour un fouverain, dans une hiftoire où il veut réformer tous ceux qui ont écrit avant lui.

On fait que le pape *Sixte V* eut l'infolence d'envoyer en 1589 un monitoire par lequel il ordonnait au roi de fe rendre à Rome dans trente jours, pour fe juftifier de la mort du cardinal de *Guife* ; l'auteur dit (*) ,, que le roi fut cité à comparoir dans trente jours à ,, Rome. ,,

Il femble par cette expreffion que *Sixte-Quint* ait écrit ce monitoire en français, & qu'il fe foit fervi du langage de notre barreau. Il était écrit en latin felon l'ufage de Rome. L'auteur devait fe fervir du mot de *comparaître* pour lever cette équivoque.

L'auteur, après l'affaffinat de *Henri III*, par le jacobin *Jacques Clément*, ne devait pas omettre l'arrêt que porta en perfonne *Henri IV* contre le cadavre du moine, & l'interrogation faite par le grand-prévôt de l'hôtel au procureur-général *la Guefle*, qui avait introduit cet affaffin. Lorfqu'on fait une hiftoire de *Henri IV* en quatre volumes, un fait auffi fingulier ne doit pas être paffé fous filence. Nous avons encore le procès criminel fait au cadavre. Il commence par le paffe-port donné à *Jacques Clément* par le comte de *Brienne* de la maifon de Luxembourg, & figné *Charles de*

_____

(*) Tome I, page 287.

Luxembourg, du 29 juillet 1589, & plus bas, par mondit seigneur, de *Geoffre*.

Les interrogatoires & confrontations sont signés, *François du Plessis*, seigneur de Richelieu, grand-prévôt de l'hôtel, de *la Guesle*, *du Mont*, *Monciries*, gentilhomme ordinaire de la chambre, d'*Aupou*, idem, *Roger de Bellegarde*, premier gentilhomme de la chambre & grand-écuyer, *Savari de Bonrepos*, gentilhomme ordinaire, *Antoine Portail*, valet de chambre & chirurgien du roi. L'arrêt signé *Henri*, & plus bas *Ruzé*, le 2 août 1589, est conçu en ces termes :

,, Le roi étant en son conseil, après avoir ouï le
,, rapport fait par le sieur de *Richelieu*, chevalier de
,, ses ordres, conseiller en son conseil d'Etat, prévôt
,, de son hôtel, & grand prévôt de France; du procès
,, fait au corps mort de feu *Jacques Clément* jacobin,
,, pour raison de l'assassinat commis en la personne
,, de feu bonne mémoire *Henri de Valois* naguère roi
,, de France & de Pologne. Sa majesté, de l'avis de
,, sondit conseil, a ordonné & ordonne que le corps
,, dudit *Clément* soit tiré à quatre chevaux; ce fait,
,, ledit corps brûlé & mis en cendres, jeté en la rivière,
,, à ce qu'il n'en soit à l'avenir aucune mémoire. Fait
,, à Saint-Cloud, sadite majesté y étant. ,,

Un homme qui fait une histoire de *Henri IV* après de *Thou*, *Mézerai*, *Daniel*, & tant d'autres, doit au moins puiser quelque chose de nouveau dans les sources. Et ce n'est pas la peine d'écrire quand on ne fait que répéter, & tronquer sans ordre & sans liaison, des faits connus de tout le monde.

Ce qui fait peine encore dans cette histoire, c'est que les événemens n'y sont presque jamais à leur place.

On y parle souvent de faits dont on n'a précédemment donné aucune idée ; le lecteur ne sait point où il en est ; il se trouve continuellement égaré : en voici un exemple.

En parlant de la mort du duc d'*Anjou* dernier fils du roi *Henri II* , l'auteur s'exprime ainsi : (*) ,, Le ,, bruit courut qu'il avait été empoisonné ; mais la ,, véritable cause de sa mort fut le chagrin qu'il avait ,, conçu du mauvais succès de ses entreprises , & en ,, dernier lieu, de celle d'Anvers. ,,

Mais par qui & pourquoi aurait-il été empoisonné ? Quelles étaient ses entreprises ? quelle était celle d'Anvers ? c'est ce que l'auteur ne dit pas ; & c'est sur quoi de *Thou* & *Mézerai* , que l'auteur méprise si fort , donnent de grandes lumières.

,, Le légat (**) voyant une armée victorieuse près ,, de Paris. ,, Quel était ce légat ? il était important de le savoir ; l'auteur n'en dit qu'un seul mot dans le premier tome. Il devait dire que *Sixte Quint* envoya en France le cardinal *Caïetan* avec le jésuite *Bellarmin* & *Panigarole*, & que tous trois étaient vendus à *Philippe II* ; qu'il arriva à Lyon le 9 novembre 1589 ; que *Henri IV* en le déclarant son ennemi, & en protestant de nullité contre toutes ses entreprises, eut la générosité & la prudence de le faire recevoir avec honneur dans toutes les villes qui lui obéissaient. Il fallait surtout dire que ce légat, dont le duc de *Mayenne* se défiait autant que *Henri IV*, cabalait alors , c'est-à-dire en 1590 , pour faire donner le royaume de France à l'infante *Claire Eugénie*.

Les états de la ligue tenus en 1593, furent l'époque la plus célèbre & la plus critique qu'on eût vue en

(*) Tome I, pag. 142.   (**) Tom. II, pag. 32.

France depuis les temps de *Philippe de Valois* & de *Charles VI.* Il s'agissait non-seulement d'abolir la loi salique; comme sous le règne de *Philippe*, mais de placer une fille sur le trône, & même une fille étrangère. *Philippe II* promettait cinquante mille hommes pour soutenir l'élection de l'infante *Claire Eugénie*, qui devait épouser le fils du duc de *Guise le balafré*, tué à Blois.

Le duc de *Mayenne* qui avait alors dans Paris la puissance d'un roi de France, sans en avoir le titre, allait perdre tout le fruit de la guerre civile, & devenir le premier sujet de son neveu dont il était jaloux.

Henri IV, sans argent & presque sans armée, ayant contre lui les catholiques, & environné de factions, n'aurait pu résister, probablement, aux trésors & aux armes de *Philippe II*, le plus puissant monarque de l'Europe. Le duc de *Mayenne* sauva la France en ne consultant que ses propres intérêts & sa jalousie contre le jeune duc de *Guise*. Il était trop roi dans Paris pour ne pas empêcher qu'on lui donnât un roi. Maître du parlement de la Ligue, siégeant à Paris, il est très-vraisemblable qu'il engagea sous main ce parlement à rompre les mesures des Espagnols, à protester contre l'élection d'une infante, à soutenir la loi salique. Ce fut principalement ce qui déconcerta les états.

Le président de *Thou* ne descend pas sans doute jusqu'à rapporter ces harangues basses & ridicules de la *Satire Ménippée*, au lieu de rapporter la substance de ce qui fut en effet proposé. Il est trop grave, trop sage, trop instruit, pour dire que la *Satire Ménippée ouvrit les yeux à beaucoup de personnes*, & contribua à *faire rentrer* dans leur devoir une partie de ceux qui s'en étaient écartés.

C'eſt bien mal connaître les hommes que de prétendre qu'une ſatire empêche des hommes d'Etat de pourſuivre leurs entrepriſes.

Il eſt très-certain que la *Satire Ménippée* ne parut point pendant la tenue des états ; elle ne fut connue qu'en 1594, pluſieurs mois après l'abjuration du roi. La première édition fut commencée ſur la fin de l'année 1593, & ne fut achevée que quand le roi fut entré dans Paris. Cela eſt inconteſtable, puiſque tout l'ouvrage ne fut achevé & ne put l'être qu'en 1594 ; car il y eſt parlé de pluſieurs faits qui ne ſe paſſèrent que long-temps après la diſſolution des états, comme l'aventure du conſeiller d'*Amour*, celle de M. *Vitri*, du banniſſement de d'*Aubray*, & du meurtre de *Saint-Pol*.

M. de *Buri* croit s'appuyer de l'abrégé chronologique du préſident *Hénault*, qui dit que la *Satire Ménippée* ne fut guère moins utile à *Henri IV* que la bataille d'Ivry ; mais il ajoute *peut-être*, & il fait très-bien.

Ce qui réellement porta le dernier coup aux états, & ce qui mit *Henri IV* ſur ſon trône, ce fut le parti qu'il prit d'abjurer ; & c'était en effet le ſeul parti qui reſtât à ſa politique. Le mot ſi célèbre de ce monarque, *Ventre-ſaint-gris*, *Paris vaut bien une meſſe*, eſt une plaiſanterie ſi connue, & en même temps ſi innocente, ſurtout dans un temps où la liberté des expreſſions était extrême, que l'auteur n'a aucune raiſon de nier cette ſaillie de *Henri IV*. Il faudrait, pour être en droit de la nier, rapporter quelque autorité contraire, & il n'en produit ni n'en peut produire aucune.

La fameufe lettre de *Henri* à *Gabrielle d'Etrées*, confervée à la bibliothèque du roi, eft un monument qui confond affez la critique de M. de *Buri*. Ces mots, *c'eſt demain que je fais le faut périlleux ; ces gens-ci me feront haïr Saint-Denis autant que vous haïffez Monceaux &c.* font plus forts que ceux-ci, *Paris vaut bien une meſſe ;* & fon apologie auprès de la reine *Elifabeth* achève de mettre dans tout fon jour le véritable motif de ce grand événement.

Il fe fait apparemment un mérite de copier ici le jéfuite *Daniel*, qui dit qu'au temps des conférences de Surêne, *Henri IV était déjà catholique dans le cœur*. Mais comment pouvait-il être catholique dans le cœur en ce temps-là, puifque pendant le fiége de Paris, qui précéda de très-peu ces conférences, le comte de *Soiſſons* l'étant venu affurer qu'il ferait reçu dans la ville s'il fe fefait catholique, il lui répondit deux fois, *qu'il ne changerait jamais de religion*. Ce fait eft attefté dans plufieurs mémoires, & furtout dans le difcours *des chofes plus notables arrivées au fiége de Paris, & de la défenfe de cette ville par monfeigneur le duc de Nemours contre le roi de Navarre*. N'eft-il pas bien évident que *Henri IV* ne voulut pas changer tant qu'il efpéra de fe rendre maître de la ville, & qu'il changea enfin lorfque le duc de Parme eut fait lever le fiége ? il faut avouer que le duc de Parme fut fon véritable convertiffeur. La vérité doit l'emporter fur les fubterfuges du jéfuite *Daniel*.

M. de *Buri* ne fe trompe pas moins en difant que *le cardinal Tolet fut celui auquel Henri eut le plus d'obligation de l'abfolution du pape*. C'eft fans doute à fon épée & à la dextérité du cardinal d'*Offat* que ce héros en eut toute l'obligation ; & non pas à un jésuite espagnol qui servit fort peu dans cette affaire, & qui n'employa son faible crédit que dans la vue d'obtenir le rappel des jésuites, chassés alors de France par arrêt du parlement. Car l'absolution inutile & arrachée au pape *Clément VIII* est du 17 septembre 1595, & le bannissement des jésuites est du 29 décembre 1594.

Remarquez que je dis ici absolution inutile, parce que *Henri IV* avait été absous par les évêques de son royaume ; parce qu'il était absous par DIEU même ; parce que la prétention du pape que *Henri* ne pouvait être légitime possesseur de son royaume, que sous le bon plaisir ultramontain, était la prétention la plus absurde, & la plus attentatoire à tous les droits d'un souverain & à tous ceux des nations.

N'est-on pas un peu révolté quand on voit que M. de *Buri* ne parle pas seulement de la clause qui fut insérée un mois entier dans l'absolution donnée par le pape *Clément VIII* : *Nous réhabilitons Henri dans sa royauté* ?

Certes ce ne fut pas le cardinal *Tolet* qui fit rayer cette formule criminelle, digne tout au plus de *Grégoire VII* ou de *Boniface VIII*, & dont la seule lecture nous saisit d'indignation. *Nous réhabilitons Henri dans sa royauté* ! Quoi ? un évêque de Rome se croit en droit de donner & d'ôter les royaumes ! & l'Europe entière n'a pas puni ces attentats ! & un écrivain qui donne la vie de *Henri IV* les supprime !

M. de *Buri* dit (*) que les écrivains huguenots rapportaient par dérision que *Henri* s'était soumis à recevoir des coups de fouet par procureur. Ce ne sont

(*) Tome II, page 431.

point les huguenots qui ont parlé ainſi les premiers, c'eſt *Mézerai* lui-même, dont voici les paroles : *Les politiques reprochèrent au cardinal du Perron, que pour mériter la faveur du pape, il avait ſoumis ſon roi à recevoir des coups de bâton par procureur.*

Du Perron pouvait épargner au roi cette cérémonie, mais il voulait être cardinal. Les évêques de France, qui avaient reçu l'abjuration du roi, n'avaient eu garde de propoſer cette eſpèce de pénitence, qui aurait été regardée, dans un temps plus heureux, comme un crime de lèſe-majeſté ; à plus forte raiſon un évêque de Rome n'avait pas le droit de faire cette inſulte à un roi de France.

Une choſe plus importante eſt le parricide commis par *Jean Châtel*, pour lequel les jéſuites avaient été chaſſés.

- (*) ,, La maiſon du père de *Châtel* fut raſée, & le
,, prix des démolitions fut employé à la conſtruction,
,, ſur le terrain où elle était ſituée, d'une pyramide
,, à quatre faces, avec pluſieurs inſcriptions à la
,, louange du roi, & ſur le danger qu'il avait couru.
,, Cette affaire des jéſuites penſa cauſer au roi de
,, grands embarras à Rome. ,,

Premièrement il n'eſt pas vrai que la pyramide érigée par arrêt du parlement ne contînt que des louanges pour le roi & des inſcriptions ſur ſon danger, comme l'auteur l'inſinue ; on grava ſur le côté qui regardait l'Orient, ces propres mots :

Pulſo totâ Galliâ hominum genere novæ ac maleficæ ſuperſtitionis, qui rempublicam turbabant, quorum inſtinctu piacularis adoleſcens facinus inſtituerat.

(*) Tome II, page 414.

On a chaffé de toute la France ce genre d'hommes d'une fuperftition nouvelle & pernicieufe ; perturbateurs du royaume , pour avoir induit un jeune homme à commettre un parricide par pénitence.

Ce mot *pénitence* répond précifément à *piacularis* , & devient par-là un des plus finguliers monumens qui puiffent fervir à l'hiftoire de l'efprit humain.

On ne fort point d'étonnement de voir que l'auteur appelle le parricide commis contre *Henri IV* , *cette affaire des jéfuites*. C'eft affurément une fingulière affaire.

Je paffe enfin au grand & terrible événement qui priva la France du meilleur de fes rois, & qui changea la face de l'Europe. Je ne vois pas fur quoi M. de *Buri* rapporte que dès que *Concini* , depuis maréchal d'*Ancre* , fut la mort de *Henri IV* , il fe préfenta à la porte du cabinet de la reine , l'entr'ouvrit , avança la tête, & dit, *è ammazzato* , la ferma & fe retira.

On fent la valeur de ces paroles , & les affreufes conféquences d'un pareil difcours. Entr'ouvrir la porte, dire fimplement *il eft tué* , & le dire à la reine , à la femme du mort ; prononcer , dis-je , *il eft tué* , fans prononcer le nom du roi, comme fi le pronom *il* avait été un terme convenu entre eux, refermer la porte fur le champ , comme pour aller pourvoir aux fuites de l'affaffinat ; quelles conféquences , quels crimes n'en réfultent-ils pas ?

Quand on allègue une accufation fi terrible , il faut dire d'où on la tient , examiner fi l'auteur eft croyable , pefer exactement toutes les circonftances ; fans quoi l'on fe rend coupable d'une prodigieufe témérité. Cette anecdote ne fe trouve ni dans de *Thou,*

ni dans *Mézerai*, ni dans aucun des mémoires du
temps un peu connus. Si elle était vraie, elle prouverait trop fans doute.

On fe fouviendra long-temps dans une province
de France du fupplice d'un homme en place, qui fut
convaincu d'un affaffinat fur une parole à-peu-près
femblable qu'il avait dite devant témoins. Il venait
de tuer le mari d'une femme dont il était amoureux.
Cette femme était alors au fpectacle ; il va dans fa
loge immédiatement après avoir fait le coup, & lui
dit en l'abordant, *il dort*. Ce feul mot conduifit les
juges à la conviction du crime.

Quoi ! l'auteur ofe accufer M. de *Thou* de témérité,
de malignité ! Et lui-même, fans aucune raifon,
fans aucune autorité, intente une accufation qui
fait frémir !

Je dois dire un mot de la prétendue paix univerfelle à laquelle *Henri IV*, dit-on, voulait parvenir par
la guerre, dont l'événement eft toujours incertain.

S'il y avait eu la moindre apparence au prétendu
projet de *Henri IV*, de partager l'Europe en quinze
dominations, & d'établir un tribunal perpétuel ; on
en trouverait quelques traces dans les mémoires de
Villeroi, dans ceux de tant d'autres hommes d'Etat ;
dans les archives d'Angleterre, de Venife ; dans celles
des princes proteftans fi attachés à *Henri IV*, & fi
intéreffés à cette balance générale. Il ne fe trouve
aucun monument de ce deffein. Ce filence univerfel
doit produire un doute raifonnable.

Il n'eft pas naturel que M. de *Villeroi*, qui eut la
confiance de *Henri IV*, ignorât un projet fi extraordinaire qui regardait uniquement fon département.

Les fecrétaires qui compilèrent les *Economies politiques* attribuées au duc de *Sulli* , lorfqu'il était âgé de quatre vingts ans , font les feuls qui parlent de cette étrange idée.

Je vais examiner une chofe non moins étrange ; c'eft la comparaifon de *Henri IV* avec *Philippe* , roi de Macédoine.

Si le judicieux de *Thou* avait voulu comparer *Henri* avec quelqu'autre monarque, il aurait choifi un roi de France. On aurait pu trouver un peu de reffemblance entre lui & *Charles VII*. Tous deux eurent une guerre civile à foutenir , tous deux virent l'étranger dans la capitale. Les Anglais y bravèrent quelque temps *Charles VII* , & les Efpagnols *Henri IV* : ils regagnèrent l'un & l'autre leur royaume pied à pied , par les armes & par les négociations. Tous deux au milieu de la guerre eurent des maîtreffes.

Le parallèle eft affez frappant , & il eft tout à l'honneur de *Henri IV* , qui par fon courage , fon application & fa fageffe dans le gouvernement, l'emporte fur *Charles* au jugement de tout le monde.

Pourquoi donc choifir le père d'*Alexandre* pour le comparer au père de *Louis XIII* ? Ce qui fonde cette comparaifon chez M. de *Buri*, c'eft que *Philippe* s'empara de la couronne de Macédoine au préjudice d'*Amintas* fon neveu, dont il était tuteur , & que *Henri* était héritier légitime.

Qu'*Epaminondas* préfida à l'éducation de *Philippe* , & que *Florent Chrétien* fut précepteur de *Henri IV*.

Que *Philippe* conftruifit des flottes, & que *Henri* n'en eut jamais.

Que *Philippe* trouva des mines d'or dans la Thrace, & que *Henri IV* n'en trouva pas chez lui.

Que *Philippe* fut tellement couvert de bleſſures qu'il en devint borgne & boiteux, & que *Henri IV* conſerva heureuſement ſes yeux & ſes jambes.

Que *Démoſthènes* excita les Athéniens contre le roi de Macédoine, & que les curés prêchèrent dans Paris contre le roi de France.

Il eſt vrai que ce parallèle eſt relevé par les louanges de *Salomon*, du roi d'Angleterre d'aujourd'hui, du roi de Danemarck, & de l'impératrice-reine de Hongrie; ce qui fera ſans doute débiter ſon livre dans toute l'Europe. Une telle ſageſſe manqua au préſident de *Thou*.

Finiſſons par les prétendus bons mots, dont la tradition populaire défigure le caractère de *Henri IV*.

Qu'un payſan qui avait les cheveux blancs & la barbe noire ait répondu au roi que *ſes cheveux étaient de vingt ans plus vieux que ſa barbe*, c'eſt un bon mot de payſan, & non pas du roi. Ce conte eſt imprimé dans des facéties italiennes, plus de dix ans avant la naiſſance de *Henri IV;* & la plupart de ces facéties ont fait le tour de l'Europe.

Qu'un autre payſan ait apporté au roi du fromage de lait de bœuf, c'eſt une inſipidité bien indigne de l'hiſtoire, & ce n'eſt pas *Henri IV* qui l'a dite.

Mais qu'il eût fait battre de verges ſept ou huit praticiens aſſemblés dans un cabaret pour leurs affaires, & que *Henri* ait exercé ſur eux cette indigne vengeance, parce que ces bourgeois n'avaient pas

voulu

voulu partager leur dîner avec un homme qu'ils ne connaiffaient pas ; c'eût été une action tyrannique, infame, non-feulement indigne d'un grand roi, mais d'un homme bien élevé. C'eft l'*Etoile* qui rapporte cette fottife fur un ouï-dire. L'*Etoile* ramaffait mille contes frivoles, débités par la populace de Paris. Mais fi une pareille action avait la moindre lueur de vraifemblance, elle déshonorerait la mémoire de *Henri IV* à jamais ; & cette mémoire fi chère deviendrait odieufe. Le bon fens & le bon goût confiftent à choifir dans les anecdotes de la vie des grands-hommes, ce qui eft vraifemblable, & ce qui eft digne de la poftérité.

Le grave & judicieux de *Thou* ne s'eft jamais écarté de ce devoir d'un hiftorien.

Si M. de *Buri* a cru rendre fon ouvrage recommandable en décriant un homme tel que de *Thou*, il s'eft bien trompé. Il n'a pas fu qu'il y avait encore dans Paris des hommes alliés à cette illuftre famille, qui prendraient la défenfe du meilleur de nos hiftoriens ; & qui ne foufriraient pas qu'on attaquât, en mauvais français, une hiftoire chère à la nation, & écrite dans le latin le plus pur.

ARTICLE XVII.

Sur la révocation de l'édit de Nantes.

LA fameuſe révocation de l'édit de Nantes eſt regardée comme une grande plaie de l'Etat. Lorſque nous
fûmes obligés d'en parler dans *le Siècle de Louis XIV*,
nous fûmes bien loin de vouloir dégrader un monument que nous élevions à la gloire de ce ſiècle
mémorable ; mais (*i*) Mme de *Cailus*, nièce de Mme de
Maintenon, dit que le roi *avait été trompé*. La reine
Chriſtine (*k*) écrit que *Louis XIV* s'était coupé le bras
gauche avec le bras droit. Nous dûmes plaindre la
France d'avoir porté chez les étrangers, & même
chez ſes ennemis, ſes citoyens, ſes tréſors, ſes arts,
ſon induſtrie, ſes guerriers. Nous avouâmes que
l'indulgence, la tolérance, dont les hommes ont tant
de beſoin les uns envers les autres, était le ſeul appareil qu'on pût mettre ſur une bleſſure ſi profonde.

Ce divin eſprit de tolérance, qui au fond n'eſt que
la charité, *charitas humani generis*, comme dit *Cicéron*,
a depuis quelques années tellement animé les ames
nobles & ſenſibles, que M. de *Fitz-James*, évêque de
Soiſſons, a dit dans ſon dernier mandement : *Nous
devons regarder les Turcs comme nos frères.*

Aujourd'hui nous voyons en France des proteſtans,
autrefois plus odieux que les Turcs, occuper publiquement des places qui, ſi elles ne ſont pas les plus

---

(*i*) Souvenir de madame de *Cailus*. (*k*) Lettre de la reine *Chriſtine*.

confidérables de l'Etat, font du moins les plus avantageufes. Perfonne n'en a murmuré. On n'a pas été plus furpris de voir des fermiers-généraux calviniftes que s'ils avaient été janféniftes.

Le miniftère ayant écrit, en 1751, une lettre de recommandation en faveur d'un négociant proteftant, nommé *Frontin*, homme utile à l'Etat ; un évêque d'Agen , plus zélé que charitable , écrivit & fit imprimer une lettre affez violente contre le miniftère. Il remontrait, dans cette lettre, qu'on ne doit jamais recommander un négociant huguenot, attendu qu'ils font tous ennemis de DIEU & des hommes. On écrivit contre cette lettre ; & foit qu'elle fût de l'évêque d'Agen, foit de l'abbé de *Caveirac*, cet abbé la foutint dans fa révocation de l'édit de Nantes. Il voulut perfuader qu'il n'y avait eu aucune perfécution dans la dragonade ; que les réformés méritaient d'être beaucoup plus maltraités ; qu'il n'en fortit pas du royaume cinquante mille ; qu'ils emportèrent très-peu d'argent ; qu'ils n'établirent point ailleurs des manufactures dont aucun pays n'avait befoin &c..&c..

Autrefois un tel livre eût occupé toute l'Europe : les temps font fi changés qu'on n'en parla point. Nous fûmes les feuls qui prîmes la peine d'obferver que M. de *Caveirac* n'avait pas eu des mémoires exacts fur plufieurs faits.

Par exemple , il difait qu'il n'y a pas cinquante familles françaifes à Genève. Nous qui demeurons à deux pas de cette ville , nous pouvons affirmer qu'il y en a plus de mille, fans compter celles que la mort a éteintes, ou qui font paffées dans d'autres familles par les femmes. Et nous ajoutons ici que ce font ces familles qui ont porté dans Genève une industrie & une opulence inconnue jusqu'alors. Genève, qui n'était autrefois qu'une ville de théologie, est aujourd'hui célèbre par ses richesses & par ses connaissances solides : elle les doit aux réfugiés français ; ils l'ont mise en état de prêter au roi de France des fonds dont elle retire cinq millions de rente, au temps où nous écrivons.

Monsieur l'abbé donna un démenti au roi de Prusse, qui, dans l'histoire de sa patrie, a prononcé que son grand-père reçut dans ses Etats plus de vingt mille réfugiés : & pour décréditer le témoignage du roi de Prusse, il prétend que son histoire du Brandebourg n'est point de lui, & que c'est nous qui l'avons faite sous son nom. Ce fut donc pour nous un devoir indispensable de rendre gloire à la vérité ; de ne nous point parer de ce qui ne nous appartient pas ; d'avouer que nous ne servîmes au roi de Prusse que de grammairien, & même de grammairien fort inutile. Il n'avait pas besoin de nous pour être l'historien & le législateur de son royaume, comme il en a été le héros. (*l*)

(*l*) Il arriva depuis un événement favorable, qui avança considérablement les projets du grand électeur. *Louis XIV* révoqua l'édit de Nantes, & quatre cents mille français sortirent pour le moins de ce royaume ; les plus riches passèrent en Angleterre & en Hollande ; les plus pauvres, mais les plus industrieux se réfugièrent dans le Brandebourg, au nombre de vingt mille ou environ ; ils aidèrent à repeupler nos villes désertes, & nous donnèrent toutes les manufactures qui nous manquaient.

A l'avénement de *Fréderic-Guillaume* à la régence, on ne fesait dans ce pays ni chapeaux, ni bas, ni serges, ni aucune étoffe de laine ; l'industrie des Français nous enrichit de toutes ces manufactures ; ils établirent des fabriques de draps, de serges, d'étamines, de petites étoffes, de droguets, de grisettes, de crépon, de bonnets, & de bas tissus sur des métiers ; des chapeaux de castor, de lapin, & de poil de lièvre ; des teintures de toutes

Monfieur l'abbé récufait de même le témoignage de tous les intendans des provinces de France & de nos ambaffadeurs, qui, témoins de la décadence de nos manufactures & de leur tranfplantation dans le pays étranger, en avaient formé de juftes plaintes. Nous aimâmes mieux les en croire que M. de *Caveirac*, qui était moins à portée qu'eux d'être bien inftruit.

Il prétend que ceux qui s'expatrièrent n'étaient que des *gueux* à charge à l'Etat. Mais les *la Rochefoucauld*, les *Bourbons - Malaufe*, les *la Force*, les *Ruvigny*, les *Schomberg*, tant d'autres officiers principaux qui fervirent fous le roi *Guillaume* & fous la reine *Anne*, étaient-ils des *gueux*? il eft vrai qu'il fortit plufieurs familles pauvres, & qu'elles furent fecourues par les rois d'Angleterre & de Pruffe, par plufieurs princes de l'Empire, par les Hollandais, par les Suiffes. Cela même eft un très-grand malheur. Les pauvres font néceffaires à un Etat; ils en font la bafe; il faut des mains néceffitées au travail. Ceux qui auraient cultivé des campagnes en France allèrent défricher la Caroline, la Penfilvanie, & jufqu'à la terre des Hottentots. L'Orient & l'Occident, les extrémités de l'ancien & du nouveau monde, virent leurs travaux & leurs larmes.

les efpèces. Quelques-uns de ces réfugiés fe firent marchands, & débitèrent en détail l'induftrie des autres. Berlin eut des orfèvres, des bijoutiers, des horlogers, des fculpteurs; & les français qui s'établirent dans le plat pays y cultivèrent le tabac, & firent venir des fruits & des légumes excellens dans les contrées fablonneufes, qui, par leurs foins, devinrent des potagers admirables. Le grand électeur, pour encourager une colonie auffi utile, lui affigna une penfion annuelle de quarante mille écus dont elle jouit encore.

Hiftoire de Brandebourg par le roi de Pruffe, édition de *Jean Neaulme*, 1751, tome II, pages 311, 312, & 314.

Si donc l'Angleterre & la Hollande donnèrent à ces proscrits des afiles en Europe & au bout de l'univers, il est étrange que monsieur l'abbé se soit exprimé sur les Anglais en ces termes : *Une fauſſe religion devait produire néceſſairement de pareils fruits : il en restait un seul à mûrir : ces insulaires le recueillent : c'est le mépris des nations.* On n'a jamais rien dit de si étrange.

Quelles sont donc les nations pour qui les Anglais ne sont qu'un objet de mépris ? sont-ce les peuples qu'ils ont vaincus ? sont-ce les peuples qu'ils ont secourus ? est-ce l'Inde où ils ont conquis des Etats trois fois plus grands & plus peuplés que l'Angleterre ? est-ce la moitié de l'Amérique dont ils sont souverains ?

A l'égard des Hollandais, monsieur l'abbé dit qu'ils n'accueillirent les réfugiés français que parce qu'ils sont sans religion. *Les Hollandais*, dit-il, *ne sont pas tolérans, ils sont indifférens. La philosophie ne les a pas éclairés ; elle a obscurci leurs lumières.* Il en fait ensuite un portrait affreux. C'est ainsi qu'il juge le monde entier.

Nous ne pouvons passer sous silence un reproche singulier que monsieur l'abbé fait aux protestans de France. (*) *Reprochez-vous, ô huguenots, les meurtres de Henri III & de Henri IV : en conspirant contre François II & contre Charles IX, vous avez enhardi les cruelles mains des parricides.* On ne savait pas encore que le jacobin *Jacques Clément*, & le feuillant *Ravaillac* fuſſent huguenots. C'est une fleur de rhétorique, & quelle fleur !

Il est temps de passer de M. l'abbé de *Caveirac* à M. l'abbé *Sabatier*, tous deux également pieux, & également illustres.

(*) Page 32.

ARTICLE XVIII.

Défense de Louis XIV, contre les annales politiques de l'abbé de Saint-Pierre.

DANS un dictionnaire d'impostures & d'ignorance, intitulé *Les trois siècles*, voici ce qu'on trouve, tom. III, page 262, à l'article de l'abbé *Castel de Saint-Pierre*.

,, Le plus connu de ses autres ouvrages est celui ,, qui a pour titre *Annales politiques de Louis XIV*, ,, où l'auteur offre un tableau frappant des progrès ,, de l'esprit chez notre nation pendant le règne de ,, ce monarque, & où M. de *Voltaire* a puisé l'idée si ,, mal remplie de son *Siècle de Louis XIV*... le détail ,, des faits ne se présente chez l'un & l'autre écrivain ,, que de profil. ,,

Il est aussi facile que nécessaire de faire voir qu'il n'y a pas un mot de vérité dans tout ce passage.

Premièrement, il est bien faux que le *Siècle de Louis XIV*, composé en 1745, & imprimé d'abord en 1750, ait pu être pris des *Annales politiques* de l'abbé de *St Pierre*, qui n'ont vu le jour qu'en 1757. Nous ne cesserons de redire qu'il sied bien à un écrivain de ne point répondre quand on attaque son style; il serait inutile d'examiner si des faits se présentent *de profil*; mais il est juste & nécessaire de mettre un frein au mensonge & à la calomnie. (*m*)

(*m*) Voyez les *Trois siècles* à l'article *St Didier*, où l'abbé *Sabatier*, auteur de ces *Trois siècles*, affirme que la Henriade est pillée d'un poëme de *St Didier*, intitulé *Clovis*. Vous remarquerez qu'il y avait déjà trois éditions de la Henriade sous le titre de la *Ligue*, quand le *Clovis* de *St Didier* parut & disparut.

G 4

Secondement, nous dirons que nous fûmes juste-ment surpris, quand nous lûmes les *annales* de l'abbé de *St Pierre* : il traite *Louis XIV* & son conseil de *grands enfans* en trente endroits. *Louis XIV* fit des fautes comme tant d'autres souverains ; & il eut par-dessus eux le courage de l'avouer : mais ces fautes ne sont pas assurément celles d'un grand enfant.

L'abbé de *St Pierre* répète souvent que tous les vices du gouvernement de ce monarque venaient de ce qu'il n'avait pas adopté la méthode du scrutin perfectionné, & de ce qu'il n'avait pas pensé à établir la diète européene ou europaine, avec les quinze dominations égales & la paix perpétuelle.

Ces chimères avaient été souvent rebattues par l'abbé de *St Pierre*, dans plusieurs de ces petits livres, & n'avaient été remarquées que pour leur singularité. Il croyait avoir perfectionné la république de *Platon* & le gouvernement imaginaire de Salente. Nous avons eu en France, en Angleterre, beaucoup de ces projets, quelques-uns peut-être désirables, & nul de prati-cable ; nous sommes même encore aujourd'hui accablés de systèmes. Celui de *Maximilien de Rosni*, duc de Sulli, a paru le plus étonnant de tous. Bouleverser toute l'Europe pour y introduire une paix perpétuelle ; changer toutes les dominations pour les rendre égales ; substituer un intérêt général à tous les intérêts de chaque pays ; avoir une ville commune, une armée commune, des finances communes ! Un tel roman n'était bon que dans la comédie du Potier d'étain, ou de Sir Politik.

Il se peut que *Henri IV* & le duc de *Sulli* se fussent quelquefois égayés, dans la conversation, à parler de ce roman; mais qu'on en ait férieufement fait le plan; que *Henri IV*, la reine *Elifabeth*, la république de Venife, & plufieurs princes d'Allemagne, fe foient ligués enfemble pour l'exécuter, c'eft ce qui eft démontré faux. La démonftration confifte en ce qu'on n'a jamais retrouvé aucun veftige d'une pareille négociation, ni dans les archives de Londres, ni chez aucun prince d'Allemagne, ni à Venife, ni dans les mémoires du fecrétaire d'Etat *Villeroi*, miniftre du dehors fous *Henri*. Le filence en pareil cas parle affez hautement.

L'abbé de *St Pierre* ofa fuppofer que les projets de gouverner la France par fcrutin, & de partager l'Europe en quinze dominations, pour lui affurer une paix perpétuelle, avaient été adoptés & rédigés par le dauphin duc de Bourgogne, père de fa majefté *Louis XV;* & qu'à la mort de ce prince ils avaient été trouvés parmi fes papiers. On lui remontra qu'il était faux que dans les papiers du duc de Bourgogne on en eût trouvé un feul qui eût le moindre rapport à ces romans politiques; qu'il n'était pas permis d'abufer ainfi d'un nom fi refpectable, & de mentir fi groffièrement pour autorifer des chimères. Voici ce qu'il répondit en propres mots: (*n*)

,, Je n'en ai de preuves que des ouï-dire vraifem-
,, blables. C'était un prince très-appliqué à la fcience
,, du gouvernement.... De-là font nées apparemment
,, les opinions qu'il eût exécuté ces beaux projets,
,, fi une mort précipitée ne l'eût empêché de régner.
,, Je n'ai donc fur cela que des ouï-dire, &c. ,,

(*n*) Ouvrage de politique, par M. l'abbé de *Saint-Pierre*, à Roterdam, chez *Béman;* & à Paris, chez *Briaffon*, tome III, pages 191 & 192.

On pourrait répliquer à l'abbé de *St Pierre* que cés prétendus ouï-dire n'avaient pas le moindre fondement , & qu'il les inventait pour s'autorifer d'un grand nom. Il ne tenait qu'à M. *Caritidés* d'attribuer fes projets à *Louis XIV*.

Cependant, après une telle réponfe, il fe crut le réformateur du genre-humain. Il appela fon fcrutin perfectionné *anthropomètre* & *bafilomètre*, & continua à gouverner.

Malheureufement pour lui, parmi quarante de fes volumes, on diftingua fa Polyfinodie, & on y fit quelque attention. Cet ouvrage effuya le même fort que l'éloge du fyftème de *Lafs*, par l'abbé *Terraffon*. A peine cet éloge avait-il paru que le fyftème s'écroula de fond en comble ; & lorfque l'abbé de *Saint-Pierre* démontrait que la polyfinodie, c'eft-à-dire la multitude des confeils, était la feule forme de gouvernement qu'on pût admettre, le duc d'*Orléans*, régent, qui d'abord avait adopté cette forme, prenait déjà dés mefures pour l'abolir.

Comme l'auteur avait donné au gouvernement de *Louis XIV* le nom de vifirat & de demi-vifirat, le cardinal de *Polignac*, & le cardinal de *Fleuri* alors précepteur du roi, furent choqués de ces expreffions : ils crurent que puifqu'on traitait de vifirs les miniftres de *Louis XIV*, on traitait ce monarque chrétien de grand-turc : tous deux étaient de l'académie, ainfi que l'abbé ; ils y portèrent leurs plaintes contre leur confrère dans deux difcours qui font imprimés.

On ne voit pas que le terme de grand-vifir foit plus injurieux que celui de préfet du prétoire fous les empereurs romains ; mais enfin les plaintes des deux académiciens prévalurent contre leur confrère , & il fut exclus de l'académie. Ce qu'il y eut de plus singulier dans cette affaire, & que nous avons remarqué dans le *Siècle de Louis XIV*, c'est que le cardinal de *Polignac*, en poursuivant l'auteur de la polysinodie adoptée alors par le duc d'*Orléans*, régent du royaume, conspirait contre lui dans ce temps-là même. Cependant le régent, qui se doutait déjà des intrigues de *Polignac*, & qui ne voulut pas manifester ses soupçons, lui abandonna *Saint-Pierre*, premier aumônier de sa mère ; & ce pauvre aumônier fut la victime du service qu'il avait cru rendre au régent ; accident fort commun aux gens de lettres.

L'abbé continua tranquillement à éclairer le monde & à le gouverner. Il publia une ordonnance pour rendre les ducs & pairs utiles à l'Etat ; il diminua toutes les pensions par un de ses édits, vida tous les procès, permit aux prêtres & aux moines de se marier ; & ayant ainsi rendu la terre heureuse, il s'occupa de ses annales politiques, qui sont poussées jusqu'à l'année 1739, & qui ne furent imprimées que long-temps après sa mort. Elles finissent par une comparaison entre *Louis XIV* & *Henri IV*. Il donne la préférence entière à *Henri IV*, sans concurrence ; & une de ses plus fortes raisons, est que ce prince voulait établir, selon lui , *la diète europaine & le scrutin perfectionné.*

Si nous osions mettre dans la balance *Henri IV* & *Louis XIV*, nous laisserions-là ce scrutin & cette paix perpétuelle. Nous dirions que *Henri IV* & *Louis XIV* naquirent heureusement tous deux avec des caractères & des talens convenables aux temps où ils vécurent.

Henri, né loin du trône, élevé dans les guerres civiles, toujours éprouvé par elles, persécuté par *Philippe II* jusqu'à la paix de Vervins, avait besoin du courage d'un soldat. *Louis*, né sur le trône, maître absolu vers le temps de son mariage, eut cette valeur tranquille que forment l'honneur, la gloire, & la raison : il vit souvent le danger sans s'émouvoir. C'était ce même courage d'esprit qu'il déploya les derniers jours de sa vie : ce n'était pas dans lui l'emportement d'un sang bouillant, comme dans *Charles XII*, ou dans *Henri IV*.

Il y avait entre *Henri* & *Louis* cette différence qui se trouve si souvent entre un gentilhomme qui a sa fortune à faire, & un autre qui est né avec une fortune toute faite. L'un fut toujours obligé de chercher des ressources ; l'autre trouva tout préparé autour de lui pour seconder en tout genre sa passion pour la gloire, pour la magnificence, & pour les plaisirs. *Henri IV*, par sa position, fut long-temps un chef de parti, forcé de se mesurer souvent avec des aventuriers, qui, dans d'autres temps, auraient attendu respectueusement les ordres de ses domestiques. L'autre, dès qu'il agit par lui-même, attira les regards de l'Europe entière ; tous deux ennemis de la maison d'Autriche, mais *Henri* accablé trente ans par elle, & *Louis XIV* l'accablant trente ans de suite du poids de sa grandeur & de sa gloire.

Henri, forcé d'être toujours très-économe ; & *Louis*, invité par sa puissance & par l'amour de cette gloire à répandre des libéralités, surtout dans ses voyages, à protéger tous les beaux arts, non-seulement chez lui, mais chez les étrangers, à élever des hôpitaux, des palais, des églifes, & des forterefses.

Tous deux, quoique d'un caractère oppofé, avaient le goût de l'ancienne chevalerie, mêlant la galanterie à la guerre, s'échappant des bras de leurs maîtreffes pour aller furprendre une ville. *Péliffon*, dans fes lettres, nous apprend que *Louis XIV* lui demanda fi la religion lui permettait de propofer un duel à l'empereur *Léopold*, qui était à-peu-près de fon âge. Il fe peut qu'un tel difcours ne fut pas infpiré par une envie déterminée de fe battre contre ce prince ; mais pour *Henri*, on fait affez qu'il n'y eut point de rencontre où il ne fît *le coup de main;* & l'hiftoire n'a point de héros qu'il n'eût défié au combat. Lorfqu'à l'âge de cinquante-fept ans il était prêt de partir pour aller fur le Rhin fe mettre à la tête de la ligue qu'on appelait proteftante, contre celle à qui l'on donna le nom de papifte, il fe préparait à porter les armes comme à l'âge de vingt ans. *Louis XIV*, après huit ans de défaftres dans la guerre de la fucceffion d'Efpagne, prit la réfolution ferme d'aller combattre lui-même à la tête de ce qui lui reftait de troupes, quoiqu'à l'âge de foixante & dix années.

Tous deux portèrent cet efprit de chevalerie dans leurs amours : l'un voulut époufer fa maîtreffe ; l'autre en effet époufa la fienne.

Il y eut dans *Henri* plus d'activité, plus d'héroïfme ; dans *Louis*, plus de majefté & plus d'éclat, plus d'art d'en impofer : l'un femblait né pour être guerrier, l'autre pour être roi.

Si *Henri* fut plus grand que *Louis* par l'excès du courage, par une lutte continuelle contre la mauvaife

fortune , & contre une foule d'ennemis & de perfécutions ; le fièole de *Louis XIV* fut beaucoup plus grand
que celui de *Henri IV ;* car il fut le fièole des grands
talens dans tous les genres ; & celui de *Henri* fut le
fièole des horreurs de la guerre civile, des fombres
fureurs du fanatifme , & de l'abrutiffement féroce des
efprits ignorans.

Voilà à-peu-près l'idée que nous eûmes de ces deux
règnes, fans nous mettre plus en peine du *fcrutin perfectionné*, que *Henri IV* & *Louis XIV* ne s'en embarraffaient.

A R T I C L E X I X.

*Extrait d'un mémoire fur les calomnies contre
Louis XIV, & contre Louis XV, & contre toute la
famille royale, & contre les principaux perfonnages
de la France.*

IL eft des faits plus graves , des calomnies plus
atroces, qui attaquent les rois & les nations , & qui
exigent dès réfutations plus complètes & plus réité-
rées. C'était un devoir effentiel à l'auteur du *Siècle de
Louis XIV*, hiftoriographe de France , de repouffer
les injures affreufes vomies contre la mémoire de
Louis XIV & contre *Louis XV* par un français alors
réfugié, & apprenti pafteur à Genève , & indigne
également de fes deux patries.

Nous dîmes, nous perfiftons à dire, & nous redirons
dans toutes les occafions , que ces odieux libelles,
tout méprifables qu'ils font, ne laiffent pas de pénétrer

dans l'Europe, du moins pour quelque temps, par cela même qu'ils font calomnieux ; leur fcélépateffe leur tient lieu quelquefois de mérite auprès des efprits ignoTans & pervers. Si on multiplie les impoftures, il faut bien multiplier auffi des réponfes.

Nous remettons donc ici fous les yeux du lecteur une partie de ce que nous écrivîmes alors, moins en faveur de *Louis XIV* qu'en faveur de la vérité.

Les gens de lettres favent affez qu'un nommé *Langlevieil-la-Beaumelle* vendit à Francfort en 1753, au libraire *Eflinger*, une édition du *Siècle de Louis XIV*, falfifiée & chargée de fes notes ; qu'il traveftit en libelle diffamatoire un ouvrage entrepris pour l'honneur & l'encouragement de la nation françaife.

C'eft dans ces notes que l'on trouve (*o*) qu'*un roi qui veut le bien eft un être de raifon, & que Louis XIV ne réalifa jamais cette chimère ; (p) que les libéralités de Louis XIV font tout ce qu'il y a de beau dans fa vie ; (q) que la politeffe de la cour de Louis XIV eft un être de raifon. — Que Louis XIV avait peu de religion ; (r) que le roi n'employait le maréchal de Villars que par faibleffe ; (s) qu'il faut que les écrivains féviffent contre Chamillart & les autres miniftres.*

On n'ofe répéter ici ce qu'il dit contre la famille royale & contre le duc d'*Orléans*, pages 346 & fuiv. Ce font des calomnies fi abominables & fi abfurdes qu'on fouillerait le papier en les copiant. On croira

---

(*o*) Tome I, page 184.
(*p*) Page 193.
(*q*) Page 211.

(*r*) Page 275.
(*s*) Tome II, page 159.

fans peine qu'un homme affez dépourvu de fens &
de pudeur pour vomir tant de calomnies, n'a pas
affez de fcience pour ne pas tomber à chaque page dans
les erreurs les plus groffières ; mais c'eft une chofe
curieufe que le ton de maître dont il les débite.

Il ne s'en eft pas tenu là ; il a répété les mêmes
outrages & les mêmes abfurdités dans les prétendus
mémoires qu'il a donnés de Mme de *Maintenon*.

Ce font furtout les mêmes outrages à *Louis XIV*,
à tous les princes & à toutes les dames de fa cour.

(*t*) *Qui a loué Louis XIV?* dit-il, *les fages, les
politiques, les bons chrétiens, les bons français? non; un
tas de moines fans efprit & fans ame, des évêques, des
miniftres, qui ne connaiffaient en France d'autre loi que le
bon plaifir du maître.*

Il feint d'avoir écrit ces mémoires pour honorer
Mme de *Maintenon*, & ce n'eft qu'un libelle contre
elle & contre la maifon de *Noailles ;* il ramaffe tous
les vers infames qu'on a faits fur elle.

Il imprime de vieux noëls remplis des plus
groffières ordures contre le roi, la dauphine, & toutes
les princeffes.

Il attribue à Mme de *Maintenon* une parodie
impie du Décalogue dans laquelle on trouve ces
vers :

Ton mari cocu tu feras, (*u*)
Et ton bon ami mêmement.
A table en foudart tu boiras
De tout vin généralement.

(*t*) Mémoires de *Maintenon*, tome I V, page 99.
(*u*) *Ibid.* tome V I, page 123.

On

On n'imputerait pas de pareils vers à la veuve du cocher de *Vertamon* , & c'eſt ce qu'on ofe mettre fur le compte de la femme la plus polie & la plus décente.

On paſſe fous filence tous les contes faits pour des femmes de chambre , dont ſes rapfodies font pleines. A la bonne heure qu'un homme ſans éducation écrive des ſottiſes ; mais de quel front ofe-t-il prétendre que le roi écrivit à M. d'*Avaux* , au fujet de l'évafion des proteſtans : (x) *Mon royaume ſe purge ;* & que M. d'*Avaux* lui répondit : *Il deviendra étique &c.* ? Nous avons les lettres de M. d'*Avaux* au roi , & ſes réponſes , il n'y a certainement pas un mot de ce que cet homme avance.

Comment peut-il être aſſez ignorant de tous les uſages & de toutes les choſes dont il parle , pour dire qu'aux temps de la révocation de l'édit de Nantes , (y) *le roi étant à la promenade en carroſſe avec* Mme *de Maintenon, mademoiſelle d'Armagnac , & M. Fagon fon premier médecin, la converſation tomba fur les vexations faites aux huguenots, &c.* ? Aſſurément ni *Louis XIV* ni *Louis XV* n'ont été en carroſſe à la promenade , ni avec leur médecin ni avec leur apothicaire. *Fagon* d'ailleurs ne fut premier médecin du roi qu'en 1693. A l'égard de la princeſſe d'*Armagnac* , dont il parle , elle était née en 1678 ; & n'ayant alors que ſept ans , elle ne pouvait aller familièrement en carroſſe à une promenade avec le roi & *Fagon* en 1685.

C'eſt avec la même érudition de cour qu'il dit que le P. *Ferrier ſe fit donner la feuille des bénéfices qu'avait*

(x) Mémoires de *Maintenon* , tome III , page 30.
(y) *Ibid* page 36.

Mélanges hiſt. Tome II.　　　　　H

auparavant le premier valet de chambre; que l'archevêque
de Paris dreſſa l'acte de célébration du mariage du
roi avec Mme de *Maintenon*, & qu'à ſa mort on trouva
ſous la *clef quantité de vieilles culottes, dans l'une deſquelles
était cet acte.* (z)

Il connaît l'hiſtoire ancienne comme la moderne.
Pour juſtifier le mariage du roi avec Mme de *Maintenon*,
il dit (aa) *que Cléopâtre, déjà vieille, enchaîna
Auguſte.*

Chaque page eſt une abſurdité ou une impoſture.
Il réclame le témoignage de *Burnet*, évêque de
Salisbury, & lui fait dire joliment *que Guillaume III
roi d'Angleterre, n'aimait que les portes de derrière.*
Jamais *Burnet* n'a dit cette infamie; il n'y a pas un
ſeul mot dans aucun de ſes ouvrages qui puiſſe y
avoir le moindre rapport.

S'il ſe bornait à dire au haſard des inepties ſur
des choſes indifférentes, on aurait pu l'abandonner
au mépris dont les auteurs de pareilles indignités
ſont couverts; mais qu'il oſe dire que Mgr le duc
de Bourgogne, père du roi, trahit le royaume dont
il était héritier, (bb) *& qu'il empêcha que Lille ne fût
ſecourue*, lorſque cette place était aſſiégée par le
prince *Eugène;* c'eſt un crime que les bons français
doivent au moins réprimer, & une calomnie ridicule qu'un hiſtoriographe de France ſerait coupable
de ne pas réfuter.

Et ſur quoi fonde-t il cette noire impoſture ?
voici ſes paroles : « Le roi entra chez Mme de

(z) Mémoires de *Maintenon*, tome III, page 48.
(aa) *Ibid.* page 75.
(bb) *Ibid.* tome IV, page 109.

,, *Maintenon*, & dans le premier mouvement de fa
,, joie, lui dit : Vos prières font exaucées, Madame,
,, *Vendôme* tient mes ennemis. Lille fera délivrée,
,, & vous ferez reine de France. Ces paroles furent
,, entendues & répétées : *Monfeigneur* les fut ; il
,, trembla pour la gloire de la famille royale ; &
,, pour parer le coup qui la menaçait, il écrivit à
,, monfeigneur le duc de *Bourgogne*, qui aimait fon
,, père autant qu'il craignait fon aïeul, *qu'à fon*
,, *retour il trouverait deux maîtres*. Mme la ducheffe
,, de *Bourgogne* conjura fon époux de ne pas contri-
,, buer à lui donner pour fouveraine une femme née
,, tout au plus pour la fervir. *Le prince, ébranlé par ces*
,, *inftances, empêcha que Lille ne fût fecourue.* ,,

On demande où ce calomniateur du père du roi
a trouvé ces paroles de *Louis XIV* : *Vous ferez reine*
de France ? était-il dans la chambre ? quelqu'un les
a-t-il jamais rapportées ? ce menfonge n'eft-il pas
auffi méprifable que celui qu'il ajoute enfuite : (*cc*)
De-là ces billets que les ennemis jetaient parmi nous :
Raffurez-vous, Français, elle ne fera pas votre reine, nous
ne leverons pas le fiége.

Comment une armée jette-t-elle des billets dans
une ville affiégée ? Peut-on joindre plus de fottifes
à plus d'horreurs ?

Après avoir tenté de jeter cet opprobre fur le père
du roi, il vient à fon grand-père ; il veut lui donner
des ridicules ; il lui fait époufer (*dd*) mademoifelle
Chouin; il lui donne un fils de la *Raifin* au lieu d'une
fille ; & auffi inftruit des affaires des citoyens que de

(*cc*) Mémoires de *Maintenon*, tome IV, page 110.
(*dd*) *Ibid*. page 200.

celles de la famille royale, il avance que ce fils ferait mort dans la mifère fi le tréforier de l'extraordinaire des guerres, *la Jonchère*, ne lui avait pas donné fa fœur en mariage. Enfin pour couronner cette imper-tinence, il confond ce tréforier avec un autre *la Jonchère*, fans emploi, fans talens & fans fortune, qui a donné, comme tant d'autres, un projet ridicule de finance en quatre petits volumes.

Il fallait bien qu'ayant ainfi calomnié tous les princes, il portât fa fureur fur *Louis XIV*. Rien n'égale l'atrocité avec laquelle il parle du marquis de *Louvois*; (*ee*) il ofe dire que ce miniftre craignait que le roi ne *l'empoifonnât*. (*ff*) Enfuite, voici comme il s'ex-prime: *Au fortir du confeil il rentre dans fon appartement & boit un verre d'eau avec précipitation ; le chagrin l'avait déjà confumé ; il fe jette dans un fauteuil , dit quelques mots mal articulés , & expire. Le roi s'en réjouit , & dit que cette année l'avait délivré de trois hommes qu'il ne pouvait plus fouffrir , Seignelai , la Feuillade , & Louvois.*

Il eft inutile de remarquer que MM. de *Seignelai* & de *Louvois* ne moururent point la même année. Une telle remarque ferait convenable s'il s'agiffait d'une ignorance ; mais il eft queftion du plus grand des crimes dont un enragé ofe foupçonner un roi honnête homme ; & ce n'eft pas la feule fois qu'il a ofé parler de poifon dans fes abominables libelles. Il dit dans un endroit, (*gg*) que le grand - père de l'impératrice-reine avait des empoifonneurs à gages; & dans un autre endroit, il s'exprime fur l'oncle de fon

(*ee*) Mémoires de *Maintenon*, tome III, page 269.

(*ff*) *Ibid.* page 271.

(*gg*) Tome II , pages 345 , 346 , & 347, du *Siècle de Louis XIV*, falfifié par *la Beaumelle.*

propre roi d'une façon fi criminelle, & en même temps fi folle, que l'excès de fa démence prévalant fur celui de fon crime, il n'en a été puni que par fix mois de cachot.

Mais à peine forti de prifon, comment répare-t-il des crimes qui, fous un miniftère moins indulgent, l'auraient conduit au fupplice ? Il fait publier un libelle intitulé *Lettres de M. de la Beaumelle*, à Londres chez *Jean Nourfe* 1763. C'eft là furtout qu'il aggrave fes calomnies contre le prédéceffeur de fon roi.

Ce n'eft pas affez pour ce monftre de foupçonner *Louis XIV* d'avoir empoifonné fon miniftre. L'auteur du *Siècle de Louis XIV* avait dit dans un écrit à part :
,, Je défie qu'on me montre une monarchie dans
,, laquelle les lois, la juftice diftributive, les droits
,, de l'humanité, aient été moins foulés aux pieds,
,, & où l'on ait fait de plus grandes chofes pour le
,, bien public, que pendant les cinquante-cinq années
,, où *Louis XIV* régna par lui-même. ,,

Cette affertion était vraie ; elle était d'un citoyen & non d'un flatteur. *La Beaumelle*, l'ennemi de l'auteur du *Siècle de Louis XIV*, qui n'a jamais eu que de tels ennemis ; *la Beaumelle*, dis-je, dans fa XXIIIᵉ lettre, page 88, dit : *Je ne puis lire ce paffage fans indignation, quand je me rappelle toutes les injuftices générales & particulières que commit le feu roi. Quoi ! Louis XIV était jufte quand il oubliait (& il oubliait fans ceffe) que l'autorité n'était confiée à un feul que pour la félicité de tous ?* Et après ces mots, c'eft un détail affreux.

Ainfi donc *Louis XIV* oubliait fans ceffe le bien public, lorfqu'en prenant les rênes de l'Etat, il

H 3

commença par remettre au peuple trois millions
d'impôts! quand il établit le grand hôpital de Paris &
ceux de tant d'autres villes ! Il oubliait le bien public
en réparant tous les grands chemins, en contenant
dans le devoir fes nombreufes troupes, auffi redoutables auparavant aux citoyens qu'aux ennemis; en
ouvrant au commerce cent routes nouvelles; en formant la compagnie des Indes à laquelle il fournit de
l'argent du tréfor royal ; en défendant toutes les côtes
par une marine fórmidable, qui alla venger en Afrique
les infultes faites à nos négocians ! Il oublia fans cesse
le bien public lorfqu'il réforma toute la jurifprudence
autant qu'il le put, & qu'il étendit fes foins jufque
fur cette partie du genre-humain qu'on achète chez
les derniers Africains pour fervir dans un nouveau
monde ! Oublia-t-il fans cesse le bien public en fondant
dix-neuf chaires au collége royal, cinq académies ;
en logeant dans fon palais du louvre tant d'artiftes
diftingués ; en répandant des bienfaits fur les gens
de lettres jufqu'aux extrémités de l'Europe; & en
donnant plus lui feul aux favans que tous les rois de
l'Europe enfemble? comme le dit l'illuftre auteur de
l'*Abrégé chronologique.*

Enfin était-ce oublier le bien public que d'ériger
l'hôtel des invalides pour plus de quatre mille
guerriers, & Saint-Cyr pour l'éducation de deux cents
cinquante filles nobles ? Il vaudrait autant dire que
Louis XV a négligé le bien public en fondant l'école
royale militaire , & en mettant aujourd'hui dans
toutes fes troupes, par le génie actif d'un feul homme,
cet ordre admirable que les peuples béniffent, que les

officiers embraffent à préfent avec ardeur, & que les étrangers viennent admirer.

Il y a toujours des efprits mal faits & des cœurs pervers que toute efpèce de gloire irrite, dont toute lumière bleffe les yeux, & qui par un orgueil fecret proportionné à leurs travers haïffent la nature entière. Mais qu'il fe foit trouvé un homme affez aveuglé par ce miférable orgueil, affez lâche, affez bas, affez intéreffé pour calomnier à prix d'argent tous les noms les plus facrés, & toutes les actions les plus nobles, qu'il aurait louées pour un écu de plus; c'eft ce qu'on n'avait point vu encore.

L'intérêt de la fociété demande qu'on effraie ces criminels infenfés; car il peut s'en trouver quelqu'un parmi eux qui joigne un peu d'efprit à fes fureurs. Ses écrits peuvent durer. *Bayle* lui-même, dans fon dictionnaire, a fait revivre cent libelles de cette efpèce. Les rois, les princes, les miniftres pourraient, dire alors: A quoi nous fervira de faire du bien, fi le prix en eft la calomnie?

La Beaumelle pouffe fa furieufe démence jufqu'à repréfenter par bravade fes confrères les proteftans de France (qui le défavouent) comme une multitude redoutable au trône. (*hh*) Il s'eft formé, dit-il, un ,, féminaire de prédicans, fous le nom de miniftres ,, du défert, qui ont leurs cures, leurs fonctions, leurs ,, appointemens, leurs confiftoires, leurs fynodes, ,, leur jurifdiction eccléfiaftique. Il y a cinquante ,, mille baptêmes & autant de mariages bénis illici- ,, tement en Guienne, des affemblées de vingt mille

_____

(*hh*) Page 110 des *Lettres de la Beaumelle à M. de Voltaire*, à Londres, chez *Jean Nourfe*.

,, ames en Poitou, autant en Dauphiné, en Vivarais,
,, en Béarn, foixante temples en Saintonge, un
,, fynode national à Nifmes, compofé des députés
,, de toutes les provinces. ,,

Ainfi, par ces exagérations extravagantes, il fe rend
le délateur de fes confrères; & en écrivant contre le
trône, il les expoferait à paffer pour les ennemis du
trône, il ferait regarder la France parmi les étrangers
comme nourriffant dans fon fein les femences d'une
guerre civile prochaine, fi on ne favait que toutes
ces accufations contre les proteftans font d'un fou également en horreur aux proteftans & aux catholiques.

Acharné contre tous les princes de la maifon de
France, & contre le gouvernement, il prétend que
Mgr le duc, père de Mgr le prince de *Condé*, fit affaffiner M. *Vergier*, (*ii*) commiffaire des guerres en 1720,
& que fa mort a été récompenfée de la croix de St Louis.
L'auteur du *Siècle de Louis XIV* avait démontré la
fauffeté de ce conte. Tout le monde fait aujourd'hui
que *Vergier* avait été affaffiné par la troupe de *Cartouche*;
les affaffins l'avouèrent dans leur interrogatoire; le
fait eft public; n'importe, il faut que *la Beaumelle*,
non moins coupable que ces malheureux, & non
moins puniffable, calomnie la maifon de *Condé* comme
il a fait la maifon d'*Orléans* & la famille royale.

De pareilles horreurs femblent incroyables; perfonne
n'avait joint encore tant de ridicule à tant d'exécrables atrocités.

C'eft ce même miférable qui, dans un petit livre
intitulé *Mes penfées*, a infulté Mgr le duc de *Saxe-Gotha*,
MM. d'*Erlach*, *Sinner*, *Diesbach*, en les nommant par

(*ii*) Tome III, page 323 du *Siècle de Louis XIV*.

leur nom fans les connaître, fans leur avoir jamais parlé. C'eft là que fa furieufe folie s'emporte jufqu'à ne connaître de héros que *Cromwell* & *Cartouche*, & à fouhaiter que tout l'univers leur reffemble ; voici fes propres paroles :

,, Les forfaits de *Cromwell* font fi beaux que l'enfant ,, bien né ne peut les entendre fans joindre les mains ,, d'admiration. Une république fondée par *Cartouche* ,, aurait eu de plus fages lois que la république de ,, *Solon.* ,,

Dans un autre libelle intitulé, *Examen de l'hiftoire de Henri IV*, voici comme il s'exprime :

,, Je lis avec un charme infini, dans l'hiftoire du ,, Mogol, que le petit-fils de *Sha-Abas* fut bercé pendant ,, fept ans par des femmes ; qu'enfuite il fut bercé pen- ,, dant huit ans par des hommes ; qu'on l'accoutuma ,, de bonne heure à s'adorer lui-même, & à fe croire ,, formé d'un autre limon que fes fujets ; que tout ce ,, qui l'environnait avait ordre de lui épargner le ,, pénible foin d'agir, de penfer, de vouloir, & de le ,, rendre inhabile à toutes les fonctions du corps & ,, de l'ame ; qu'en conféquence un prêtre le difpenfait ,, de la fatigue de prier de fa bouche le grand être ; ,, que certains officiers étaient prépofés pour lui ,, mâcher noblement, comme dit *Rabelais*, le peu de ,, paroles qu'il avait à prononcer ; que d'autres lui ,, tâtaient le pouls trois ou quatre fois le jour, comme ,, à un agonifant ; qu'à fon lever, qu'à fon coucher, ,, trente feigneurs accouraient, l'un pour lui dénouer ,, l'aiguillette, l'autre pour le déconftiper ; celui-ci ,, pour l'accoutrer d'une chemife, celui-là pour l'armer ,, d'un cimeterre, chacun pour s'emparer du membre

,, dont il avait la furintendance. Ces particularités me
,, plaifent, parce qu'elles me donnent une idée nette
,, du caractère des Indiens, & que d'ailleurs elles me
,, font affez entrevoir celui du petit-fils de *Sha-Abas*,
,, de cet empereur automate. ,,

Cet homme eft bien mal inftruit de l'éducation des
princes mogols. Ils font à trois ans entre les mains
des eunuques, & non entre les mains des femmes. Il
n'y a point de feigneur à leur lever & à leur coucher;
on ne leur dénoue point l'aiguillette. On voit affez
qui l'auteur veut défigner. Mais connaîtra-t-on, à ce
portrait le fondateur des invalides, de l'obfervatoire,
de St Cyr; le protecteur généreux d'une famille royale
infortunée; le conquérant de la Franche-Comté, de
la Flandre françaife, le fondateur de la marine, le
rémunérateur éclairé de tous les arts utiles ou agréables; le légiflateur de la France, qui reçut fon royaume
dans le plus horrible défordre, & qui le mit au plus
haut point de la gloire & de la grandeur; enfin, le
roi que dom *Uftaris*, cet homme d'Etat fi eftimé,
appelle *un homme prodigieux*, malgré des défauts inféparables de la nature humaine?

Y connaîtra-t-on le vainqueur de Fontenoi & de
Laufelt, qui donna la paix à fes ennemis, étant
victorieux; le fondateur de l'école militaire, qui, à
l'exemple de fon aïeul, n'a jamais manqué de tenir
fon confeil? où eft ce petit-fils automate de *Sha-Abas*?

Il croit que *Sha-Abas* était un mogol, & c'était un
perfan de la race des fophi. Il appelle au hafard fon
petit-fils automate, & ce petit-fils était *Abas*, fecond
fils de *Sam-Mirza*, qui remporta quatre victoires contre
les Turcs, & qui fit enfuite la guerre aux Mogols.

On ne peut étaler ni plus de méchanceté, ni plus d'ignorance. Qui le croirait ? cet homme a trouvé enfin de la protection.

Pour mieux confondre non-feulement ces impoftures, mais auffi cet efprit de critique, & ce ftyle âcre & violent, employés depuis quelque temps à décrier le grand fiècle, à rabaiffer *Louis XIV*, à dénigrer tous ceux qui illuftraient la France, nous réimprimons ici la défenfe de *Louis XIV*.

ARTICLE XX.

Défenfe de Louis XIV, contre l'auteur des Ephémérides.

J'AI lu les *Ephémérides du citoyen*, ouvrage digne de fon titre. Ce journal & les bons articles de l'Encyclopédie fur l'agriculture pourraient fuffire, à mon avis, pour l'inftruction & le bonheur d'une nation entière.

Occupé des travaux de la campagne depuis vingt ans, j'ai puifé fouvent dans les Ephémérides des leçons dont j'ai profité. J'ai vu même avec étonnement quels avantages on pourrait procurer aux cantons que la nature femble avoir le plus difgraciés. J'avais choifi exprès un des plus mauvais terrains pour y bâtir & pour y labourer une terre ingrate qu'il fallait toujours rompre avec fix bœufs, & qui ne rapportant que trois grains pour un, était à charge à tous les propriétaires. Je voulus effayer s'il était poffible de changer en quelque forte la nature ; il fallait du travail & de la conftance ; mes foins n'ont point été entièrement inutiles dans ce défert : un hameau délabré qui nourriffait mal environ cinquante infortunés, & où l'on ne connaiffait que les écrouelles & la mifère, s'eft changé en un féjour affez propre, & par conféquent devenu plus fain, qui contient déjà plus de fept cents habitans, tous utilement occupés.

Un petit terrain, pire que le plus mauvais de la Champagne, qu'on nomme fi indignement *pouilleufe*, a rapporté des récoltes; & on a eu dix pour un, toutes les années, d'un champ qui ne rapportait que trois, & encore de deux ans en deux ans.

Je n'ai rien écrit fur l'agriculture, parce que je n'aurais jamais rien pu faire qui eût mieux valu que les Ephémérides. Je me fuis borné à exécuter ce que les eftimables auteurs de cet ouvrage ont recommandé, & ce que M. de *St Lambert* a chanté avec tant d'énergie & de grâce. Mais j'ai été un peu affligé de voir quelquefois le beau fiècle de *Louis XIV*, le fiècle des talens en tout genre, dénigré dans plufieurs livres nouveaux, & même dans ces Ephémérides à qui je dois tant d'inftructions. Voici comme on en parle dans un endroit.

,, C'était un empire entièrement énervé par des
,, efforts exceffifs, mal entendus, malheureux ; &
,, furtout par les fuites du régime fifcal le plus dur,
,, le plus impérieux, le plus méthodiquement incon-
,, fidéré, le plus réglementaire qui ait jamais exifté.
,, Ces deux inventions terribles, dis-je, ne font pas
,, l'héritage le moins funefte que nous ait laiffé ce
,, fiècle tant vanté & fi défaftreux. ,,

Voici comme on s'explique au commencement d'un autre chapitre. ,, La gloire de ce grand fiècle, fi cher

,, à nos beaux-efprits, était paffée comme les étoupes
,, qu'on brûle devant le pape à fon exaltation. ,,

Je vais d'abord répondre à cette ironie. Je parlerai
enfuite du règne *funefte & défaftreux*.

Oui, fans doute, ce fiècle doit être cher à tous les
amateurs des beaux arts, à tous ceux que vous appelez
beaux-efprits ; oui, je me regarderai comme un barbare, comme un efprit faux & bas, fans culture, fans
goût, quand je pourrai oublier la force majeftueufe
des belles fcènes de *Corneille*, l'inimitable *Racine*, les
belles épîtres de *Boileau* & fon art poëtique ; le nombre
des fables charmantes de *la Fontaine*, quelques opéra
de *Quinault*, qu'on n'a jamais pu égaler ; & furtout ce
génie à la fois comique & philofophe, cet homme qui
en fon genre eft fi au-deffus de toute l'antiquité, ce
Molière dont le *trône eft vacant*. (kk)

En relifant les profateurs, je mets hardiment la
défenfe de l'infortuné *Fouquet* par le généreux *Péliffon*
à côté des plus beaux difcours de l'orateur romain.
J'admire d'autant plus quelques oraifons funèbres
du fublime *Boffuet*, qu'elles n'ont point eu de modèle
dans l'antiquité. Qui ne chérira l'auteur humain &
tendre du Télémaque ? qui ne fentira le mérite unique
des *Provinciales ?* quel homme du monde n'aimera les
fermons de *Maffillon ?* & quel art a-t-il fallu pour les
faire aimer ? ils durent ces chef-d'œuvres, ils dureront
autant que la France. Nous avons aujourd'hui du
galimatias à deux colonnes contre un chapitre de

(kk) Expreffion pittorefque & vraie de M. *Chamfort*, dans le difcours
juftement couronné par l'académie. Quand on emploie une expreffion
neuve & de génie, ce que *Boileau* appelait un mot trouvé, il faut citer
l'inventeur. Ce fiècle-ci a de beaux côtés, mais il eft un peu le fiècle des
plagiaires.

Bélifaire, & des mandemens compofés par le révérend père *Patouillet*.

Si l'on veut des recherches hiftoriques, trouvera-t-on quelque chofe de plus favant & de plus profond que les ouvrages de du *Cange* ?

S'il eft queftion de mathématiques, avons-nous en France beaucoup de mathématiciens qui aient été inventeurs comme *Defcartes* en géométrie ? & malgré les chimères abfurdes de toute fa phyfique, ne mérite-t-il pas le bel éloge qu'en a fait M. *Thomas*, couronné par l'académie françaife & par le public ?

Nous avons aujourd'hui de bons ouvrages philofophiques ; mais en eft-il beaucoup qui l'emportent fur le traité des erreurs des fens & de l'imagination par *Mallebranche*, excellent commencement d'un fyftème qui finit trop mal ?

On nous a donné depuis peu de beaux morceaux d'hiftoire : mais on mettra toujours à côté de *Salluste* la confpiration de Venife par l'abbé de St *Réal*. L'hiftoire des oracles de *Fontenelle* (perfécuté d'une manière fi infame par les jéfuites) ne rendit-elle pas de grands fervices à l'efprit humain ? & fi vous faites grâce aux tourbillons de *Defcartes*, qui font malheureufement la bafe de la pluralité des mondes, fi vous ôtez quelques plaifanteries déplacées, a-t-on jamais traité la philofophie avec plus de netteté & d'agrémens que dans ce même livre de la pluralité des mondes ? production du fiècle de *Louis XIV*, dans un goût abfolument nouveau.

Si vous paffez aux autres arts qui dépendent moins de la profondeur de la penfée, à l'architecture, à la peinture, à la fculpture, à la mufique, il faudra toujours mettre au premier rang ce *Perrault*, auteur de la façade du louvre & de la traduction de *Vitruve*, les *Poussin*, les *le Brun*, les *le Sueur*, les *Girardon*; il ne faudra pas tourner en ridicule *Lulli* qui, né italien, trouva le secret d'inventer le seul récitatif qui convînt à la langue française; & qui le premier enseigna la musique à un peuple qui ne la savait pas.

Comment s'est-il pu faire que tant d'hommes supérieurs dans tant de genres différens aient fleuri tous ensemble dans le même âge? ce prodige était arrivé trois fois dans l'histoire du monde, & peut-être ne reparaîtra plus.

Sortons de la carrière des beaux arts pour considérer les grands capitaines & les habiles ministres; nous avouerons que la gloire des *Condé*, des *Turenne*, des *Luxembourg*, des *Villars*, ne sera jamais éclipsée; nous redirons que le nom des *Colbert* doit être immortel.

Henri IV que nous révérons aujourd'hui, & que nous aimons, si on ose le dire, comme un Dieu tutélaire, était un très-grand-homme: mais le temps de *Louis XIV* fut un très-grand siècle. A peine notre *Henri IV* eut-il le temps de réparer les brèches de la France, & le sang qu'elle avait perdu pendant près de quarante années de guerres civiles & de fanatisme.

Repassons les temps qui suivirent le crime épouvantable de sa mort (uniquement commis par la superstition,) jusqu'au moment où *Louis XIV* régna par lui-même; tout fut odieux & funeste, & ce temps contient encore quarante années.

Voilà donc quatre-vingts ans pendant lesquels, si j'en excepte les dix belles années du héros de la

France, je ne vois que confusion, discorde, séditions, guerres civiles, fanatisme affreux, tyrannie de toute espèce, pauvreté, & ignorance. Je ne crois pas que depuis *François II* jusqu'à l'extinction de la fronde en France, il y ait eu un seul jour sans meurtre. Le plus abominable de tous, celui qui fait encore verser des larmes, est celui de cet adorable *Henri IV*, dont toutes les faiblesses sont si pardonnables, & dont toutes les vertus sont si héroïques.

Ce sont donc ces quatre-vingts années dont je parle qui sont *funestes & désastreuses*, & non pas le siècle de *Louis XIV*, pendant lequel notre nation, aujourd'hui célèbre dans l'Europe par l'opéra comique, fut le modèle des nations en tout genre.

J'ai moins fait l'histoire de *Louis XIV* que celle des Français; mon principal but a été de rendre justice aux hommes célèbres de ce temps illustre dont j'ai vu la fin; mais je n'ai pas dû être injuste envers celui qui les a tous encouragés. Puisse la raison, qui s'affaiblit quelquefois dans la vieillesse, me préserver de ce défaut trop ordinaire d'élever le passé aux dépens du présent! Je sais que la philosophie, les connaissances utiles, le véritable esprit, n'ont jamais fait tant de progrès parmi les gens de lettres que dans les jours où j'achève de vivre : mais qu'il me soit permis de défendre la cause d'un siècle à qui nous devons tout, & d'un roi qui n'a pas été assurément indigne de son siècle.

Je porte les yeux sur toutes les nations du monde, & je n'en trouve aucune qui ait jamais eu des jours plus brillans que la française depuis 1655 jusqu'à 1704. Je prie tous les hommes sages & désintéressés de juger

si

fi un petit nombre d'années très-malheureufes dans la guerre de la fucceffion, doivent flétrir la mémoire de *Louis XIV*. Je leur demande s'il faut juger par les événemens? Je leur demande fi le feu roi devait priver fon petit-fils du trône que le roi d'Efpagne lui avait laiffé par fon teftament, & où ce jeune prince était appelé par les vœux de toute la nation? *Philippe V* avait pour lui les lois de la nature, celles du droit des gens, celles même par qui toutes les familles de l'Europe font gouvernées, les dernières volontés d'un teftateur, les acclamations de l'Efpagne entière; difons la vérité, il n'y a jamais eu de guerre plus légitime.

Louis XIV la foutint feul avec conftance pendant plufieurs années; il la finit heureufement après les plus grandes infortunes. C'eft à lui que le roi d'Efpagne d'aujourd'hui, le roi de Naples, le duc de Parme, doivent leurs Etats.

Je n'ai pas juftifié de même (& DIEU m'en garde) la guerre contre la Hollande, qui lui attira celle de 1689. L'Europe a prononcé que c'eft une grande faute; il en fit l'aveu en mourant. Il ne faut pas charger de reproches ceux qui ont eu la gloire de fe repentir.

Le public en général eft plus éclairé qu'il ne l'était. Servons-nous donc de nos lumières pour voir les chofes fans paffions & fans préjugés.

Louis XIV veut réformer les lois: elles en avaient certes befoin. Il choifit pour cette fage entreprife les magiftrats les plus éclairés du royaume. Ce n'eft pas fa faute s'ils ont confervé des ufages barbares, & fi les avis auffi humains que judicieux du préfident de

Lamoignon n'ont pas été fuivis ; on s'en rapporta toujours à la pluralité des voix, & l'on ne pouvait guère
en agir autrement. Que refte-t-il à faire aujourd'hui
pour achever ce grand ouvrage de *Louis XIV* ? de
trouver des *Lamoignons* qui nettoient nos lois de la
rouille ancienne de la barbarie.

Quelques perfonnes ne ceffent depuis plufieurs
années de critiquer l'adminiftration du célèbre *Colbert*.
Il eft condamné dans plus de vingt volumes pour
n'avoir pas rendu le commerce des grains entièrement libre ; mais les cenfeurs fe fouviennent-ils que
le duc de *Sulli* fit la même défenfe depuis 1698 ?
Il craignait le tranfport des blés hors du royaume ;
il avait fait l'expérience de l'impétuofité françaife,
dans qui l'avidité du gain préfent l'emportait fouvent
fur la prévoyance. Il voyait une nation expofée à
fouffrir la faim pour avoir outré la vente du blé dans
l'efpérance d'une nouvelle récolte heureufe.

Depuis ce temps, la défenfe fubfifta toujours
jufqu'à l'année 1764, où le confeil du roi régnant
a jugé, pour le bonheur de la nation devenue plus
éclairée, qu'il faut encourager la fortie des blés avec
les tempéramens convenables.

Il me femble qu'on ne doit pas attaquer légèrement la mémoire d'un homme tel que *Colbert*. Il
ne faut pas dire qu'il a facrifié la culture des terres
à l'efprit *mercantile*. Ses vues étaient certainement
grandes & nobles fur la marine & fur le commerce
qu'il créa en France. L'épithète de *mercantile* ne
convient pas plus au génie de ce miniftre, que celle
d'aigrefin à un général d'armée.

Qu'il me foit permis de rapporter ici ce qu'on a pu déjà lire dans le *Siècle de Louis XIV*. ,, *Colbert* ,, arriva au maniement des finances avec de la ,, fcience & du génie; commença, comme *Sulli*, par ,, arrêter les abus & les pillages qui étaient énormes. ,, La recette fut fimplifiée autant qu'il était poffible ; ,, & par une économie qui tient du prodige , il ,, augmenta le tréfor du roi en diminuant les tailles. ,, On voit par l'édit mémorable de 1664 , qu'il y ,, avait tous les ans un million de ce temps-là, ,, deftiné à l'encouragement des manufactures & du ,, commerce maritime. Il négligea fi peu les cam- ,, pagnes, abandonnées jufqu'à lui à la rapacité des ,, traitans , que des négocians anglais s'étant adreffés ,, à M. *Colbert de Croiffy* fon frère , ambaffadeur à ,, Londres , pour fournir en France des beftiaux ,, d'Irlande & des falaifons pour les colonies en 1667, ,, le contrôleur-général répondit que , depuis quatre ,, ans, on en avait à revendre aux étrangers. ,,

M. de *Forbonnais*, qui a fourni de fi grandes lumières fur les finances de la France, cite le même fait, & il eft lui-même trop eftimable pour ne pas eftimer un *Colbert*.

Dans le dictionnaire de l'*Encyclopédie*, à l'article VINGTIEME, page 87, tome XVII, il eft dit que ,, ce miniftre préféra la gloire d'être pour tous les ,, peuples un modèle de futilités, & de les furpaffer ,, dans tous les arts d'oftentation, à l'avantage plus ,, folide, & toujours fûr de pourvoir à leurs befoins ,, naturels. ,,

Il eft dit ,, qu'il n'avait pas les matières pre- ,, mières, qu'il en provoqua l'importation de toutes

I 2

„ ſes forces, & prohiba l'exportation de celles du
„ pays. „

J'aimais l'auteur de cet article, mais j'aime encore
plus la vérité. Je ſuis obligé de dire qu'il s'eſt trompé
en tout. Le miniſtre qu'il condamne était ſi loin de
négliger l'agriculture, que, dans un mémoire préſenté au roi le 22 octobre 1664, il s'exprime en ces
mots : *Les principaux objets ſont l'agriculture, la mar-
chandiſe, la guerre de terre, & celle de mer.* Ce mémoire
eſt public aujourd'hui.

Il eſt encore très-faux qu'il n'eût point de matières
premières, car il ſe les donna. Il établit dans les
ports, pour le ſervice de la marine, les manufactures
& les magaſins de tout ce qu'on achetait avant lui
chez les Hollandais. Il eut auſſi la matière première
de la ſoie en preſſant les plantations des mûriers. Je
ſais par expérience de quelle prodigieuſe utilité eſt
cette entrepriſe. L'auteur de l'article *Vingtième* ne le
ſavait pas; & je ſuis en droit de rendre témoignage
en ce point à la ſageſſe du miniſtre.

C'eſt la mode aujourd'hui de dégrader les grands-
hommes; mais ſi les critiques veulent ſe ſouvenir
qu'ils doivent aux ſoins infatigables de ce miniſtre
toutes les manufactures qui contribuent à l'aiſance
de leur vie, depuis les tapiſſeries des Gobelins juſqu'aux bas au métier, ils connaîtront qu'il y aurait
non-ſeulement de l'injuſtice à ſe plaindre de lui,
mais encore de l'ingratitude.

Il me ſemble que *Boileau* avait raiſon, dans ces
temps alors heureux, de dire à *Louis XIV* qu'il
peindrait....

Les foldats dans la paix doux & laborieux,
Nos artifans groffiers rendus induftrieux,
Et nos voifins fruftrés de ces tributs ferviles
Que payait à leur art le luxe de nos villes.

Je ne m'attendais pas qu'on dût faire à *Louis XIV*
& à fon miniftre un reproche de l'établiffement de
la compagnie des Indès ; elle n'était pas néceffaire
peut-être du temps de *Henri IV.* On confommait
alors dix fois moins d'épiceries que de nos jours.
On ne connaiffait ni café, ni thé, ni tabac, ni
curiofités de la Chine, ni étoffes fabriquées chez les
brames. Nous étions moins riches, moins éclairés
qu'aujourd'hui, mais plus fages. N'accufons que
nous de nos nouveaux befoins, & ne calomnions
point les vues étendues des vrais hommes d'Etat
qui n'ont été occupés qu'à nous fatisfaire.

Jamais édit du roi n'ordonna aux Parifiennes
de faire contribuer les quatre parties du monde au
déjeûner de leurs femmes de chambre ; de tirer des
rivages de la mer Rouge une petite fève âcre, de
l'herbe de la Chine, leurs taffes du Japon, & leur
fucre de l'Amérique.

Louis XIV ne dit jamais aux Français : Je vous
ordonne de mettre pour quatre millions cinq cents
mille livres par an d'une poudre puante dans votre
nez ; & vous l'irez chercher dans la Virginie & chez
les quakers. J'ordonne que toutes les bourgeoifes
aient des engageantes de mouffeline brodées par les
filles des brachmanes, & des robes filées au bord du
Gange.

Joignez à toutes nos fantaisies le besoin moins
imaginaire peut-être des épiceries, & cet ancien proverbe : *Cela est cher comme poivre*, proverbe trop bien
fondé sur ce qu'en effet une livre de poivre valait au
moins deux marcs d'argent avant les voyages des
Portugais. Enfin il fallait ou nous ruiner pour acheter
ce superflu de nos voisins, ou nous ruiner un peu
moins en allant le chercher nous-mêmes. Les Anglais
avaient des compagnies dans l'Inde, & les Hollandais
des royaumes. Il s'agissait d'être leur tributaire ou
leur rival.

Qu'on se transporte dans ces temps de gloire &
d'espérance ; qu'on juge si on aurait été bien venu
à dire alors aux Français : Payez à vos ennemis ce
que vous pouvez vous procurer vous-mêmes. Une
preuve que ce grand projet de commerce était très-
bien imaginé par le ministère, c'est qu'il fut redouté
des puissances maritimes. Tout établissement est bon
quand vos ennemis en sont jaloux.

Les Hollandais nous prirent Pondichéri en 1693.
C'était la moindre récompense que le roi de France
dût attendre de son invasion en Hollande ; invasion
qu'assurément on n'attribuera pas au sage *Colbert*,
mais au superbe & laborieux ennemi de *Colbert*, des
Hollandais, & de *Turenne*.

Le ministre des finances fut jeté hors de toutes
ses mesures pour cette guerre, pour laquelle il fallut
faire quatre cents millions de mauvaises affaires qu'il
avait en horreur. Il dépendit des traitans dont il
avait voulu abolir pour jamais le fatal service.

Ce n'est pas lui non plus qui persécuta les protestans. Il savait trop combien ils étaient utiles dans

les finances, le commerce, les manufactures, la marine, & même l'agriculture. Il fentit la plaie de l'Etat. J'ai vu des notes de lui chez M. de *Monmartel*, dans lefquelles il dit qu'il a eu les mains liées. Ces notes font de 1683, l'année la plus brillante de la finance, & malheureufement l'année de fa mort.

Mme de *Cailus*, nièce de Mme de *Maintenon*, née proteftante comme fa tante, dit expreffément dans fes Souvenirs, *que le roi fut trompé dans cette longue & malheureufe affaire, par ceux en qui ce monarque avait mis fa confiance.* Il avait le jugement fain & droit, mais qui, n'étant pas éclairé par l'hiftoire de fon propre royaume, pouvait être aifément féduit par un confeffeur, par un miniftre, & fafciné par les prof-pérités. On lui fit toujours croire qu'il était affez grand pour dominer d'un mot fur toutes les conf-ciences. Il fut trompé comme il le fut depuis par le jéfuite *le Tellier;* on ne l'aurait pas trompé, fi on lui avait dit qu'il était affez grand pour fe faire obéir également des deux religions rivales. Trente ans de victoires & de fuccès en tout genre, avec trois cents mille hommes de troupes, devaient l'affurer de la foumiffion de tout l'Etat.

On condamne encore fes bâtimens. Cependant la famille royale & toute la cour & les miniftres ne font logés que par lui, foit à Verfailles, foit à Fon-tainebleau, foit à Paris même qui défire depuis *Henri IV* de voir fes rois; mais ces bâtimens ont-ils été à charge à l'Etat? Ils ont fervi à faire circuler l'argent dans tout le royaume, & à perfectionner tous les arts qui marchent à la fuite de l'architecture.

L'établissement de Saint - Cyr qui subsiste principalement du revenu de l'abbaye de Saint-Denis, en soulageant deux cents cinquante familles nobles, n'a rien coûté à la France. Ce monument & celui des invalides, ont été les plus beaux de l'Europe, sans contredit, jusqu'à celui de l'Ecole militaire. (*ll*)

Les faiblesses & les fautes de *Louis XIV* n'ont pas empêché dom *Ustaris* de le proposer pour modèle au gouvernement de l'Espagne, & de l'appeler *un homme prodigieux*. Ses anciens ennemis lui ont payé à sa mort le tribut d'estime qu'ils lui devaient.

Il est très-aisé de gouverner un royaume de son cabinet avec une brochure; mais quand il faut résister à la moitié de l'Europe après cinq grandes batailles perdues, & l'affreux hiver de 1709, cela n'est pas si facile.

Il n'est pas si facile non plus de gouverner une compagnie à six mille lieues. Il est clair que *Louis XIV* en bâtissant Pondichéri, & le duc d'*Orléans* en le relevant, ne purent avoir d'autre objet que la gloire & le bien de la nation; je défie qu'on en imagine un troisième. La compagnie, à sa résurrection vers 1720, sous la régence, a commencé son commerce avec beaucoup plus d'argent que la fameuse compagnie hollandaise n'avait commencé le sien avant sa conquête des Moluques. Quel fléau l'a détruite une seconde fois? la guerre.

Dès qu'on tire un coup de canon en Flandre, il retentit en Amérique & à la côte de Coromandel.

_____

(*ll*) C'est M. du *Verney* qui inventa l'Ecole militaire; c'est Mme de *Pompadour* qui la proposa. Il faut rendre justice; la gloire est le seul prix du bien qu'on a fait.

A cette guerre contre les Anglais fe font joints une foule de maux auffi dangereux ; la difcorde inteftine, la rapacité, la jaloufie entre les déprédateurs heureux & les malheureux ; une autre jaloufie plus furieufe encore, celle du commandement, qui eft fi fouvent accompagnée de l'infolence, de la perfidie, des plus noires intrigues, & des plus fatales impoftures.

Les vaiffeaux de l'Inde partaient moins chargés de marchandifes que de délateurs, de calomniateurs, de faux témoins, de procès-verbaux fignés par le menfonge dans l'Inde, & foutenus par la corruption en France. Il en coûta quatre ans de liberté au vainqueur de Madrafs, à un homme d'un rare mérite, à ce *la Bourdonnais*, qui feul avait vengé l'honneur du pavillon français dans les mers de l'Inde. Il en a coûté la vie au lieutenant-général *Lalli*, qui du jour qu'il aborda dans Pondichéri pour y mettre l'ordre & y rétablir le fervice, eut dix fois plus d'ennemis dans la ville, qu'il n'avait d'Anglais à combattre : brave homme fans doute, jacobite jufqu'au martyre, implacable contre les Anglais, attaché à la France par paffion : fa fatale cataftrophe eft aujourd'hui confondue avec tant d'autres qui font inutilement frémir la nature humaine, & que Paris oublie le lendemain pour des plaifirs fouvent ridicules, & bientôt oubliés auffi.

Quel fut depuis le fort de la compagnie ? des procès contre des citoyens qui avaient combattu pour elle, des dettes immenfes avec l'impuiffance de payer, la reffource inutile des loteries, le défir & l'incapacité de fe foutenir. Elle avait été la feule compagnie dans l'univers qui eût commercé pendant près de cinquante années fans jamais partager entre les actionnaires le moindre profit, le moindre foulagement produit par fon commerce.

Tout ce que je fais, c'eft que la compagnie anglaife partage actuellement cinq & demi pour cent pour les fix mois courans.

A l'égard de celle de Hollande, c'eft une grande puiffance fouveraine. Les actionnaires avaient déjà partagé 150 pour cent de leur première mife en 1608, après les dépenfes immenfes de l'établiffement payées fur les profits.

Maintenant qu'on reproche tant qu'on voudra au duc d'*Orléans* régent d'avoir rendu la vie à notre compagnie des Indes, & à *Louis XIV* de l'avoir fait naître, je dirai, ils ont tous deux fait une belle entreprife. Le roi de Danemarck les a imités, & a réuffi. Les Français fe font mal conduits, & ils ont échoué; la vérité ordonne d'en convenir.

Il faut avouer auffi que la cour de Danemarck n'a point envoyé à Tranquebar de miffionnaire intrigant, brouillon, & voleur, qui femât la difcorde dans les comptoirs, qui en emportât l'argent, & qui en revînt avec onze cents mille francs dans fa caffette, après avoir gagné des ames à DIEU, comme a fait notre révérend père *Lavaur* de la compagnie de JESUS.

On fait affez que l'hiftoire ne doit être ni un panégyrique, ni une fatire, ni un ouvrage de parti, ni un fermon, ni un roman. J'ai eu cette règle devant les yeux quand j'ai ofé jeter un œil philofophique fur la terre entière. J'envifage encore le fiècle de *Louis XIV* comme celui du génie, & le fiècle préfent comme celui qui raifonne fur le génie. J'ai travaillé foixante ans à rendre exactement juftice aux grands-hommes de ma patrie. J'ai obtenu quelquefois pour récompenfe la perfécution & la calomnie. Je ne me fuis point découragé. La vérité m'a été plus précieufe que les clameurs injuftes ne font méprifables. Je ne me défends point; je défends ceux qui font morts en fervant la patrie ou en l'inftruifant. Je défends le maréchal de *Villars*, non parce que j'ai eu l'honneur de vivre dans fa familiarité dix années confécutives dans ma jeuneffe, mais parce qu'il a fauvé l'Etat. Un miférable réfugié affamé ofe, dans fa démence, imprimer (*mm*) qu'à la bataille de Malplaquet ce général paffa pour s'être bleffé légèrement lui-même, afin d'avoir un prétexte de quitter le champ de bataille, & de faire croire qu'il eût été vainqueur fans fa bleffure. Je dois confondre l'infamie abfurde de ce calomniateur.

A-t-il la fcélérateffe non moins extravagante d'imputer (*nn*) au régent de France des actions que les plus vils des hommes ne regardent aujourd'hui (grâce à mes foins peut-être) que comme des revêries dignes du mépris le plus profond; j'ai dû faire rentrer dans le néant cette exécrable impofture.

A-t-il dit (*oo*) que le premier préfident de *Maifons* (dont le fils mon ami intime eft mort entre mes bras) était premier préfident quand le duc d'*Orléans* fut

(*mm*) Mémoires de *Maintenon*, tome V, page 99.

(*nn*) *Ibid.* tome IV, pages 346 & fuivantes de l'édition de l'*Hiftoire de Louis XIV*, falfifiées par lui & chargées de notes infames, chez *Eflinger* à Francfort.

(*oo*) *Ibid.* tome V, page 228.

déclaré régent, & qu'il fefait une cabale contre ce prince; j'ai dû faire apercevoir que jamais ce magiftrat ne fut premier préfident, & apprendre au public que, loin de vouloir priver le prince de fon droit, ce fut lui qui arrangea tout le plan de la régence.

J'ai dû confondre toutes les calomnies vomies par ce malheureux contre la famille royale, contre les meilleurs miniftres, & contre les hommes du royaume les plus refpectables. Pourquoi? parce que ces impoftures fe vendent long-temps dans les pays étrangers, & beaucoup mieux que de bons livres, parce qu'elles vont à Leipfick, à Berlin où un héros ne parle que français, à Hambourg, à Dantzig, à Mofcou, à Jaffi; parce que tous ceux qui lifent en Europe, entendent le français jufqu'à des Turcs, nos grands-hommes ayant porté notre langue auffi loin que l'impératrice de Ruffie porte fes armes & fes lois. Voilà ce qu'on ne fait pas dans les foupers de Paris; on dit : il a tort de relever des fottifes fi méprifables; non, il n'a point tort : prenez une carte géographique, voyez que l'univers n'eft pas borné à votre quartier; concluez qu'on peut parler à d'autres hommes qu'à vous, & qu'on doit venger votre patrie, & les grands-hommes qui ont bien mérité d'elle.

Plus de cent hiftoires modernes ont été compilées fur des journaux remplis de nouvelles inpertinences, femblables à ces menfonges imprimés dont je parle. Peut-être un jour ces hiftoires pafferont pour authentiques. Celui qui confacrerait fon travail à prévenir le public contre cette foule d'impoftures, éleverait un monument utile. Ce ferait le ferpent d'airain qui guériroit les morfures des vrais ferpens. Si j'ai pris la liberté de réfuter le livre eftimable des *Ephémérides du citoyen*, j'ai dû à plus forte raifon confondre les calomnies de l'extravagant ennemi de tous les citoyens. (*pp*)

A l'égard des impoftures contre de fimples particuliers, d'ordinaire on les néglige, fans quoi la terre qui a befoin d'être cultivée deviendrait une grande bibliothèque.

ARTICLE XXI.

Sur les diffentions des églifes de Pologne. (*)

Avant de donner au public une idée jufte des différends qui divifent aujourd'hui la Pologne; avant de déférer au tribunal du genre-humain la caufe des diffidens grecs, romains, & proteftans; il eft néceffaire de faire voir premièrement ce que c'eft que l'Eglife grecque.

(*pp*) C'eft un nommé *la Beaumelle*, qui écrit de ce ftyle incorreƈt, audacieux, & violent, qu'on tâche de mettre à la mode aujourd'hui.

Figurez-vous un gueux échappé des petites-maifons, qui couvrirait de fon ordure les ftatues de *Louis XIV* & de *Louis XV*, tel était ce miférable. Son vrai nom eft *Angliviel*, dit *la Beaumelle*, né dans un village des Cévènes, né huguenot, élevé dans cette religion à Genève; mais bien éloigné de reffembler aux fages proteftans qui, refpeƈtant les puiffances & les lois, font toujours attachés à leur patrie: il avait été infcrit à Genève parmi les propofans qui étudient en théologie, le 12 oƈtobre 1745, fous le reƈtorat de M. *Ami de la Rive*, & s'était effayé à prêcher à l'hôpital pendant une année: il faut convenir qu'il méritait d'être exhorté publiquement.

(*) Ce petit ouvrage avait d'abord été imprimé fous le nom de *Bourdillon*, profeffeur en droit public.

Il faut avouer d'abord que les Eglifes grecque &
fyriaque furent inftituées les premières, & que l'Orient
enfeigna l'Occident. Nous n'avons aucune preuve que
Pierre ait été à Rome; & nous fommes fûrs qu'il refta
long-temps en Syrie, & qu'il alla jufqu'à Babylone.
Paul était de Tarfe en Cilicie. Ses ouvrages font écrits
en grec. Nous n'avons aucun évangile qui ne foit grec.
Tous les pères des quatre premiers fiècles jufqu'à
Jérôme ont été grecs, fyriens, ou africains. Prefque
tous les rites de la communion romaine atteftent
encore par leurs noms même leur origine grecque;
églife, baptême, paraclet, liturgie, litanie, fymbole,
euchariftie, agape, épiphanie, évêque, prêtre, diacre,
pape même, tout annonce que l'Eglife d'Occident eft
la fille de l'Eglife d'Orient, fille qui dans fa puiffance
a méconnu fa mère.

Aucun évêque de Rome ne fut compté, ni parmi
les pères, ni même parmi les auteurs approuvés, pendant plus de fix fièclesen tiers. Tandis qu'*Athénagore*,
Ephrem, *Juftin*, *Tertullien*, *Clément d'Alexandrie*, *Origène*,
Cyprien, *Irénée*, *Athanafe*, *Eufebe*, *Jérôme*, *Auguftin*,
rempliffaient le monde de leurs écrits, les évêques de
Rome en filence fe bornaient au foin d'établir leur
troupeau qui croiffait de jour en jour.

Nous n'avons fous le nom d'un évêque de Rome
que les récognitions de *Clément*. Il eft prouvé qu'elles
ne font pas de lui : & fi elles en étaient, elles feraient
pas honneur à fa mémoire. Ce font des conférences
de *Clément* avec *Pierre*, *Zachée*, *Barnabé*, & *Simon* le
magicien. Ils rencontrent vers Tripoli un vieillard;
& *Pierre* devine que ce vieillard eft de la race de *Céfar*;
qu'il époufa *Mathilde*, dont il eut trois enfans; que

Clément eft le cadet de ces enfans ; ainfi *Clément* eft reconnu pour être de la maifon impériale. C'eft apparemment cette connaiffance qui a donné le titre au livre ; encore cette rapfodie eft-elle écrite en grec.

Mais aucun prêtre chrétien, foit grec, foit fyriaque, ou africain, ou italien, n'eut certainement d'autre puiffance que celle de parler toutes les langues du monde, de faire des miracles, de chaffer les diables ; puiffance admirable que nous fommes bien loin de leur contefter.

Qu'il nous foit permis de le dire, fans offenfer perfonne : fi l'ambition pouvait s'en tenir aux paroles expreffes de l'évangile, elle verrait évidemment que les apôtres n'ont reçu aucune domination temporelle de JESUS-CHRIST, qui lui-même n'en avait pas. Elle verrait que fes difciples étaient tous égaux, & que JESUS-CHRIST même a menacé de châtiment ceux qui voudraient s'élever au-deffus des autres.

Pour peu qu'on foit inftruit, on fait que dans le premier fiècle il n'y eut aucun fiége épifcopal particulier. Les apôtres & leurs fucceffeurs fe cachaient tantôt dans un lieu, tantôt dans un autre ; & certainement lorfqu'ils prêchaient de village en village, de cave en cave, de galetas en galetas, ils n'avaient ni trône épifcopal, ni jurifdiction, ni gardes, & quatre principaux barons ne portaient point à leur entrée les cordons d'un dais fuperbe, fous lequel on eût vu *André* & *Luc* portés pompeufement comme des fouverains.

Dès le fecond fiècle la place d'évêque fut lucrative par les aumônes des chrétiens, & conféquemment les évêques des grandes villes furent plus riches que

les autres : étant plus riches, ils eurent plus de crédit
& de pouvoir.

Si quelque évêque avait pu prétendre à la supé-
riorité, c'était assurément l'évêque de Jérusalem, non
pas comme le plus riche, mais comme celui qui,
selon l'opinion vulgaire, avait succédé à St Jacques
le propre frère de JESUS-CHRIST. Jérusalem était
le berceau de la religion chrétienne. Son fondateur y
était mort par un supplice cruel; il était reçu que
Jacques son frère y avait été lapidé. Marie mère de
DIEU y était morte. Joseph son mari était enterré
dans le pays. Tous les mystères du christianisme s'y
étaient opérés. Jérusalem était la ville sainte qui
devait reparaître dans toute sa gloire pendant mille
années. Que de titres pour assurer à l'évêque de Jérusalem une prééminence incontestable !

Mais, lorsque le concile de Nicée régla la hié-
rarchie, qui avait eu tant de peine à s'établir, le
gouvernement ecclésiastique se modela sur le politique. Les évêques appelèrent leurs districts spirituels
du nom temporel de diocèse. Les évêques des grandes
villes prirent le titre de métropolitains. Le nom de
patriarche s'établit peu à peu; on donna ce titre aux
évêques de Constantinople & de Rome, qui étaient
deux villes impériales ; à ceux d'Alexandrie &
d'Antioche, qui étaient encore deux considérables
métropoles; & enfin à celui de Jérusalem qu'on
n'osa pas dépouiller de cette dignité, quoique cette
ville, nommée alors Elia, fut presque dépeuplée &
située dans un terrain ingrat, dans lequel elle ne
pouvait s'affranchir de la pauvreté, n'ayant jamais
fleuri que par le grand concours des Juifs qui venaient

autrefois

autrefois y célébrer leurs grandes fêtes ; mais ne tirant alors quelque argent que des pélerinages peu fréquens des chrétiens, le diftrict de ce patriarche fut très-peu de chofe. Les quatre autres au contraire furent très-étendus.

Il ne tomba dans la tête ni d'aucun évêque, ni d'aucun patriarche, de s'arroger une jurifdiction temporelle. On n'en trouve aucun exemple que dans la fubverfion de l'empire romain en Occident.

Tout y changea lorfque *Pépin* d'Auftrafie, premier domeftique d'un prince franc nommé *Childeric*, fe lia avec le pape *Zacharie*, & enfuite avec le pape *Etienne II*, pour rendre fon ufurpation refpectable aux peuples. Il fe fit facrer à Saint-Denis en France par ce même pape *Etienne :* en récompenfe, cet ufurpateur lui donna dans la Romagne quelques domaines aux dépens des ufurpateurs lombards.

Voilà le premier évêque devenu prince. On conviendra fans peine que cette grandeur n'eft pas des temps apoftoliques. Auffi fut-elle fignalée par le meurtre & par le carnage, peu de temps après, fous le pape *Etienne III*. Le clergé romain, partagé en deux partis, inonda de fang la chaire de bois dans laquelle on prétend que *St Pierre* avait prêché au peuple romain. Il eft vrai qu'il n'eft pas plus vraifemblable que du temps de l'empereur *Tibère* un galiléen ait prêché en chaire dans le *forum romanum*, qu'il n'eft vraifemblable qu'un grec vînt prêcher aujourd'hui dans le grand bazar de Stamboul. Mais enfin, il y avait à Rome, du temps d'*Etienne III*, une chaire de bois ; & elle fut entourée de cadavres fanglans.

Mélanges hift. Tome II.   K

Lorfque *Charlemagne* partit de la Germanie pour ufurper la Lombardie; lorfqu'il eut privé fes neveux de l'héritage de leur père *Pepin*; lorfqu'il eut enfermé en prifon fes enfans innocens dont on n'entendit plus parler depuis; lorfque fes fuccès eurent couronné ce crime; lorfqu'il fe fut fait reconnaître empereur dans Rome; il donna encore de nouvelles feigneuries au pape *Léon III*, qui lui mit dans l'églife de *St Pierre* une couronne d'or fur la tête, & un manteau de pourpre fur les épaules.

Cependant remarquons que ce pape *Léon III*, encore fujet des empereurs réfidans à Conftantinople, n'ofa pas facrer un allemand; tant ce vieux refpeĉt pour l'empire romain prévalait encore. Ce n'était qu'une cérémonie de plus; mais elle était réputée fainte, & on n'ofait la faire. La faibleffe fe joignait à l'audace de l'efprit, qui fouvent n'ofe franchir la feconde barrière après avoir abattu la première.

Charlemagne fut toujours le maître dans Rome; mais dans la décadence de fa maifon, le peuple romain reprit un peu fa liberté, & la difputa toujours contre l'évêque, contre la maifon de *Tofcanelle*, contre les *Gui de Spolète*, contre les *Bérengers*, & d'autres tyrans; jufqu'à ce qu'enfin l'imprudent *Oĉtavien Sporco*, qui le premier changea fon nom à fon avénement au pontificat, appela *Othon de Saxe* en Italie. Ce *Sporco* eft connu fous le nom de *Jean XII*. Il était fils de cette fameufe *Marofie* qui avait fait pape fon bâtard *Jean XI*, né de fon incefte avec le pape *Sergius III*.

Jean XII était patrice de Rome, ainfi qu'*Alberic* fon père dernier mari de *Marofie*. Ils tenaient cette dignité de l'empereur *Constantin Porphyrogenète ;* preuve évidente que les Romains, au milieu de leur anarchie, reconnaissaient toujours les empereurs grecs pour les vrais successeurs des *Césars :* mais dans leurs troubles, ils avaient recours tantôt aux Allemands, tantôt aux Hongrois, & se donnaient tour à tour plusieurs maîtres pour n'en avoir aucun.

On sait comment le roi d'Allemagne *Othon*, appelé à Rome par *Jean XII*, & ensuite trahi par lui, le fit déposer pour ses crimes. Le procès-verbal existe ; il fait frémir.

Tous les papes ses successeurs eurent à combattre les prétentions des empereurs allemands sur Rome, les anciens droits des empereurs grecs, & jusqu'aux Sarrazins mêmes. Ils ne furent puissans que par l'intrigue & par l'opinion du vulgaire, opinion qu'ils furent établir, & dont ils furent toujours profiter.

Grégoire VII, qui à la faveur de cette opinion, & surtout des fausses décrétales, marcha sur les têtes des empereurs & des rois, ne put jamais être le maître dans Rome. Les papes ne purent enfin avoir la souveraineté de cette ville que lorsqu'ils se furent emparés du Môle d'Adrien, appelé depuis Saint-Ange, qui avait toujours appartenu au peuple ou à ceux qui le représentaient.

La vraie puissance des papes & celle des évêques d'Occident ne s'établit en Allemagne que dans l'interrègne & l'anarchie, vers le temps de l'élection de *Rodolphe de Habsbourg* à l'empire : ce fut alors que les évêques allemands furent véritablement souverains

K 2

Jamais rien de femblable ne s'eft vu dans l'Eglife
grecque. Elle fut toujours foumife aux empereurs,
jufqu'au dernier *Conftantin* ; & dans le vafte empire
de Ruffie, elle eft entièrement dépendante du pouvoir
fuprême. On n'y connaît pas plus qu'en Angleterre
la diftinction des deux puiffances ; l'autel eft fubor-
donné au trône ; & ces mots même *les deux puiffancés*
y font un crime de lèfe-majefté. Cette heureufe
fubordination eft la feule digue qu'on ait pu oppofer
aux querelles théologiques, & aux torrens de fang
que ces querelles ont fait répandre dans les Eglifes
d'Occident, depuis l'affaffinat de *Prifcillien* jufqu'à
nos jours.

Perfonne n'ignore comme au feizième fiècle la
moitié de l'Europe, laffée des crimes d'*Alexandre VI*,
de l'ambition de *Jules II*, des extorfions de *Léon X*,
de la vente des indulgences, de la taxe des péchés,
des fuperftitions & des friponneries de tant de
moines, fecoua enfin le joug appefanti depuis long-
temps. Les Grecs avaient enfeigné l'Eglife d'Occident,
les proteftans la réformèrent.

Je ne prétends point parler ici des dogmes qui
divifent les grecs, les romains, les évangéliques, les
réformés, & d'autres communions. Je laiffe ce foin
à ceux qui font éclairés d'une lumière divine. Il
faut l'être fans doute pour bien favoir fi le St Efprit
procède par fpiration du Père & du Fils, ou du Fils
feulement, lequel fils étant engendré & n'étant point
fait, ne peut pourtant engendrer. Il n'y a qu'une
révélation qui puiffe apprendre clairement aux faints
comment on mange le fils en corps & en ame dans
un pain qui eft anéanti, fans manger ni le Père, ni

le St Esprit; ou comment le corps, & l'ame de J E S U S font incorporés au pain; ou comment on mange J E S U S par la foi. Ces queftions font fi divines, qu'elles ne devraient point mettre la difcorde entre ceux qui ne font qu'hommes; & qui doivent fe borner à vivre en frères, & à cultiver la raifon & la juftice., fans fe perfécuter pour dés myftères qu'ils ne peuvent entendre.

Tout ce que j'oferais dire en refpectant les évêques de toutes les communions, c'eft que ceux qui iraient à pied, de leur maifon à l'églife, prêcher la charité & la concorde, reffembleraient peut-être plus aux apôtres, au moins à l'extérieur, que ceux qui diraient quelques mots dans une meffe en mufique en quatre parties, entourés de hallebardiers & de moufquetaires, & qui ne fortiraient de l'églife qu'au fon des tambours & des trompettes.

Je me garderai bien d'examiner fi celui qui naquit dans une étable entre un bœuf & un âne, qui vécut & qui mourut dans l'indigence, fe plaît plus à la pompe & aux richeffes de fes miniftres, qu'à leur pauvreté & à leur fimplicité. Nous ne fommes plus au temps des apôtres; mais nous fommes toujours au temps des citoyens: il s'agit de leurs droits, de la liberté naturelle, de l'exécution des lois folemnelles, de la foi des fermens, de l'intérêt du genre-humain. Tout cela exiftait avant qu'il y eût des prélats, & exiftera encore fi jamais (ce qu'à D I E U ne plaife) on a le malheur de fe paffer de prélatures. Les dignités peuvent s'abolir, les fectes peuvent s'éteindre; le droit des gens eft éternel.

K 3

FAIT.

LA religion chrétienne ne pénétra que très-tard chez les Sarmates. La nation était guerrière & pauvre. Le zèle des miffionnaires la refpecta. La Pologne, proprement dite, ne fut chrétienne qu'à la fin du dixième fiècle. *Boleflas*, en l'an 1001 de notre ère vulgaire, fut le premier roi chrétien, & il fignala fon chriftianifme en fefant crever les yeux au roi de Bohème.

Le grand-duché de Lithuanie, vafte pays qui fait prefque la moitié de la Pologne entière, ne fut chrétien que dans le quinzième fiècle, après que *Jagellon* grand-duc de Lithuanie eut époufé la princeffe *Edvige* au quatorzième en 1387, à condition qu'il ferait de la religion de la princeffe, & que la Lithuanie ferait jointe à la Pologne.

On demandera de quelle religion étaient tous ces peuples avant qu'ils fuffent chrétiens. Ils adoraient DIEU fous d'autres noms, d'autres emblèmes, d'autres rites; on les appelait *païens*. La grâce de JESUS-CHRIST qui eft venu pour tout le monde leur avait été refufée, ainfi qu'à plus des trois quarts de la terre. Leur temps n'était pas venu; toutes leurs générations étaient livrées aux flammes éternelles; du moins c'eft ainfi qu'on penfe à Rome, ou ce qu'on feint d'y penfer. Cette idée eft grande: tu feras puni à jamais fi tu ne penfes pas fur le bord du Volga ou du Gange comme je penfe fur le bord de l'Anio. On ne peut porter fes vues plus haut & plus loin.

Il arriva un grand malheur à ces nouveaux chrétiens au feizième fiècle. L'héréfie pénétra chez eux ; & comme l'héréfie damne les hommes encore plus que le paganifme, le falut des Polonais était en grand danger. Ces hérétiques fe difaient enfans de la primitive Eglife, & on les appelait *novateurs;* ainfi on ne pouvait convenir des qualités.

Outre ces réformés d'Occident, il y avait beaucoup de grecs d'Orient. Ces grecs étaient répandus dans cinq provinces de la Lithuanie converties autrefois à la foi grecque, & annexées depuis à la Pologne. Ils n'étaient pas à la vérité auffi damnés que les évangéliques & les réformés; mais enfin ils l'étaient, puifqu'ils ne reconnaiffaient pas l'évêque de Rome comme le maître du monde entier.

Il eft à remarquer que ces provinces grecques, & la Pologne proprement dite, & la Lithuanie, & la Ruffie fa voifine, avaient été converties par des dames, ainfi que la Hongrie & l'Angleterre. Cette origine devait faire efpérer de la tolérance, de l'indulgence, de la bonté, des mœurs douces & faciles. Il en arriva tout autrement.

Les évêques de Pologne font puiffans; ils n'aimaient pas à voir leur troupeau diminuer. Outre ces évêques, il y avait toujours à Varfovie un nonce du pape. Ce nonce tenait lieu de grand-inquifiteur, & fon tribunal était très-redoutable. Les Grecs, les évangéliques, les réformés, & les unitaires qui furvinrent, tout fut perfécuté. *Contrains-les d'entrer* fut employé dans toute fa rigueur. C'eft une chofe admirable que ce *contrains-les d'entrer,* qui n'eft dans l'évangile qu'une invitation

K 4

preſſante à ſouper, ait toujours ſervi de prétexte à l'égliſe romaine pour faire mourir les gens de faim.

Les évêques ne manquaient pas d'excommunier tout gentilhomme du rite grec ou de la communion proteſtante ; & par un abus étrange, mais ancien, cette excommunication les privait dans les diètes de voix active & paſſive. L'excommunication peut bien priver un homme de la dignité de marguillier, & même du paradis ; mais elle ne doit pas s'étendre ſur les effets civils. Un prince de l'Empire, un électeur qu'un évêque ou un chapitre excommunierait, n'en ſerait pas moins prince de l'Empire. On peut juger par cette ſeule oppreſſion combien les diffidens étaient vexés par les tribunaux eccléſiaſtiques ; il ſuffit de dire qu'ils étaient jugés par leurs ennemis.

Sigiſmond Auguſte, le dernier des *Jagellons*, fit ceſſer ce dévot ſcandale. Sa probité lui perſuada qu'il ne faut perſécuter perſonne pour la religion. Il ſe ſouvint que JESUS-CHRIST avait enſeigné, & non opprimé. Il comprit que l'oppreſſion ne pouvait faire naître que des guerres civiles entre les gentilshommes égaux : il fit plus dans la diète ſolemnelle de Vilna, le 16 juin 1563 ; *il anéantit toute différence qui pourrait jamais naître entre les citoyens pour cauſe de religion.* Voici les paroles eſſentielles de cette loi devenue fondamentale.

„ A compter depuis ce jour, non-ſeulement les
„ nobles & ſeigneurs avec leurs deſcendans qui
„ appartiennent à la communion romaine, & dont
„ les ancêtres ont obtenu auſſi des lettres de nobleſſe
„ dans le royaume de Pologne, mais encore en
„ général tous ceux qui ſont de l'ordre équeſtre &

,, des nobles, foit lithuaniens, foit ruffes d'origine,
,, *pourvu qu'ils faffent profeffion du chriftianifme*, quand
,, même leurs ancêtres n'auraient pas acquis les droits
,, de nobleffe dans le royaume de Pologne, doivent
,, jouir dans toute l'étendue du royaume de tous les
,, priviléges, libertés, & droits de nobleffe, à eux accor-
,, dés, & en jouir à perpétuité en commun.

,, On admettra aux dignités du fénat & de la
,, couronne, à toutes les charges nobles, non-feule-
,, ment ceux qui appartiennent à l'Eglife romaine,
,, mais auffi tous ceux qui font de l'ordre équeftre,
,, pourvu qu'ils foient chrétiens . . . . . . nul ne fera
,, exclu, pourvu qu'il foit chrétien. ,,

La diète de Grodno en 1568 confirma folemnellement ces ftatuts; elle ajouta, pour rendre la loi,
s'il était poffible, encore plus claire, ces mots effen-
tiels, *de quelque communion ou confeffion que l'on foit.*

Enfin dans la diète d'union encore plus célèbre,
tenue à Lublin, en 1569, diète qui acheva d'incorporer pour jamais le grand-duché de Lithuanie à la
couronne, on renouvela, on confirma de nouveau
cette loi humaine qui regardait tous les chrétiens
comme des frères, & qui devait fervir d'exemple aux
autres nations.

Après la mort de *Sigifmond Augufle*, ce héros de la
tolérance, la république entière, confédérée en 1573
pour l'élection d'un nouveau roi, jura de ne reconnaître que celui qui ferait ferment de maintenir cette
paix des chrétiens. *Henri de Valois*, trop accufé d'avoir
eu part aux maffacres de la Saint-Barthelemi, ne
balança pas à jurer *devant le* DIEU *tout-puiffant*, de
maintenir les droits des diffidens; & ce ferment de *Henri*

de Valois fervit de modèle à fes fucceffeurs. *Etienne* ne lui fuccéda qu'à cette condition. Ce fut une loi fondamentale & facrée. Tous les nobles furent égaux par la religion comme par la nature.

C'eft ainfi qu'après l'union de l'Angleterre & de l'Ecoffe, les pairs d'Ecoffe presbytériens ont eu féance au parlement de Londres avec les pairs de la communion anglicane. Ainfi l'évêché d'Ofnabruck en Allemagne appartient tantôt à un évangélique, tantôt à un catholique romain. Ainfi dans plufieurs bourgs d'Allemagne les évangéliques viennent chanter leurs pfeaumes dès que le curé catholique a dit fa meffe; ainfi les chambres de Vetzlar & de Vienne ont des affeffeurs luthériens; ainfi les réformés de France étaient ducs & pairs, & généraux des armées fous le grand *Henri IV*; & l'on peut croire que le DIEU de miféricorde & de paix n'écoutait pas avec colère les différens concerts que fes enfans lui adreffaient d'un même cœur.

Tout change avec le temps. Un roi de Pologne nommé auffi *Sigifmond*, de la race de *Guflave Vafa*, voulut enfin détruire ce que le grand *Sigifmond*, le dernier des *Jagellons*, avait établi. Il était à la fois roi de Pologne & de Suède; mais il fut dépofé en Suède par les états affemblés en 1592; & malheureufement la religion catholique romaine lui attira cette difgrace. Les états du royaume élurent fon frère *Charles*, qui avait pour lui le cœur des foldats & la confeffion d'Augsbourg. *Sigifmond* fe vengea en Pologne du catholicifme qui lui avait ôté la couronne de Suède.

Les jéfuites qui le gouvernèrent, lui ayant fait perdre un royaume, le firent haïr dans l'autre. Il ne

put à la vérité révoquer une loi devenue fondamentale, confirmée par tant de rois & de diètes ; mais il
l'éluda, il la rendit inutile. Plus de charges, plus de
dignités, données à ceux qui n'étaient pas de la communion de Rome. On ne leur ravit pas leurs biens,
parce qu'on ne le pouvait pas ; on les vexa par une
perfécution fourde & lente ; & fi on les tolérait, on leur
fit fentir bientôt qu'on ne les tolérerait plus dès qu'on
pourrait les opprimer impunément.

Cependant la loi fut toujours plus forte que la
haine. Tous les rois à leur couronnement firent le
même ferment que leurs prédéceffeurs. *Ladiflas VI*,
fils de *Sigifmond* le fuédois, n'ofa s'en difpenfer. Son
frère *Jean Cafimir*, quoiqu'il eût d'abord été jéfuite,
& enfuite cardinal, fut obligé de s'y foumettre : tant
le refpect extérieur pour les lois reçues, a de force
fur les hommes.

Michel Viefnovisky, l'illuftre *Jean Sobiesky* vainqueur
des Turcs, n'imaginèrent pas d'éluder cette loi à leur
couronnement. L'électeur de Saxe *Augufte*, ayant
renoncé à la religion évangélique de fes pères pour
acquérir le royaume de Pologne, jura avec plaifir
cette grande loi de la tolérance, dont un roi qui
abandonne fa religion pour un fceptre, femble avoir
toujours befoin, & qui affurait la liberté & les droits
de fes anciens frères.

L'Europe fait combien fon règne fut malheureux;
il fut détrôné par les armes d'un roi luthérien, &
rétabli par les victoires d'un czar de la communion
grecque.

Les prêtres catholiques romains, & leurs adhérens
crurent fe venger du roi de Suède *Charles XII*, en

perſécutant les polonais évangéliques dont il avait été le protecteur : ils en trouvèrent l'occaſion l'année 1717, dans une diète toute compoſée de nonces de leur parti : ils eurent le crédit, non pas d'abolir la loi, elle était trop ſacrée, mais de la limiter. On ne permit aux non-conformiſtes le libre exercice de leur religion que dans leurs égliſes précédemment bâties; & on alla même juſqu'à prononcer des peines pécuniaires, la priſon, le banniſſement, contre ceux qui prieraient DIEU ailleurs. Cette clauſe d'oppreſſion ne paſſa qu'avec une extrême difficulté. Pluſieurs évêques même, plus patriotes que prêtres, & plus touchés des droits de l'humanité que des avantages de leur parti, eurent la gloire de s'y oppoſer quelque temps.

Cette diète de 1717 ne ſongeait pas qu'en ſe vengeant du luthérien *Charles XII* ſon ennemi, elle inſultait le grec *Pierre le grand* ſon protecteur. Enfin la loi paſſa en partie; mais le roi *Auguſte* la détruiſit en la ſignant. Il donna un diplome le 3 février 1717, dans lequel il s'exprime ainſi :

,, Quant à la religion des diffidens, afin qu'ils
,, ne penſent point que la communion de la nobleſſe,
,, leur égalité, & leur, paix aient été léſées par les
,, articles inférés dans le nouveau traité, nous
,, déclarons que ces articles inférés dans le traité ne
,, doivent déroger en aucune manière aux confédé-
,, rations des années 1573, 1632, 1648, 1669,
,, 1674, 1697, & à nos *pacta conventa*, en tant qu'elles
,, ſont utiles aux diffidens dans la religion. Nous
,, conſervons leſdits diffidens en fait de religion,
,, dans leurs libertés énoncées dans toutes ces confé-

„ dérations, felon leur teneur, (laquelle doit être
„ tenue pour inférée & imprimée ici,) & nous voulons
„ qu'ils foient confervés par tous les états, officiers,
„ & tribunaux. En foi de quoi nous avons ordonné
„ de munir ces préfentes fignées de notre main,
„ & fcellées du fceau du royaume. Donné à
„ Varfovie le 3 février 1717, & le 20 de notre
„ règne. „

Après cette contradiction formelle d'une loi
décernée & abolie en même temps, contradiction
trop ordinaire aux hommes, le parti le plus fort
l'emporta fur le plus faible; la violence fe donna
carrière. Il eft vrai qu'on ne ralluma pas les bûchers
qui mirent autrefois en cendres toute une province
du temps des Albigeois; on ne détruifit point vingt-
quatre villages inondés du fang de leurs habitans,
comme à Mérindol & à Cabrières. Les roues & les
gibets ne furent point d'abords dreffés dans les places
publiques contre les grecs & les proteftans, comme
ils le furent en France fous *Henri II.* On n'a point
encore parlé en Pologne d'imiter les maffacres de la
Saint-Barthelemi, ni ceux d'Irlande, ni ceux des
vallées du Piémont. Les torrens de fang n'ont point
encore coulé d'un bout du royaume à l'autre, pour
la caufe d'un DIEU de páix. Mais enfin, on a
commencé à ravir à des innocens la liberté & la
vie. Quand les premiers coups font une fois
portés, on ne fait plus où l'on s'arrêtera. Les
exemples des anciennes horreurs que le fanatifme
a produites, font perdus pour la poftérité; les efprits
de fang-froid les déteftent, & les efprits échauffés
les renouvellent.

Bientôt on démolit des églifes, des écoles, des hôpitaux, de diffidens. On leur fit payer une taxe arbitraire pour leurs baptêmes, & pour leurs communions, tandis que deux cents cinquante fynagogues juives chantaient leurs pfeaumes hébraïques fans bourfe délier.

Dès l'année 1718, un nonce du nom de *Pietrosky*, fut chaffé de la chambre, uniquement parce qu'il était diffident. Le capitaine *Keler*, accufé par l'avocat *Vindeleusky* d'avoir foutenu contre lui la religion proteftante, eut la tête tranchée à Petekou comme blafphémateur. Le bourgeois *Hébers* fut condamné à la corde fur la même accufation. Le gentilhomme *Rosbiky* fut obligé de fortir des terres de la république. Le gentilhomme *Unrug* avait écrit quelques remarques & quelques extraits d'auteurs évangéliques contre la religion romaine ; on lui vola fon portefeuille ; & fur cet effet volé, fur des écrits qui n'étaient pas publics, fur l'énoncé de fes opinions permifes par les lois, fur le fecret de la confcience tracé de fa main, il fut condamné à perdre la tête. Il fallut qu'il dépenfât tout fon bien pour faire caffer cette exécrable fentence.

Enfin, en 1724, l'exécution fanglante de Thorn renouvela les anciennes calamités qui avaient fouillé le chriftianifme dans tant d'autres Etats. Quelques malheureux écoliers des jéfuites, & quelques bourgeois proteftans ayant pris querelle, le peuple s'attroupa, on força le collège des jéfuites, mais fans effufion de fang ; on emporta quelques images de leurs faints, & malheureufement une image de la Vierge, qui fut jetée dans la boue.

Il est certain que les écoliers des jésuites, ayant été les agresseurs, étaient les plus coupables. C'était une grande faute d'avoir pris les images des jésuites, & surtout celle de la Ste Vierge. Les protestans devaient être condamnés à la rendre ou à en fournir une autre, à demander pardon, à réparer le dommage à leurs frais, & aux peines modérées qu'un gouvernement équitable peut infliger. L'image de la Vierge *Marie* est très-respectable; mais le sang des hommes l'est aussi. La profanation d'un portrait de la Vierge dans un catholique est une très-grande faute; elle est moindre dans un protestant, qui n'admet point le culte des images.

Les jésuites demandèrent vengeance au nom de DIEU & de sa mère; ils l'obtinrent malgré l'intervention de toutes les puissances voisines. La cour assessoriale, à laquelle le chancelier préside, jugea cette cause. Un jésuite y plaida contre la ville de Thorn; l'arrêt fut porté tel que les jésuites le désiraient. Le président *Rosner*, accusé de ne s'être pas assez opposé au tumulte, fut décapité malgré les priviléges de sa charge. Quelques assesseurs, & d'autres principaux bourgeois, périrent par le même supplice. Deux artisans furent brûlés, d'autres furent pendus. On n'aurait pas traité autrement des assassins. Les hommes n'ont pas encore appris à proportionner les peines aux fautes. Cette science cependant n'est pas moins nécessaire que celle de *Copernic*, qui découvrit dans Thorn le vrai système de l'univers, & qui prouva que notre terre, souvent si mal gouvernée & assiégée de tant de malheurs, roule autour du soleil dans son orbite immense.

La Pologne femblait donc deftinée à fubir le fort de tant d'autres Etats que les querelles de religion ont dévaftés.

Un miniftre évangélique nommé *Mokzulky* fut tué impunément en 1753, dans un grand chemin, par le curé de Birze; voilà déjà une hoftilité de l'églife militante. Un dominicain de Popiel en 1762, affomma à coups de bâton le prédicant *Jaugel*, à la porte d'un malade qu'il allait confoler.

Le curé de la paroiffe de Cone rencontrant un mort luthérien qu'on portait au cimetière, battit le miniftre, renverfa le cercueil, & fit jeter le corps à la voierie.

En 1765, plufieurs jéfuites avec d'autres moines, voulurent changer les grecs en romains à Mfcziflau en Lithuanie. Ils forçaient à coups de bâtons les pères & les mères de mener les enfans dans les églifes. Soixante & dix gentilshommes s'y oppoférent; les miffionnaires fe battirent contre eux. Les gentils-hommes furent traités comme des facriléges; ils furent condamnés à la mórt, & ne fauvèrent leur vie qu'en allant à l'églife des jéfuites.

On priva alors en Lithuanie du droit de bour-geoifie, on raya du corps des métiers, les bourgeois & les artifans qui n'allaient pas à la meffe latine. Enfin, on a exclu des diétines tous les gentilshommes diffidens, que les droits de la naiffance & les lois du royaume y appellent.

Tant de rigueur, tant de perfécutions, tant d'infractions des lois, ont enfin réveillé des

gentilshommes

gentilshommes que leurs ennemis croyaient avoir abattus. Ils s'affemblèrent, ils invoquèrent les lois de leur patrie , & les puiffances garantes de ces lois.

Il faut favoir que leurs droits avaient été folemnellement confirmés par la Suède, l'empire d'Allemagne, la Pologne entière , & particulièrement par l'électeur de Brandebourg dans le traité d'Oliva, en 1660. Ils l'avaient été plus expreffément encore par la Ruffie en 1686, quand la Pologne céda l'ancienne Kiovie , la capitale de l'Ukraine , à l'empire ruffe. La religion grecque eft nommée la *religion orthodoxe* dans les *inflrumens* fignés par le grand *Sobiesky*.

Ces nobles ont donc eu recours à ce qu'il y a de plus facré fur la terre , les fermens de leurs pères , ceux des princes garants , les lois de leur patrie , & les lois de toutes les nations.

Ils s'adreffèrent à la fois à l'impératrice de Ruffie *Catherine II*, à la Suède , au Danemarck , à la Pruffe. Ils implorèrent leur interceffion. C'était un bel exemple dans des gentilshommes accoutumés autrefois à traiter dans leurs diètes des affaires de l'Etat le fabre à la main, d'implorer le droit public contre la perfécution. Cette démarche même irritait leurs ennemis.

Le roi *Staniflas Poniatowski*, fils de ce célébre comte *Poniatowski* fi connu dans les guerres de Suède , élu du confentement unanime de fes compatriotes , ne démentit pas dans cette affaire délicate l'idée que l'Europe avait de fa prudence. Ennemi du trouble , zélé pour le bonheur & la gloire de fon pays, tolérant par humanité & par principe, religieux fans fuperftition, citoyen fur le trône , homme éclairé , & homme d'efprit , il propofa des tempéramens qui pouvaient mettre en fureté tous les droits de la religion catho-lique romaine , & ceux des autres communions. La plupart des évêques & de leurs partifans oppofèrent le zèle de la maifon de DIEU au zèle patriotique du monarque , qui attendit que le temps pût concilier ces deux zèles.

Cependant, les gentilshommes diffidens fe confé-dérèrent en plufieurs endroits du royaume. On vit, le 20 mars 1767 , près de quatre cents gentilshommes demander juftice par un mémoire figné d'eux , dans cette même ville de Thorn qui fumait encore du fang que les jéfuites avaient fait répandre. D'autres confédérations fe formaient déjà en plus grand nombre, & furtout dans la Lithuanie , où il fe fit vingt-quatre confédérations. Toutes enfemble formèrent un corps refpectable. La fubftance de leurs manifeftes contenait ,, qu'ils étaient hommes , citoyens , nobles , membres ,, de la légiflation, & perfécutés ; que la religion n'a ,, rien de commun avec l'Etat ; qu'elle eft de DIEU ,, à l'homme , & non pas du citoyen au citoyen ; ,, que la funefte coutume de mêler DIEU aux affaires ,, purement humaines a enfanglanté l'Europe depuis ,, *Conftantin* ; qu'il doit en être dans les diètes & ,, dans le fénat comme dans les batailles , où l'on ,, ne demande point à un capitaine qui marche aux ,, ennemis de quelle religion il eft ; qu'il fuffit que ,, le noble foit brave au combat , & jufte au confeil; ,, qu'ils font tous nés libres , & que la liberté de ,, confcience eft la première des libertés , fans laquelle ,, celui qu'on appelle *libre* ferait efclave ; qu'on doit

„ juger d'un homme non par fes dogmes, mais par
„ fa conduite ; non par ce qu'il penfe , mais par ce
„ qu'il fait ; & qu'enfin l'évangile , qui ordonne
„ d'obéir aux puiffances païennes n'ordonne certai-
„ nement pas de dépouiller les légiflateurs chrétiens
„ de leurs droits, fous prétexte qu'ils font autrement
„ chrétiens qu'on ne l'eft à Rome. „ Ils fortifiaient
toutes ces raifons par la fanction des lois , & par les
garanties protectrices de ces lois facrées.

On ne leur oppofa qu'une feule raifon , c'eft
qu'ils réclamaient l'égalité , & que bientôt ils affec-
teraient la fupériorité ; qu'ils étaient mécontens ,
& qu'ils troubleraient une république déjà trop
orageufe. Ils répondaient : Nous ne l'avons pas trou-
blée pendant cent années : mécontens nous fommes
vos ennemis ; contens nous fommes vos défenfeurs.

Les puiffances garantes de la paix d'Oliva pre-
naient hautement leur parti , & écrivaient des lettres
preffantes en leur faveur. Le roi de Pruffe fe déclarait
pour eux. Sa recommandation était puiffante , &
devait avoir plus d'effet que celle de la Suède fur les
efprits , puifqu'il donnait dans fes Etats des exemples
de tolérance que la Suède ne donnait pas encore. (*)
Il fefait bâtir une églife aux catholiques romains
de Berlin fans les craindre , fachant bien qu'un prince
victorieux , philofophe, & armé, n'a rien à redouter
d'aucune religion. Le jeune roi de Danemarck , né
bienfefant , & fon fage miniftère parlaient hautement.

Mais de tous les potentats nul ne fe fignala avec
autant de grandeur & d'efficace que l'impératrice de

(*) Elle les a donnés depuis.

L 2

Ruffie. Elle prévit une guerre civile en Pologne, & elle envoya la paix avec une armée. Cette armée n'a paru que pour protéger les diffidens en cas qu'on voulût les accabler par la force. On fut étonné de voir une armée ruffe vivre au milieu de la Pologne avec beaucoup plus de difcipline que n'en eurent jamais les troupes polonaifes. Il n'y a pas eu le plus léger défordre. Elle enrichiffait le pays au lieu de le dévafter ; elle n'était là que pour protéger la tolérance : il fallait que ces troupes étrangères donnaffent l'exemple de la fageffe ; & elles le donnèrent. On eût pris cette armée pour une diète affemblée en faveur de la liberté.

Les politiques ordinaires s'imaginèrent que l'impératrice ne voulait que profiter des troubles de la Pologne pour s'agrandir. On ne confidérait pas que le vafte empire de Ruffie, qui contient onze cents cinquante mille lieues quarrées, & qui eft plus grand que ne fut jamais l'empire romain, n'a pas befoin de terrains nouveaux ; mais d'hommes, de lois, d'arts, & d'induftrie.

Catherine II lui donnait déjà des hommes en établiffant chez elle trente mille familles qui venaient cultiver les arts néceffaires. Elle lui donnait des lois en formant un code univerfel pour fes provinces qui touchent à la Suède & à la Chine. La première de ces lois était la tolérance.

On voyait avec admiration cet empire immenfe fe peupler, s'enrichir, en ouvrant fon fein à des citoyens nouveaux, tandis que de petits Etats fe privaient de leurs fujets par l'aveuglement d'un faux zèle ; tandis que , fans citer d'autres provinces , les feuls émigrans de Saltzbourg avaient laiffé leur patrie déferte.

Le fyftème de la tolérance a fait des progrès rapides dans le nord , depuis le Rhin jufqu'à la mer Glaciale , parce que la raifon y a été écoutée , parce qu'il eft permis de penfer & de lire. On a connu dans cette vafte partie du monde que toutes les manières de fervir D i e u peuvent s'accorder avec le fervice de l'Etat. C'était la maxime de l'empire romain dès le temps des *Scipions* jufqu'à celui des *Trajans*. Aucun potentat n'a plus fuivi cette maxime que *Catherine II.* Non-feulement elle établit la tolérance chez elle , mais elle a recherché la gloire de la faire renaître chez fes voifins. Cette gloire eft unique. Les faftes du monde entier n'ont point d'exemple d'une armée envoyée chez des peuples confidérables pour leur dire : Vivez juftes & paifibles.

Si l'impératrice avait voulu fortifier fon empire des dépouilles de la Pologne , il ne tenait qu'à elle. Il fuffifait de fomenter les troubles au lieu de les apaifer. Elle n'avait qu'à laiffer opprimer les grecs , les évangéliques , & les réformés ; ils feraient venus en foule dans fes Etats. C'eft tout ce que la Pologne avait à craindre. Le climat ne diffère pas beaucoup ; & les beaux arts , l'efprit , les plaifirs , les fpectacles , les fêtes , qui rendaient la cour de *Catherine II* la plus brillante de l'Europe , invitaient tous les étrangers. Elle formait un empire & un fiècle nouveau , & l'on eût été chez elle de plus loin pour l'admirer.

Tandis que l'impératrice de Ruffie fefait naître chez elle les lois & les plaifirs , la difcorde , fous le mafque de la religion, bouleverfa la Pologne; les plus ardens catholiques, ayant le nonce du pape à leur tête, implorèrent l'Eglife des Turcs contre la grecque & la proteftante. L'Eglife turque marcha fur la frontière avec l'étendard de *Mahomet*; mais *Mahomet* fut battu pendant quatre années de fuite par St *Nicolas* patron des Ruffes, fur terre & fur mer. L'Europe vit avec étonnement des flottes pénétrer du fond de la mer Baltique auprès des Dardanelles, & brûler les flottes turques vers Smyrne. Il y eut fans doute plus de héros ruffes dans cette guerre qu'on n'en fuppofa dans celle de Troie. L'hiftoire l'emporta fur la fable. Ce fut un beau fpectacle que ce peuple naiffant, qui feul écrafait par-tout la grandeur ottomane fi long-temps victorieufe de l'Europe réunie, & qui fefait revivre les vertus des *Miltiades*, lorfque tant d'autres nations dégénéraient.

La faction polonaife oppofée à fon roi n'eut d'autre reffource que l'intrigue; & comme la religion était mêlée dans ces troubles, on eut bientôt recours aux affaffinats.

A quelques lieues de Varfovie eft une Notre-Dame auffi en vogue dans le Nord que celle de Lorette en Italie. Ce fut dans la chapelle de cette ftatue que les conjurés s'engagèrent par ferment de prendre le roi, mort ou vif, au nom de J E S U S & de fa mère. Après ce ferment, ils allèrent fe cacher dans Varfovie chez des moines, & n'en fortirent que pour accomplir leur promeffe à la Vierge. Le carroffe du roi fut entouré, plufieurs domeftiques tués aux portières, le roi bleffé de coups de fabre, & effleuré de coups de fufil. Il ne dut la vie qu'aux remords d'un des affaffins. Ce crime, qu'on avait voulu rendre facré, ne fut que lâche & inutile.

La fuite de tant d'horreurs fut le démembrement de la Pologne, que *Staniflas Leczinsky* avait prédit. L'impératrice-reine de Hongrie *Marie-Théréfe*, l'impératrice *Catherine II*, *Fréderic le grand* roi de Pruffe, firent valoir les droits qu'ils réclamaient fur trois provinces polonaifes. Ils s'en emparèrent; on n'ofa s'y oppofer. Tel fut le débrouillement du chaos polonais.

ARTICLE XXIII.

De la mort de Louis XV, & de la fatalité.

*L*OUIS XV a été le feul roi de France qui foit mort de cette funefte maladie nommée *variole*, ou *petite vérole*. Il a été le feul fur dix mille perfonnes qui en ait été attaqué deux fois; car on affure qu'il l'avait eue à quatorze ans.

C'eft encore un événement non moins unique, que ce venin l'ait comme choifi au milieu de toute fa cour, pour le faire périr à l'âge de foixante & quatre ans, dans le temps que perfonne n'en éprouvait la moindre atteinte ni dans le château, ni dans la ville de Verfailles.

Voilà trois fatalités étranges. Une quatrième eft la manière dont on prétend qu'il prit la variole dont il eft mort.

L 4

Il avait rencontré à la chaffe un enterrement ; il s'en approcha , & demanda qui on allait enfevelir. On lui répondit que c'était une jeune fille , morte de la petite vérole.

Cette rencontre parut ne lui faire aucune impreffion ; mais depuis ce moment , fon teint fembla un peu obfcurci ; & deux jours après , fon chirurgien dentifte nommé *Bourdet* , homme très-expérimenté, en examinant fes gencives , leur trouva un caractère qui annonçait une maladie dangereufe. Il en avertit un miniftre d'Etat. Sa remarque fut négligée ; bientôt cette maladie fe déclara , & le roi mourut.

Il eft à croire qu'il n'avait eu , cinquante ans auparavant , qu'une petite vérole volante , qui n'eft pas la petite vérole proprement dite : car le nombre des maladies qui affligent le genre-humain eft fi énorme que nous manquons de termes pour les exprimer. Il en eft des maux du corps comme de ceux de l'ame : point de langue qui peigne par la parole toutes ces triftes nuances. Mais il réfulte de cet exemple que la petite vérole tue , & que l'inoculation fauve.

M. le duc d'Orléans donna une grande & falutaire leçon à la famille royale , en fefant inoculer fes enfans. Le duc de Parme fit bientôt après fur fon fils une épreuve auffi heureufe.

Le roi de Danemarck , & enfuite le roi de Suède & fes frères , en fubiffant l'inoculation , ont excité tout le Nord à les imiter ; & , en affurant leur précieufe vie , ont confervé celle de la fixième partie de leurs fujets.

L'impératrice-reine de Hongrie a fait le même bien à l'Allemagne.

L'impératrice de la vaste Ruffie, en effayant fur elle-même l'inoculation qu'elle préparait à fon fils unique, en lui donnant la petite vérole de fon propre ferment, en fefant parcourir tous fes États par des chirurgiens inoculateurs, a fauvé la vie au quart de fes peuples, qui mourait auparavant de cette pefte continuelle répandue fur toute la terre, & plus funefte en Ruffie qu'ailleurs.

Enfin, pour remonter à la fource de ces grands exemples, l'époufe du roi d'Angleterre *George II*, en donnant la première cette variole artificielle aux princes fes enfans, pour leur épargner la naturelle, fut la première qui fauva l'Europe chrétienne.

Les Turcs, que leur fyftème de la prédeftination abfolue, & plus encore leur négligence empêchent de fe préferver de la pefte, emploient pourtant l'inoculation depuis long-temps pour fe préferver de cette autre pefte de la petite vérole. Les Tartares leur ont enfeigné cette méthode qu'ils tenaient de l'Inde; & l'Inde la tenait de la Chine.

Même lorfque le médecin *Mead* (*l*) fit en Angleterre les premières expériences de l'inoculation en 1721, il la tenta à la manière chinoife fur un des fujets qu'on lui donna, & elle réuffit.

Non-feulement tout notre hémifphère confpire à détruire ce poifon que les conquérans arabes apportèrent au feptième fiècle de notre ère ; mais

(*l*) On prononce *Mide*.

les Anglais apprennent aujourd'hui à l'Amérique, à combattre par l'inoculation cette maladie contagieuse dont les Espagnols l'infectèrent à la fin de notre quinzième siècle, en échange d'une autre peste non moins horrible que les compagnons de *Colombo* rapportèrent de ce nouveau monde, lorsqu'ils rendirent par leurs découvertes deux univers également malheureux. Il s'agit maintenant de guérir l'un & l'autre.

Que conclure de ce tableau si vrai & si funeste ? rois & princes nécessaires aux peuples, subissez l'inoculation si vous aimez la vie ; encouragez-la chez vos sujets si vous voulez qu'ils vivent.

On dit qu'aux extrémités occidentales de notre hémisphère, on trouve un peuple qui habite entre l'Océan & la Méditerranée, dans l'espace d'environ huit degrés en latitude & neuf en longitude. Un petit nombre de prud'hommes composait, dit-on, la partie la plus sérieuse de la nation. Dès que les prud'hommes eurent appris qu'on osait attenter sur les droits de la variole, les plus vieilles têtes s'assemblèrent & raisonnèrent ainsi : ,, Souffrirons-nous que ,, nos petits-enfans, qui sont tous des étourdis, ,, prétendent échapper à une maladie dont nos ,, grands-pères ont été en possession de mourir depuis ,, dix siècles ? L'antiquité est trop respectable ; & ,, cette nouveauté serait trop scandaleuse. Il faut ,, que nos druides fulminent un décret sur ce cas ,, de conscience, & que nous rendions arrêt sur ce ,, délit. Nous nous sommes déjà vigoureusement ,, opposés à la découverte que firent des hérétiques ,, de la circulation du sang ; nous avons proscrit ,, l'émétique qui avait guéri notre pénultième roi ;

» nous établîmes jadis peine de mort contre ceux
» qui feraient d'un autre avis qu'*Ariftote* ; nous
» traitâmes l'imprimerie de fortilége. Soutenons
» notre gloire. Nous condamnâmes en 1597 à être
» pendu quiconque , ayant contracté le mal de
» l'Amérique, ne fortirait pas de la ville en vingt-
» quatre heures : fefons pendre le premier infolent
» qui fe portera bien , après avoir été inoculé du
» mal de l'Arabie. »

Un médecin habile leur préfenta requête pour
faire adoucir l'arrêt. Il leur dit que de compte fait
il n'était mort que deux perfonnes en Angleterre fur
deux cents mille inoculés : encore ces deux morts
avaient-ils été dangereufement malades avant l'opération. Ainfi il n'y avait pas même l'unité contre cent
mille à parier contre la méthode anglaife. Meffieurs
les anciens répondirent qu'ils ne fe mêlaient pas de
l'algèbre.

Quelques perfonnes qui fe piquaient de métaphyfique firent une objection qui n'était pas meilleure
que l'arrêt des prud'hommes ; la voici :

Tout eft arrangé , tout eft prévu , tout arrive par
les ordres immuables de l'éternel fouverain de la
nature ; & il eft impoffible que ces ordres ne foient
pas immuables , puifqu'alors l'être éternel ferait
fuppofé inconftant & faible. Chaque animal, chaque
végétal renfermé dans fon germe , eft deftiné à fe
développer , à croître & à périr dans les inftans
marqués , comme le foleil deftiné à faire , dans fon
cours , des éclipfes avec les planètes dans le feul
moment où ces éclipfes doivent arriver ; & fi ces

phénomènes étaient produits une feconde plus tôt ou plus tard, ce ferait un autre ordre de chofes, un autre univers que celui où nous fommes. L'homme eft libre ; c'eft-à-dire, l'homme peut faire ce qu'il veut quand il en a la faculté ; mais il ne peut avoir la faculté de s'oppofer aux décrets éternels du grand être. Ce ferait en effet s'y oppofer, ce ferait les anéantir, fi on pouvait prolonger la vie, je ne dis pas d'un homme, mais d'une mouche, au-delà de l'inftant irrévocablement arrêté pour fa mort.

Donc en voulant, par l'infertion de la petite vérole, prolonger la vie d'un homme, non-feulement on tente une chofe impoffible, mais on fe rend coupable envers la Providence éternelle.

Il eft très-aifé de détruire cet argument, même en convenant qu'il eft très-jufte dans fon principe.

Oui, tout eft lié, tout eft arrangé, de tout temps & pour jamais ; oui, nul être ne peut déplacer un chaînon de la grande chaîne ; oui, nous ne fommes point libres de faire un pas contre les décrets immuables. Le grand être avait prévu, avait ordonné de toute éternité, qu'au feptième fiècle la variole viendrait fe joindre aux autres fléaux qui font de la terre un féjour de mort. Mais auffi il avait prévu & ordonné que Mme de *Montaigu* étant ambaffadrice d'Angleterre au dix-huitième fiècle à Conftantinople, verrait des femmes inoculer de petits enfans fur le pas des portes, & dans les rues pour quelques afpres ; ces enfans fe jouer avec le venin falutaire que ces femmes leur inféraient, & n'en être pas plus malades que l'on n'eft à cet âge d'une dartre paffagère.

La Providence avait prévu & ordonné que cette dame donnerait la petite vérole à fon propre fils dans la capitale des Turcs , & qu'à fon retour à Londres , elle perfuaderait la princeffe de *Galles* de faire inoculer fes enfans , dont l'un a été roi d'Angleterre.

La Providence avait prévu & ordonné que tous les princes dont nous avons parlé , effayeraient cette épreuve fur leurs enfans & fur eux-mêmes , & que par-là ils fauveraient la vie à prefque autant d'hommes qu'ils en ont fait tuer dans les batailles.

Un temps viendra où l'inoculation entrera dans l'éducation des enfans , & qu'on leur donnera la petite vérole comme on leur ôte leurs dents de lait pour laiffer aux autres la liberté de mieux croître.

Mme de *Montaigu* fe trompait , lorfqu'elle difait dans fa trente-unième lettre , de Conftantinople : ,, J'écrirais à nos médecins de Londres , fi je les ,, croyais affez généreux pour facrifier leur intérêt ,, particulier à celui de l'humanité; mais je craindrais ,, au contraire de m'expofer à leur reffentiment qui ,, eft dangereux ; fi j'entreprenais de leur enlever le ,, revenu qu'ils tirent de la petite vérole. Mais à ,, mon retour en Angleterre, j'aurai peut-être affez de ,, zèle pour leur déclarer la guerre. ,,

Au contraire , loin que les grands médecins de Londres s'oppofaffent à l'inoculation , ce fut le célébre *Mead* qui le premier donna la petite vérole aux Anglais, & *Maitland* la donna à l'héritier de la couronne. Les médecins qui fuivirent cet exemple en Europe , & qui inoculèrent tant de princes , furent mieux récompenſés que s'ils avaient reſſuſcité des morts. Il n'y a pourtant point d'opération plus facile ; elle eſt moins dangereuſe qu'une ſimple ſaignée dans laquelle on riſque de ſe faire piquer un tendon. Une garde-malade, une ſervante, peut inoculer un enfant avec autant de ſureté qu'un docteur en médecine, pourvu que le ſujet ſoit ſain ; & pour un écu on peut ſauver la vie à tous les petits enfans d'un village.

L'impératrice de Ruſſie ſe promena tous les jours en carroſſe après avoir été inoculée. Le grand-maître de ſon artillerie, qui ſubit la même épreuve, quoi-qu'il eût eu la petite vérole volante dans ſon enfance, alla le troiſième jour à la chaſſe. Enfin cette ſouveraine daigna écrire à l'auteur de ce petit mémoire ces propres mots : *C'était bien la peine de faire tant de bruit pour une pareille bagatelle, & d'empêcher les gens de ſe ſauver la vie ſi aiſément & ſi gaiement !*

La Providence avait donc prévu & ordonné que dans un pays auſſi grand que le reſte de l'Europe, cette princeſſe ſerait la première qui vaincrait & qui mépriſerait plus d'un préjugé ridicule ; de même qu'en France M. le duc d'Orléans ſerait le premier de la race royale, qui apprendrait aux hommes à fouler aux pieds l'erreur populaire.

Il était écrit dans le grand livre de la deſtinée, que les Turcs ſeraient aſſez imbécilles pour ne ſe pas garantir de la peſte par l'établiſſement d'une quaran-taine, & aſſez ſages pour ſe préſerver de tous les dangers de la petite vérole.

C'eſt ainſi que cette deſtinée éternelle portait que Mrs *Banck* & *Solander* découvriraient de nos jours un pays immenſe, où les hommes ſe mangent les uns les autres auſſi communément que nous perſécutons, que nous calomnions, notre prochain à Paris; à cette différence près, que les habitans de cette vaſte contrée d'anthropophages ne croient point faire de mal, & font des ragoûts de leurs ennemis en ſureté de conſcience, au lieu que les petits calomniateurs qui ſont venus à Paris barbouiller du papier pour gagner un peu d'argent, ſavent très-bien qu'ils ſont mal.

Il était écrit auſſi dans ce grand livre de la deſtinée que je barbouillerais ce mémoire, qu'il ſerait lu par cinq ou ſix oiſifs qui diraient, il a raiſon ; & qu'il ſerait inconnu du reſte du monde.

ARTICLE XXIV.

D'un fait ſingulier concernant la littérature. (*)

COMME le but principal de cet eſſai ſur l'hiſtoire eſt de ſuivre l'eſprit humain dans ſes progrès & dans les obſtacles qu'il rencontre, je dois, après avoir parlé de la diſgrace des jéſuites, ne pas oublier une eſpèce de perſécution qu'eſſuyèrent les gens de lettres. Ils commencent à mériter beaucoup plus d'attention que ces ordres religieux dont nous avons rapporté les querelles. Le corps des gens de lettres eſt très-nombreux ; & ſes membres ſont répandus dans tous les royaumes. Ceux qui ſe diſtinguent par leur ſcience & par la ſupériorité de leur raiſon, gouvernent inſenſiblement les autres, ſans preſque s'en apercevoir, & ſans jouir des prérogatives de cet empire

_____

(*) Cet article était deſtiné à faire partie de l'Eſſai ſur les mœurs &c.

acquis fur les efprits ; prérogatives fi chères aux autres fociétés établies dans l'Etat. Cette domination fecrète, que les bons écrivains obtiennent, a toujours révolté ceux qui ont voulu en vain l'ufurper.

Des hommes pleins de génie, & remplis d'une véritable fcience, qui ne peut fubfifter fans la véritable philofophie, entreprirent vers l'an 1752 le *Dictionnaire* immenfe des connaiffances humaines ; connaiffances dont quelques-uns d'entre eux ont encore reculé les bornes. L'Europe applaudit à l'entreprife, & l'encouragea : ce travail même devint un objet important de commerce.

Plufieurs volumes avaient déjà paru à la fatisfaction du public. Les articles furtout compofés par ceux qui préfidaient à l'ouvrage, avaient l'approbation univerfelle. Le livre était muni de toutes les formalités qui en affuraient le débit. Les foufcripteurs de tous les pays de l'Europe, qui avaient avancé leur argent, le croyaient en fureté fous la fauve-garde du fceau du roi, & fe flattaient de recevoir fans difficulté le prix de leurs avances ; car fi, de la part des auteurs, cet ouvrage était un fervice gratuit rendu à l'efprit humain, ce fervice était entre les foufcripteurs & les libraires une convention d'intérêt à laquelle on ne pouvait manquer.

L'envie fe déchaîna, & arma bientôt le fanatifme. Ces deux ennemis de la raifon & des talens dénoncèrent au parlement de Paris un *Dictionnaire* qui ne femblait pas devoir être l'objet d'un procès, & qui d'ailleurs étant revêtu du fceau de l'approbation royale, paraiffait devoir être hors de toute atteinte.

Les

Les jéfuites furent les premiers à pourfuivre, autant qu'ils le purent, ce grand ouvrage, parce qu'ayant demandé à faire les articles de théologie, ils avaient été refufés. Les jéfuites ne fe doutaient pas alors qu'ils feraient bientôt après profcrits par ces mêmes parlemens qu'ils voulaient engager fous main à s'armer contre l'*Encyclopédie*.

Les janféniftes firent ce que les jéfuites avaient voulu faire : ils s'aperçurent que tous ceux qui voulaient bien confacrer leurs travaux à ce *Dictionnaire*, regardant l'impartialité comme leur première loi, n'étaient ni pour les jéfuites ni pour les janféniftes ; & que, s'étant dévoués uniquement à la recherche de la vérité, ils excitaient l'horreur contre le fanatifme.

Ainfi deux partis acharnés l'un contre l'autre fe réunirent à - peu - près, fi on peut le dire, comme des voleurs fufpendent des querelles pour ravir des dépouilles. Ils prirent le mafque ordinaire de la piété ; ils dénoncèrent plufieurs articles ; & par un rafinement de méchanceté, dont il n'y avait point eu d'exemple dans les controverfes les plus furieufes, n'ofant reprendre dans le *Dictionnaire de l'Encyclopédie* des articles qui les effarouchaient, ils accufèrent les auteurs, non pas de ce qu'ils avaient dit, mais de ce qu'ils diraient un jour ; ils prétendirent que les renvois d'une matière à une autre étaient mis à deffein de répandre dans les derniers tomes le poifon qu'on ne pouvait trouver dans les premiers. Ils s'élevèrent ainfi contre d'autres articles de la théologie la plus orthodoxe, les croyant compofés par ceux qu'ils voulaient perdre.

Mélanges hift. Tome II.　　　　　　　M

Comment le parlement pouvait-il juger sept volumes *in-folio* déjà imprimés, & préjuger ceux qui ne l'étaient pas? Les accusateurs remirent leur mémoire entre les mains d'un avocat-général, qui avait encore moins le temps d'examiner ce prodigieux détail d'arts & de sciences que nul homme ne peut embrasser.

Ce magistrat eut le malheur d'en croire les mémoires calomnieux qu'il avait reçus, & de former sur eux son réquisitoire. Ces mémoires attaquaient surtout l'article de l'*Ame*, que l'on croyait composé par des philosophes qu'on voulait rendre suspects. L'article fut dénoncé comme établissant le matérialisme : il se trouva qu'il était d'un licencié de sorbonne, reconnu pour très-orthodoxe; & que, loin de favoriser le matérialisme, il le combattait jusqu'à s'élever même contre le sentiment de *Locke*, avec plus de piété que de philosophie. Cette méprise singulière fut bientôt reconnue du public; mais ce ne fut qu'après l'arrêt du parlement, qui établit des commissaires pour rectifier l'ouvrage, & qui cependant en défendit le débit. Le public n'en espéra pas moins qu'il jouirait enfin d'un ouvrage d'autant plus attendu, qu'il était persécuté.

Cette aventure assez remarquable dans l'histoire de l'esprit humain, & qui semble renouveler les arrêts rendus sur les cathégories d'*Aristote*, peut servir à faire voir qu'il faut se tenir dans ses bornes, & que la jurisprudence doit laisser en paix la philosophie.

L'Etat eût été heureux s'il n'avait eu que de pareilles querelles. Ce ne font pas là des malheurs; ce font des inconvéniens. Ces petits embarras mêmes, qui ont leur fource dans la culture des fciences, & qui ne peuvent naître dans une nation groffière, font encore l'éloge du fiècle; il ferait mieux qu'il pût fe paffer de cet éloge.

ARTICLE XXV.

Nouvelles remarques fur l'hiftoire, à l'occafion de l'Effai fur les mœurs & l'efprit des nations.

Comme je ne confidère que les mœurs & l'efprit des nations dans ces bouleverfemens du monde, je remarquerai qu'au milieu des cruautés inféparables des armes, on a vu en plus d'une occafion un efprit d'humanité & de politeffe adoucir les horreurs de la guerre. Les Français, prifonniers chez le roi de Pruffe, ont éprouvé les traitemens les plus doux de la part de ce monarque, & de celle du prince *Henri* fon frère. Les deux princes de *Brunfwick* fe font fignalés par leur générofité comme par leurs victoires. Les princes, les généraux, les officiers français, ont fignalé la générofité qui fait leur caractère.

Les Anglais ont fait une collecte en faveur des matelots qu'ils avaient pris ; & cette générofité n'a eu d'autre principe que cette philofophie humaine qui commence à pénétrer dans plufieurs Etats, & qui probablement écartera du moins les guerres de religion, fi elle ne peut empêcher celles d'une malheureufe politique.

C'eft elle qui a multiplié les académies dans tant de royaumes & de républiques ; qui a étendu l'efprit humain en étendant les connaiffances; c'eft par ce même efprit qui fe communique de proche en proche, que l'on s'eft appliqué plus que jamais à l'agriculture; & que les fages ont penfé à rendre la terre plus fertile, tandis que les ambitieux l'enfanglantaient. Enfin, il eft à croire que la raifon & l'induftrie feront toujours de nouveaux progrès; que les arts utiles prendront des accroiffemens; que parmi les maux qui ont affligé les hommes, les préjugés, qui ne font pas leur moindre fléau, difparaîtront peu à peu chez tous ceux qui font à la tête des nations; & que la philofophie par-tout répandue confolera un peu la nature humaine des calamités qu'elle éprouvera dans tous les temps.

C'eft dans cette vue & dans cette efpérance qu'on a donné au public l'*Effai fur les mœurs & l'efprit des nations.* L'humanité l'a dicté, & la vérité a tenu la plume. Des hommes qu'on ne peut regarder que comme les ennemis de la fociété, ont accufé le peintre de cet immenfe tableau, d'avoir peint les crimes, & furtout les crimes de religion, avec des couleurs trop fombres; d'avoir rendu le fanatifme exécrable, & la fuperftition ridicule.

L'auteur n'a peut-être à fe reprocher que de n'en avoir pas affez dit, & les plaintes mêmes de ces fanatiques prouvent combien cette hiftoire était néceffaire. On voit qu'il y a encore de ces malheureux attaqués de cette maladie de l'ame, & qui craignent de guérir.

Nous allons répondre à quelques-unes de leurs objections.

EXAMEN DE QUELQUES OBJECTIONS

Contre pluſieurs faits rapportés dans l'Eſſai
ſur les mœurs & l'eſprit des nations.

PREMIERE REMARQUE.

Critiques qui révoltent un ſiècle auſſi éclairé que le nôtre.

IL y a toujours des barbares dans les nations les
plus polies, & dans les temps les plus éclairés ; il
s'en eſt trouvé un qui a fait un livre aſſez confidérable, muni d'approbation & de privilége, pour
ſoutenir la vérité de la poſſeſſion des religieuſes de
Loudun. Un autre inſenſé vient d'écrire que la Saint-
Barthelemi n'avait point été préméditée ; il en excuſe
les fureurs ; il célèbre les cruautés exercées contre les
Albigeois. Le ſupplice de *Jean Hus* & de *Jérôme de
Prague* lui paraît juſte. Mais cet excès de démence
ſert même à prouver ce qu'on dit dans cette hiſtoire,
que la raiſon humaine s'eſt perfectionnée de nos
jours chez les hommes qui réfléchiſſent ; car il y a
cent ans que de tels auteurs auraient pu être regardés
comme pieux & zélés : aujourd'hui ils inſpirent le
mépris & l'horreur.

DEUXIEME REMARQUE.

Examen de la donation de Pepin.

IL y a pluſieurs points d'hiſtoire conteſtés, ſurtout
dans le moyen âge ; qu'a-t-on pu faire de mieux que
de prendre le parti le plus raiſonnable ?

M 3

Par exemple, *Eginhard*, fecrétaire de *Charlemagne*, rapporte que *Pepin offrit l'exarchat à St Pierre* : mais *Charlemagne*, dans fon teftament, fait des préfens à fes villes de Rome & de Ravenne ; donc, puifque Rome & Ravenne étaient *fes villes*, le pape n'en était pas fouverain ; donc il ne faut entendre par ces mots, *il offrit à St Pierre*, qu'une cérémonie de religion, une oblation pieufe, qui d'ailleurs ne pouvait conférer aucun droit, puifque *Pepin* n'en avait aucun fur l'exarchat.

Devant quel tribunal de juftice pourrait-on dire : cela eft à moi, car je le tiens de celui à qui il n'appartenait pas ? Ce n'eft certainement ni devant le tribunal des hommes, ni devant celui de DIEU. Après tout, c'eft une difpute bien vaine ; car ce n'eft pas fur cette donation, dont le titre original n'a jamais paru, que la fouveraineté de Rome & de Ravenne eft fondée : la conceffion de *Rodolphe de Habsbourg* eft la feule qu'on montre à Rome ; & c'eft la plus avantageufe.

TROISIEME REMARQUE.

Des rois bigames.

UN libellifte, auffi mal inftruit que mal intentionné, prétend que les rois *Clotaire*, *Gontran*, *Chérébert*, *Sigebert*, *Chilpéric*, n'avaient pas plus d'une femme à la fois. Peut-il ignorer que *Clotaire I* époufa les deux fœurs *Rugonde* & *Aregonde*, & encore *Gondiuke* fa belle-fœur, & encore trois autres femmes ; qu'il en eut prefque toujours trois, & que c'était alors l'ufage des rois francs ? Quel homme, un peu

verfé dans l'hiftoire, ne fait pas que, quand *Chilpéric*
fon fils époufa une fœur de *Brunehaut*, on fit jurer
à fes ambaffadeurs, que ce roi n'en épouferait pas
d'autres du vivant de fa femme ; ce qui prouvait
affez que *Chilpéric* n'avait pas renoncé d'abord à la
polygamie? *Caribert* donna trois indignes rivales à
fa femme *Ingoberge*, & toutes trois eurent le nom
d'époufes. *Gontran* eut dans le même temps *Marcatrude*
& *Auftregile :* apparemment il s'en repentit, car il a
été mis au nombre des faints. Il n'y a point d'anna-
lifte français qui ne convienne que *Dagobert I* époufa
prefque la même année *Nantilde*, *Usfgonde* & *Bertilde*.
Cela eft plus fûr que le trône d'or maffif qu'on prétend que lui fit *St Eloi*.

QUATRIEME REMARQUE.

Des poffeffions & fortiléges.

L'HISTOIRE moderne eft plus fure que l'hiftoire
ancienne, & le tableau de nos faibleffes, de nos
erreurs, de nos fuperftitions, eft auffi bien plus intéreffant. C'eft dans l'hiftoire de nos propres folies
qu'on apprend à être fage, & non dans les difcuffións
ténébreufes d'une vaine antiquité.

On a dit dans l'*Effai fur les mœurs &c.* que dans tous
les pays où l'on ceffa d'exorcifer, on ne vit prefque
plus de poffeffions ni de fortiléges. Il eft vrai qu'il y
en eut infiniment moins qu'ailleurs ; mais on ferait
trop d'honneur à la nature humaine de croire que les
poffeffions du diable & les fortiléges ceffèrent entièrement chez les peuples féparés de l'Eglife romaine.

Telle eſt la faibleſſe de l'eſprit humain, telle eſt la contradiction de ſes penſées, que long-temps encore après qu'on eut aboli les exorciſmes chez les réformés, ils admirent quelquefois des poſſeſſions du diable & des fortiléges. Il y eut de prétendus magiciens brûlés en Danemarck, en Suède, en Poméranie, en Hollande, & ailleurs. Vous en trouverez dans le *Monde enchanté* de *Beker* des relations très-authentiques; vous verrez même que plus d'un miniſtre de l'Evangile a cru ou feint de croire à ces poſſeſſions & à ces fortiléges, de peur qu'en les rejetant, ils ne ſemblaſſent détruire une partie du chriſtianiſme fondé ſur cette baſe : car, diſaient-ils, puiſque nous convenons tous que le diable nous inſpire des penſées, & que les penſées agiſſent ſur les corps, pourquoi le diable n'aurait-il pas le même pouvoir ſur nos corps que ſur nos ames? Cette manière de raiſonner pourrait être appliquée aux poſſeſſions, mais elle ne prouverait pas qu'il y a des ſorciers. Ce n'eſt pas ici le lieu d'approfondir ces queſtions; il nous ſuffit de connaître que la raiſon humaine, en ſe délivrant d'une erreur, en conſerve pluſieurs autres, & s'en forme encore de nouvelles; & que le nombre des ſages eſt bien petit dans les temps même les plus éclairés.

CINQUIEME REMARQUE.

De l'évêque Opas.

LA vérité de l'hiſtoire a obligé de dire que l'évêque de Séville *Opas* fut, avec le comte *Julien*, le

premier inftrument dont fe fervirent les Maures pour
fubjuguer l'Efpagne : c'eft un fait fi connu, qu'il eût
été auffi honteux de n'en point parler, qu'il l'eft de
le contredire. L'abrégé chronologique de l'hiftoire
d'Efpagne appelle l'évêque *Opas le plus mauvais prêtre
& le plus mauvais citoyen du royaume.*

Les reproches faits à l'auteur d'avoir quelquefois
loué des mahométans, ne font que ridicules; & cette
critique ne mérite pas de réponfe.

S I X I E M E R E M A R Q U E.

De Mahomet.

A l'égard de *Mahomet*, il eft affez inutile de favoir
s'il était fils du dixième ou du douzième enfant
d'*Abdol-Motaleb*, & combien de temps il fut facteur
de la veuve *Cadige*, qu'il époufa depuis. Quelques-
uns penfent qu'il ne favait ni lire ni écrire; & cela
même augmentait le prodige de fes fuccès : ils fe
fondent fur des paffages de l'Alcoran, où *Mahomet*
s'appelle *prophète ignorant*, où il infinue qu'il ne fait
pas écrire. Le fens de ces paffages eft probablement
que par lui-même il était ignorant, incapable de
bien lire & de bien écrire, & que l'ange *Gabriel*
l'élevait au-deffus de lui-même. Il n'eft guère poffible
qu'un marchand devenu légiflateur, qui était poëte
& médecin, & qui, avant de mourir, demanda qu'on
lui apportât de quoi écrire, ne fût pas ce que favaient
les enfans de la Mecque.

SEPTIEME REMARQUE.

De Calvin.

CE qui regarde le chriftianifme eft un point plus délicat; l'auteur n'en a jamais parlé en théologien; il s'en eft tenu à la fidélité de l'hiftoire : il a dit les faits; c'eft aux lecteurs fages à porter leur jugement. Si *Calvin* a eu la barbarie de faire expirer *Servet* dans les flammes, après avoir écrit qu'il ne faut perfécuter perfonne pour l'opinion de *Servet*, il a bien fallu rapporter cette horreur, fans crainte de déplaire à un fanatique ou à un fripon; il a bien fallu de même avouer l'ambition, les débauches & les cruautés de plufieurs pontifes; ils étaient hommes, & on a écrit l'hiftoire des hommes : leurs vices relèvent les vertus des pontifes de nos jours.

HUITIEME REMARQUE.

De la reine Chriftine.

EN examinant l'*Effai fur les mœurs &c.* on a vu quelques lettres attribuées à la reine *Chriftine* : il y en a une au cardinal *Mazarin* au fujet de l'affaffinat de *Monaldefchi*; elle s'exprime ainfi : ,, Apprenez tous, ,, valets & maîtres, qu'il m'a plu d'agir ainfi. Je veux ,, que vous fachiez que *Chriftine* fe foucie peu de ,, votre cour, encore moins de vous; ma volonté ,, eft une loi qu'il faut refpecter : vous taire eft votre

,, devoir. Sachez que *Chriſtine* eſt reine par-tout où
,, elle eſt. ,,

Cette lettre n'eſt point datée. Si *Chriſtine* l'écrivit,
c'était une homicide tombée en démence. Elle avait
beaucoup d'eſprit; elle avait eu la gloire de mépriſer
un trône; mais elle ſouilla cette gloire par ſa conduite.
Si cette lettre eſt ſuppoſée, elle ne peut l'être que
par un de ces eſclaves abrutis qui ont imaginé qu'une
ſuédoiſe, parce qu'elle avait régné à Stockholm, avait
le droit de faire aſſaſſiner un italien à Fontainebleau.
Non-ſeulement le devoir du cardinal *Mazarin* premier
miniſtre n'était pas de ſe taire, mais il était de faire
ſentir l'indignation du roi à *Chriſtine*. Le devoir du
procureur-général était de faire informer contre les
aſſaſſins à gages qui avaient tué un étranger dans
une maiſon royale; & il fallait peut-être ne renvoyer *Chriſtine* qu'après l'avoir forcée au moins
d'aſſiſter au ſupplice des meurtriers payés par elle.
Pluſieurs hommes juſtes auraient été d'un avis plus
rigoureux.

N E U V I E M E R E M A R Q U E.

Du Clergé.

L'AUTEUR de l'*Eſſai ſur les mœurs &c.* n'a pu avoir
ni prédilection, ni haine, ni intérêt; ce n'eſt point
aſſurément par un eſprit de flatterie qu'il a réfuté,
dans le *Siècle de Louis XIV*, l'erreur qui publiait que
le clergé de France poſſédait la troiſième partie des
revenus de la nation. Que pourrait attendre un
ſéculier ſolitaire de la faveur du clergé? Il a rendu

feulement gloire à la vérité qu'il aime. Le clergé n'a pas quatre-vingts millions de revenu, & il a rempli fon devoir en fecourant l'Etat à proportion de fes richeffes. Les évêques de France ont été pour la plupart refpectables par leur conduite, & leurs aumônes ont dû les rendre chers à leurs peuples. En général, le corps des évêques & des curés a fait autant de bien en Angleterre & en France, que les querelles de religion avaient autrefois caufé de maux.

DIXIEME REMARQUE.

De la tolérance.

Il paraît que tous les hommes fages & modérés défirent aujourd'hui que la tolérance foit établie en France comme en Angleterre; ils difent que cette tolérance peuple un Etat & l'enrichit, & qu'un bon gouvernement prévient les troubles attachés aux diverfes opinions des hommes; furtout lorfque ces opinions, fouvent abfurdes, font tenues en bride par la raifon fupérieure des principaux citoyens.

ONZIEME REMARQUE.

Du molinifme & du janfénifme.

En parlant du janfénifme & du molinifme, on leur a laiffé tout le ridicule qui fait le fond de leurs querelles, & on a fait voir que ce qui eft

méprifable eft fouvent dangereux quand il n'eft pas
aſſez méprifé. Plus les efprits feront convaincus de la
fatalité & de l'extravagance de ces difputes, plus
l'Etat fera tranquille.

On a repréfenté la France heureufe & malheureufe;
la difcipline militaire en vigueur dans un temps, trop
relâchée dans un autre ; les finances tantôt en bon
état, tantôt diffipées; la marine établie & détruite;
le commerce floriffant & dépéri. Telles font les viffici-
tudes des chofes humaines; mais on n'a pas prétendu
donner des réglemens de difcipline militaire, de
finance, de marine, & de commerce : on a fait une
hiftoire, & non des fyftèmes.

DOUZIEME REMARQUE.

De l'homme au mafque de fer.

QUELQUES anecdotes du *Siècle de Louis XIV*, dont
l'auteur était certain, ont été vainement conteftées.
Celle de l'homme au mafque de fer, qui donne lieu
à d'étranges conjectures, eft auffi vraie qu'étonnante.
L'auteur a reçu en dernier lieu une lettre du feigneur
de Palteau, château près de Villeneuve-le-roi, dans
laquelle il lui confirme que ce prifonnier logea dans
ce château ; que plufieurs perfonnes le virent defcendre d'une litière; qu'il portait un mafque noir, &
qu'on s'en fouvient encore dans les environs. Cette
nouvelle preuve n'était pas néceffaire ; mais il ne
faut rien négliger fur un fait fi éloigné de l'ordre
commun.

TREIZIEME REMARQUE.

Sur *Fénélon & Huet.*

UNE autre singularité qui regarde la philosophie, & qui est peut-être plus remarquable dans l'histoire de l'esprit humain, est la manière dont pensaient les deux savans prélats *Fénélon* & *Huet* sur la fin de leur vie. Le livre de *La faiblesse de l'esprit humain*, par lequel l'évêque d'Avranches finit sa carrière, ne laisse aucun lieu de douter de ses derniers sentimens. On a contesté les vers de l'archevêque de Cambray :

> Jeune j'étais trop sage
> Et voulais trop savoir, &c.

Il est si certain qu'ils sont de lui, que son neveu, ambassadeur à la Haye, les fit imprimer à la suite du Télémaque avec d'autres pièces, dans l'édition *in-folio*. Les exemplaires où se trouvent ces vers sont très-rares ; mais on les trouve dans quelques bibliothèques.

En un mot, pour faire l'histoire du *Siècle de Louis XIV*, l'auteur a cherché quarante ans la vérité, & il l'a dite.

ARTICLE XXVI.

*Lettre civile & honnête à l'auteur mal-honnête de la
critique de l'Histoire universelle de M. de Voltaire,
qui n'a jamais fait d'Histoire universelle. Le tout
au sujet de Mahomet.*

I.

JE ne sais s'il importe beaucoup pour la connais-
fance de la religion mahométane, & de la grande
révolution commencée par *Mahomet*, que ce prophète
soit né d'une branche aînée ou d'une branche cadette,
& que cette branche ait été pauvre ou riche. Un
homme curieux de ces profondes recherches pourrait
montrer aisément qu'*Achem*, bisaïeul de *Mahomet*,
forma deux branches, & que *Mahomet* descendait de
la cadette. Il pourrait encore, s'il voulait ennuyer des
Français, montrer savamment qu'*Abdol-Motaleb* son
grand-père laissa douze fils, selon les auteurs suivis
par M. le comte de *Boulainvilliers;* (*m*) & que le prophète fut fils du douzième enfant, ainsi très-cadet.

Mais en même temps, en fouillant dans la
Bibliothèque orientale, on trouverait que *Motaleb* n'eut
que dix garçons, & partant qu'il est impossible que le
prophète fût né du douzième. Mais en récompense le
révérend docteur *Prideaux* le fait naître de l'aîné. En
quoi le révérend docteur s'est trompé, s'étant écarté
en ce point de l'opinion authentique du révérend

(*m*) Page 197, édition de 1731.

doĉeur *Abulfeda*, auteur très - canonique chez les Turcs.

Je pourrais citer M. *Sale*, moitié anglais, moitié arabe, qui nous a donné la feule bonne traduĉtion que nous ayons du divin Koran ou Alcoran; mais pour cela je ne voudrais pas accufer mon critique d'un menfonge imprimé; car je me pique d'être poli. Je me bornerai feulement à remarquer qu'il eft diffi-cile de faire des généalogies. Ce' n'eft pas que je contefte à *Mahomet* fa nobleffe; à D I E U ne plaife! Il defcendait fans doute d'*Ifmaël*, *Ifmaël* d'*Adam*, & moi auffi. *Mahomet*, mon critique &. moi, nous fommes parens, & il faut en ufer civilement avec fa famille.

I I.

C'eft une grande queftion de favoir fi *Mahomet* avait deux mois ou trois mois quand il perdit fon père : je fuis perfuadé dans le fond de l'ame, qu'il n'avait que deux mois ; mais je ne difputerai avec aucun iman fur cet article. De grands-hommes remar-quent que fon bien & celui de fa mère confiftaient en cinq petits chameaux ; je ferai peut-être plus de cas d'un hiftorien qui montrerait qu'il porta les armes à l'âge de quatorze ans, comme le difent *Codabi* & *Zabbadi* ; car c'eft quelque chofe d'apprendre que le courage de ce prophète conquérant fe foit déployé de bonne heure.

Ni moi, ni l'illuftre favant qui me relève fi bien, ne favons précifément combien de temps *Mahomet* fut faĉteur de la veuve *Cadige* qu'il époufa depuis. Je veux croire avec lui que ce mariage fe fit, comme il le dit, avec beaucoup de pompe & de

magnificence,

magnificence, entre une marchande de chameaux & un homme qui n'avait rien, dans un pays où l'on manque de tout..

Il eſt dit dans les auteurs arabes qu'il eut de ſon oncle douze écus d'or en mariage ; apparemment qu'il dépenſa tout pour ſes noces, ſi elles furent ſi pompeuſes.

I I I.

J'ai cru que *Mahomet* avait mené une vie aſſez obſcure juſqu'au temps où il jeta les fondemens de la révolution d'une grande partie du monde ; mais j'avoue que ſes hiſtoriens n'ont pas manqué de rapporter qu'il donna, depuis ſon mariage, quarante moutons à ſa nourrice : on infère de-là avec raiſon qu'il était très-riche, & que par conſéquent il fit de grandes choſes. Si cela eſt, je me ſuis groſſièrement trompé ; & je vois que toute la terre avait les yeux ſur *Mahomet*, avant qu'il s'aviſât de devenir prophète.

I V.

J'ai dit que *Mahomet* enſeignait aux Arabes, *adorateurs des étoiles, qu'il ne fallait adorer que le Dieu qui les a faites.* Je ſuis fâché d'être obligé d'avouer ici que j'ai eu raiſon ; car malheureuſement le mot *Sabba* en arabe ſignifie l'*armée des cieux ;* & c'eſt de-là que le *Sabbiſme* prit ſon nom, & que vient chez les Hébreux le mot *Sabbahot*, comme je crois l'avoir prouvé ci-deſſus. Les Arabes adoraient *Miſam*, le ſoleil, *Moſtari*, Jupiter, *Azad*, Mercure.

Je n'ai dit nulle part qu'ils n'avaient point d'autres dieux ; je ſuis même ſi ſavant que j'affirme qu'ils avaient des déeſſes.

Mélanges hiſt. Tome II.　　　　　　N

Je fais encore qu'ils adoraient un premier moteur, comme les Egyptiens, les Grecs, & les Romains, en reconnaissaient un, en adorant pourtant mille autres divinités. Mais j'ai dit que *Mahomet* leur enseigna à ne point rendre à la créature l'hommage qu'ils ne devaient qu'au créateur ; j'ai eu très-grande raison, & j'en suis fort affligé pour l'arabe savant & poli qui me critique, & que je reconnais pour mon maître.

V

Non, sans doute, il n'y a point de passage de l'Alcoran qui impose l'obligation de courir au martyre; mais tout l'Alcoran respire la nécessité de combattre pour la croyance musulmane; c'est-là l'unique ressource des victoires de *Mahomet ;* c'est cet enthousiasme qui fit de ses sectateurs un peuple de conquérans : il était perdu s'il n'avait pas fait à ses musulmans un devoir de verser leur sang pour sa religion.

Ainsi dans une bataille contre l'armée d'*Héraclius,* lorsque les Arabes plièrent sur la nouvelle que leur général *Dherrar* avait été fait prisonnier, *Rafi,* un de leurs capitaines, courut à eux : *Qu'importe,* leur dit-il, *que Dherrar soit pris ou mort ?* DIEU *est vivant & vous regarde.*

Un autre général s'écrie : *Voyez le ciel, combattez pour* DIEU, *& il vous donnera la terre.* Aujourd'hui même encore, chez les Turcs, on appelle *martyrs* tous ceux qui meurent en combattant contre les infidelles. Telle est la loi que *Mahomet* a gravée dans leurs cœurs, beaucoup mieux que s'il l'eût écrite.

La loi de la circoncision n'est pas moins solemnelle, & n'est pas plus écrite. *Mahomet* fut circoncis ; tous les Arabes l'étaient à l'âge de treize ans, comme l'avoue *St Jérôme* fur *Jérémie* chap. X. On fefait même une petite circoncifion aux filles, en leur coupant un peu de la peau des nymphes ; elles fouffrent encore dans plufieurs pays mahométans cette fainte opération lorfqu'elles atteignent l'âge de puberté.

Mais la circoncifion des mâles eft le fceau du mahométifme. Je n'ai point détaillé les autres obfervances de la loi mahométane. J'aurais pu remarquer qu'elle commande l'aumône, qu'elle défend les jeux de hafard ; il y a mille détails dans lefquels je pourrais entrer dans une nouvelle édition d'un certain *Effai fur les mœurs &c.* qui n'eft point du tout une hiftoire univerfelle, qui n'eft qu'un tableau des principales fottifes de ce monde ; mais il faut toujours craindre de perdre dans ces petits détails l'efprit des nations que j'ai voulu peindre.

V I.

L'illuftre favant, mon cenfeur, prend contre *Mahomet* le parti du vin. Je lui fais bon gré de vouloir convertir les mufulmans fur cet article ; mais s'il fe fait turc, comme l'abbé *Macarti*, je ne lui confeille pas d'en boire furtout dans le ramadan, fi le muphti eft dévot, & s'il a du crédit.

Je l'avertis que *Mahomet*, dès fon deuxième chapitre, déclare formellement que c'eft un grand péché de boire du vin, & de jouer aux dés ; & je lui confeille de relire affidument ces belles paroles du chapitre V : *Dans les croyans & dans les juftes, ce n'était point un péché de s'adonner au vin & au jeu avant qu'ils fuffent défendus :* donc ils étaient défendus par *Mahomet.* Vous ne favez pas votre religion, Monfieur le turc : vous dites que vous vivez parmi les Turcs ; inftruifezvous donc, profitez de leurs exemples, & connaissez mieux l'Alcoran avant d'en parler. Des sonnistes vous diront que le *jeu* signifie ici la *chasse*. Je soutiens qu'ils ont tort, comme je le prouverai ci-dessous : mais il résulte toujours que *Mahomet* a défendu le vin.

V I I.

Mon savant turc a lu *Ismamisme*, pour *Islamisme;* mon savant turc a mal lu. Je lui conseille de recourir au troisième chapitre de son Koran ou de son Alcoran, où il est dit : *En vérité, l'Islam est aux yeux de* DIEU *la seule religion ; dis, si on dispute avec toi, je me suis résigné à* DIEU.

Qu'il consulte *Albedavi*, il verra qu'*Islam* veut dire *Je résignant foi-même.* Il a beau dire qu'*Islam* signifie *salut*, parce que *salamalech* est la salutation des Turcs. Avec quels turcs a-t-il donc vécu ? il faut que ce soit avec des turcs de bien mauvaise compagnie. Quoi! de *salutation*, *révérence*; viendrait le salut éternel, l'islamisme ! Cette fade équivoque n'est supportable que dans notre langue. L'arabe n'admet point de tels jeux de mots ; c'est une langue grave, sérieuse, énergique. Oh, la belle chose que la langue arabe!

V I I I.

Notre *Scaliger* turc m'intente un procès bien juste & bien intéressant, pour savoir s'il faut dire le *koran*, ou l'*alcoran :* mais il sait que l'article *al* signifie *le*, & que ce n'est que l'ignorance de la langue arabe qui a fait confondre ce *le* avec son substantif ; s'il consulte le chapitre XII, intitulé *Joseph*, il verra ces mots: *Nous te rapportons une excellente histoire dans ce Koran;* c'est-à-dire, dans cette *lecture* que *Mahomet* fesait du chapitre XII. *Koran* signifiait donc *lecture* ; & c'est ce que dit expreffément *Albedavi :* ce mot vient de *Karaa*, qui fignifie *lire*. *Mahomet* ne dit pas *dans cet alcoran*, il dit *dans ce koran*. Je fuis honteux d'être fi fort en arabe ; mais favez-vous l'arabe, vous qui parlez ?

I X.

Voici une grande difpute. Mon maître veut abfolument que *Mahomet* ne fût ni lire ni écrire ; je ne l'aurais pas choifi pour mon facteur en Syrie, s'il avait été fi ignorant. Je fais bien qu'il s'appelle lui-même le *prophète non-lettré* dans le chapitre VII ; mais je prie mon critique d'obferver que ce chapitre VII eft plein d'érudition : qu'il le life, il fera obligé de convenir, à fa honte, que *Mahomet* était un homme favant & modefte. Mais que dira-t-il, quand il apprendra que *Mahomet* était un poëte, & que fon Koran ou fon Alcoran eft écrit en vers ? ne fait-il pas que les poëtes de la Mecque affichaient leurs poëfies à la porte du temple de la Mecque ; & que *Labid*, fils de *Rabia*, le meilleur poëte fans contredit des Mecquois, ayant vu le fecond chapitre du Koran ou Alcoran que *Mahomet* avait affiché, fe jeta à fes genoux, & lui dit : *O Mahomet, ou Mohammed, fils d'Abdolah, fils de Motaleb, fils d'Achem, vous êtes plus grand poëte que moi ! vous êtes fans doute le prophète de* DIEU.

Je ne fuis, je l'avoue, ni auffi favant, ni auffi bon poëte que *Labid*, fils de *Rabia* ; mais je me jette aux pieds de mon favant cenfeur ; je lui dis : Vous êtes plus favant que moi, mais foyez un peu honnête, & ne me traitez pas avec tant de cruauté, parce que j'ai dit qu'un poëte favait lire & écrire.

Avez-vous oublié que ce poëte était aftronome, & qu'il réforma le calendrier des Arabes ? Que ne dites-

N 3

vous que *Céfar*, qui en fit autant chez les Romains, ne favait ni lire ni écrire?

Mahomet aurait-il, je vous prie, demandé une plume & de l'encre dans fon agonie, s'il n'avait été accoutumé à s'en fervir? *Omar* l'en empêcha, de peur qu'il ne fît un teftament, ou qu'il n'écrivît des fottifes. Mais, Monfieur, quand vous avez pris la plume pour écrire contre moi tant d'injures, fi quelqu'un vous avait ôté votre plume dans vos accès, aurait-on droit de dire, comme on le dit pourtant à la lecture de votre ouvrage, que vous ne favez point écrire?

Vous prétendez que le prophète devait demander un ftile de fer, & non pas une plume: je conçois, Monfieur, qu'un ftile de fer eft de votre goût; mais en confcience, on écrivait alors fur du parchemin.

Au refte, je rends toute la juftice que je dois, foit à votre ftyle, foit à votre plume.

X.

Maître, vous me dénoncez à l'empereur de Maroc, au grand-turc, & au grand-mogol, comme un perturbateur du repos public, qui ofe avancer que l'intention de *Mahomet* était qu'*Ali*, mari de fa chère fille *Fatime*, fût en poffeffion du califat. Vous ne voulez point qu'on fonge à établir fon gendre & fon coufin-germain. Pourvu que vous ne me défériez pas à l'inquifition, je me tiendrai très-heureux.

X I.

M'y voilà déféré, maître; j'ai dit qu'on reconnut *Mahomet* pour un grand-homme; rien n'eft plus impie, dites-vous. Je vous répondrai que ce n'eft pas ma faute, fi ce petit homme a changé la face d'une partie du monde; s'il a gagné des batailles contre des armées dix fois plus nombreufes que les fiennes ; s'il a fait trembler l'empire romain ; s'il a donné les premiers coups à ce coloffe que fes fucceffeurs ont écrafé ; & s'il a été légiflateur de l'Afie, de l'Afrique, & d'une partie de l'Europe : je vous accorde qu'il eft damné ; mais *Céfar* & *Alexandre* le font auffi ; *Cicéron* ne l'eft-il pas ? & ne pourriez-vous point l'être, tout éloquent que vous êtes, pour vous être mis fi fort en colère ?

X I I.

Cette colère pourtant eft en quelques endroits bien excufable ; *irafcimini & nolite peccare.* Vous condamnez comme hérétique, fentant l'héréfie, & mal-fonnante, cette propofition : *L'amour qu'un tempérament ardent avait rendu néceffaire à Mahomet, & qui lui donna tant de femmes & de concubines, n'affaiblit ni fon courage, ni fon application, ni fa fanté.* Vous m'avouerez au moins, Monfieur, qu'il avait du courage, quoiqu'il fît l'amour, puifqu'il donna tant de combats. A votre avis, le maréchal de *Saxe*, qui aimait tant les filles, était-il fans courage ? Je connais encore plus d'un maréchal de France qui trouvera votre propofition plus mal-fonnante que vous ne trouvez la mienne. Vous ferez forcé de convenir que *Mahomet* était appliqué, puifqu'il était légiflateur ; & quand je vous dirai qu'il était médecin, vous ne douterez pas qu'il ne fe portât très-bien.

Je ne prétends pas autorifer la pluralité des femmes, à Dieu ne plaife ! je crois qu'une feule fuffit à la fois, pour le bonheur d'un galant homme. Mais, Monfieur, confidérez de grâce que *Mahomet* était arabe, & qu'on pourrait bien vous montrer dans fon voifinage de

très-grands rois qui avaient un peu plus de femmes
que le petit-fils d'*Abdo-Motaleb*. Vous dites ici des
injures aux dames. Que je vous suis obligé! vous me
donnez cette moitié du genre-humain pour protectrice;
& avec cette moitié je suis sûr de l'autre.

X I I I.

. Vous ne voulez donc pas, Monsieur, que *rachild*
soit le plus beau des titres ? Cependant, Monsieur,
rachild signifie *juste*. Voudriez-vous faire croire, par vos
critiques, que l'équité n'est pas votre vertu favorite?

Non, en vérité, Monsieur, elle ne l'est pas. Comme
vous traitez M. le comte de *Boulainvilliers !* vous
l'appelez sans façon *mahométan français*, *déserteur du*
christianisme. Je croyais d'abord que c'était à M. le comte
de *Bonneval* que vous en vouliez ; l'expression serait
juste, puisqu'en effet M. de *Bonneval* s'est fait circon-
cire : mais pour M. de *Boulainvilliers*, je n'ai point
ouï dire qu'il l'ait été ; il regardait *Mahomet* comme
un *Numa Pompilius*, un *Thésée*. Tout le monde dit du
bien de ces gens-là; pourquoi ne voudriez-vous pas
qu'on en dît aussi un peu de *Mahomet*, à quelques
égards ? Appelez-vous *païens* ceux qui louent *Thésée* ?
non. Pourquoi donc appelez-vous *mahométan* M. le
comte de *Boulainvilliers* ? Ignorez-vous que sa famille
est chrétienne ? & comptez-vous qu'elle soit assez
bonne chrétienne pour vous pardonner un outrage
si infâme & si grossier ? Pour moi, Monsieur, je vous
pardonne, & de si bon cœur que je vous promets de
ne vous jamais lire.

X I V.

Vous vous trompez, mon turc, la religion dominante dans l'Inde est la vôtre. Est-il possible que vous

foyez fi mal inftruit de vos affaires! Il y a, dites-vous,
mille idolâtres pour un mufulman. Mais, mon cher
turc, vous favez qu'en Grèce il y a auffi mille pauvres
gens de la religion grecque pour un brave ofmanli,
pour un turc. On appelle la *religion dominante* celle
qui domine. J'ai dans mes terres plus de domeftiques
huguenots que de catholiques; cependant ma religion
eft la dominante. Le calvinifme domine en Hollande,
quoiqu'il y ait plus de catholiques que de proteftans.
Mais ce n'eft pas tout ; vous n'avez jamais lu le livre
de M. *Niecamp* fur la prefqu'île de l'Inde. Je vous
avertis que c'eft la feule bonne relation qu'on ait de
ce pays. Mais vous ne favez peut-être pas l'allemand ;
n'importe, lifez ce livre, vous y verrez que les mufulmans ont converti dans la prefqu'île des milliers
d'idolâtres, que par-tout les mufulmans font en
crédit dans la prefqu'île ; mais enfin apprenez que la
religion du grand-mogol eft dominante dans le Mogol.

X V.

Que vous êtes ignorant, mon cher turc ! Apprenez
que les bramins, ou bramines, ou bramènes d'aujour-
d'hui, font les fucceffeurs des brachmanes ; qu'ils
tiennent d'eux la métempfycofe, & la belle coutume
de faire brûler les veuves dévotes ; qu'ils fe difent,
ainfi que les anciens gymnofophiftes, difciples du roi
Brachman. C'était, comme tout le monde fait, un
grand philofophe, qui vivait il y a cinq ou fix mille
ans. Il faut que vous n'ayez jamais été à l'univerfité
de Jaganat, puifque vous ignorez ces chofes, que
les moindres écoliers de cette favante univerfité vous
auraient dites. Ah, je vois bien que vous n'êtes qu'un
turc de Paris. Je vous reconnais, mafque.

X V I.

Non, mon ami, vous n'avez jamais été dans l'Inde; non, vous ne vivez point avec les fidelles musulmans, comme vous vous en vantez. Quoi! vous soutenez que la presqu'île deçà le Gange n'appartient pas de droit au grand-mogol, après les conquêtes d'*Aurengzeb*? Vous ignorez qu'il prétend un tribut de tous les nabab, de tous les raïa, qui sucent la presqu'île? Pauvre homme! vous ne savez pas que le souba de Décan prend l'investiture de sa majesté impériale mogole? qu'il est maître à la vérité du gouvernement d'Arcate, qu'il donne ce gouvernement à son favori, mais que ce souba n'en dépend pas moins de l'empereur? Oui, Monsieur, toute la presqu'île, toutes les Indes, à compter depuis Candahar jusqu'à Calicut, tout appartient de droit divin à sa majesté, attendu le droit de conquête & le droit de bienséance. Allez vous informer de tout cela au portier de M. *Dupleix*, qui a rendu pour peu de temps le nom français respectable & terrible dans l'Inde : il vous en dira cent fois plus que moi ; il vous apprendra à parler.

C'est moi qui vous déférerai au grand-mogol. Vous abusez de sa faiblesse présente, vous prenez le parti des rebelles que vous appelez *rois* ; sachez qu'ils ne sont que naïques.

Avez-vous jamais entendu parler du royaume Tondenmandalam, que possédait le roi *Tonden*, vaincu par *Aurengzeb*? Savez-vous que Visapour & Golconde sont regardés comme des provinces de l'empire? Savez-vous....? mais vraiment je suis bien bon de vous parler. Adieu, je n'aime pas à perdre mon temps.

ARTICLE XXVII.

AVIS A L'AUTEUR DU JOURNAL DE GOTTINGUE.

A l'occasion du siècle de Louis XIV.

QUAND un journaliste veut rendre compte d'un ouvrage, il doit d'abord en saisir l'esprit. Quand il le critique, il doit avoir raison. Le journaliste de Gottingue a oublié entièrement ces deux devoirs, & il se trompe sans exception sur tout ce qu'il dit.

Il se trompe quand il dit que l'auteur du *Siècle de Louis XIV* devait parler de *Tillotson* en parlant de *Bourdaloue*. Il ne songe pas qu'il ne s'agit que des écrivains de France.

Il se trompe quand il dit que le baron des *Contures* ne méritait pas d'être cité. Sa traduction de *Lucrèce* est la meilleure qu'on ait en France.

Il se trompe quand il dit que *Desmarets* n'était qu'un traducteur. L'abbé *Regnier-Desmarets* a traduit à la vérité *Anacréon* en vers italiens avec succès, ce qui est un très-grand mérite ; mais il a fait des vers français qu'on fait par cœur ; & il était excellent grammairien.

Il se trompe quand il dit que *Bernier* n'était pas médecin du grand-mogol, & qu'il le croit précepteur du fils d'un aga. Un mahométan indien ne donne point pour précepteur à son fils un chrétien de France qui parle mal indien. Mais on ne demande guère à un médecin de quelle religion il eſt. *Bernier* était médecin de l'empereur *Sha-Géan*, comme on peut le voir dès la page 9 de ſes voyages, édition d'Amſterdam. Voilà pourtant ce que le journaliſte appelle *une faute groſſière*.

Il ſe trompe quand il dit que le journal des ſavans de Paris n'eſt pas le premier qu'on ait fait en Europe.

Il ſe trompe en oppoſant les tranſactions philoſophiques. Ces tranſactions ne ſont point un examen des ouvrages nouveaux de tous les auteurs, comme le journal des ſavans ; c'eſt une entrepriſe toute différente.

Il ſe trompe quand il croit qu'il y a eu une bonne pharmacopée univerſelle avant celle de *Lémery*.

Il ſe trompe quand il dit que le *Moréri* n'eſt pas le premier dictionnaire français hiſtorique qui concerne les faits. C'eſt même le premier en toute langue ; ceux des *Etiennes* n'étant qu'une courte nomenclature pour l'intelligence des anciens auteurs.

Il ſe trompe, & fait pis que ſe tromper, quand il traite de menteur le père *Daniel*, qui ne paſſe pas pour un hiſtorien aſſez profond & aſſez hardi, mais qui paſſe pour un hiſtorien très-véridique. Le père *Daniel* a erré quelquefois ; mais il n'eſt pas permis de l'appeler *un menteur*.

Il ſe trompe quand il croit les contes badins de *la Fontaine* plus dangereux que la ſeconde églogue de *Virgile*, ou que certaines ſatires d'*Horace*, ou qu'*Ovide*, ou que *Pétrone*. Il n'a pas ſenti que la gaieté n'eſt pas ce qui inſpire la volupté. *La Fontaine* eſt plaiſant, *Ovide* eſt voluptueux, *Pétrone* eſt débauché.

Il se trompe quand il reproche à l'auteur du *Siècle de Louis XIV* d'avoir dit qu'il vaut mieux recevoir cent bulles erronées que d'exciter des divisions. Voici le passage du *Siècle* : *Il vaut mieux recevoir cent bulles erronées que de mettre cent villes en cendres*. Quiconque aura une maison dans une de ces cent villes pensera ainsi ; permis à ceux qui n'ont point de maison de brûler celles des autres pour une bulle.

Il se trompe quand il croit que dans le *Siècle* on immole les jansénistes aux jésuites. On n'a certainement point pris de parti entre ces messieurs. On y dit que *Quesnel* était un opiniâtre, que le jésuite *le Tellier*, confesseur de *Louis XIV*, était un méchant homme. L'auteur du *Siècle* n'est ni janséniste ni moliniste.

Il se trompe quand il dit que les Français firent des campagnes malheureuses en Bohème, lorsque *Louis XV* fut à la tête de ses armées. *Louis XV*, depuis la fin de 1743, n'envoya pas en Bohème un seul régiment.

Il se trompe quand il reproche à l'auteur du *Siècle* d'avoir dit que les Allemands ne se mettent jamais en campagne qu'au mois d'août. Jamais l'auteur du *Siècle* n'a répété cette ancienne sottise.

Il se trompe quand il avance que les papes n'ont jamais rendu Castro & Ronciglione. Ils en sont possesseurs, oui ; mais cela prouve-t-il qu'ils ne l'aient jamais cédé ? *Alexandre VIII* fut forcé de le rendre pour cent mille écus romains en 1664.

Il se trompe quand il dit que l'Encyclopédie n'est pas un ouvrage très-utile, & quand il conclut qu'il ne vaut rien, de ce qu'il a été critiqué & persécuté dans sa naissance par des ennemis intéressés. Il devait conclure tout le contraire.

Il faudrait tâcher de ne se pas tromper sur tous les points, quand on critique un ouvrage.

L'auteur du *Siècle de Louis XIV* n'a vu aucune des éditions qui ont été faites en France, en Angleterre, & en Hollande. Il lui est tombé entre les mains une petite feuille volante, dans laquelle on relève plusieurs fautes de l'édition de la Haye; & on en rend l'auteur responsable. Il y a, ce me semble, un peu d'injustice dans ce procédé. Ce n'est pas à lui qu'il faut s'en prendre si on a imprimé *pigeri* pour *gigeri*, *Burignac* pour *Daubignac*, & si les éditeurs sont tombés dans d'autres méprises. On ne trouvera pas ces fautes dans l'édition de Genève, corrigée par l'auteur même. Ceux qui se hâtent de faire ces critiques devraient y apporter plus d'équité & plus d'attention. Par exemple, on reproche à l'auteur d'avoir dit que le grand *Condé* mourut à Chantilli en 1680. Cela n'est pas vrai ; l'auteur place cette mort en 1686, non pas à Chantilli, mais à Fontainebleau.

On lui reproche d'avoir mis en 1700 la mort de *Jacques II*, roi d'Angleterre. Cela n'est pas vrai ; il dit que c'est en 1701. On lui reproche d'avoir placé la mort de *Madame*, la première femme du frère de *Louis XIV*, en 1672. Cela n'est pas vrai ; il la place au mois de juin 1670.

On lui reproche d'avoir fait naître Mme *Dacier* en 1615. Cela n'est pas vrai ; il a placé sa naissance en 1651.

Au refte, il eft difficile que dans un catalogue de plus de trois cents artiftes, on ne fe foit trompé fur quelques noms obfcurs & fur quelques dates. Un *errata* fuffit pour ces bagatelles. Il ne faut pas juger d'un grand bâtiment par quelques pavés qu'un maçon fubalterne aura arrangés dans la cour.

ARTICLE XXVIII.

Anecdotes fur Louis XIV.

LOUIS XIV était, comme on fait, le plus bel homme & le mieux fait de fon royaume. C'était lui que *Racine* défignait dans Bérénice par ces vers :

En quelque obfcurité que le ciel l'eût fait naître,
Le monde en le voyant eût reconnu fon maître.

Le roi fentit bien que cette tragédie, & furtout ces deux vers étaient faits pour lui. Rien n'embellit d'ailleurs comme une couronne. Le fon de fa voix était noble & touchant. Tous les hommes l'admiraient, & toutes les femmes foupiraient pour lui. Il avait une démarche qui ne pouvait convenir qu'à lui feul, & qui eût été ridicule en tout autre. Il fe complaifait à en impofer par fon air. L'embarras de ceux qui lui parlaient était un hommage qui flattait fa fupériorité. Ce vieil officier qui en lui demandant une grâce, balbutiait, recommençait fon difcours, & qui enfin lui dit : *Sire, au moins je ne tremble pas ainfi devant vos ennemis*, n'eut pas de peine à obtenir ce qu'il demandait.

La nature lui avait donné un tempérament robuſte. Il fit parfaitement tous ſes exercices ; jouait très-bien à tous les jeux qui demandent de l'adreſſe & de l'action ; il danſait les danſes graves avec beaucoup de grâce. Sa conſtitution était ſi bonne, qu'il fit toujours deux grands repas par jour ſans altérer ſa ſanté ; ce fut la bonté de ſon tempérament qui fit l'égalité de ſon humeur. *Louis XIII* infirme était chagrin, faible, & difficile. *Louis XIV* parlait peu, mais toujours bien. Il n'était pas ſavant ; mais il avait le goût juſte. Il entendait un peu l'italien & l'eſpagnol ; & ne put jamais apprendre le latin, que l'on montre toujours aſſez mal dans une éducation particulière, & qui eſt de toutes les ſciences la moins utile à un roi. On a imprimé ſous ſon nom une traduction des *Commentaires de Céſar*. Ce ſont ſes thèmes ; mais on les feſait avec lui ; il y avait peu de part ; & on lui diſait qu'il les avait faits. J'ai ouï dire au cardinal de *Fleuri* que *Louis XIV* lui avait un jour demandé ce que c'était que le prince *quemadmodum*, mot ſur lequel un muſicien, dans un motet, avait prodigué, ſelon leur coutume, beaucoup de travail ; le roi lui avoua à cette occaſion qu'il n'avait preſque jamais rien ſu de cette langue. On eût mieux fait de lui enſeigner l'hiſtoire, la géographie, & ſurtout la vraie philoſophie, que les princes connaiſſent ſi rarement. Son bon ſens & ſon goût naturel ſuppléèrent à tout. En fait de beaux arts, il n'aimait que l'excellent. Rien ne le prouve mieux que l'uſage qu'il fit de *Racine*, de *Boileau*, de *Molière*, de *Boſſuet*, de *Fénélon*, de *le Brun*, de *Girardon*, de *le Nôtre*, &c. Il donna

même

même quelquefois à *Quinault* des sujets d'opéra, & ce fut lui qui choisit *Armide*. M. *Colbert* ne protégea tous les arts, ne les fit fleurir que pour se conformer au goût de son maître ; car M. *Colbert* étant sans lettres, élevé dans le négoce, & chargé par le cardinal *Mazarin* de détails d'affaires, ne pouvait avoir pour les beaux arts ce goût que donne naturellement une cour galante, à laquelle il faut des plaisirs au-dessus du vulgaire. M. *Colbert* était un peu sec & sombre ; ses grandes vues pour la finance & pour le commerce, où le roi était, & devait être moins intelligent que lui, ne s'étendirent pas d'abord jusqu'aux arts aimables ; il se forma le goût par l'envie de plaire à son maître, & par l'émulation que lui donnait la gloire acquise par M. *Fouquet* dans la protection des lettres, gloire qu'il conserva dans sa disgrace. Il ne fit d'abord que de mauvais choix ; & lorsque *Louis XIV* en 1662 voulut favoriser les lettres, en donnant des pensions aux hommes de génie, & même aux savans, *Colbert* ne s'en rapporta qu'à ce *Chapelain* dont le nom est depuis devenu si ridicule, grâce à ses ouvrages, & à *Boileau* ; mais il avait alors une grande réputation qu'il s'était faite par un peu d'érudition, assez de critique & beaucoup d'adresse : c'est ce choix qui indigna *Boileau*, jeune encore, & qui lui inspira tant de traits satiriques. M. *Colbert* se corrigea depuis, & favorisa ceux qui avaient des talens véritables, & qui plaisaient au maître.

Ce fut *Louis XIV* qui de son propre mouvement donna des pensions à *Boileau*, à *Racine*, à *Pélisson*, à beaucoup d'autres ; il s'entretenait quelquefois avec eux ; & même lorsque *Boileau* se fut retiré à Auteuil, étant affaibli par l'âge, & qu'il vint faire sa cour au roi pour la dernière fois, le roi lui dit : Si votre santé vous permet de venir encore quelquefois à Versailles, j'aurai toujours une demi-heure à vous donner. Au mois de septembre 1690, il nomma *Racine* du voyage de Marly, il se fesait lire par lui les meilleurs ouvrages du temps.

L'année d'auparavant il avait gratifié *Racine* & *Boileau*, chacun de mille pistoles, qui font vingt mille livres d'aujourd'hui, pour écrire son histoire, & il avait ajouté à ce présent quatre mille livres de pension.

On voit évidemment par toutes ces libéralités répandues de son propre mouvement, & surtout par sa faveur accordée à *Pélisson*, persécuté par *Colbert*, que ses ministres ne dirigeaient point son goût. Il se porta de lui-même à donner des pensions à plusieurs savans étrangers ; & M. *Colbert* consulta M. *Perrault* sur le choix de ceux qui reçurent cette gratification si honorable pour eux & pour le souverain. Un de ses talens était de tenir une cour ; il rendit la sienne la plus magnifique & la plus galante de l'Europe. Je ne sais pas comment on peut lire encore des descriptions de fêtes dans des romans, après avoir lu celles que donna *Louis XIV*. Les fêtes de Saint-Germain, de Versailles, ses carrousels sont au-dessus de ce que l'imagination la plus romanesque a inventé. Il dansait d'ordinaire à ces fêtes avec les plus belles personnes de sa cour ; il semblait que la nature eût fait des efforts pour seconder le goût de *Louis XIV*. Sa cour était remplie des hommes les mieux faits de l'Europe, & il y avait à la fois plus de trente femmes d'une beauté accomplie. On avait soin de composer des danses figurées, convenables à leurs caractères & à leurs galanteries. Souvent même les pièces qu'on représentait étaient remplies d'allusions fines, qui avaient rapport aux intérêts secrets de leurs cœurs. Non-seulement il y eut de ces fêtes publiques dont *Molière* & *Lulli* firent les principaux ornemens ; mais il y en eut de particulières, tantôt pour *Madame*, belle-sœur du roi, tantôt pour madame de *la Vallière* : il n'y avait que peu de courtisans qui y fussent admis ; c'était souvent *Benserade* qui en fesait les vers, quelquefois un nommé *Bellot* valet de chambre du roi. J'ai vu des canevas de ce dernier, corrigés de la main de *Louis XIV*. On connaît ces vers galans que fesait *Benserade* pour ces ballets figurés, où le roi dansait avec sa cour ; il y confondait presque toujours par une allusion délicate, la personne & le rôle. Par exemple, lorsque le roi dans un de ces ballets représentait *Apollon*, voici ce que fit pour lui *Benserade* :

Je doute qu'on le prenne avec nous sur le ton
   De Daphné, de Phaëton ;
Lui trop ambitieux, elle trop inhumaine.
Il n'est point là de piége où vous puissiez donner ;
   Le moyen de s'imaginer
Qu'une femme vous fuie, ou qu'un homme vous mène !

Lorsqu'il eut marié son petit-fils le duc de *Bourgogne* à la princesse *Adélaïde* de Savoie, il fit jouer des comédies pour elle dans un des appartemens de Versailles. *Duché*, l'un de ses domestiques, auteur du bel opéra d'Iphigénie, composa la tragédie

O 2

d'Abſalon pour ces fêtes ſecrètes ; madame la ducheſſe
de *Bourgogne* repréſentait la fille d'*Abſalon* ; le duc
d'*Orléans*, le duc de *la Vallière* y jouaient ; le fameux
acteur *Baron* dirigeait la troupe, & y jouait auſſi.

Il y avait alors appartement trois fois la ſemaine
à Verſailles ; la galerie & toutes les pièces étaient
remplies ; on jouait dans un ſallon, dans l'autre il
y avait muſique, dans un troiſième une collation.
Le roi animait tous ces plaiſirs par ſa préſence.
Quelquefois il feſait dreſſer dans la galerie des
boutiques garnies de bijoux les plus précieux ; il en
feſait des loteries, ou bien on les jouait à la rafle,
& madame la ducheſſe de *Bourgogne* diſtribuait ſouvent
les lots gagnés.

C'était au milieu de tous ces amuſemens magni-
fiques, & des plaiſirs les plus délicats, qu'il forma
ces vaſtes projets qui firent trembler l'Europe ; il
mena la reine & toutes les dames de ſa cour ſur la
frontière. A la guerre de 1667, il diſtribua pour
plus de cent mille écus de préſens, ſoit aux ſeigneurs
flamands qui venaient lui rendre leurs reſpects, ſoit
aux députés des villes, ſoit aux envoyés des princes
qui venaient le complimenter ; & il ſuivait en cela
ſon goût pour la magnificence, autant que la politique.
C'eſt ſur quoi on ne peut aſſez s'étonner qu'on l'ait
oſé accuſer d'avarice dans preſque toutes les pitoyables
hiſtoires qu'on a compilées de ſon règne : jamais
prince n'a plus donné, plus à propos, & de meilleure
grâce.

Les plaiſirs nobles dont il occupa ſans ceſſe la
plus brillante cour du monde, ne l'empêchèrent point

d'affifter régulièrement à tous fes confeils; il les tenait même pendant qu'il était malade, & il ne s'en difpenfa qu'une fois pour aller à la chaffe : il y avait peu d'affaires ce jour-là; il entra pour dire qu'il n'y aurait point de confeil, & le dit en parodiant ainfi fur le champ un air d'un opéra de *Quinault* & de *Lulli.*

Le confeil à fes yeux a beau fe préfenter,
Sitôt qu'il voit fa chienne, il quitte tout pour elle :
   Rien ne peut l'arrêter
   Quand la chaffe l'appelle.

 Il avait fait quelques petites chanfons dans ce goût aifé & naturel ; & dans les voyages en Franche-Comté, il fefait faire des impromptu à fes courtifans, furtout à *Péliffon*, & au marquis *Dangeau*. Il ne jouait pas mal de la guitarre, qui était alors à la mode, & fe connaiffait très-bien en mufique comme en peinture. Dans ce dernier art, il n'aimait que les fujets nobles. Les *Teniers* & les autres petits peintres flamands ne trouvaient point grâce devant fes yeux : ôtez-moi ces magots-là, dit-il, un jour qu'on avait mis un *teniers* dans un de fes appartemens.

 Malgré fon goût pour la grande & noble archi-tecture, il laiffa fubfifter l'ancien corps du château de Verfailles, avec les fept croifées de face, & fa petite cour de marbre du côté de Paris. Il n'avait d'abord deftiné ce château qu'à un rendez-vous de chaffe, tel qu'il l'avait été du temps de *Louis XIII*, qui l'avait acheté du fecrétaire d'Etat *Loménie*. Petit-à-petit, il

en fit ce palais immenfe, dont la façade du côté des
jardins eft ce qu'il y a de plus beau dans le monde,
& dont l'autre façade eft dans le plus petit & le plus
mauvais goût ; il dépenfa à ce palais & aux jardins
plus de cinq cents millions, qui en font plus de neuf
cents de notre efpèce. M. le duc de *Créqui* lui difait :
Sire, vous avez beau faire, vous n'en ferez jamais
qu'un favori fans mérite.

Les chef-d'œuvres de fculpture furent prodigués
dans fes jardins. Il en jouiffait, & les allait voir
fouvent. J'ai ouï dire à feu M. le duc d'*Antin* que
lorfqu'il fut furintendant des bâtimens, il fefait
quelquefois mettre ce qu'on appelle des *calles*, entre
les ftatues & les focles, afin que quand le roi
viendrait fe promener, il s'aperçût que les ftatues
n'étaient pas droites, & qu'il eût le mérite du
coup-d'œil. En effet le roi ne manquait pas de
trouver le défaut. M. d'*Antin* conteftait un peu,
& enfuite fe rendait, & fefait redreffer la ftatue, en
avouant avec une furprife affectée combien le roi fe
connaiffait à tout. Qu'on juge par cela feul combien
un roi doit aifément s'en faire accroire.

On fait le trait de courtifan que fit ce même duc
d'*Antin*, lorfque le roi vint coucher à Petit-bourg, &
qu'ayant trouvé qu'une grande allée de vieux arbres
fefait un mauvais effet, M. d'*Antin* la fit abattre &
enlever la même nuit ; & le roi à fon réveil n'ayant
plus trouvé fon allée, il lui dit : Sire, comment
vouliez-vous qu'elle ofât paraître encore devant vous ?
elle vous avait déplu.

Ce fut le même duc d'*Antin* qui, à Fontainebleau, donna au roi & à madame la ducheſſe de *Bourgogne* un ſpeſtacle plus ſingulier, & un exemple plus frappant du rafinement de la flatterie la plus délicate. *Louis XIV* avait témoigné qu'il ſouhaiterait qu'on abattît quelque jour un bois entier qui lui ôtait un peu de vue. M. d'*Antin* fit ſcier tous les arbres du bois près de la racine, de façon qu'ils ne tenaient preſque plus ; des cordes étaient attachées à chaque pièce d'arbre, & plus de douze cents hommes étaient dans ce bois prêts au moindre ſignal. M. d'*Antin* ſavait le jour que le roi devait ſe promener de ce côté avec toute ſa cour. Sa majeſté ne manqua pas de dire combien ce morceau de forêt lui déplaiſait. Sire, lui répondit-il, ce bois ſera abattu dès que votre majeſté l'aura ordonné. Vraiment, dit le roi, s'il ne tient qu'à cela, je l'ordonne, & je voudrais déjà en être défait : Hé bien, Sire, vous allez l'être. Il donna un coup de ſifflet, & on vit tomber la forêt. Ah ! Meſdames, s'écria madame la ducheſſe de *Bourgogne*, ſi le roi avait demandé nos têtes, M. d'*Antin* les ferait tomber de même : bon mot un peu vif, mais qui ne tirait point à conſéquence.

C'eſt ainſi que tous les courtiſans cherchaient à lui plaire, chacun ſelon ſon pouvoir & ſon eſprit. Il le méritait bien, car il était occupé lui-même de ſe rendre agréable à tout ce qui l'entourait ; c'était un commerce continuel de tout ce que la majeſté peut avoir de grâces ſans jamais ſe dégrader, & de tout ce que l'empreſſement de ſervir & de plaire peut avoir de fineſſe ſans l'air de la baſſeſſe. Il était ſurtout avec les femmes d'une attention & d'une

politeffe qui augmentait encore celle de fes courtifans, & il ne perdit jamais l'occafion de dire aux
hommes de ces chofes qui flattent l'amour-propre
en excitant l'émulation, & qui laiffent un long
fouvenir.

Un jour madame la dauphine voyant à fon fouper
un officier qui était très-laid, plaifanta beaucoup
& très-haut fur fa laideur : je le trouve, Madame,
dit le roi encore plus haut, un des plus beaux
hommes de mon royaume, car c'eft un des plus
braves.

Le comte de *Marivaux*, lieutenant-général,
homme un peu brutal, & qui n'avait pas adouci fon
caractère dans la cour même de *Louis XIV*, avait
perdu un bras dans une action, & fe plaignait un
jour au roi, qui l'avait pourtant récompenfé autant
qu'on peut le faire pour un bras caffé : Je voudrais
avoir perdu auffi l'autre, & ne plus fervir votre majefté.
J'en ferais bien fâché pour vous & pour moi, lui
répondit *Louis XIV*, & ce difcours fut fuivi d'une
grâce qu'il lui accorda. Il était fi éloigné de dire
des chofes défagréables, qui font des traits mortels
dans la bouche d'un prince, qu'il ne fe permettait
pas même les plus innocentes, & les plus douces
railleries, tandis que les particuliers en font tous les
jours de fi cruelles & de fi funeftes.

Il fefait un jour un conte à quelques-uns de fes
courtifans, & même il avait promis que le conte ferait
plaifant ; cependant il le fut fi peu que l'on ne rit
point, quoique le conte fût du roi. M. le prince
d'*Armagnac*, qu'on appelait M. *le Grand*, fortit alors
de la chambre, & le roi dit à ceux qui reftaient :

Meſſieurs, vous avez trouvé mon conte fort inſipide, & vous avez eu raiſon ; mais je me ſuis aperçu qu'il y avait un trait qui regarde de loin M. *le Grand*, & qui aurait pu l'embarraſſer ; j'ai mieux aimé le ſupprimer que de hafarder de lui déplaire : à préſent qu'il eſt ſorti, voici mon conte, il l'acheva & on rit. On voit par ces petits traits combien il eſt faux qu'il ait jamais laiſſé échapper ce diſcours dur & révoltant dont on l'accuſe : *Qu'importe lequel de mes valets me ſerve :* c'était, dit-on, pour mortifier M. de *la Rochefoucauld*. *Louis XIV* était incapable d'une telle indécence. Je m'en ſuis informé à tous ceux qui approchaient de ſa perſonne, ils m'ont tous dit que c'était un conte impertinent ; cependant il eſt répété & cru d'un bout de la France à l'autre. Les petites calomnies font fortune comme les grandes. Comment des paroles ſi odieuſes pourraient-elles ſe concilier avec ce qu'il dit au même duc de *la Rochefoucauld*, qui était embarraſſé de dettes ? *Que ne parlez-vous à vos amis ;* mot qui lui-même valait beaucoup, & qui fut accompagné d'un don de cinquante mille écus. Quand il reçut un légat qui vint lui faire des excuſes au nom du pape & du doge de Gènes, qui vint lui demander pardon, il ne ſongea qu'à leur plaire. Ses miniſtres agiſſaient un peu plus durement. Auſſi le doge *Lercaro*, qui était un homme d'eſprit, diſait : Le roi nous ôte la liberté en captivant nos cœurs, mais ſes miniſtres nous la rendent.

Lorſqu'en 1686 il donna à ſon fils le grand dauphin le commandement de ſon armée, il lui dit ces propres mots : En vous envoyant commander mon armée, je vous donne les occaſions de faire

connaître votre mérite; c'eft ainfi qu'on apprend à
régner: il ne faut pas, quand je viendrai à mourir,
qu'on s'aperçoive que le roi eft mort. Il s'exprimait
prefque toujours avec cette nobleffe. Rien ne fait plus
d'impreffion fur les hommes, & on ne doit pas s'étonner que ceux qui l'approchaient euffent pour lui une
efpèce d'idolâtrie.

Il eft certain qu'il était paffionné pour la gloire, &
même encore plus que pour la réalité de fes conquêtes.
Dans l'acquifition de l'Alface & de la moitié de la
Flandre, de toute la Franche-Comté, ce qu'il aimait
le mieux était le nom qu'il fe fefait.

En effet, pendant plus de cinquante ans, il n'y eut
en Europe aucune tête couronnée que fes ennemis
même ofaffent feulement mettre avec lui en comparaifon. L'empereur *Léopold*, qu'il fecourut quelquefois & humilia toujours, n'était pas un prince qui pût
difputer rien au roi de France. Il n'y eut de fon temps
aucun empereur turc qui ne fût un homme médiocre
& cruel. *Philippe IV*, & *Charles II* étaient auffi faibles
que la monarchie efpagnole l'était devenue. *Charles II*
d'Angleterre ne fongea à imiter *Louis XIV* que dans
fes plaifirs. *Jacques II* ne l'imita que dans fa dévotion,
& il profita mal des efforts que fit pour lui fon
protecteur. *Guillaume III* fouleva l'Europe contre
Louis XIV; mais il ne put l'égaler ni en grandeur
d'ame, ni en magnificence, ni en monumens, ni en
rien de ce qui a illuftré ce beau règne. *Chriftine* en
Suède ne fut fameufe que par fon abdication & par
fon efprit. Les rois de Suède fes fucceffeurs jufqu'à
Charles XII, ne firent prefque rien de digne du grand
Guftave; & *Charles XII*, qui fut un héros, n'eut pas la

prudence qui en eût fait un grand-homme. *Jean Sobiesky* en Pologne eut la réputation d'un brave général, mais ne put acquérir celle d'un grand roi. Enfin *Louis XIV*, jufqu'à la bataille d'Hochftet, fut le feul puiffant, le feul magnifique, le feul grand prefqu'en tout genre. L'hôtel de ville de Paris lui décerna ce nom de *Grand* en 1680, & l'Europe, quoique jaloufe, le confirma.

On l'a accufé d'un fafte & d'un orgueil infuppor-table, parce que fes ftatues à la place Vendôme, & à celle des Victoires ont des bafes ornées d'efclaves enchaînés. On ne veut pas voir que celle du grand, du clément, de l'adorable *Henri IV* fur le pont-neuf eft auffi accompagnée de quatre efclaves ; que celle de *Louis XIII*, faite anciennement pour *Henri II*, en a autant, & que celle même du grand duc *Ferdinand de Médicis* à Livourne a les mêmes attributs. C'eft un ufage des fculpteurs plutôt qu'un monument de vanité. On érige ces monumens pour les rois, comme on les habille fans qu'ils y prennent garde.

Il était fi peu amoureux de cette fauffe gloire qu'on lui reproche, qu'il fit ôter de la galerie de Verfailles les infcriptions pleines d'enflure & de fafte, que *Charpentier* de l'académie françaife avait mifes à tous les cartouches : l'incroyable paffage du Rhin, la fage conduite du roi, la merveilleufe entreprife de Valenciennes &c.

Louis XIV fupprima toutes les épithètes, & ne laiffa que les faits. L'infcription qui eft à Paris à la porte Saint-Denis, & qu'on lui a reprochée, eft à la vérité infultante pour les Hollandais ; mais elle ne contient pour *Louis XIV* aucune louange révoltante.

Il n'entendait point le latin, comme on l'a dit; il n'alla presque jamais à Paris, & peut-être n'a-t-il pas plus entendu parler de cette inscription que de celles de *Santeuil* qui sont aux fontaines de la ville. Il serait à souhaiter, après tout, que nous ne laissassions subsister aucun monument humiliant pour nos voisins, & que nous imitassions en cela les Grecs, qui, après la guerre du Péloponèse, détruisirent tout ce qui pouvait réveiller l'animosité & la haine. Les misérables histoires de *Louis XIV* disent presque toutes que l'empereur *Léopold* fit élever une pyramide dans le champ de bataille d'Hochstet : cette pyramide n'a existé que dans des gazettes; & je me souviens que M. le maréchal de *Villars* me dit qu'après la prise de Fribourg, il envoya cinquante maîtres sur le champ où s'était donnée cette funeste bataille, avec ordre de détruire la pyramide en cas qu'elle existât, & qu'on n'en trouva pas le moindre vestige. Il faut mettre ce conte de la pyramide avec celui de la médaille du *sta sol*, arrête-toi, soleil, qu'on prétend que les Etats-généraux avaient fait frapper après la paix d'Aix-la-Chapelle : sottise à laquelle ils ne pensèrent jamais.

Les choses principales dont *Louis XIV* tirait sa gloire, étaient d'avoir, au commencement de son régne, forcé la branche d'Autriche espagnole, qui disputait depuis cent ans la préséance à nos rois, à la céder pour jamais en 1661; d'avoir entrepris dès 1664 la jonction des deux mers; d'avoir réformé les lois en 1667; d'avoir conquis la même année la Flandre française en six semaines; d'avoir pris l'année suivante la Franche-Comté en moins d'un mois, au cœur de

l'hiver; d'avoir fu ajouter à la France Dunkerque &
Strasbourg. Que l'on ajoute à ces objets qui devaient
le flatter, une marine de près de deux cents vaiffeaux,
en comptant les alléges ; foixante mille matelots
enclaffés en 1681, outre ceux qu'il avait déjà
formés ; le port de Toulon, celui de Breft & de
Rochefort bâtis; cent cinquante citadelles conftruites,
l'établiffement des Invalides, de Saint-Cyr, l'ordre de
St Louis, l'obfervatoire, l'académie des fciences,
l'abolition du duel, l'établiffement de la police, la
réforme des lois, on verra que fa gloire était fondée.
Il ne fit pas tout ce qu'il pouvait faire ; mais il fit
beaucoup plus qu'un autre. Quand je dirai que tous
les grands monumens n'ont rien coûté à l'Etat qu'ils
ont embelli, je ne dirai rien que de très-vrai. Le
peuple croit qu'un prince qui dépenfe beaucoup en
bâtimens & en établiffemens, ruine fon royaume ;
mais en effet il l'enrichit; il répand de l'argent parmi
une infinité d'artiftes; toutes les profeffions y gagnent;
l'induftrie & la circulation augmentent : le roi qui
fait le plus travailler fes fujets eft celui qui rend
fon royaume plus floriffant. Il aimait les louanges,
fans doute, mais il ne les aimait pas groffières; & les
caractères qui font infenfibles aux juftes louanges
n'en méritent d'ordinaire aucune. S'il permit les
prologues d'opéra dans lefquels *Quinault* le célébrait,
ces éloges plaifaient à la nation, & redoublaient la
vénération qu'elle avait pour lui. Les éloges que
Virgile, *Horace* & *Ovide* même prodiguèrent à *Augufte*
étaient beaucoup plus forts; & fi on fonge aux profcriptions, ils étaient affurément bien moins mérités.

Louis XIV n'adoptait pas toujours les louanges dont on l'accablait. L'académie françaife lui rendait régulièrement compte des fujets qu'elle propofait pour le prix. Il y eut une année où elle avait donné pour fujet du prix, *laquelle de toutes les vertus du roi méritait la préférence* : il ne voulut pas recevoir ce coup d'encenfoir affommant, & défendit que ce fujet fût traité.

Il réfulte de tout ce que l'on vient de rapporter, que jamais homme n'ambitionna plus la vraie gloire. La modeftie véritable eft, je l'avoue, au-deffus d'un amour-propre fi noble. S'il arrivait qu'un prince, ayant fait d'auffi grandes chofes que *Louis XIV*, fût encore modefte, ce prince ferait le premier homme de la terre, & *Louis XIV* le fecond.

Toutes les hiftoires imprimées en Hollande reprochent à *Louis XIV* la révocation de l'édit de Nantes. Je le crois bien ; tous ces livres font écrits par des proteftans. Ils furent des ennemis d'autant plus implacables de ce monarque, qu'avant d'avoir quitté le royaume, ils étaient des fujets fidelles. *Louis XIV* ne les chaffa pas comme *Philippe III* avait chaffé les Maures d'Efpagne, ce qui avait fait à la monarchie efpagnole une plaie inguériffable. Il voulait retenir les huguenots & les convertir. J'ai demandé à M. le cardinal de *Fleuri* ce qui avait principalement engagé le roi à ce coup d'autorité. Il me répondit que tout venait de M. *Baville* intendant de Languedoc, qui s'était flatté d'avoir aboli le calvinifme dans cette province, où cependant il reftait plus de quatre-vingts mille huguenots. *Louis XIV* crut aifément que puifqu'un intendant avait détruit la fecte de fon département, il l'anéantirait dans fon royaume. M. de *Louvois* confulta fur cette grande affaire M. de *Gourville*, que le roi *Charles II* d'Angleterre appelait le plus fage des Français. L'avis de M. de *Gourville* fut d'enlever à la fois tous les miniftres des églifes proteftantes. Au bout de fix mois, dit-il, la moitié de ces miniftres abjurera, & & on les lâchera dans le troupeau ; l'autre moitié fera opiniâtre, & reftera enfermée fans pouvoir nuire ; il arrivera qu'en peu d'années les huguenots, n'ayant plus que des miniftres convertis, & engagés à foutenir leur changement, fe réuniront tous à la religion romaine. D'autres étaient d'avis qu'au lieu d'expofer l'Etat à perdre un' grand nombre de citoyens qui avaient en main les manufactures & le commerce, on fît venir au contraire des familles luthériennes, comme il y en a dans l'Alface. L'autorité royale était affermie fur des fondemens inébranlables, & toutes les fectes du monde n'auraient pas fait dans une ville une fédition de quinze jours. M. *Colbert* s'oppofa toujours à un coup d'éclat contre les huguenots ; il ménageait des fujets utiles. Les manufactures de *Vanrobès* & de beaucoup d'autres qu'il avait établies, n'étaient maintenues que par des gens de cette fecte.

Après fa mort, arrivée en 1683, M. *le Tellier* & M. de *Louvois* pouffèrent les calviniftes : ils s'ameu-tèrent, on révoqua l'édit de Nantes, on abattit leurs temples ; mais on fit la grande faute de bannir les miniftres. Quand les bergers marchent, les troupeaux fuivent. Il fortit du royaume, malgré toutes les précautions qu'on prit, plus de huit cents mille hommes, qui portèrent avec eux dans les pays étrangers environ un milliar d'argent, tous les arts, & leur haine contre leur patrie. La Hollande, l'Angleterre, l'Allemagne, furent peuplées de ces fugitifs. *Guillaume III* eut des régimens entiers de proteſtans français à ſon ſervice. Il y a dix mille réfugiés français à Berlin qui ont fait de cet endroit ſauvage une ville opulente & ſuperbe. Ils ont fondé une ville juſqu'au fond du Cap de Bonne-Eſpérance.

Louis XIV fut très-malheureux depuis 1704 juſqu'en 1712; il ſoutint ſes diſgraces comme un homme qui n'aurait jamais connu de proſpérité. Il perdit ſon fils unique en 1711; & il vit périr en 1712, dans l'eſpace d'un mois, le duc de *Bourgogne* ſon petit-fils, la ducheſſe de *Bourgogne*, & l'aîné de ſes arrières petits-fils. Le roi, ſon ſucceſſeur, qu'on appelait alors le duc d'*Anjou*, fut auſſi à l'extrémité. Leur maladie était une rougeole maligne, dont furent attaqués en même temps M. de *Seignelay*, mademoiſelle d'*Armagnac*, M. de *Liſtenay*, madame de *Gondrin*, qui a été depuis comteſſe de *Touloufe*, madame de la *Vrillière*, M. le duc de *la Trimouille*, & beaucoup d'autres perſonnes à Verſailles. M. le marquis de *Gondrin* en mourut en deux jours. Plus de trois cents perſonnes en périrent à Paris. La maladie s'étendit dans preſque toute la France. Elle enleva en Lorraine deux enfans du duc. Si on avait voulu ſeulement ouvrir les yeux & faire la moindre réflexion, on ne ſe ferait pas abandonné aux calomnies abominables qui furent ſi aveuglément répandues; elles furent la ſuite du diſcours imprudent d'un médecin nommé *Boudin*, homme de plaiſir, hardi & ignorant,

qui

qui dit que la maladie dont ces princes étaient morts n'était pas naturelle. C'eſt une choſe qui m'étonne toujours, que les Français, qui ſont aujourd'hui ſi peu capables de commettre de grands crimes, ſoient ſi prompts à les croire. Le fameux chimiſte *Homberg*, vertueux philoſophe, & d'une ſimplicité extrême, fut tout étonné d'entendre dire qu'on le ſoupçonnait ; il courut vîte à la baſtille pour s'y conſtituer priſonnier : on ſe moqua de lui, & on n'eut garde de le recevoir ; mais le public toujours téméraire, fut long-temps imbu de ces bruits horribles, dont la fauſſeté reconnue devrait apprendre aux hommes à juger moins légèrement, ſi quelque choſe peut corriger les hommes.

Un des malheurs de la fin du règne de *Louis XIV* fut le dérangement des finances ; il commença dès l'an 1689. On fit porter tous les meubles d'argent orfévris à la monnaie, en dépouillant ſa galerie & ſon grand appartement de tous ces meubles admirables d'argent maſſif, ſculptés par *Balin*, ſur les deſſins du fameux *le Brun ;* & de tout cela on ne retira que trois millions de profit. On établit la capitation en 1695 : on fit des tontines. M. de *Pontchartrain*, en 1696, vendit des lettres de nobleſſe à qui en voulait, pour deux mille écus, & enſuite on taxa à vingt francs la permiſſion d'avoir un cachet.

Dans la guerre de 1701, l'épuiſement parut extrême. M. *Deſmarets* fut un jour réduit à prendre cent mille francs, qui étaient en dépôt chez les chartreux, & à mettre à la place des billets de monnaie dans un beſoin preſſant de l'Etat. Si on avait commencé par établir l'impôt du dixième, impôt

Mélanges hiſt. Tome II.   P

égal pour tout le monde par fa proportion, (ce qu'on ne fit qu'en 1710,) le roi eût eu plus de reffources; mais au lieu de prendre cette voie, on ne fe fervit que de traitans qui s'enrichirent en ruinant le peuple. L'Etat ne manquait point d'argent; mais le difcrédit le tenait caché. Il a bien paru en dernier lieu dans la guerre de 1741, combien la France a de reffources. Non-feulement il n'y a pas eu un moment de difcrédit, mais on ne l'a jamais craint. Rien ne prouve mieux que la France bien adminiftrée, eft le plus puiffant empire de l'Europe.

ARTICLE XXIX.

Détails fur les Oeuvres hiftoriques de l'auteur. (*)

LA manière dont j'ai étudié l'hiftoire était pour moi & non pour le public; mes études n'étaient point faites pour être imprimées. Une perfonne très-rare dans fon fiècle & dans tous les fiècles, dont l'efprit s'étendait à tout, voulut enfin apprendre avec moi l'hiftoire pour laquelle elle avait eu d'abord autant de dégoût que le P. *Mallebranche*, parce qu'elle avait comme lui de très-grands talens pour la métaphyfique & la géométrie. ,, Que m'importe, difait-,, elle, à moi françaife, vivant dans ma terre, de ,, favoir qu'*Egil* fuccéda au roi *Haquin* en Suède? & ,, qu'*Otoman* était fils d'*Ortogul*? J'ai lu avec plaifir ,, les hiftoires des Grecs & des Romains; elles pré-,, fentaient à mon efprit de grands tableaux qui

(*) Ce fragment eft tiré de la préface d'une des premières éditions de l'*Effai fur les mœurs & l'efprit des nations.*

,, m'attachaient. Mais je n'ai pu encore achever
,, aucune grande hiftoire de nos nations modernes ;
,, je n'y vois guère que de la confufion , une foule
,, de petits événemens fans liaifon & fans fuite, mille
,, batailles qui n'ont décidé de rien , & dans lefquelles
,, je n'apprenais pas feulement de quelles armes on
,, fe fervait pour fe détruire. J'ai renoncé à une étude
,, auffi fèche qu'immenfe, qui accable l'efprit fans
,, l'éclairer. ,,

Mais , lui dis-je , fi parmi tant de matériaux
brutes & informes, vous choififfiez de quoi vous
faire un édifice à votre ufage ; fi en retranchant tous
les détails des guerres , auffi ennuyeux qu'infidelles,
toutes les petites négociations qui n'ont été que des
fourberies inutiles , toutes les aventures particulières
qui étouffent les grands événemens ; fi en confervant
celles qui peignent les mœurs , vous fefiez de ce
chaos un tableau général & bien articulé ; fi vous
cherchiez à démêler dans les événemens l'hiftoire
de l'efprit humain , croiriez-vous avoir perdu votre
temps ?

Cette idée la détermina ; & c'eft fur ce plan que
je travaillai : je fus d'abord étonné du peu de fecours
que je trouvai dans la multitude immenfe des
livres.

Je me fouviens que quand nous commençâmes
à ouvrir *Puffendorf*, qui avait écrit dans Stockholm ,
& à qui les archives de l'Etat furent ouvertes , nous
nous affurions d'y trouver quelles étaient les forces
de ce pays ; combien il nourriffait d'habitans ; comment les peuples de la province de Gothie s'étaient
joints à ceux qui ravagèrent l'empire romain; comment

les arts s'introduifirent en Suède dans la fuite des temps ; quelles étaient fes lois principales, fes richeffes, ou plutôt fa pauvreté : nous ne trouvâmes pas un mot de ce que nous cherchions.

Lorfque nous voulûmes nous inftruire des prétentions des empereurs fur Rome, & de celles des papes contre les empereurs, nous ne trouvâmes que confufion & obfcurité ; de forte que dans tout ce que j'écrivais, je mettais toujours à la marge, *vide*, *quære*, *dubita* ; c'eft ce qui eft encore en gros caractères dans cent endroits de mon ancien manufcrit de l'année 1740, furtout quand il s'agit des donations de *Pepin* & de *Charlemagne*, & des difputes de l'Eglife romaine & de l'Eglife grecque.

Prefque rien de ce que les Occidentaux ont écrit fur les peuples d'Orient avant les derniers fiècles ne nous paraiffait vraifemblable ; & nous favions combien, en fait d'hiftoire, tout ce qui eft contre la vraifemblance eft prefque toujours contre la vérité.

La feule chofe qui me foutenait dans des recherches fi ingrates, était ce que nous rencontrions de temps en temps fur les arts & les fciences. Cette partie devint notre principal objet. Il était aifé de s'apercevoir que dans nos fiècles de barbarie & d'ignorance, qui fuivirent la décadence & le déchirement de l'empire romain, nous reçûmes prefque tout des Arabes, aftronomie, chimie, médecine, & furtout des remèdes plus doux & plus falutaires que ceux qui avaient été connus des Grecs & des Romains. L'algèbre eft de l'invention de ces Arabes ; notre arithmétique même nous fut apportée par eux. Ce fut deux arabes, *Haran* & *Benfaid*, qui travaillèrent aux tables alphonfines. Le fchérif *Ben-Mohamed*, qu'on appelle le *géographe de Nubie*, chaffé de fes Etats, porta en Sicile au roi *Roger II*, un globe d'argent de huit cents marcs, fur lequel il avait gravé la terre connue, & corrigé *Ptolomée*.

Il fallut donc rendre juftice aux Arabes, quoiqu'ils fuffent mahométans ; & avouer que nos peuples occidentaux étaient très-ignorans dans les arts, dans les fciences, ainfi que dans la police des Etats, quoiqu'éclairés des lumières de la vérité fur des chofes plus importantes. Si quelques perfonnes ont eu la mauvaife foi de blâmer cette équité & de vouloir la rendre odieufe, elles font bien à plaindre d'être fi indignes du fiècle où elles vivent.

Plufieurs morceaux de la poëfie & de l'éloquence arabe me parurent fublimes, & je les traduifis : enfuite quand nous vîmes tous les arts renaître en Europe par le génie des Tofcans, & que nous lûmes leurs ouvrages, nous fûmes auffi enchantés que nous l'étions, quand nous lifions les beaux morceaux de *Milton*, d'*Addiffon*, de *Dryden*, & de *Pope*. Je fis, autant que je le pus, des traductions exactes en vers des meilleurs endroits des poëtes des nations favantes. Je tâchai d'en conferver l'efprit. En un mot, l'hiftoire des arts eut la préférence fur l'hiftoire des faits.

Tous ces matériaux concernant ces arts, ayant été perdus après la mort de cette perfonne fi refpec-table ; ni mon âge, ni l'éloignement des grandes bibliothèques, ni l'affaibliffement des talens, qui eft la fuite des longues maladies, ne m'ont pas permis de recommencer ce travail pénible : il fe trouve heureufement exécuté par des mains plus habiles, manié avec profondeur, & rédigé avec ordre dans l'immortel ouvrage de l'*Encyclopédie*. Je ne peux regretter que les traductions en vers des meilleurs morceaux de tous les grands poëtes depuis *le Dante*, car on ne les connaît point du tout dans des traductions en profe.

Il eft public que plufieurs perfonnes eurent des copies de mon manufcrit hiftorique ; il y en eut même plufieurs chapitres imprimés dans le *Mercure de France* ; on les recueillit enfuite fous différens titres. Enfin, en 1753, un libraire de la Haye s'avifa d'acheter quelques chapitres très-informes de ce manufcrit, qu'un homme peu fcrupuleux ne fit point difficulté de lui vendre. Le libraire crut que ces chapitres contenaient une fuite complète depuis *Charlemagne* jufqu'au règne de *Charles VII* roi de France ; & il imprima ce recueil tronqué & imparfait, fous le titre trompeur d'*Abrégé de l'hifloire univerfelle depuis Charlemagne jufqu'à Charles-Quint*. Je fefais alors imprimer le premier tome des *Annales de l'Empire* ; & j'avais pris, dans un de mes manufcrits de mon *Hifloire univerfelle*, que j'avais trouvé à Gotha, de quoi m'aider dans ces *Annales*.

Surpris de voir dans les gazettes cette prétendue *Hifloire univerfelle*, annoncée fous mon nom, & n'ayant point encore reçu ce livre qui fe vendait publiquement en Hollande & à Paris ; tout ce que je pus faire, ce fut de rendre compte dans la préface des *Annales de l'Empire* de la plupart des chofes dont je viens de parler.

Bientôt après, cette prétendue *Histoire universelle* imprimée à la Haye, parvint entre mes mains, & j'y trouvai plus de fautes que de pages. C'est *Amédée* de Genève pour *Robert fils d'Amédée*; c'est *Louis aîné de Charlemagne* pour *Louis aîné de la maison de Charlemagne*. On voit un *évêque d'Italie*, au lieu d'un *évêque en Italie*; un *évêque de Palestine*, au lieu d'un *évêque de Ptolémaïde en Palestine*; *Clément IV* pour *Innocent IV*; *Abougrafar* au lieu d'*Abougiafar*; *Darius fils d'Hidaspes* pour fils d'*Histaspe*; c'est la *précision des équinoxes*, c'est la *valeur du climat* au lieu de la *chaleur* : on y trouve le *minime Aldobrandin* au lieu du *moine Aldobrandin*, quatre cents ans avant qu'on eût des minimes. On réimprima ce livre à Paris sous le nom de *Jean Nourse*, avec toutes les mêmes erreurs; on s'empressa de le réimprimer à Genève & à Leipsick. J'envoyai un *errata* tel que je pus le faire à la hâte, n'ayant pas le manuscrit original sous mes yeux.

Ayant fait venir enfin cet ancien manuscrit original de Paris, je fus indigné de voir combien le livre donné au public était différent du mien. Ce n'est qu'un extrait défectueux de mon ouvrage. Les titres des chapitres ne se ressemblent seulement pas; interprétations, omissions, fausses dates, noms défigurés, calculs erronés, tout me révolta. Non-seulement on ne me fesait pas dire ce que j'avais dit, mais on me fesait dire positivement tout le contraire.

Je fis une confrontation juridique de mon ancien manuscrit avec le livre imprimé. Je constatai & je condamnai l'abus qu'on avait fait de mes travaux & de mon nom. On vient encore de donner tout récemment une nouvelle édition de cet ouvrage

P 4

informe fous le faux titre de *Colmar*. Tant d'efforts
réitérés pour tromper le public, tant d'empreffement
à acheter un livre tout défiguré, font des avertiffe-
mens que le fonds de l'ouvrage n'eft pas fans utilité,
& m'impofent le devoir de le publier un jour moi-
même. Mais comment furcharger encore le public
d'une nouvelle édition, lorfque l'Europe eft inondée
de tant de fauffes? Il faut attendre ; il faut du temps
pour remanier ces deux premiers volumes, dont
quelques feuillets fe retrouvent dans les *Annales de
l'Empire*. Ces deux premiers tomes concernent d'ailleurs des temps obfcurs, qui demandent des recherches pénibles. Il eft plus difficile qu'on ne penfe, de
trouver dans les décombres de la barbarie de quoi
conftruire un bâtiment qui plaife.

Je ne puis donc faire autre chofe aujourd'huï
que de donner la fuite jufqu'au commencement du
règne de *Charles-Quint*, après quoi viendra le refte
qui fe joindra au *Siècle de Louis XIV*.

Je fus forcé de hafarder moi-même ce troifième
volume, dont je fais préfent au libraire *Conrad
Walther* de Drefde, qui a, dit-on, donné une édition
des deux premiers tomes moins fautive que les
autres ; & je hafarde ce troifième volume, parce que
j'apprends que ces manufcrits s'étant multipliés,
des libraires font prêts à publier cette fuite d'une
manière auffi fautive que le commencement.

Ce n'eft point ici un livre de chronologie & de
généalogie : il y en a affez. C'eft le tableau des fiècles ;
c'eft la manière dont une dame d'un efprit fupérieur
étudiait l'hiftoire avec moi, & celle dont toutes les
perfonnes de fon rang veulent l'étudier.

Il eft vrai que dans ce volume que je donne malgré moi, je laiffe toujours voir l'effet qu'ont fait fur mon efprit les objets que je confidère : mais ce compte que je me rendais de mes lectures avec une naïveté qu'on n'a prefque jamais quand on écrit pour le public, eft précifément ce qui pourra être utile. Chaque lecteur en eft bien plus à portée d'affeoir fon jugement en rectifiant le mien ; & quiconque penfe fait penfer.

Par exemple, lorfque *Louis XI*, au lieu de tâcher de reprendre Calais fur *Edouard IV*, qui devait avoir en Angleterre affez d'embarras, achète la paix de lui, & fe fait fon tributaire, cette conduite me paraît peu glorieufe ; mais elle peut paraître très-politique à un homme qui confidèrera que le duc de Bourgogne aurait pu prendre le parti du roi d'Angleterre contre la France. Un autre fe repréfentera que le grand *François de Guife* prit Calais fur la reine *Marie* d'Angleterre, dans le temps que *Philippe II*, mari de cette reine, était bien plus à craindre qu'un duc de Bourgogne. Un autre cherchera dans le caractère même de *Louis XI* le motif de fa conduite. Voilà comme l'hiftoire peut être utile ; & ce faible ouvrage peut l'être en fefant naître des réflexions meilleures que les miennes. Savoir que *François I* fut prifonnier de *Charles - Quint* en 1525, c'eft ne mettre qu'un fait dans fa mémoire : mais rechercher pourquoi *Charles* profita fi peu de fon bonheur, cela eft d'un lecteur judicieux. Non-feulement il verra la fortune de *Charles-Quint* balancée par la jaloufie des nations, mais les conquêtes en Europe de *Soliman* fon ennemi, arrêtées par fes guerres avec les Perfans,

& il découvrira tous ces contre-poids qui empêchent une puiffance d'écrafer les autres.

Réduit ainfi très à regret, par une infidélité que je n'attendais pas, à publier mes anciennes études, je me confole dans l'efpérance qu'elles pourront en produire de plus folides. Cette manière de s'inftruire eft déjà fort goûtée par plufieurs perfonnes, qui n'ayant pas le temps de confulter la foule des livres & des détails, font bien aifes de fe former un tableau général du monde.

C'eft dans cet efprit que j'ai crayonné le *Siècle de Louis XIV*. Les lois, les arts, les mœurs, ont été mon principal objet. Les petits faits ne doivent entrer dans ce plan que lorfqu'ils ont produit des événemens confidérables ; il eft fort indifférent que la ville de Creutznach ait été prife le 21 feptembre ou le 22 en 1688 ; que l'époufe d'un neveu de Mme de *Maintenon* foit nommée fa nièce : mais il eft important de favoir que *Louis XIV* n'eut jamais la moindre part au teftament du roi d'Efpagne *Charles II*, lequel changea la face de l'Europe, & que la paix de Ryfwick ne fut point faite dans la vue de faire tomber la monarchie d'Efpagne à un fils de France, comme on l'avait toujours cru, & comme l'a penfé milord *Bolingbroke* lui-même, qui en cela s'eft trompé. Les querelles domeftiques de la reine *Anne* d'Angleterre ne font pas par elles-mêmes un objet d'attention, mais elles le deviennent, parce qu'elles font en effet l'origine d'une paix fans laquelle la France courait rifque d'être démembrée.

Les détails qui ne mènent à rien font dans l'hiftoire ce que font les bagages dans une armée, *impedimenta;*

il faut voir les chofes en grand, par cela même que l'efprit humain eft petit, & qu'il s'affaiffe fous le poids des minuties; elles doivent être recueillies par les annaliftes, & dans des efpèces de dictionnaires où on les trouve au befoin.

Quand on étudie ainfi l'hiftoire, on peut fe mettre fans confufion les fiècles devant les yeux : il eft aifé alors d'apercevoir le caractère des temps de *Louis XIV*, de *Charles - Quint*, d'*Alexandre VI*, de *St Louis*, de *Charlemagne*. C'eft à la peinture des fiècles qu'il faut s'attacher.

Les portraits des hommes font prefque tous faits de fantaifies. C'eft une grande charlatanerie de vouloir peindre un perfonnage avec qui l'on n'a point vécu.

Sallufte a peint *Catilina*, mais il avait connu fa perfonne. Le cardinal de *Retz* fait des portraits de tous fes contemporains qui ont joué de grands rôles : il eft en droit de peindre ce qu'il a vu & connu. Mais que fouvent la paffion a tenu le pinceau ! les hommes publics des temps paffés ne peuvent être caractérifés que par les faits.

Je ne fais pourquoi le traducteur eftimable des lettres du lord *Bolingbroke* me reproche d'avoir jugé le cardinal *Mazarin* fur des vaudevilles. Je ne l'ai point jugé ; j'ai expofé fa conduite, & je ne crois pas aux vaudevilles ; ce traducteur me permettra de lui dire que c'eft lui qui fe trompe fur les faits en jugeant le cardinal *Mazarin* : *Ce miniftre*, dit-il, *avait trouvé la France dans le plus grand embarras*. Le contraire eft exactement vrai : quand le cardinal *Mazarin* vint au miniftère, la France était tranquille au dedans & victorieufe au dehors par les batailles de Rocroi & de Norlingue, & par les grands fuccès des Suédois dans l'Empire.

Il laiſſa au roi, dit-il, *des finances en meilleur ordre que l'on eût jamais vu.* Quelle erreur ! ne fait-on pas que *Charlemagne*, *François Ier*, laiſſèrent des tréfors ; que le grand *Henri* avait quarante millions de livres numéraires dans fes coffres, & que le royaume fleuriſſait par la régie la plus fage, lorfque fa mort funefte fit place à l'adminiſtration d'une régence prodigue & tumultueufe ? Les finances du cardinal *Mazarin* étaient en très-bon ordre à la vérité, mais celles de l'Etat étaient fi dérangées, que le furintendant avait dit fouvent à *Louis XIV* : *Il n'y a point d'argent dans les coffres de votre majeſté ; mais M. le cardinal vous en prêtera.* Les revenus de l'Etat étaient fi mal adminiftrés qu'on fut obligé d'ériger une chambre de juftice. On voit par les *Mémoires de Gourville* quel avait été le brigandage : l'ordre ne fut mis que par le grand *Colbert*.

Les plus belles années de Louis XIV, dit-il, *font celles qui ont fuivi immédiatement la mort de Mazarin où fon efprit régnait encore.* Comment l'efprit du cardinal *Mazarin* régnait-il donc dans la conquête de la Franche-Comté, & de la moitié de la Flandre dont il avait rendu tant de villes ; dans l'établiſſement d'une marine que le cardinal avait laiſſée dépérir entièrement ; dans la réforme des lois qu'il ignorait ; dans l'encouragement des arts qu'il méprifa ?

M. de Voltaire entreprend de démontrer que le prince d'Orange n'était aucunement redouté en France &c. On ne démontre qu'une propofition de mathématique ; mais il eft très-vrai que quand on crut en France que le prince d'Orange, ou plûtôt le roi *Guillaume*, avait été tué à la bataille de Boyne, les feux de joie que le peuple de Paris fit fi indécemment étaient l'effet de la haine & non de la crainte. Il eft très-vrai qu'on ne craignait point à Paris l'invafion d'un prince qui avait affez d'affaires en Irlande, & qui avait toujours été vaincu en Flandre. Les hommes d'Etat & de guerre pouvaient eftimer le roi *Guillaume*; mais le peuple de Paris ne pouvait certainement le redouter. On a pu craindre dans Paris le prince *Eugène* & le duc de *Marlborough*, quand ils ravageaient la Champagne; mais il n'eft pas dans la nature humaine qu'on tremble dans une capitale, au nom d'un ennemi qui n'a jamais entamé les frontières d'un royaume alors toujours victorieux.

Le duc de *Berri*, à toute force, peut avoir dit aux princes fes frères, *vous ferez, l'un roi de France, & l'autre roi d'Efpagne, & moi je ferai le prince d'Orange; je vous ferai enrager tous deux*: mais le traducteur de milord *Bolingbrogke* doit obferver qu'on peut faire *enrager* & être battu; il doit obferver qu'un critique peut fe tromper auffi-bien qu'un hiftorien; & il aurait dû tâcher de n'avoir pas tort dans toutes fes critiques.

Il dit à la tête des *Mémoires fecrets* du même *Bolingbroke*, que *je veux profcrire les faits*. Je voudrais, au contraire, qu'il y eût des faits dans ces *Mémoires* qui en font abfolument deftitués; & je voudrais, pour l'honneur de la mémoire du milord *Bolingbroke*, que ces mémoires euffent toujours été fecrets.

Je crois devoir dire ici un mot de l'édition qu'un critique d'un autre genre a faite du *Siècle de Louis XIV.*

Il a jugé à propos d'imprimer mon ouvrage avec fes notes ; & il a trouvé le fecret de faire un libelle d'un monument élevé à la gloire de la nation par les mains de la vérité. C'eft un exemple rare de ce que peuvent hafarder l'ignorance & la calomnie en démence.

La littérature eft un terrain qui produit des poifons comme des plantes falutaires. Il fe trouve des mifé-rables qui, parce qu'ils favent lire & écrire, croient fe faire un état dans le monde en vendant des fcan-dales à des libraires; au lieu de prendre un métier honnête, ne fachant pas que la profeffion d'un copifte, ou même celle d'un laquais fidelle, eft très-préférable à la leur. Celui dont je parle vend & fait imprimer ce tiffu de fottifes fous le titre de *Siècle de Louis XIV*, en trois volumes, avec des notes par M. *la Beaumelle*, à Francfort &c. ; & après avoir été fi juftement puni pour cette infamie, il compofa vîte un autre libelle diffamatoire, pour fubfifter pendant quelques femai-nes. Un autre, voyant que le *Siècle de Louis XIV* fe débite dans l'Europe avec fuccès, & que les libraires, que j'en ai gratifiés, y ont trouvé leur compte, fe hâte d'y ajouter un nouveau volume qui n'y a aucun rapport. Il ramaffe quelques lettres de *Bolingbroke* fur l'hiftoire générale, & y mêle quelques pièces obfcures qu'il a ramaffées dans la fange ; il intitule cette rapfodie : *Troifième volume du Siècle de Louis XIV*. Les ignorans l'achètent, & l'éditeur jouit quelques mois du fruit de fa prévarication.

Un autre avait, je ne fais comment, entre les mains un manufcrit informe & pitoyable d'une petite partie de mon *Hiftoire univerfelle;* il le vend quelques florins, comme on l'a déjà dit, à un libraire de la Haye, qui fe hâte de l'imprimer fans m'en avertir.

Dans le *Siècle de Louis XIV*, à l'article des écrivains, dont plufieurs ont honoré ces temps célèbres, & dont d'autres ont été fi indignes, j'ai dit que la Hollande a été infectée de vils auteurs, qui ont fait des libelles contre leur patrie, contre des fouverains qui dédaignent de fe venger, contre des citoyens qui ne le peuvent. J'ai dit que leurs imitateurs s'attirent l'exécration publique : cette jufte remarque foulève ces imitateurs ; & au lieu de fe corriger, ils entaffent petits libelles fur petits libelles, qui reftent comme eux dans la pouffière & dans l'oubli : ces vers de terre, qui fe mettent dans la littérature & qui la rongent, mais qu'on fecoue & qu'on écrafe, ne peuvent ni ternir le luftre, ni diminuer la folidité des fciences.

DES

DES

MENSONGES IMPRIMÉS,

ET DU

TESTAMENT POLITIQUE

DU CARDINAL DE RICHELIEU &c.

DES MENSONGES

IMPRIMÉS,

ET DU

TESTAMENT POLITIQUE

DU CARDINAL DE RICHELIEU &c.

ON peut aujourd'hui divifer les habitans de l'Europe
en lecteurs & en auteurs, comme ils ont été divifés
pendant fept ou huit fiècles en petits tyrans barbares
qui portaient un oifeau fur le poing, & en efclaves
qui manquaient de tout.

I.

IL y a environ deux cents cinquante ans que les
hommes fe font reffouvenus petit-à-petit qu'ils
avaient une ame; chacun veut lire, ou pour fortifier
cette ame, ou pour l'orner, ou pour fe vanter d'avoir
lu. Lorfque les Hollandais s'aperçurent de ce nouveau
befoin de l'efpèce humaine, ils devinrent les facteurs
de nos penfées, comme ils l'étaient de nos vins &
de nos fels ; & tel libraire d'Amfterdam, qui ne
favait pas lire, gagna un million, parce qu'il y avait
quelques Français qui fe mêlaient d'écrire. Ces marchands s'informaient par leurs correfpondans, des

denrées qui avaient le plus de cours ; & selon le
besoin, ils commandaient à leurs ouvriers des histoires ou des romans, mais principalement des
histoires ; parce qu'après tout on ne laisse pas de
croire qu'il y a toujours un peu plus de vérité dans
ce qu'on appelle *histoire nouvelle*, *mémoires historiques*,
anecdotes, que dans ce qui est intitulé *roman*. C'est
ainsi que sur des ordres de marchands de papier &
d'encre, leurs metteurs en œuvre composèrent les
Mémoires d'Artagnan, de *Pontis*, de *Vordac*, de *Rochefort*,
& tant d'autres, dans lesquels on trouve au long
tout ce qu'ont pensé les rois ou les ministres quand
ils étaient seuls, & cent mille actions publiques
dont on n'avait jamais entendu parler. Les jeunes
barons allemands, les palatins polonais, les dames
de Stockholm & de Copenhague, lisent ces livres,
& croient y apprendre ce qui s'est passé de plus secret
à la cour de France.

I I.

Varillas était fort au-dessus des nobles auteurs
dont je parle ; mais il se donnait d'assez grandes
libertés. Il dit un jour à un homme qui le voyait
embarrassé : J'ai trois rois à faire parler ensemble ;
ils ne se sont jamais vus, & je ne sais comment
m'y prendre. Quoi donc, lui dit l'autre, est-ce que
vous faites une tragédie ?

I I I.

TOUT le monde n'a pas le don de l'invention. On
fait imprimer *in-12* les fables de l'histoire ancienne,
qui étaient ci-devant *in-folio*. Je crois que l'on peut

retrouver dans plus de deux cents auteurs les mêmes prodiges opérés, & les mêmes prédictions faites du temps que l'aftrologie était une fcience. On nous redira peut-être encore que deux Juifs, qui fans doute ne favaient que vendre de vieux habits & rogner de vieilles efpèces, promirent l'empire à *Léon l'ifaurien*, & exigèrent de lui qu'il abattît les images des chrétiens quand il ferait fur le trône ; comme fi un Juif fe fouciait beaucoup que nous euffions ou non des images.

I V.

Je ne défefpère pas qu'on ne réimprime que *Mahomet II*, furnommé *le grand*, le prince le plus éclairé de fon temps, & le rémunérateur le plus magnifique des arts, mit tout à feu & à fang dans Conftantinople (qu'il préferva pourtant du pillage,) abattit toutes les églifes (dont en effet il conferva la moitié,) fit empaler le patriarche, lui qui rendit à ce même patriarche plus d'honneurs qu'il n'en avait reçu des empereurs grecs ; qu'il fit éventrer quatorze pages, pour favoir qui d'eux avait mangé un melon, & qu'il coupa la tête à fa maîtreffe pour réjouir fes janiffaires. Ces hiftoires, dignes de *Robert-le-diable* & de *Barbe-bleue*, font vendues tous les jours avec approbation & privilége.

V.

Des efprits plus profonds ont imaginé une autre manière de mentir. Ils fe font établis héritiers de tous les grands miniftres, & fe font emparés de tous les *teftamens*. Nous avons vu les teftamens des *Colbert* & des *Louvois*, donnés comme des pièces

Q 3

authentiques, par des politiques raffinés, qui n'étaient jamais entrés seulement dans l'antichambre d'un bureau de la guerre ni des finances. Le testament du cardinal de *Richelieu*, fait par une main un peu moins habile, a eu plus de fortune, & l'imposture a duré très-long-temps. C'est un plaisir surtout de voir dans des recueils de harangues, quels éloges on a prodigués à l'*admirable* testament de cet *incomparable* cardinal : on y trouvait toute la profondeur de son génie ; & un imbécille, qui l'avait bien lu, & qui en avait même fait quelques extraits, se croyait capable de gouverner le monde. On n'a pas été moins trompé au testament de *Charles V* duc de Lorraine : on a cru y reconnaître l'esprit de ce prince ; mais ceux qui étaient au fait y reconnurent l'esprit de M. de *Chévremont* qui le composa.

V I.

APRÈS ces feseurs de *testamens*, viennent les auteurs d'*anecdotes*. Nous avons une petite histoire imprimée en 1700, de la façon d'une demoiselle *Durand*, personne fort instruite, qui porte pour titre : *Histoire des amours de Grégoire VII, du cardinal de Richelieu, de la princesse de Condé, & de la marquise d'Urfé.* J'ai lu, il y a quelques années, *les amours du révérend père de la Chaise* confesseur de *Louis XIV.*

V I I.

UNE très-honorable dame, (*a*) réfugiée à la Haye, composa au commencement de ce siècle six gros volumes de lettres d'une dame de qualité de province, & d'une dame de qualité de Paris, qui se

_____

(*a*) La du *Noyer.*

mandaient familièrement les nouvelles du temps. Or,
dans ces nouvelles du temps, je puis affurer qu'il n'y
en a pas une de véritable. Toutes les prétendues
aventures du chevalier de *Bouillon*, connu depuis
fous le nom du prince d'Auvergne, y font rapportées
avec toutes leurs circonftances. J'eus la curiofité de
demander un jour à M. le chevalier de *Bouillon* s'il
y avait quelque fondement dans ce que Mme du *Noyer*
avait écrit fur fon compte. Il me jura que tout était
un tiffu de fauffetés. Cette dame avait ramaffé les
fottifes du peuple, & dans les pays étrangers elles
paffaient pour l'hiftoire de la cour.

V I I I.

QUELQUEFOIS les auteurs de pareils ouvrages
font plus de mal qu'ils ne penfent. Il y a quelques
années qu'un homme de ma connaiffance, ne fachant
que faire, imprima un petit livre, dans lequel il
difait qu'une perfonne célèbre avait péri par le plus
horrible des affaffinats; j'avais été témoin du contraire.
Je repréfentai à l'auteur combien les lois divines &
humaines l'obligeaient à fe rétracter; il me le promit :
mais l'effet de fon livre dure encore, & j'ai vu cette
calomnie répétée dans de prétendues hiftoires du
fiècle.

I X.

IL vient de paraître un ouvrage politique à
Londres, la ville de l'univers où l'on débite les plus
mauvaifes nouvelles, & les plus mauvais raifonnemens
fur les nouvelles les plus fauffes. *Tout le monde fait*,
dit l'auteur, page 17, *que l'empereur Charles VI eft*
mort empoifonné dans l'aquâ tuffanâ; on fait que c'eft un

Espagnol qui était son page favori, & auquel il a fait un legs par son testament, qui lui donna le poison. Les magistrats de Milan qui ont reçu les dépositions de ce page quelque temps avant sa mort, & qui les ont envoyées à Vienne, peuvent nous apprendre quels ont été ses instigateurs & ses complices, & je souhaite que la cour de Vienne nous instruise bientôt des circonstances de cet horrible crime. Je crois que la cour de Vienne fera attendre long-temps les instructions qu'on lui demande sur cette chimère. Ces calomnies, toujours renouvelées, me font souvenir de ces vers :

Les oisifs courtisans, que leurs chagrins dévorent
S'efforcent d'obscurcir les astres qu'ils adorent.
Si l'on croit de leurs yeux le regard pénétrant,
Tout ministre est un traître, & tout prince un tyran ;
L'hymen n'est entouré que de feux adultères ;
Le frère à ses rivaux est vendu par ses frères ;
Et si tôt qu'un grand roi penche vers son déclin,
Ou son fils ou sa femme ont hâté son destin...
Qui croit toujours le crime en paraît trop capable.

Voilà comment sont écrites les histoires prétendues du siècle.

X.

LA guerre de 1702, & celle de 1741, ont produit autant de mensonges dans les livres, qu'elles ont fait périr de soldats dans les campagnes ; on a redit cent fois, & on redit encore, que le ministère de Versailles avait fabriqué le testament de *Charles II* roi d'Espagne,

X I.

DES anecdotes nous apprennent que le dernier
maréchal de *la Feuillade* manqua exprès Turin, &
perdit fa réputation, fa fortune, & fon armée, par
un grand trait de courtifan ; d'autres nous cer-
tifient qu'un miniftre fit perdre une bataille par
politique.

X I I.

ON vient de réimprimer dans les *Tranfaétions de
l'Europe*, qu'à la bataille de Fontenoy nous chargions
nos canons avec de gros morceaux de verre & des
métaux venimeux ; que le général *Camphell* ayant été
tué d'une de ces volées empoifonnées, le duc de
Cumberland envoya au roi de France dans un coffre
le verre & les métaux qu'on avait trouvés dans fa
plaie ; qu'il mit dans ce coffre une lettre, dans laquelle
il difait au roi *que les nations les plus barbares ne s'étaient
jamais fervies de pareilles armes ;* & que le roi frémit
à la leéture de cette lettre. Il n'y a nulle ombre de
vérité ni de vraifemblance à tout cela. On ajoute à
ces abfurdes menfonges, que nous avons maffacré de
fang-froid les Anglais bleffés qui reftèrent fur le
champ de bataille, tandis qu'il eft prouvé par les
regiftres de nos hôpitaux, que nous eûmes foin d'eux
comme de nos propres foldats. Ces indignes impoftures prennent crédit dans plufieurs provinces de
l'Europe, & fervent d'aliment à la haine des nations.

X I I I.

COMBIEN de mémoires fecrets, d'hiftoires de
campagnes, de journaux de toutes les façons, dont

les préfaces annoncent l'impartialité la plus équitable,
& les connaissances les plus parfaites? On dirait que
ces ouvrages sont faits par des plénipotentiaires à qui
les ministres de tous les Etats , & les généraux de
toutes les armées, ont remis leurs mémoires. Entrez
chez un de ces grands plénipotentiaires, vous trouverez un pauvre scribe en robe de chambre & en
bonnet de nuit, sans meubles & sans feu, qui compile
& qui altère des gazettes. Quelquefois ces messieurs
prennent une puissance sous leur protection; on fait
le conte qu'on a fait d'un de ces écrivains, qui, à la
fin d'une guerre, demanda une récompense à l'empereur *Léopold*, pour lui avoir entretenu sur le Rhin une
armée complète de cinquante mille hommes pendant
cinq ans. Ils déclarent aussi la guerre, & font des
actes d'hostilité; mais ils risquent d'être traités en
ennemis. Un d'eux, nommé *Dubourg*, qui tenait
son bureau dans Francfort, y fut malheureusement
arrêté par un officier de notre armée en 1748,
conduit au mont Saint-Michel dans une cage. Mais
cet exemple n'a point refroidi le magnanime courage
de ses confrères.

X I V.

UNE des plus nobles supercheries & des plus ordinaires, est celle des écrivains qui se transforment en
ministres d'Etat & en seigneurs de la cour du pays
dont ils parlent. On nous a donné une grande histoire
de *Louis XIV*, écrite sur les mémoires d'un ministre
d'Etat. Ce ministre était un jésuite chassé de son
ordre, qui s'était réfugié en Hollande, sous le nom
de *la Hode*, qui s'est fait ensuite secrétaire d'Etat de
France en Hollande pour avoir du pain.

X V.

COMME il faut toujours imiter les bons modèles, & que le chancelier *Clarendon* & le cardinal de *Retz* ont fait des portraits des principaux personnages avec lesquels ils avaient traité, on ne doit pas s'étonner que les écrivains d'aujourd'hui, quand ils se mettent aux gages d'un libraire, commencent par donner tout au long des portraits fidelles des princes de l'Europe, des ministres & des généraux, dont ils n'ont jamais vu passer la livrée. Un auteur anglais, dans les *Annales de l'Europe*, imprimées & réimprimées, nous assure que *Louis XV n'a pas cet air de grandeur qui annonce un roi*. Cet homme assurément est difficile en physionomies ; mais en récompense il dit que le cardinal de *Fleuri* avait l'air d'une noble confiance.

X V I.

IL est aussi exact sur les caractères & sur les faits que sur les figures ; il instruit l'Europe que le cardinal de *Fleuri* donna son titre de premier ministre (qu'il n'a jamais eu) à M. le comte de *Toulouse*. Il nous apprend que l'on n'envoya l'armée du maréchal de *Maillebois* en Bohème, que parce qu'une *demoiselle* de la cour avait laissé une lettre sur la table, & que cette lettre fit connaître la situation des affaires ; il dit que le comte d'*Argenson* succéda dans le ministère de la guerre à M. *Amelot*. Je crois que si on voulait rassembler tous les livres écrits dans ce goût, pour se mettre un peu au fait des anecdotes de l'Europe, on ferait une bibliothèque immense, dans laquelle il n'y aurait pas dix pages de vérité.

XVII.

UNE autre partie confidérable du commerce du papier imprimé eft celle des livres qu'on a appelés *polémiques*, par excellence, c'eft-à-dire, de ceux dans lefquels on dit des injures à fon prochain pour gagner de l'argent. Je ne parle pas des factums des avocats, qui ont le noble droit de décrier tant qu'ils peuvent la partie adverfe, & de diffamer loyalement des familles; je parle de ceux qui en Angleterre, par exemple, excités par un amour ardent de la patrie, écrivent contre le miniftère des philippiques de *Démofthènes* dans leurs greniers. Ces pièces fe vendent deux fous la feuille; on en tire quelquefois quatre mille exemplaires, & cela fait toujours vivre un citoyen éloquent un mois ou deux. J'ai ouï conter à M. le chevalier *Walpole*, qu'un jour un de ces *Démofthènes* à deux fous par feuille, n'ayant point encore pris de parti dans les différends du parlement, vint lui offrir fa plume pour écrafer tous fes ennemis; le miniftre le remercia poliment de fon zèle, & n'accepta point fes fervices. *Vous trouverez donc bon*, lui dit l'écrivain, *que j'aille offrir mon fecours à votre antagonifte M. Pultney*. Il y alla auffitôt, & fut éconduit de même. Alors il fe déclara contre l'un & l'autre; il écrivait le lundi contre M. *Walpole*, & le mercredi contre M. *Pultney*. Mais après avoir fubfifté honorablement les premières femaines, il finit par demander l'aumône à leurs portes.

XVIII.

LE célèbre *Pope* fut traité de fon temps comme un miniftre; fa réputation fit juger à beaucoup de gens

de lettres qu'il y aurait quelque chofe à gagner avec
lui. On imprima à fon fujet, pour l'honneur de la
littérature, & pour avancer les progrès de l'efprit
humain, plus de cent libelles, dans lefquels on lui
prouvait qu'il était athée, & (ce qui eft plus fort en
Angleterre) on lui reprocha d'être catholique. On
affura, quand il donna fa traduction d'*Homère*, qu'il
n'entendait point le grec, parce qu'il était puant &
boffu. Il eft vrai qu'il était boffu ; mais cela n'empê-
chait pas qu'il ne fût très-bien le grec, & que fa
traduction d'*Homère* ne fût fort bonne. On calomnia
fes mœurs, fon éducation, fa naiffance ; on s'attaqua
à fon père & à fa mère. Ces libelles n'avaient point
de fin. *Pope* eut quelquefois la faibleffe de répondre ;
cela groffit la nuée des libelles. Enfin il prit le parti
de faire imprimer lui-même un petit abrégé de toutes
ces belles pièces. Ce fut un coup mortel pour les
écrivains, qui jufque-là avaient vécu affez honnê-
tement des injures qu'ils lui difaient ; on ceffa de les
lire, & on s'en tint à l'abrégé ; ils ne s'en relevèrent
pas.

X I X.

J'AI été tenté d'avoir beaucoup de vanité, quand
j'ai vu que nos grands écrivains en ufaient avec moi
comme on en avait agi avec *Pope*. Je puis dire que
j'ai valu des honoraires affez paffables à plus d'un
auteur. J'avais, je ne fais comment, rendu à l'illuftre
abbé *Desfontaines* un léger fervice ; mais comme ce
fervice ne lui donnait pas de quoi vivre, il fe mit
d'abord un peu à fon aife, au fortir de la maifon
dont je l'avais tiré, par une douzaine de libelles

contre moi, qu'il ne fit à la vérité que pour l'honneur
des lettres & par un excès de zèle pour le bon goût.
Il fit imprimer la Henriade, dans laquelle il inséra
des vers de sa façon, & ensuite il critiqua ces mêmes
vers qu'il avait faits. J'ai soigneusement conservé une
lettre que m'écrivit un jour un auteur de cette trempe.
*Monsieur , j'ai fait imprimer un libelle contre vous; il y
en a quatre cents exemplaires ; si vous voulez m'envoyer
quatre cents livres, je vous remettrai tous les exemplaires
fidellement.* Je lui mandai que je me donnerais bien
de garde d'abuser de sa bonté ; que ce serait un
marché trop désavantageux pour lui, & que le débit
de son livre lui vaudrait beaucoup davantage ; je
n'eus pas lieu de me repentir de ma générosité.

X X.

I L est bon d'encourager les gens de lettres inconnus
qui ne savent où donner de la tête. Une des plus
charitables actions qu'on puisse faire en leur faveur
est de donner une tragédie au public. Tout aussitôt
vous voyez éclore des *Lettres à des dames de qualité;
Critique impartiale de la pièce nouvelle; Lettre d'un ami
à un ami; Examen réfléchi; Examen par scènes;* & tout
cela ne laisse pas de se vendre.

X X I.

M A I S le plus sûr secret pour un honnête libraire,
c'est d'avoir soin de mettre à la fin des ouvrages
qu'il imprime , toutes les horreurs & toutes les
bêtises qu'on a imprimées contre l'auteur. Rien n'est
plus propre à piquer la curiosité du lecteur & à
favoriser le débit. Je me souviens que parmi les

détestables éditions qu'on a faites en Hollande de mes prétendus ouvrages, un éditeur habile d'Amsterdam, voulant faire tomber une édition de la Haye, s'avisa d'ajouter un recueil de tout ce qu'il avait pu ramasser contre moi. Les premiers mots de ce recueil disaient *que j'étais un chien rogneux*. Je trouvai ce livre à Magdebourg entre les mains du maître de la poste, qui ne cessait de me dire combien il trouvait ce petit morceau éloquent. En dernier lieu, deux libraires d'Amsterdam, pleins de probité, après avoir défiguré tant qu'ils avaient pu la Henriade & mes autres pièces, me firent l'honneur de m'écrire que, si je permettais qu'on fît à Dresde une meilleure édition de mes ouvrages, qu'on avait entreprise alors, ils seraient obligés en conscience d'imprimer contre moi un volume d'injures atroces, avec le plus beau papier, la plus grande marge, & le meilleur caractère qu'ils pourraient. Ils m'ont tenu fidellement parole. C'est bien dommage que de si beaux recueils soient anéantis dans l'oubli : autrefois, quand il y avait huit ou neuf cents mille volumes de moins dans l'Europe, des injures portaient coup. On lisait avidement dans *Scaliger : Le cardinal Bellarmin est athée*, *le R. P. Clavius est un ivrogne*, *le R. P. Coton s'est donné au diable*. Les savans illustres se traitaient réciproquement de *chien*, de *veau*, de *menteur*, & de *sodomite*. Tout cela s'imprimait avec la permission des supérieurs. C'était le bon temps. Mais tout dégénère.

X X I I.

On n'a dit que peu de choses sur les mensonges imprimés dont la terre est inondée : il serait facile de faire fur ce fujet un gros volume ; mais on fait qu'il ne faut pas faire tout ce qui eft facile. On donnera ici feulement quelques règles générales, pour précautionner les hommes contre cette multitude de livres qui ont tranfmis les erreurs de fiècle en fiècle.

On s'effraie à la vue d'une bibliothèque nombreufe ; on fe dit : *Il eft trifte d'être condamné à ignorer prefque tout ce qu'elle contient.* Confolez-vous, il y a peu à regretter. Voyez ces quatre ou cinq mille volumes de la phyfique ancienne ; tout en eft faux jufqu'au temps de *Galilée :* voyez les hiftoires de tant de peuples ; leurs premiers fiècles font des fables abfurdes. Après les temps fabuleux, viennent ce qu'on appelle *les temps héroïques :* les premiers reffemblent aux *mille & une nuits*, où rien n'eft vrai ; les feconds aux romans de chevalerie, où il n'y a de vrai que quelques noms & quelques époques.

XXIII.

VOILA déjà bien des milliers d'années & de livres à ignorer, & de quoi mettre l'efprit à l'aife. Viennent enfin les temps hiftoriques où le fond des chofes eft vrai, & où la plupart des circonftances font des menfonges. Mais parmi ces menfonges n'y a-t-il pas quelques vérités ? Oui, comme il fe trouve un peu de poudre d'or dans les fables que les fleuves roulent. On demandera ici le moyen de recueillir cet or ; le voici : tout ce qui n'eft conforme ni à la phyfique, ni à la raifon, ni à la trempe du cœur humain, n'eft que du fable ; le

refte ,

reste, qui sera attesté par des contemporains sages , c'est la poudre d'or que vous cherchez.

X X I V.

Hérodote raconte à la Grèce assemblée l'histoire des peuples voisins : les gens sensés rient quand il parle des prédictions d'*Apollon* & des fables de l'Egypte & de l'Assyrie ; il ne les croyait pas lui-même : tout ce qu'il tient des prêtres de l'Egypte est faux ; tout ce qu'il a vu a été confirmé. Il faut sans doute s'en rapporter à lui quand il dit aux Grecs qui l'écoutent : *Il y a dans les trésors des Corinthiens un lion d'or , du poids de trois cents soixante livres, qui est un présent de Crésus : on voit encore la cuve d'or & celle d'argent qu'il donna au temple de Delphes ; celle d'or pèse environ cinq cents livres ; celle d'argent contient environ deux mille quatre cents pintes.* Quelle que soit une telle magnificence, quelque supérieure qu'elle soit à celle que nous connaissons , on ne peut la révoquer en doute. *Hérodote* parlait d'un fait dont il y avait plus de cent mille témoins : ce fait d'ailleurs est très-important , parce qu'il prouve que dans l'Asie mineure , du temps de *Crésus*, il y avait plus de magnificence qu'on n'en voit aujourd'hui ; & cette magnificence , qui ne peut être que le fruit d'un grand nombre de siècles , prouve une haute antiquité dont il ne reste nulle connaissance. Les prodigieux monumens qu'*Hérodote* avait vus en Egypte & à Babylone , sont encore des choses incontestables.

X X V.

Il n'en est pas ainsi des solemnités établies pour célébrer un événement ; la plupart des mauvais

Mélanges hist. Tome II.   R

raisonneurs disent : voilà une cérémonie qui est
observée de temps immémorial ; donc l'aventure
qu'elle célèbre est vraie ; mais les philosophes disent
souvent , *donc l'aventure est fausse.*

XXVI.

LES Grecs célébraient les jeux pythiens , en
mémoire du serpent *Python* , que jamais *Apollon*
n'avait tué ; les Egyptiens célébraient l'admission
d'*Hercule* au rang des douze grands dieux ; mais il
n'y a guère d'apparence que cet *Hercule* d'Egypte
ait existé dix-sept mille ans avant le règne d'*Amasis*,
ainsi qu'il était dit dans les hymnes qu'on lui
chantait. La Grèce assigna neuf étoiles dans le ciel
au marsouin qui porta *Arion* sur son dos : les
Romains célébraient en février cette belle aventure.
Les prêtres saliens portaient en cérémonie , le 1er de
mars , les boucliers sacrés qui étaient tombés du ciel ,
quand *Numa* , ayant enchaîné *Faunus* & *Picus* , eut
appris d'eux le secret de détourner la foudre. En
un mot , il n'y a jamais eu de peuple qui n'ait
solemnisé par des cérémonies les plus absurdes
imaginations.

XXVII.

QUANT aux mœurs des peuples barbares , tout ce
qu'un témoin oculaire & sage me rapportera de
plus bizarre , de plus infame , de plus superstitieux ,
de plus abominable , je serai très-porté à le croire
de la nature humaine. *Hérodote* affirme devant toute
la Grèce , que dans ces pays immenses qui sont
au-delà du Danube , les hommes fesaient consister
leur gloire à boire dans des crânes humains le sang de

leurs ennemis, & à fe vêtir de leur peau. Les Grecs, qui trafiquaient avec ces barbares, auraient démenti *Hérodote*, s'il avait exagéré. Il eſt conſtant que plus des trois quarts des habitans de la terre ont vécu très-long-temps comme des bêtes féroces : ils font nés tels. Ce font des finges que l'éducation fait danfer, & des ours qu'elle enchaîne. Ce que le czar *Pierre le grand* a trouvé encore à faire de nos jours dans une partie de fes Etats, eſt une preuve de ce que j'avance, & rend croyable ce qu'*Hérodote* a rapporté.

X X V I I I.

Après *Hérodote*, le fond des hiſtoires eſt beaucoup plus vrai ; les faits font plus détaillés ; mais autant de détails, fouvent autant de menſonges. Ajouterai-je foi à l'hiſtorien *Jofephe*, quand il me dit que le moindre bourg de la Galilée renfermait quinze mille habitans ? Non, je dirai qu'il a exagéré ; il a cru faire honneur à fa patrie, il l'a avilie. Quelle honte pour ce nombre prodigieux de Juifs, d'avoir été fi aifément fubjugués par une petite armée romaine !

X X I X.

La plupart des hiſtoriens font comme *Homère :* ils chantent des combats ; mais dans ce nombre horrible de batailles, il n'y a guère que la retraite des dix mille de *Xénophon*, la bataille de *Scipion* contre *Annibal* à Zama, décrite par *Polybe*, celle de Pharfale racontée par le vainqueur, où le lecteur puiſſe s'éclairer & s'inſtruire : par-tout ailleurs, je vois que des hommes fe font mutuellement égorgés, & rien de plus.

XXX.

ON peut croire toutes les horreurs où l'ambition a porté les princes, & toutes les sottises où la superstition a plongé les peuples : mais comment les historiens ont-ils été assez peuple pour admettre comme des prodiges surnaturels les fourberies que des conquérans ont imaginées, & que les nations ont adoptées ?

Les Algériens croient fermement qu'Alger fut sauvée par un miracle, lorsque *Charles-Quint* vint l'assiéger. Ils disent qu'un de leurs saints frappa la mer, & excita la tempête qui fit périr la moitié de la flotte de l'empereur.

XXXI.

QUE d'historiens parmi nous ont écrit en algériens ! Que de miracles ils ont prodigués & contre les Turcs & contre les hérétiques ! Ils ont souvent traité l'histoire comme *Homère* traite le siége de Troie. Il intéresse toutes les puissances du ciel à la conservation ou à la perte d'une ville. Mais des hommes qui font profession de dire la vérité, peuvent-ils imaginer que DIEU prenne parti pour un petit peuple qui combat contre un autre petit peuple dans un coin de notre hémisphère ?

XXXII.

PERSONNE ne respecte plus que moi St *François-Xavier* ; c'était un espagnol animé d'un zèle intrépide ; c'était le *Fernand Cortez* de la religion ; mais on aurait dû peut-être ne pas assurer dans l'histoire de sa vie, que ce grand-homme existait à la fois en deux endroits différens.

Si quelqu'un peut prétendre au don de faire des miracles, ce font ceux qui vont au bout du monde porter leur charité & leur doctrine : mais je voudrais que leurs miracles fuffent un peu moins fréquens ; qu'ils euffent reffufcité moins de morts ; qu'ils euffent moins fouvent converti & baptifé des milliers d'orientaux en un jour. Il eft beau de prêcher la vérité dans un pays étranger, dès qu'on y eft arrivé ; il eft beau de parler avec éloquence, & de toucher le cœur dans une langue qu'on ne peut apprendre qu'en beaucoup d'années, & qu'on ne peut jamais prononcer que d'une manière ridicule : mais ces prodiges doivent être ménagés ; & le merveilleux, quand il eft prodigué, trouve trop d'incrédules.

X X X I I I.

C'EST furtout dans les voyageurs qu'on trouve le plus de menfonges imprimés. Je ne parle pas de *Paul Lucas*, qui a vu le démon *Afmodée* dans la haute Egypte, je ne parle que de ceux qui nous trompent en difant vrai ; qui ont vu une chofe extraordinaire dans une nation, & qui la prennent pour une coutume ; qui ont vu un abus, & qui le donnent pour une loi. Ils reffemblent à cet allemand qui ayant eu une petite difficulté à Blois avec fon hôteffe, laquelle avait les cheveux un peu trop blonds, mit fur fon *album : nota bené*, toutes les dames de Blois font rouffes & acariâtres.

X X X I V.

CE qu'il y a de pis, c'eft que la plupart de ceux qui écrivent fur le gouvernement tirent fouvent

de ces voyageurs trompés des exemples pour tromper
encore les hommes. L'empereur turc se sera emparé
des tréfors de quelques bachas nés efclaves dans fon
férail, & il aura fait à la famille du mort la part
qu'il aura voulu ; donc la loi de Turquie porte
que le grand-turc hérite des biens de tous fes fujets :
il eft monarque ; donc il eft defpotique, dans le
fens le plus horrible & le plus humiliant pour
l'humanité. Ce gouvernement turc, dans lequel il
n'eft pas permis à l'empereur de s'éloigner long-
temps de la capitale, de changer les lois, de toucher
à la monnaie &c., fera repréfenté comme un
établiffement dans lequel le chef de l'Etat peut du
matin au foir tuer & voler loyalement tout ce
qu'il veut. L'Alcoran dit qu'il eft permis d'époufer
quatre femmes à la fois ; donc tous les merciers &
tous les drapiers de Conftantinople ont chacun
quatre femmes, comme s'il était fi aifé de les
avoir & de les garder. Quelques perfonnages confidérables ont des férails ; de-là on conclut que tous
les mufulmans font autant de *Sardanapales :* c'eft
ainfi qu'on juge de tout. Un turc qui aurait paffé
dans une certaine capitale, & qui aurait vu un
Auto-da-fé, ne laifferait pas de fe tromper s'il difait :
Il y a un pays policé où l'on brûle quelquefois
en cérémonie une vingtaine d'hommes, de femmes,
& de petits garçons, pour le divertiffement de leurs
gracieufes majeftés. La plupart des relations font
faites dans ce goût-là ; c'eft bien pis quand elles font
pleines de prodiges : il faut être en garde contre les
livres, plus que les juges ne le font contre les
avocats.

XXXV.

IL y a encore une grande fource d'erreurs
publiques parmi nous, & qui eft particulière à
notre nation ; c'eft le goût des vaudevilles : on en
fait fur les hommes les plus refpectables ; & on
entend tous les jours calomnier les vivans & les
morts fur ces beaux fondemens : *Ce fait, dit-on,
eft vrai, c'eft une chanfon qui l'attefte.*

XXXVI.

N'oublions pas au nombre des menfonges
la fureur des allégories. Quand on eut trouvé les
fragmens de *Pétrone*, auxquels *Nodot* a depuis joint
hardiment les fiens, tous les favans prirent le conful
Pétrone pour l'auteur de ce livre. Ils voient clairement *Néron* & toute fa cour dans une troupe de
jeunes écoliers fripons, qui font les héros de cet
ouvrage. On fut trompé, & on l'eft encore par le
nom. Il faut abfolument que le débauché obfcur
& bas qui écrivit cette fatire, plus infame qu'in-
génieufe, ait été le conful *Titus Pétronius*; il faut
que *Trimalcion*, ce vieillard abfurde, ce financier
au-deffous de *Turcaret*, foit le jeune empereur *Néron*;
il faut que fa dégoûtante & méprifable époufe foit
la belle *Acté* ; que le pédant, le groffier *Agamemnon*,
foit le philofophe *Sénèque* : c'eft chercher à trouver
toute la cour de *Louis XIV* dans *Gufman d'Alfarache*
ou dans *Gil-Blas*. Mais, me-dira-t-on, que gagnerez-
vous à détromper les hommes fur ces bagatelles ?
je ne gagnerai rien, fans doute ; mais il faut s'accoutumer à chercher le vrai dans les plus petites chofes ;
fans cela on eft bien trompé dans les grandes.

Raisons de croire que le livre intitulé, Testament
politique du cardinal de Richelieu, *est un
ouvrage supposé.*

M on zèle pour la vérité, mon emploi d'historiographe de France, qui m'oblige à des recherches
historiques, mes sentimens de citoyen, mon respect
pour la mémoire du fondateur d'un corps dont je
suis membre, mon attachement aux héritiers de
son nom & de son mérite; voilà mes motifs pour
chercher à détromper ceux qui attribuent au cardinal
de *Richelieu* un livre qui m'a paru n'être ni pouvoir
être de ce ministre.

I.

L e titre même est très-suspect; un homme qui
parle à son maître n'intitule guère ses conseils
respectueux du nom fastueux de *Testament politique.*
A peine le cardinal de *Richelieu* fut-il mort qu'il
courut cent manuscrits pour & contre sa mémoire:
j'en ai deux sous le titre de *Testamentum christianum,*
& deux sous celui de *Testamentum politicum :* voilà
probablement l'origine de tous les testamens politiques qu'on a fabriqués depuis.

I I.

S i un ouvrage dans lequel un des plus grands-
hommes d'Etat qu'ait jamais eu l'Europe, est supposé rendre compte de son administration à son
maître, & lui donner des conseils pour le présent
& pour l'avenir, eût été en effet composé par ce

miniftre, il eût pris probablement toutes les mefures poffibles pour qu'un tel monument ne fût pas négligé; il l'eût revêtu de la forme la plus authentique; il en eût parlé dans fon vrai teftament, qui contient fes dernières volontés; il l'eût légué au roi, comme un préfent beaucoup plus précieux que le palais-cardinal; il eût chargé l'exécuteur de fon teftament de remettre à *Louis XIII* cet ouvrage important; le roi en eût parlé; tous les mémoires de ce temps-là auraient fait mention d'une anecdote fi intéreffante: rien de tout cela n'eft arrivé. Le filence univerfel, dans une affaire auffi grave, doit donner à tout homme de bon fens les plus violens foupçons. Pourquoi ni le manufcrit original ni aucune copie n'auraient-ils jamais paru pendant un fi grand nombre d'années? On favait à la mort de *Céfar* qu'il avait fait des commentaires; on favait que *Cicéron* avait écrit fur l'éloquence; un manufcrit de *Raphaël* fur la peinture n'eût pas été ignoré.

I I I.

CET ouvrage n'eft point un projet informe; il eft entièrement terminé; la conclufion finit par une péroraifon pleine de morale: *Je fupplie votre Majefté de penfer dés à cette heure ce que Philippe II ne penfa peut-être qu'à l'heure de fa mort; & pour l'y convier, par l'exemple autant que par la raifon, je lui promets qu'il ne fera jour de ma vie, que je ne tâche de me mettre en l'efprit ce que je devrais avoir à l'heure de ma mort fur le fujet des affaires publiques.* Rien ne manque à l'ouvrage pour le rendre complet; on y trouve jufqu'à l'épître dédicatoire, qu'on a eu l'impudence de figner en

Hollande, *Armand du Pleſſis*, quoique le cardinal n'ait jamais ſigné ainſi ; on y trouve juſqu'à la table des matières que l'éditeur oſe encore dire rédigée par le cardinal même ; & dans cette épître dédicatoire on le fait parler ainſi au roi : *Cette pièce verra le jour ſous le titre de mon teſtament politique, pour ſervir après ma mort, &c.* Donc en effet cette pièce devait voir le jour après la mort du cardinal ; donc elle devait être préſentée au roi d'une manière ſolemnelle ; donc l'original eût dû être ſigné, être connu ; donc le jour où la famille eût préſenté au roi ce legs ſi important, eût été un jour mémorable.

I V.

Sı après la mort de *Louis XIII* ce manuſcrit eût paſſé entre les mains de quelque miniſtre, & de-là dans celles qui l'ont rendu public, on en aurait dû ſavoir quelques circonſtances ; l'éditeur aurait dit par quelle voie il aurait été mis en poſſeſſion de ce manuſcrit ; il l'aurait dit d'autant plus hardiment qu'il imprimait le livre dans un pays libre, environ quarante ans après la mort du cardinal, & lorſque le ſouvenir des inimitiés entre ce miniſtre & pluſieurs grandes maiſons était éteint. L'éditeur, comme je l'ai déjà remarqué ailleurs, était tenu ſurtout de conſtater l'authenticité de ce manuſcrit, ſans quoi il ſe déclarait indigne de toute croyance. Aucune de ces conditions, abſolument néceſſaires à l'authenticité d'un tel livre, n'a été remplie ; & même pendant vingt-quatre années entières, depuis la prétendue date du manuſcrit, ni la cour, ni la ville, ni aucun livre, ni aucun journal, ne fit la moindre mention que le cardinal eût laiſſé au roi un teſtament politique.

V.

COMMENT en effet le cardinal de *Richelieu*, qui, comme on ſait, avait plus de peine à gouverner le roi ſon maître qu'à tenir le timon de la France, aurait-il eu le deſſein & le loiſir de faire un tel ouvrage pour l'uſage de *Louis XIII* ? L'auteur du nouvel *abrégé chronologique* de *l'hiſtoire de France*, qui peint ſi bien les ſiècles & les hommes, avoue dans ce livre ſi utile, que le cardinal de *Richelieu* avait *autant à craindre du roi, pour qui il riſquait tout, que du reſſentiment de ceux qu'il forçait d'obéir :* les aigreurs, les défiances, les mécontentemens réciproques allaient tous les jours ſi loin entre le roi & le miniſtre, que le grand-écuyer *Cinq-Mars* propoſa au roi d'aſſaſſiner le cardinal de *Richelieu* comme le maréchal d'*Ancre*, & s'offrit pour l'exécution ; c'eſt ce que *Louis XIII* dit lui-même dans une lettre au chancelier *Séguier*, après la conſpiration de *Cinq-Mars*. Le roi avait donc mis ſon favori à portée de lui faire cette propoſition étrange. Eſt-ce dans une telle ſituation qu'on ſe donne la peine de faire pour un roi d'un âge mûr, qu'on redoute & dont on eſt redouté, un recueil de préceptes qu'un père oiſif pourrait tout au plus laiſſer à ſon fils encore dans l'enfance ? Il me ſemble que le cœur humain n'eſt point fait ainſi. Cette raiſon ne ſera pas d'un grand poids auprès d'un ſavant ; mais elle fait impreſſion ſur ceux qui connaiſſent les hommes.

V I.

SUPPOSONS pourtant qu'un homme, tel que le cardinal de *Richelieu*, eût voulu donner en effet au roi son maître des conseils pour gouverner après sa mort, comme il lui en avait donné pendant sa vie : quel est l'homme qui en ouvrant ce livre ne s'attendra pas à voir tous les secrets du cardinal de *Richelieu* développés, & la grandeur & la hardiesse de son génie respirant dans son testament? Qui ne se flattera pas de lire des conseils fins & hardis, convenables à l'état présent de l'Europe, à celui de la France, de la cour, & surtout du monarque? Par le premier chapitre, il est évident que l'auteur feint d'écrire en 1640 ; car il fait dire au cardinal de *Richelieu* dans un jargon barbare, parlant de la guerre avec l'Espagne : *Ce n'est pas que dans cette guerre, qui a duré cinq ans, il ne vous est arrivé aucun accident, &c.* Or cette guerre avait commencé en 1635, & le dauphin était né en 1638. Comment dans un écrit politique, qui entre dans les détails des cas privilégiés, des appels comme d'abus, du droit d'indult, & des vents qui règnent sur la Méditerranée, oublie-t-on l'éducation de l'héritier de la monarchie? Certes le faussaire est bien mal-adroit. La véritable cause de cette faute d'omission, c'est que dans plusieurs autres endroits du livre, l'auteur, oubliant qu'il a feint d'écrire en 1639 & en 1640, s'avise ensuite d'écrire en 1635. Il donne à *Louis XIII* vingt-cinq ans de règne, au lieu de lui en donner trente ; contradiction palpable, & démonstration évidente d'une supposition que rien ne peut pallier.

V I I.

QUOI ! *Louis XIII* eſt engagé dans une guerre ruineuſe contre la maiſon d'Autriche ; les ennemis ſont aux frontières de la Champagne & de la Picardie ; & ſon premier miniſtre, qui lui a promis des conſeils, ne lui dit rien, ni de la manière dont il faut ſoutenir cette guerre dangereuſe, ni de celle dont on peut faire la paix, ni des généraux, ni des négociateurs qu'on peut employer ? Quoi ! pas un mot de la conduite qu'on doit tenir avec le chancelier *Oxenſtiern*, avec l'armée du duc de *Veimar*, avec la Savoie, avec le Portugal & la Catalogne ? On ne trouve rien ſur les révolutions que le cardinal luimême fomentait en Angleterre ; rien ſur le parti huguenot, qui reſpirait encore la faction & la vengeance. Il me ſemble voir un médecin qui vient pour preſcrire un régime à ſon malade, & qui lui parle de toute autre choſe que de ſa ſanté.

V I I I.

CELUI qui a débité ces idées, ſous le nom du cardinal de *Richelieu*, commence par ſe ſervir des ſuccès mêmes que ce grand-homme avait eus dans ſon miniſtère, pour lui faire avancer qu'il avait promis ces ſuccès au roi ſon maître. Le cardinal avait abaiſſé les grands du royaume, qui étaient dangereux, les huguenots, qui l'étaient davantage, & la maiſon d'Autriche, qui avait été encore plus à craindre ; de-là il infère que le cardinal avait promis ces révolutions au roi, dès qu'il était entré dans le conſeil. Voici les paroles qu'il prête au cardinal : *Lorſque votre majeſté ſe réſolut de me donner en même temps, & l'entrée de ses conseils , & grande part en sa confiance, je lui promis d'employer toute l'autorité qu'il lui plairait me donner pour ruiner le parti huguenot , rabaisser l'orgueil des grands, remettre tous les sujets dans leur devoir , & relever son nom dans les nations étrangères au point où il devait l'être , &c.* Or il est de notoriété publique, que quand *Louis XIII* consentit à mettre le cardinal de *Richelieu* dans le conseil, il était bien éloigné de connaître le bien qu'il procurait à la France & à lui-même. Il est public que le roi, qui alors avait de l'éloignement pour ce grand-homme, ne fit que céder aux instances de la reine sa mère, qui triompha enfin de la répugnance de son fils, après s'être donné les plus grands mouvemens pour introduire dans le conseil celui qu'elle avait fait cardinal , qu'elle regardait comme sa créature, & par qui elle espérait gouverner. On eut même besoin de gagner le marquis de *la Vieuville*, surintendant des finances, qui consentit avec beaucoup de peine à voir entrer le cardinal au conseil en 1624. Il n'y eut ni la première place ni le premier crédit. Toute cette année se passa en jalousies, en cabales, en factions secrètes ; le cardinal ne prit que peu-à-peu l'ascendant.

Quelques lecteurs apprendront peut-être ici avec plaisir que le cardinal de *Richelieu* n'eut les provisions de premier ministre qu'en 1629, le 21 novembre; *Louis XIII* les signa seul de sa main. Ces lettres-patentes sont adressées par le roi au cardinal même ; & ce qu'il y a de très-remarquable, c'est que les appointemens attachés à cette nouvelle dignité y sont en blanc ; le roi laissant à la magnificence, & à la discrétion de son ministre , le soin de prendre au tréfor public de quoi foutenir la grandeur de cette place.

Je reviens, & je dis qu'il n'eſt pas vraiſemblable que le cardinal ait tenu en 1624 les diſcours qu'on lui prête. Il eſt beau de faire tant de grandes choſes, mais il eſt téméraire de les promettre; & c'eût été le comble du ridicule & de l'indécence, de dire au roi ſon maître, en entrant dans ſes conſeils: *Je releverai votre nom.* On lui fait raconter ſans bien-féance & avec infidélité ce qu'il a fait : il ne dit rien du tout de ce qu'il faut dire. Pourquoi? c'eſt que l'un était fort aiſé & l'autre très-difficile.

I X.

PAR le peu qu'on vient de dire, il paraît déjà que l'ouvrage prétendu ne peut convenir, ni au caractère du miniſtre à qui on le donne, ni au roi auquel on l'adreſſe, ni au temps où on le ſuppoſe écrit; j'ajouterai encore, ni au ſtyle du cardinal. Il n'y a qu'à voir cinq ou ſix de ſes lettres, pour juger que ce n'eſt point du tout la même main ; & cette preuve ſuffirait pour quiconque a le moindre goût & le moindre diſcernement. D'ailleurs le cardinal de *Richelieu*, obligé de faire quelquefois des actions violentes, ne laiſſait point échapper dans ſes écrits de paroles dures & indécentes. S'il agiſſait avec hardieſſe, il écrivait de la manière la plus cir-conſpecte. Il n'eût certainement pas appelé dans un ouvrage politique la marquiſe du *Fargis*, dame-d'atour de la reine régnante, *la Fargis*. C'eſt man-quer aux premières lois du reſpect & de la bien-féance, en parlant au roi & à la poſtérité. Cette indigne, expreſſion eſt tirée d'un mauvais livre imprimé en 1649, intitulé : *Hiſtoire du miniſtère du cardinal de Richelieu.* L'auteur du teſtament a copié cet ouvrage de ténèbres, plus flétri, ſans doute, par le mépris public que par l'arrêt qui le condamne.

Qui pourra ſe perſuader qu'un premier miniſtre, qui ſuppoſe la paix faite avec l'Eſpagne, parle des Eſpagnols en ces termes : *Cette nation avide & inſatiable, ennemie du repos de la chrétienté ?* C'eſt ainſi qu'on aurait pu parler de *Mahomet II.* Serait-il poſſible qu'un prêtre, un cardinal, un premier miniſtre, un homme ſage, écrivant à un roi ſage, & écrivant un teſtament qui devait être exempt de paſſion, ſe fût emporté (dans le temps de cette paix ſuppoſée) à des expreſſions qu'il n'avait pas employées dans la déclaration de la guerre ?

X.

Est - il vraiſemblable qu'un homme d'Etat, qui ſe propoſe un ouvrage auſſi ſolide, diſe *que le roi d'Eſpagne, en ſecourant les huguenots, avait rendu les Indes tributaires de l'enfer ; que les gens de palais meſurèrent la couronne du roi par ſa forme, qui étant ronde, n'a point de fin ; que les élémens n'ont de peſanteur que lorſqu'ils ſont en leur lieu ; que le feu, l'air, ni l'eau, ne peuvent ſoutenir un corps terreſtre, parce qu'il eſt peſant hors de ſon lieu ;* & cent autres abſurdités pareilles, dignes d'un profeſſeur de rhétorique de province dans le ſeizième ſiècle, ou d'un répétiteur irlandais qui diſpute ſur les bancs ?

Y

X I.

Y a-t-il encore une grande vraisemblance que le cardinal de *Richelieu*, si connu par ses galanteries, & même par la témérité de ses désirs, ait recommandé la chasteté à *Louis XIII*, prince chaste par tempérament, par scrupule, & par ses maladies ?

X I I.

Après de si fortes présomptions, quel homme de bon sens peut résister à cette preuve évidente de faux qui se trouve dans le premier chapitre, je veux dire à cette supposition que la paix est faite ? *Vous êtes parvenu*, dit-on, *à la conclusion de la paix.....Votre majesté n'est entrée dans la guerre....&c. & n'en est sortie....&c.* Un imposteur, dans la chaleur de la composition, oubliant le temps dont il parle, peut tomber dans cette absurdité énorme; mais un premier ministre, quand il fait la guerre, ne peut pas assurément dire que la paix est conclue. Jamais la guerre ne fut plus vive contre la maison d'Autriche, quoique toutes les puissances négociassent, ou plutôt parce qu'elles négociaient. Il est vrai qu'en 1641 on jeta quelques fondemens des traités de Münster qui ne furent consommés qu'en 1648, & l'auteur du testament fait parler le cardinal de *Richelieu* tantôt en 1640, tantôt en 1635. Le cardinal ne pouvait ni supposer la paix faite au milieu de la guerre, ni dire des injures atroces aux Espagnols avec lesquels il voulait traiter.

X I I I.

Faudra-t-il à cette preuve palpable de l'imposture, ajouter une bévue moins forte, à la vérité,

Mélanges hist. Tome II.   S

mais qui ne décèle pas moins un menteur ignorant ?
Il fait dire à un premier ministre tel que le cardinal,
dans ce même premier chapitre, que *le roi a refusé*
le secours des armes ottomanes contre la maison d'Autriche.
S'il s'agit d'un secours que le Turc voulait envoyer
aux armées françaises, le fait est faux, & l'idée en
est ridicule : s'il s'agit d'une diversion des Turcs en
Hongrie ou ailleurs, quiconque connaît le monde,
quiconque a la moindre idée du cardinal de *Richelieu*,
sait assez que de telles offres ne se refusent pas.

X I V.

COMME il paraît par le premier chapitre, que
l'imposteur écrivait après la paix des Pyrénées, dont
il avait l'imagination remplie, il paraît par le second
qu'il écrivait après la réforme que fit *Louis XIV* dans
toutes les parties de l'administration. *Je me souviens*
que j'ai vu dans ma jeunesse, dit-il, *les gentilshommes &*
autres personnes laïques posséder par confidence, non-seule-
ment la plus grande partie des prieurés & abbayes, mais
aussi des cures & évêchés. Maintenant les confidences. . . .
sont plus rares que les légitimes possessions ne l'étaient en ce
temps-là. Or il est certain que dans les derniers temps
de l'administration du cardinal, rien n'était plus
commun que de voir des laïques posséder des bénéfices.
Lui-même avait fait donner cinq abbayes au comte
de *Soissons*, qui fut tué à la Marfée ; M. de *Guise* en
possédait onze ; le duc de *Verneuil* avait l'évêché de
Metz ; le prince de *Conti* eut l'abbaye de Saint-Denis
en 1641 ; le duc de *Nemours* eut l'abbaye de Saint-
Rémi de Reims ; le marquis de *Tréville* celle de
Moutier-Ender, sous le nom de son fils ; enfin le

garde des fceaux *Châteauneuf* conferva plufieùrs abbayes
jufqu'à fa mort arrivée en 1643 ; & on peut juger fi
cet exemple était fuivi. Le nombre des laïques qui
jouiffaient de ces revenus de l'Etat eft innombrable.
Il n'y a qu'à voir les mémoires du comte de *Gramont*,
pour fe faire une idée de la manière dont on obtenait
alors des bénéfices. Je n'examine pas fi c'était un mal
ou un bien de donner les revenus de l'Eglife à des
féculiers; mais je dis qu'un impofteur habile n'eût
jamais fait parler le cardinal de *Richelieu* d'une réforme
qui n'exiftait pas.

X V.

DANS ce même fecond chapitre , le fefeur de
projets , qui eft indubitablement un homme d'églife,
trop prévenu en faveur des prétentions du clergé , &
trop peu jaloux des droits de la couronne , déclame
contre le droit de régale. Il oubliait qu'en 1637 &
en 1638 le cardinal de *Richelieu* avait fait rendre des
arrêts du confeil , par lefquels tout évêque qui fe
croirait exempt de ce droit , était tenu d'envoyer au
greffe les titres de fa prétention. Cet écrivain ne
favait pas qu'un évêque, miniftre d'Etat, s'intéreffe plus
aux droits du trône qu'aux prétentions eccléfiaftiques.
Il fallait connaître le caractère d'un premier miniftre
pour le faire parler. C'eft l'âne qui fe couvre de la
peau du lion , & qu'on reconnaît bientôt à fes
oreilles.

X V I.

LE fauffaire ignorant , dans ce même chapitre
fecond , où il entretient le roi des univerfités & des
colléges , au lieu de lui parler de fes vrais intérêts ,

dit dans fon ftyle groffier : (*Section X*) ,, L'hiftoire
,, de *Benoît XI* , contre lequel les cordeliers, piqués
,, fur le fujet de la perfection de la pauvreté, favoir,
,, du revenu de *St François* , s'animèrent jufqu'à tel
,, point que non-feulement ils lui firent ouvertement
,, la guerre par leurs livres ; mais de plus par les
,, armes de l'empereur , à l'ombre defquels un anti-
,, pape s'éleva , au grand préjudice de l'Eglife, eft un
,, exemple trop puiffant pour qu'il foit befoin d'en
,, dire davantage. ,, Certainement le cardinal de
Richelieu qui était très-favant, n'ignorait pas que cette
aventure dont parle le fauffaire , était arrivée au
pape *Jean XXII* , & non pas au pape *Benoît XI*. Il
n'y a guère de fait dans l'hiftoire eccléfiaftique plus
connu que celui-là ; fon ridicule l'a rendu célèbre ;
il n'était pas poffible que le cardinal s'y fût mépris.
D'ailleurs , pour apprendre à un roi combien les
querelles de religion font dangereufes, on avait à citer
cent exemples plus frappans.

X V I I.

DANS cette même fection X du chapitre II, où
il eft queftion des jéfuites : *Cette compagnie* , dit-il,
qui eft foumife par un vœu d'obéiffance aveugle à un chef
perpétuel , ne peut , fuivant les lois d'une bonne politique ,
être beaucoup autorifée dans un Etat auquel une commu-
nauté puiffante doit être redoutable. Je fais bien que ce
trait eft adouci quelques lignes après ; mais, de bonne
foi , le cardinal de *Richelieu* pouvait-il croire les jéfuites
redoutables , lui qui ne favait que les rendre utiles ,
& les punir fouvent ? lui qui ne craignait ni la reine ,
ni les princes , ni la maifon d'Autriche , aurait-il

craint quelques religieux ? Il avait exilé plufieurs
jéfuites , auffi bien que quelques pères de l'oratoire ,
& d'autres religieux qui étaient entrés dans des
cabales ; mais ni lui ni l'Etat n'avaient rien à craindre
de ces compagnies. Il ferait affurément bien étrange
que le vainqueur de la Rochelle fe fût plus défié ,
dans fon teftament politique , des jéfuites que des
huguenots. Cette réflexion n'eft pas une preuve
convaincante ; mais jointe aux autres , elle fert à faire
voir que l'auteur , en prenant le nom d'un premier
miniftre , n'en a pu prendre l'efprit.

X V I I I.

S'I L fallait relever tous les mécomptes dont cet
ouvrage fourmille , je ferais un livre auffi gros que
le *Teftament politique* , que la fourberie a compofé ,
que l'ignorance, la prévention , le refpeét d'un grand
nom ont fait admirer , que la patience du leéteur peut
à peine achever de lire , & qui ferait ignoré s'il avait
paru fous le vrai nom de l'auteur. J'ai déjà , dans un
petit ouvrage qui ne comportait pas d'étendue ,
indiqué quelques-unes de ces preuves , qui décèlent
l'impofture aux yeux de quiconque a du jugement &
du goût. En voici une qui eft fans réplique. L'auteur
qui étale , & encore mal à propos , une vaine & fauffe
érudition fur l'hiftoire de l'Eglife , fur le commerce ,
fur la marine , s'avife au chap. IX , feét. VI, de dire ,
à propos d'établiffemens dans les Indes : *Quant à*
l'Occident , il y a peu de commerce à faire ; Dracke ,
Thomas Cavendish , Herberg , l'Hermite , Lemaire , &
feu M. le comte Maurice , qui envoya douze navires à
deffein d'y faire commerce , ou d'amitié ou de force , n'ayant

pu trouver lieu d'y faire aucun établiſſement. Remarquez
dans quel temps l'impoſteur fait parler le cardinal
de *Richelieu*. c'eſt en 1640 ; c'eſt dans le temps même
que le feu comte *Maurice*, qui était plein de vie,
gouvernait le Bréſil au nom des Provinces-Unies ;
c'eſt après que la compagnie hollandaiſe des Indes
occidentales avait fait des progrès conſidérables depuis
1622 ſans interruption : remarquez encore qu'au
commencement de cette même ſection VI, l'auteur
avoue que *les Hollandais ne donnent pas peu d'affaires
aux Eſpagnols dans les Indes occidentales, où ils occupent
la plus grande partie du Bréſil.* En vérité, peut-on
mettre ſur le compte d'un homme d'Etat, un tel
fatras d'erreurs & de contradictions ? L'Angleterre,
dont il parle, avait déjà des pays immenſes dans
l'Amérique. Quant à *Dracke* & à *Thomas Cavendish*,
leurs exemples ſont cités très-mal-à-propos : ils ne
furent pas envoyés pour faire des établiſſemens,
mais pour ruiner ceux des Eſpagnols, pour troubler
leur commerce, pour faire des priſes ; & c'eſt à quoi
ils réuſſirent.

X I X.

Si on voulait ſe donner la peine de lire le teſtament politique avec attention, on ſerait bien ſurpris
de voir qu'en effet ce livre eſt plutôt une critique de
l'adminiſtration du cardinal qu'une expoſition de ſa
conduite, & une ſuite de ſes principes : tout y roule
ſur deux points, dont le premier eſt indigne de lui,
& dont le ſecond eſt un outrage à ſa mémoire.

Le premier objet eſt un lieu-commun puéril,
vague, un catéchiſme pour un prince de dix ans,

& bien étrangement déplacé à l'égard d'un roi âgé de quarante années ; tels font ces chapitres : *Que le fondement du bonheur d'un Etat eft le régne de* DIEU *; que la raifon doit être la régle de la conduite ; que les intérêts publics doivent être préférés aux particuliers ; que la prévoyance eft néceffaire ; qu'il faut deftiner un chacun à l'emploi qui lui eft propre ; qu'il eft important d'éloigner les flatteurs, médifans, fefeurs d'intrigues ;* & vingt autres découvertes de cette fineffe & de cette profondeur, accompagnées d'avis qui auraient été une infulte à *Louis XIII*, prince éclairé, & qui eût été en droit de répondre à fon miniftre, à fon ferviteur : Parlez ainfi à mon fils, & refpectez plus votre maître.

Le fecond point, qui eft furtout renfermé dans le neuvième chapitre, roule fur les projets d'adminif- tration imaginés par l'auteur ; & de tous ces projets il n'y en a pas un feul qui ne foit précifément le contre-pied de l'adminiftration du cardinal. L'auteur fe met en tête d'abolir les comptans, ou de les réduire par grâce à un million d'or. Les comptans font des ordonnances fecrètes pour des affaires fecrètes, dont on ne rend point compte. C'eft le privilége le plus cher de la place d'un premier miniftre. Son ennemi feul en pourrait demander l'abolition.

X X.

CE chapitre neuvième du teftament politique porte à chaque page les preuves les plus évidentes de la fuppofition la plus mal-adroite : c'eft là que tout eft faux, réflexions, faits, & calculs ; c'eft là que l'auteur avance que quand on établit un impôt,

on eſt obligé de donner une plus grande ſolde au
ſoldat ; ce qui n'eſt pourtant arrivé ni ſous *Louis XIII.*
ni ſous *Louis XIV ;* c'eſt là qu'en ſoulageant le peuple
de dix-ſept millions de taille , il porte tout d'un
coup à cinquante-ſept millions les revenus du roi ,
qu'il ſuppoſe n'aller d'ordinaire qu'à trente-cinq : &
il le ſuppoſe encore avec ignorance ; car les tailles
allaient ſeules d'ordinaire à trente-cinq millions ; les
fermes à onze &c. ; c'eſt là qu'il ſe propoſe de rembourſer les rentes établies par le cardinal , dont
pluſieurs étaient au denier vingt , qu'il appelle *le*
denier cinq ; d'ôter aux tréſoriers de France les deux
tiers de leurs gages ; de faire payer la taille aux parlemens , aux chambres des comptes , au grand-conſeil ,
à toutes les cours qu'il appelle *ſouveraines* , dans le
temps même qu'il les met au rang des payſans.
N'était-il pas bienſéant au cardinal de *Richelieu* de
propoſer cette extravagance pour avilir un corps ,
dont il avait l'honneur d'être membre par ſa qualité
de pair de France ; dignité dont il feſait autant de
cas que de celle de cardinal ?

X X I.

A l'égard de la guerre , on a déjà remarqué qu'il
ne parle point de celle dans laquelle on était engagé.
Mais dans ſes réflexions vagues, générales, & chimériques , il recommande de taxer tous les fiefs des
gentilshommes , pour enrôler & ſoudoyer la nobleſſe :
il veut que tout gentilhomme ſoit forcé de ſervir à
l'âge de vingt ans ; qu'on ne prenne les roturiers ,
dans la cavalerie , qu'à l'âge de vingt-cinq ; que les

vivres ne foient confiés qu'à des gens de qualité; qu'on
lève cent hommes quand on en veut avoir cinquante,
& cela apparemment pour qu'il en coûte le double
en engagemens & en habits. Quel projet pour un
miniftre ! En vérité l'idée d'enrôler la noblefle de
force, & de faire payer la taille au parlement, peut-
elle partir d'une autre tête que de celle d'un de ces
fefeurs de projets, qui dans leur oifiveté fe mettent
à gouverner l'Europe ? Dans le même chapitre neuvième il traite de la marine ; il parle doctement des
grands périls de la navigation d'Efpagne en Italie,
& d'Italie en Efpagne, lefquels n'exiftent pas plus
que ceux de *Carybde* & de *Scylla* : il prétend que
la feule Provence a beaucoup plus de ports grands &
affurés que l'Efpagne & l'Italie tout enfemble ; hyperbole
qui ferait foupçonner que le livre ferait d'un pro-
vençal qui ne connaîtrait que Toulon & Marfeille,
plutôt que d'un homme d'Etat qui connaiffait
l'Europe.

Voilà une partie des chimères qu'un politique
clandeftin a mifes fous le nom d'un grand miniftre,
avec cent fois moins de difcrétion que l'abbé de
Saint-Pierre n'en a montré, quand il a voulu attribuer
une partie de fes *idées politiques* au duc de *Bourgogne.*

Le projet de finances, qui remplit prefque tout
le dernier chapitre, eft tiré d'un manufcrit qui exifte
encore : je l'ai vu ; il eft de 1640. Il porte les
revenus du roi jufqu'à cinquante-neuf millions de
ce temps-là, par l'arrangement qu'il propofe. L'auteur
du teftament en retranche deux, tout le refte eft
conforme. Rien n'eft fi commun que des projets de
cette efpèce ; les miniftres en reçoivent, & les lifent

rarement. Le fauffaire, en copiant ces idées, fait bien voir qu'il ne s'était pas donné la peine de connaître par lui-même les finances de *Louis XIII.* Il avance hardiment que chacune des cinq années de la guerre n'avait coûté que foixante millions ; cela n'eft pas vrai ; j'ai en main l'état de l'année 1639 ; il fe monte à foixante dix-huit millions neuf cents mille livres. Il eft encore faux qu'on ait payé ces charges fans moyens extraordinaires : il y eut beaucoup de taxations, beaucoup d'augmentations de gages, dont la finance fut fournie ; on augmenta les droits dans les provinces ; on mit une taxe d'un écu fur chaque tonneau de vin ; on porta la taille de trente-fix millions deux cents mille livres, jufqu'à trente-huit millions neuf cents mille livres. En un mot, la plupart des chofes rapportées dans ce livre font auffi altérées que les propofitions qu'on y fait font étranges.

XXII.

O N demandera, fans doute, comment on a pu faire à la mémoire du cardinal de *Richelieu* l'affront d'imaginer qu'un tel livre était digne de lui ? Je répondrai que les hommes réfléchiffent peu ; qu'ils lifent avec négligence ; qu'ils jugent avec précipitation, & qu'ils reçoivent les opinions comme on reçoit la monnaie, parce qu'elle eft courante.

XXIII.

S I on m'objecte que le P. *le Long*, & d'autres, ont cru le livre en effet l'ouvrage du cardinal ; j'avouerai que le P. *le Long* a très-bien compilé environ

trente mille titres de livres, & j'ajouterai que par
cette raifon-là même il n'a pas eu le temps de les
examiner; mais furtout je répondrai que quand on
aurait autant d'autorités que le P. *le Long* a copié de
titres, elles ne pourraient balancer une raifon convaincante. Si pourtant la faibleffe des hommes a befoin
d'autorités, j'oppoferai au père *le Long* & aux autres,
Aubery, qui a écrit la vie du cardinal *Mazarin*;
Ancillon, *Richard*, l'écrivain qui a pris le nom de
Vigneul de Marville, & enfin *la Monnoie*, l'un des
critiques les plus éclairés du dernier fiècle; tous ont
cru le teftament politique fuppofé.

X X I V.

MAIS, dit-on, en 1664; l'abbé *des Roches*,
ancien domeftique du cardinal de *Richelieu*, donna
fa bibliothèque à la forbonne, à l'exemple de fon
maître; & dans cette bibliothèque on trouve un
manufcrit du teftament, conforme à l'imprimé, avec
la même épître dédicatoire, & la même table des
matières. C'eft ce manufcrit même, remis à la
forbonne, qui achève de prouver l'impofture. Il eft
remis vingt-deux ans après la mort du cardinal, fans
aucun enfeignement, fans la moindre indication de
la part de l'abbé *des Roches*. Ce domeftique du cardinal
& la forbonne elle-même négligèrent cet ouvrage,
& ce n'eft que depuis deux ans qu'on lui a donné
place fur des tablettes. Si le manufcrit avait été
copié fur l'original, on l'aurait plus refpecté, on
trouverait quelques marques de fon authenticité, on
verrait à la fin de la lettre au roi, la foufcription du
cardinal de *Richelieu*. Elle n'y eft point. On n'a pas

ofé pouffer l'effronterie jufqu'à figner ce nom. Pour peu que le cardinal eût laiffé feulement quelques mémoires qui euffent eu quelque rapport (même éloigné) avec le teftament, on les eût rapportés ; on eût donné quelque crédit à la hardieffe de celui qui imputait tout l'ouvrage à ce miniftre. Mais non : il n'y a pas un mot à la fin ni à la tête du manufcrit dont on puiffe tirer la plus légère induction. Donc l'abbé *des Roches* regardait lui-même ce manufcrit avec la même indifférence qu'on l'a regardé très-long-temps dans la forbonne.

Imaginons un moment que le teftament foit l'ouvrage du cardinal ; ce feul mot *teftament* impofe un devoir indifpenfable à fon domeftique de légalifer la copie , de la déclarer juridiquement collationnée avec l'original. S'il manque à ce devoir , il eft coupable ; il donne à tout le monde le droit de s'infcrire en faux contre lui : mais l'abbé *des Roches* poffédait ce manufcrit au même titre que d'autres curieux. Il fallait bien que cet ouvrage fût écrit à la main avant d'être imprimé ; il fallait même, pour le deffein de l'impofteur, qu'il en courût plufieurs copies manufcrites, & qu'on fe les prêtât avec myftère, comme un monument fingulier. Le filence du domeftique, encore une fois , prouve que le maître n'eft point l'auteur du teftament ; & toutes les autres raifons prouvent qu'il n'a pu l'être.

X X V.

MAIS on dit qu'on difait , il y a foixante & dix ans , que Mme la ducheffe d'*Aiguillon* avait dit , il y a quatre-vingts ans, qu'elle avait eu une copie manufcrite de cet ouvrage. On a trouvé une note marginale de M. *Huet*; & cette note dit qu'on avait vu le manufcrit chez Mme d'*Aiguillon* nièce du cardinal. Ne voilà-t-il pas de belles preuves ? Oui , je crois fans peine que tous ceux qui s'intéreffaient à la mémoire du cardinal , voulaient avoir un manufcrit qui portait fon nom , & que l'auteur voulait accréditer par ce nom même ; & de-là je conclus que ce manufcrit était manifeftement fuppofé ; puifque de tous les parens , de tous les domeftiques, de tous les amis de ce miniftre , aucun n'a jamais pris la moindre précaution pour établir l'authenticité du livre.

X X V I.

QUE la curiofité humaine fe fatigue maintenant à chercher le nom du fauffaire , je ne perdrai pas mon temps dans ce travail. Qu'importe le nom du fourbe , pourvu que la fourberie foit découverte ? Qu'importe que *Courtilz* , ou un autre , ait forgé le teftament de *Mazarin*, de *Colbert*, & de *Louvois* ? Qu'importe que *Statman* , ou *Chevremont* ait pris infolemment le nom de *Charles V* duc de Lorraine ? Mérite-t-on d'être connu pour avoir fait un mauvais livre ? Que gagnerait-on à connaître les auteurs de toutes les plates calomnies , de toutes les critiques impertinentes dont le public eft inondé ? Il faut laiffer dans l'oubli les auteurs qui fe cachent fous un grand nom , comme ceux qui attaquent tous les jours ce que nous avons de meilleur , qui louent ce que nous avons de plus mauvais, & qui font de la noble profeffion des lettres, un métier auffi lâche & auffi méprifable qu'eux-mêmes.

DOUTES NOUVEAUX

Sur le teſtament attribué au cardinal de Richelieu.

Lorsque M. de *Foncemagne*, en 1750, écrivit pour ſoutenir l'authenticité du *Teſtament politique*, voici ce qu'on lui répondit, & ce qui ne fut pas imprimé, parce que l'auteur de cette réponſe voyagea hors de ſa patrie.

Un académicien connu de ſes amis par la douceur de ſes mœurs, & du public par ſes lumières, a écrit contre mon ſentiment.

Son ouvrage eſt plein de cette ſageſſe, & de cette politeſſe que ſon titre annonce. Tout homme doit ſe défier de ſon opinion, lorſqu'il eſt repris par un tel critique.

Mon illuſtre adverſaire emploie toute la ſagacité de ſon eſprit à prouver que ce teſtament politique, attribué au cardinal de *Richelieu*, eſt en effet de ce grand miniſtre. On voit (ce qui eſt aſſez commun) qu'il tâche de croire, & qu'il doute. Il a trop d'eſprit & trop de raiſon pour ne pas apercevoir les contra-dictions, les erreurs, les anachroniſmes dont ce livre eſt rempli : il ſait ſans doute mieux que moi que les grands-hommes ne diſent jamais d'inepties. Voilà pourquoi il avoue, après s'être tourné de tous les côtés, que le cardinal de *Richelieu* n'a dicté ni écrit tout l'ouvrage, & qu'il en a confié la rédaction à des ouvriers ſubalternes. Je n'en veux pas davantage. Avouer qu'un teſtament politique, deſtiné par un premier miniftre à un roi , un ouvrage qui devait être fi fecret , eft cependant de plufieurs mains , c'eft avouer qu'il n'eft pas du premier miniftre.

Si j'avais l'honneur d'entretenir ce fage adverfaire qui fait douter , je lui dirais : Avouez qu'au fond vous ne croyez pas qu'il y ait un mot du cardinal dans ce teftament ; penfez-vous de bonne foi que le chevalier *Walpole* fe fût avifé d'écrire un catéchifme de politique pour le roi *George I* ? l'idée feule vous en paraît ridicule. Examinez la fituation où était le cardinal de *Richelieu* avec *Louis XIII*, & vous conviendrez peut-être que la feule penfée de faire un pareil livre pour l'ufage de ce monarque, était cent fois plus déplacée.

Songez que *Louis XIII*, toujours malade , était menacé d'une mort prochaine ; fongez que le cardinal de *Richelieu* penfait à faire exclure de la régence le frère unique du roi ; fongez au caractère d'un ambitieux ; & voyez s'il eft dans fon cœur de s'occuper de principes d'éducation , de parler des vitres de la fainte chapelle de Paris , des trois fentences requifes pour punir les clercs ; d'intituler un chapitre , *du règne de Dieu;* de recommander la chafteté , & à qui ? à un monarque infirme, âgé de quarante ans , auquel on efpère furvivre : car en 1639 , & au commencement de 1640 , le cardinal de *Richelieu* fe portait bien encore, & vous favez jufqu'où il pouffa fes efpérances.

Je ne veux que cette feule raifon. Le teftament fût-il auffi bien fait qu'il l'eft mal ; fût-il en effet (ce qu'il n'eft point du tout ,) un vrai teftament politique ; fût-il un développement fage & profond

de la conduite que *Louis XIII* devait tenir avec
toutes les puissances de l'Europe , avec ses alliés &
ses ennemis , dans la crise la plus violente , avec sa
femme , avec son frère , avec les princes de son sang,
& ses généraux, & ses ministres ; en un mot l'ouvrage
fût-il digne du cardinal de *Richelieu* , j'oserais croire
encore qu'il n'en est point l'auteur. Je vous dirais
qu'il n'est pas dans la vraisemblance qu'*Aggrippa* fasse
un tel testament politique pour *Auguste* , ni *Séjan*
pour *Tibère* , ni *la Trimouille* pour *Charles VII* , ni
George d'Amboise pour *Louis XII* , ni *Volsey* pour
Henri VIII , ni *Buckingham* pour *Jacques I* , ni *Olivarès*
pour *Philippe IV* , ni enfin *Richelieu* pour *Louis XIII*.
Un ministre dit à son maître de vive voix tout ce
qu'il croit important , & surtout il ne fait point de
testament pour lui dire des choses vagues , inutiles,
& fausses.

> *Scilicet is magnis labor est , ea cura potentes*
> *Sollicitat. . . . .*

Ces sortes de livres sont d'ordinaire le partage des
politiques oisifs. Quand le duc de *Sulli* dans sa retraite
fit composer ses mémoires par ses secrétaires , il ne
donna point de leçons d'enfans à *Louis XIII*.

Vous avez beau employer toutes les ressources de
votre esprit , vous avez beau recueillir quelques maximes
éparses dans le testament politique pour tâcher de les
faire regarder comme des émanations de l'ame du
cardinal de *Richelieu*.

Eh , Monsieur , vous savez mieux que moi que
Balzac , *Sirmond* , *Chapelain* , *Silhon* , *Sérisi* en ont
débité dix fois davantage. Depuis quand les lieux-
communs font-ils un si grand mérite ? ne trouve-t-on
pas

pas des maximes par - tout ? J'ouvre le prétendu teſtament de *Louvois* dont *Courtilz* eſt l'auteur ; j'y vois : *L'exemple tient très-ſouvent lieu de raiſon. Il eſt de la prudence de faire place au torrent, il perd ſa rapidité dans ſa courſe. Qui veut' s'élever trop haut attire l'envie de ſes égaux, & la haine de ſes ſupérieurs.* Il y en a cent de cette eſpèce. On en trouve dans le teſtament ridicule du cardinal *Albéroni*, & dans celui du maréchal de *Belle-Iſle.* Je ſuppoſe que quelques-unes des maximes & des anecdotes qui ſont dans le livre attribué au cardinal, aient été en effet recueillies de ſa bouche ; s'enſuivra-t-il qu'on doive lui attribuer l'ouvrage ? faut-il d'ailleurs de ſi grands efforts de génie pour rappeler quelques petites anecdotes, quelques cir-conſtances de la vie privée d'un prince, d'un miniſtre, & pour ſavoir les appliquer ? n'eſt-ce pas un artifice commun, pratiqué non-ſeulement par tous ceux qui ſe ſont aviſés de forger des teſtamens politiques, mais par les auteurs de tous les faux mémoires dont nous ſommes inondés ?

Vous avez déterré, comme moi, un miſérable manuſcrit plein d'antithèſes & d'hyperboles, digne du pédant *Granger*, intitulé *Teſtamentum politicum.* Il paraît que cette rapſodie pouvait annoncer à toute force un ouvrage plus étendu ; & de-là vous inferez que le cardinal de *Richelieu* pourrait bien avoir part à cet ouvrage plus étendu, & que c'eſt ſon teſtament politique ! A quoi eſt-on réduit en tout genre, quand on veut prouver ce qui eſt improbable !

Nous pouvons, Monſieur, mettre au rang des menſonges imprimés le petit traité du capucin *Joſeph*, *de l'unité du miniſtre*, préſenté à *Louis XIII.*

Mélanges hiſt. Tome II.   T

De bonne foi penfez-vous qu'un capucin ait donné un mémoire au roi, par lequel il lui enfeignait qu'il fallait qu'un roi *crût en tout fon premier miniftre, qu'il ne crût rien contre fon premier miniftre , qu'il révélât à fon premier miniftre tout ce qu'on lui dirait contre lui , qu'il comblât d'honneurs & de biens fon premier miniftre, qu'il donnât une autorité fans bornes à fon premier miniftre?* Eft-il bien vraifemblable qu'un grand-homme fe foit fervi auprès d'un maître très-défiant, d'un artifice fi groffier? Si un capucin, ami de votre maître-d'hôtel, venait vous préfenter un pareil mémoire, vous renverriez le capucin dans fon couvent, & vous pourriez bien vous défaire de votre maître-d'hôtel.

Souffrez qu'après avoir fait avec vous ces petites réflexions, & avoir jufqu'ici écrit en critique fur cette matière, j'ofe vous parler à préfent en citoyen.

Parmi les maximes très-triviales dont le teftament politique eft plein, il y en a de fort dures. Parmi les confeils qu'on ofe y donner, il y en a de bien violens. L'auteur du teftament a cru qu'en fefant parler le cardinal de *Richelieu*, il fallait le faire parler en homme d'une févérité outrée, comme *Corneille*, en mettant les anciens Romains fur le théâtre, leur a donné quelquefois plus d'orgueil & de férocité qu'ils n'en avaient, ou plutôt comme un domeftique parle fouvent avec fierté au nom de fon maître.

Mais, Monfieur, quel fervice rendrait-on aux hommes en voulant mettre fous le nom d'un prêtre, d'un évêque, d'un grand miniftre, des maximes impitoyables? Nous vivons fous un roi doux, bienfefant, indulgent; mais il fe peut faire que dans la fuite des fiècles la nation ait des fouverains moins remplis d'humanité. Ne feront-ils pas encouragés à la dureté, à l'abus de la suprême puiffance; quand ils croiront que le plus grand miniftre de l'Europe a confeillé à fon maître de ne point pardonner, de dépouiller tous les magiftrats qui confument leur vie à étudier & à maintenir les lois, qui exercent une des plus nobles fonctions de la royauté, & qui n'ont d'autre récompenfe de leurs travaux que leurs travaux mêmes; de les dépouiller, dis-je, de leurs droits & de leurs priviléges; enfin de faire payer la taille aux parlemens, aux chambres des comptes, au grand confeil &c., & d'enrôler la nobleffe comme des payfans? Ces deux propofitions auffi tyranniques qu'extravagantes, n'auraient-elles pas dû fuffire pour deffiller les yeux?

Non-feulement je vous foumets, Monfieur, toutes les raifons que j'ai alléguées, mais j'en appelle à toutes celles que votre bon efprit vous fournit; je réclame l'intérêt du genre-humain. Remercions à jamais le jufte, le modéré, l'élégant précepteur du duc de *Bourgogne*, d'avoir écrit le *Télémaque*; & fouhaitons que le cardinal de *Richelieu* n'ait point écrit ce teftament.

Vous avez un cœur digne de votre génie : que l'un & l'autre s'uniffe pour daigner m'éclairer fi je me trompe.

M. de *Foncemagne* a travaillé depuis à m'éclairer; il a cherché par-tout des copies du teftament politi-que; il a fait réimprimer ce célébre ouvrage, & l'a rendu encore plus célébre par fes remarques. Je prends la liberté de lui demander de nouvelles inftructions; & j'entre en matière.

T 2

NOUVEAUX DOUTES

Sur l'authenticité du testament politique attribué au cardinal de Richelieu, & sur les remarques de M. de Foncemagne.

Objection.

IL est dit dans la préface du *Testament politique* du cardinal de *Richelieu*, nouvellement imprimé à Paris chez *le Breton* 1764 :

,, M. de *Voltaire* attaqua le testament politique
,, en 1749, dans une courte dissertation intitulée,
,, *Des mensonges imprimés &c.* Le paradoxe qu'il voulait
,, établir trouva des contradicteurs. Entre les écrits
,, qui furent publiés, on distingua celui qui portait
,, le titre de *Lettre sur le testament politique ;* lettre
,, polie & solide, dans laquelle M. de *Voltaire* ne
,, put avoir à se plaindre que de la force des preuves
,, qu'on lui opposait. ,,

Réponse.

L'OPINION de M. de *Voltaire*, bien loin d'être un paradoxe, est l'opinion d'*Aubery*, historiographe du cardinal de *Richelieu*, & pensionné de la duchesse d'*Aiguillon* sa nièce. C'est l'opinion de *Gui-Patin*, de *Richard*, de *le Vassor* ; c'est le sentiment d'*Ancillon*, de l'auteur très-instruit déguisé sous le nom de *Vigneul*, du père d'*Avrigny*, auteur des excellens mémoires pour fervir à l'hiftoire du dix-feptième fiècle, du judicieux & profond *le Clerc*, & enfin du fage & favant *la Monnoie*.

Quelle autorité plus forte que celle d'*Aubery*, qui écrivait fous les yeux de la nièce du cardinal, de fa nièce chérie, dépofitaire de tous fes fentimens & de tous fes papiers? Serait-il poffible que l'écrivain de la vie du cardinal eût fupprimé un fait auffi effentiel que celui du teftament politique, qui devait avoir été préfenté à *Louis XIII* par la famille du cardinal, & dont une copie authentique devait être entre les mains de cette ducheffe? Ne lui aurait-elle pas fait voir ce fameux teftament? Ne lui aurait-elle pas dit: comment oubliez-vous un ouvrage fi intéreffant, fi public, & qu'on croit fi glorieux pour mon oncle? M. de *Foncemagne* fait affez du moins que c'eft ainfi qu'en aurait ufé une troifième ducheffe d'*Aiguillon*, non-moins célébre que les deux autres, par tout ce qui peut mériter l'eftime & les hommages du public.

Non-feulement *Aubery* ne parle point de ce teftament dans cette hiftoire, maîs voici comme il s'exprime dans celle du cardinal *Mazarin* : (a)

,, On a imprimé ces derniers jours (c'eft-à-dire ,, en 1688) un teftament politique du cardinal de ,, *Richelieu*, contre lequel il n'y a point de lecteurs, ,, pour peu de lumière & ou de connaiffance qu'ils ,, aient de l'hiftoire du temps, qui ne réclament &

(a) *Aubery*, Hiftoire du cardinal *Mazarin*, tome IV, pages 337 & 338, édition de 1718, à Amfterdam chez *le Cène*.

,, ne fe récrient. Il ne faut, pour le détruire, que
,, les mêmes raifons dont l'imprimeur fe fert pour
,, effayer de l'établir.

,, Ce n'eft en effet qu'un ouvrage de doctrine,
,, qui traite particulièrement des appels comme
,, d'abus, des cas privilégiés, de la régale prétendue
,, par la fainte chapelle fur tous les évêchés de
,, France, des exemptions du patronage eccléfiaftique
,, & laïque, du droit d'indult & d'autres matières
,, femblables : de forte que c'eft tacitement reprocher
,, à un fi fameux miniftre l'ambition & la honte
,, d'avoir voulu s'ériger en auteur, & faire à-peu-près
,, des recherches comme celles de *Pafquier*.

,, D'ailleurs, étant un ouvrage affez gros, &
,, rempli d'obfervations fort communes, on ne
,, faurait s'imaginer auquel de fes fecrétaires il l'au-
,, rait dicté, & encore moins comme il l'aurait
,, écrit lui-même. Il eft conftant que le cardinal
,, de *Richelieu* a toujours dicté, & n'a jamais guère
,, écrit.

,, Mais il y a plus : on y remarque force imper-
,, tinences, bévues, & fuppofitions. Ce prétendu
,, teftament commence par une lettre du teftateur
,, au feu roi, avec la foufcription *Armand Dupleſſis* :
,, cependant il n'a jamais foufcrit fes lettres à
,, *Louis XIII* que de deux manières, ou comme
,, évêque, ou comme cardinal. La première des
,, deux était *l'évêque de Luçon*, & l'autre *le cardinal de*
,, *Richelieu*. Il n'y en doit point avoir de troifième ;
,, & s'il s'en trouve, ce ne peut être qu'une pièce
,, fuppofée.

,, On opine à-peu-près de même du reproche
,, qu'on lui fait faire aux ennemis de marquer
,, l'année 1638 pour lui avoir été favorable, fur
,, ce que la prife de Brifac devait avoir effacé toutes
,, nos difgraces. Ce lui aurait été une efpèce de
,, crime que d'omettre notre plus fignalé bonheur de
,, cette année-là, qui fut la naiffance de monfeigneur
,, le dauphin.

,, Cette omiffion donc n'était guère moins remar-
,, quable que la contradiction qui fe voyait au même
,, teftament, où il eft dit, tantôt que la paix était
,, faite, & tantôt qu'elle ne l'était pas. D'où il fe
,, peut infailliblement conclure que cette pièce eft
,, d'autant plus fauffe qu'elle était tout-à-fait inutile. ,,

Quand il n'y aurait que cette preuve, elle fuffirait,
à mon avis, pour conftater que le teftament politique
ne peut être du cardinal de *Richelieu*.

Le dernier critique qui a fait voir évidemment
la fuppofition, eft le favant *la Monnoie*; on veut
récufer aujourd'hui fon témoignage, parce qu'il eft
trop décifif; & on fe contente de dire *que ce favant
homme n'avait pas tourné fes études du côté de ces
recherches.*

C'eft précifément à ces recherches qu'il s'appliqua
fes dernières années; voyez fa *Vie de Ménage*, fes
additions au *Ménagiana*, fa differtation fur le livre
des *Trois impofteurs;* c'était dans cette partie qu'il
excellait.

Dans une difcuffion de cette nature, le lecteur
doit, ce me femble, agir comme un juge équitable,
qui n'adjugera jamais à perfonne un bien contefté
que fur des preuves évidentes.

T 4

Vous affurez, malgré la dépofition formelle de l'hiftoriographe du cardinal de *Richelieu*, payé pour faire fon panégyrique, que le teftament politique eft de ce miniftre. On vous y montre des méprifes groffières, indignes de tout homme en place & de tout écrivain. Montrez-nous donc quelques preuves convaincantes que le cardinal de *Richelieu* eft en effet l'auteur de ces bévues.

Vous êtes tenu de faire voir au moins l'ouvrage figné de fa main ; vous n'avez que cette unique reffource, & encore nous examinerons fi cette preuve ferait décifive.

Objection.

Il ne paraît pas facile, dit-on, dans la préface de l'éditeur du nouveau teftament politique, *de concilier l'opinion où l'on était à l'hôtel de Richelieu que le teftament politique était du cardinal de Richelieu, avec ce qu'avance M. de Voltaire, qu'ayant fait demander chez tous les héritiers du cardinal, fi on avait quelque notion que le manufcrit du teftament ait jamais été dans leur maifon, on répondit unanimement que perfonne n'en avait eu la moindre connaiffance avant l'impreffion.*

Réponfe.

RIEN n'eft plus aifé à concilier. M. de *Voltaire* chercha ce manufcrit dans l'hôtel de Richelieu ; il ne l'y trouva pas, & les dépofitaires des archives lui dirent qu'ils ne l'avaient jamais vu. En effet le feul exemplaire manufcrit qui avait été chez madame la ducheffe d'*Aiguillon*, feconde du nom, comme il était dans trente autres bibliothèques de Paris, fut transféré en 1705 avec d'autres papiers du cardinal, au dépôt des affaires étrangères. Nous verrons en son lieu de quelle autorité est ce manuscrit.

Réflexion.

D'où venait l'édition du prétendu testament politique imprimé en 1688 ? pourquoi l'éditeur ne cite-t-il pas ses garants, ses autorités ? d'où a-t-il reçu ce manuscrit ? C'est une pièce si importante par le nom du respectable auteur à qui on l'attribue, par le monarque auquel elle est adressée, par le sujet qu'elle annonce, que l'éditeur est indispensablement obligé de dire & de prouver comment un écrit de cette nature était tombé entre ses mains ; il ne l'a pas fait ; on ne lui doit donc nulle créance, comme on l'a déjà dit.

Il n'en est pas de même, ce me semble, des mémoires du cardinal de *Retz*, de *Talon*, de *Montchal*, de *la Porte*. Personne n'a douté des auteurs de ces mémoires ; au lieu qu'une foule de savans critiques a toujours nié que le testament politique fût de l'illustre cardinal de *Richelieu*. Ce testament est bien autrement important que tous les mémoires dont nous parlons.

Ces mémoires portent tous un caractère de vérité qui ne permet aucun doute sur leurs auteurs. Au contraire, les anachronismes, les erreurs de toute espèce qui fourmillent dans le testament du cardinal, font naître des doutes dans l'esprit de tous ceux qui réfléchissent.

Objection.

M. de *Foncemagne* dit *que dans le catalogue des livres de feu M. l'abbé de Rothelin, on trouva un teſtament poli- tique du cardinal de Richelieu, relié en maroquin rouge.*

Réponſe.

I l ſait bien que ce maroquin rouge n'eſt pas une preuve que ce teſtament.fut préſenté à *Louis XIII.* Un romain qui aurait eu dans ſa bibliothèque un *Pétrone* en maroquin rouge, aurait-il dû conclure que cet ouvrage licencieux d'un jeune débauché, ſortant des écoles, était l'ouvrage du conſul *Petronius?* On aurait beau relier les fauſſes décrétales en maro- quin rouge, elles n'en ſeraient pas moins fauſſes.

Auſſi le judicieux M. de *Foncemagne* ne fait pas grand fond ſur cette preuve qu'il allègue.

Objection très-forte de M. de Foncemagne.

Ce ſage & ſavant critique me fait une objection bien plus importante , & qui peut faire une très- grande impreſſion ſur les eſprits ; c'eſt qu'il ſe trouve au dépôt des affaires étrangères une copie du teſta- ment du cardinal de *Richelieu.* Je ne ſuis pas à portée de la voir dans le fond de mes déſerts ; & quand je ferais au louvre, je ne pourrais m'en rapporter à mes yeux , à qui la lumière eſt preſque entièrement refuſée. Je fais lire la lettre de M. de *Foncemagne*, je dicte mes doutes , & je lui demande des éclair- ciſſemens.

Le nouveau teſtament qu'il a fait imprimer porte, dit-il , des corrections en marge de la main du cardinal de *Richelieu* ; ces corrections d'une demi-ligne font dans le discours préliminaire intitulé : *Maximes d'Etat* ou *Testament politique*, succincte narration des grandes actions du roi.

A la fin de cette succincte narration, on prétend que le cardinal de *Richelieu* a écrit de sa main :

> *Monaco*
> *si vous reperdez*
> *Aire*
> *galères d'Espagne*
> *perdues par la tempête.*
> *distribution de*
> *bénéfices.*

Réponse.

Je supplie d'abord M. de *Foncemagne* de vouloir bien instruire le public si on a confronté l'écriture reconnue du cardinal de *Richelieu* avec ces notes marginales ; cet éclaircissement est d'une nécessité indispensable : je ne cherche comme lui que la vérité. Le cardinal fesait souvent mettre de pareilles notes par *Bois-Robert* & par son médecin *Citois*, comme le rapporte *Pélisson* dans son histoire de l'académie , au sujet de la critique du *Cid*. Je m'en rapporte entièrement à M. de *Foncemagne*, comme je le dois.

En second lieu, oserai-je dire que cette *narration succincte*, qui est au-devant du testament politique, me paraît une preuve évidente de la supposition du testament ?

Je prie le lecteur attentif de faire avec moi ses réflexions qui vaudront mieux que les miennes.

Madame la ducheſſe d'*Aiguillon*, ſeconde du nom, avait, dit-on, entre les mains ce dépôt précieux : l'authenticité du teſtament politique était combattue hautement par pluſieurs écrivains.

Comment ne ſe trouva-t-il perſonne dans ſa maiſon qui oppoſât cette pièce victorieuſe à l'incrédulité des ſavans ? comment ſurtout la ſeconde ducheſſe d'*Aiguillon* ne s'éleva-t-elle pas contre l'avocat *Aubery*, penſionnaire de ſa maiſon, auteur de l'hiſtoire de ſon grand oncle ? Il oſait s'inſcrire en faux contre le teſtament, dont elle avait, dit-on, l'original marginé de la main du cardinal ; n'y a-t-il pas la plus grande vraiſemblance qu'elle ne pouvait confondre *Aubery*, puiſqu'elle ne le confondit pas, & que cet avocat était comme ceux d'aujourd'hui qui préfèrent la vérité à tout ? Enfin ſi tout le teſtament était du cardinal, pourquoi n'était-il pas ſigné de ſa main ?

Accordons que la petite note, *ſi vous reperdez Aire*, eſt du cardinal, qu'en pouvez-vous conclure ? qu'il eſt phyſiquement impoſſible que le cardinal ait ni fait ni dicté depuis le prétendu teſtament politique. Aire avait été priſe par le maréchal de *la Meilleraie* le 27 juillet 1641 ; elle fut repriſe par les Eſpagnols la même année, le vingt-ſix auguſte (que nous appelons le mois d'*Août* par corruption ;) donc ce ne fut que depuis la fin de juillet 1641 que le cardinal put écrire ou faire écrire le prétendu teſtament à la ſuite de la narration ſuccincte. Et cependant on le fait parler dans ſon prétendu teſtament tantôt en 1640, tantôt en 1638.

Il avait ce deffein, je le veux; il dit à M. de *Montchal* archevêque de Touloufe, fon ennemi, en le trompant & en répandant des larmes, (*b*) qu'il voulait reffembler à l'empereur *Augufte*. A la bonne heure. *Augufte* avait fait rédiger un état des forces de l'empire, des finances, des légions, des frontières, des voifins de l'empire, comme les Germains feptentrionaux, les Daces, les Parthes &c. Il n'eft point de prince d'Allemagne qui n'ait un pareil mémoire raifonné dans fon cabinet : c'eft ce que le cardinal voulait & devait faire, & c'eft affurément ce qu'on ne trouve pas dans le teftament politique. Il ne put en avoir le temps depuis le mois d'août 1741; ce fut alors que la confpiration du grand-écuyer *Cinq-Mars* commença à fe tramer contre lui : il n'eut dès-lors aucun moment de repos ; fa fanté s'altéra, & ce miniftre au bord de fon tombeau, fefant couler le fang fur les échafauds, n'eut pas fans doute le loifir d'imiter *Augufte*.

Mais que devint donc cette note qu'on croit écrite de fa main à la fin de la narration fuccincte, qui eft fuivie des projets de l'abbé de *Bourzeys*, pour ôter le droit de régale au roi de France, pour faire payer la taille aux parlemens, & pour enrôler la nobleffe par force ? Cette note s'explique d'elle-même, & en voici le fens naturel.

J'ai eu à peine le temps, M. l'abbé, de parcourir la narration fuccincte que vous avez faite en mòn nom pour me flatter; vous ne deviez pas dire que *dès que j'entrai au confeil* en 1624, par la faveur de la reine-mère, *je promis au roi d'employer toute mon induftrie &*

(*b*) Mémoires de *Montchal*, pages 202 & 216.

toute mon autorité pour ruiner le parti huguenot, rabaiffer l'orgueil des grands, & relever fon nom ; premièrement, parce qu'un tel difcours eft rempli d'un orgueil infupportable ; fecondement, parce qu'il eft entièrement faux. Toute la France fait que dans l'année 1624 j'entrai au confeil malgré la répugnance extrême du roi. Après avoir long-temps follicité le marquis de *la Vieuville*, à qui je jurai fur l'euchariftie une amitié inviolable, & que je fis enfuite exiler, je n'eus d'abord aucun crédit, aucun département : le roi ne connaiffait pas alors tout mon zèle, & je n'avais rendu aucun fervice fignalé.

Vous parlez avec trop d'emphafe, *de la victoire que les armes de S. M. remportèrent à Caftelnaudari.* Tout le monde fait affez que cette grande victoire fut à peine une efcarmouche. Le duc de *Montmorenci* étant allé reconnaître un pofte à la tête de foixante maîtres, un corps avancé, qui fe trouva vis-à-vis fur le bord d'un foffé, tira quelques coups ; *Montmorenci*, emporté d'une ardeur téméraire, franchit le foffé, & n'étant fuivi que de fix perfonnes feulement, il fut percé de coups & fait prifonnier : il eft vrai que je l'ai fait mourir fur un échafaud ; mais vous pourriez m'épargner cet éloge.

Vous me loüez beaucoup ; de juftes éloges encouragent ; mais certains menfonges imprimés ou manufcrits diminueraient ma gloire, au lieu de l'accroître. Gardez-vous furtout, dans votre narration, de me faire parler d'une manière indécente, de me prêter des injures atroces contre la brave & fidelle nation efpagnole, avec laquelle je fuis déjà en négociation ; ne me faites pas dire *qu'elle a rendu les Indes tributaires de l'enfer* ; ces invectives font d'un mauvais rhéteur, & non d'un miniftre.

Quand vous me faites parler d'un héros tel que le duc *Henri de Rohan*, ne me faites pas dire *que fa terreur panique nous a fait perdre la Valteline*. Nul guerrier n'a été moins fujet aux terreurs paniques que lui ; & vous reffembleriez à ce poëte italien qui, dans un opéra, introduit *Céfar* criant aux fiens dès la première fcène, *alla fuga*, *allo fcampo*, *fignori*. Corrigez toutes les indécences pareilles dont vous parfemez votre narration fuccincte, & mettez des vérités à la place des injures.

Ajoutez à votre narration la conquête d'Aire, que je crains bien qui nous foit enlevé. Parlez de la der- nière diftribution des bénéfices, fi vous voulez ; corrigez toutes les fautes de votre ouvrage, & je le reverrai quand j'en aurai le temps.

Si jamais vous avez la fantaifie de coudre vos idées chimériques à votre narration, n'allez pas me faire dire que je veux abolir le droit de régale ; vous me feriez paffer pour un homme qui abandonne les intérêts du roi & de la patrie ; vous me rendriez odieux à tous les parlemens. J'ai figné deux arrêts du confeil pour forcer les évêques, qui fe prétendent exempts de la régale, à montrer leurs titres ; ce n'eft pas là vouloir abolir la plus ancienne prérogative de la couronne : c'eft M. de *Montchal*, archevêque de Touloufe, qui fait courir ces bruits injurieux ; il m'appelle dans fes manufcrits, qu'on m'a montrés, *cruel & timide*; (c) il me compare au tyran *Phocas*; il dit à tout le monde

(c) Mémoires de *Montchal*, page 9.

que j'abrége les jours du roi, que je le ferai bientôt mourir. (*d*)

Il dit que je me déclare contre la régale, parce que je n'ai pas payé la mienne à la Ste Chapelle. (*e*)

Il dit qu'on me déplait en me refufant le titre de *chef de l'Eglife gallicane.* (*f*)

Il dit que je mourrai dans l'année pour avoir perfécuté l'Eglife de Dieu. (*g*)

Gardez-vous bien, encore une fois, de parler de régale. Voulez-vous qu'ayant été affez mal avec Rome, pendant mon miniftère, je lui faffe ma cour après ma mort ?

Si le cardinal de *Richelieu* n'a pas tenu ce langage, il a dû le tenir; & cette narration fuccincte eft fi mal faite, fi odieufe en quelques endroits, fi remplie de fauffetés évidentes, fi infultante pour les familles les plus confidérables, qu'il n'eft pas étonnant que la ducheffe d'*Aiguillon* ne la fit pas voir au public qu'elle aurait révolté.

Ainfi, cette note qu'on affure être de la main du cardinal de *Richelieu*, au bas de la narration fuccincte, me paraît une preuve évidente qu'il n'a jamais vu le teftament politique ; s'il l'avait vu, il y aurait mis quelques notes felon fa coutume. Ce teftament, rempli d'erreurs en tout genre, méritait bien quelques remarques ; & fi malheureufement il l'avait approuvé, il y aurait mis fon nom : il n'a fait ni l'un ni l'autre ;

(*d*) Mémoires de *Montchal*, page 7.
(*e*) *Idem*, page 216.
(*f*) *Idem*, page 180.
(*g*) *Idem*, page 188.

donc

donc il eſt bien probable que le teſtament n'eſt point de lui.

Objeɛtion non moins importante.

Monſieur le marquis de Torci, en 1705 *fit retirer,* dit-on, *des effets de la ſucceſſion de madame la ducheſſe d'Aiguillon, les papiers du miniſtère du cardinal de Richelieu; le teſtament politique fut remis, avec tous ces papiers, dans le dépôt des affaires étrangères, lorſqu'en 1710 il forma ce dépôt, avec la permiſſion de Louis XIV, dans le donjon au-deſſus de la chapelle du louvre.* C'eſt M. *le Dran,* chargé du dépôt, qui a donné cette note.

Réponſe.

J'avoue que je n'ai pas conſulté M. *le Dran;* il n'était pas alors chargé de ce dépôt, lequel n'était pas, ce me ſemble, encore en règle; & aujourd'hui je ne puis conſulter perſonne : je m'en rapporte toujours à ceux qui vivent à Paris, & qui ont des yeux; & voici ſur quoi je les prie de vouloir bien m'inſtruire.

La *ſuccinɛle narration* ne me paraît avoir aucun rapport avec la ſuite du teſtament. M. de *Foncemagne* dit lui-même : ,, Ce ſont deux parties diſtinɛtes du ,, même tout. *Voilà, Sire,* dit le cardinal en finiſſant ,, la première, *ce que vous avez fait pour votre gloire;* ,, & il me ſemble lui entendre dire en commençant ,, la ſeconde, qui eſt le teſtament proprement dit : ,, *Voilà, Sire, ce que vous devez faire pour vos ſujets.* ,,

De-là je conclus ce que M. de *Foncemagne* devait, ce me ſemble, néceſſairement conclure, que le teftament politique proprement dit ne peut être du cardinal de *Richelieu*.

Si le cardinal dans la narration fuccincte a parlé de la conduite qu'ont tenue les généraux d'armée contre l'Allemagne & l'Efpagne, il va parler, fans doute, de la conduite qu'ils doivent tenir. S'il a fait mention des négociations avec toutes les puiffances voifines, il va expliquer comment il faut négocier dans la fituation préfente qui eft très-épineufe avec l'Italie, la Hollande, la Suède, le Danemarck, l'Angleterre. S'il s'eft étendu fur l'invafion du Piémont, il va enfeigner la manière de le conferver. S'il a dit quelque chofe des révolutions de la Catalogne & du Portugal, il va montrer par quels refforts on peut profiter de ces grands événemens. Lifez ; il parle de cas privilégiés & du droit de préfenter aux cures.

Je fuis jufqu'à préfent du premier avis de M. de *Foncemagne*, que le cardinal de *Richelieu* pouvait avoir projeté de faire ce qu'on appelle *un teftament vraiment politique* ; qu'il avait donné à l'abbé de *Bourzeys* la commiffion de rédiger la narration fuccincte ; qu'il avait fait quelques notes de fa main, comme il en fit *au jugement de l'académie fur le Cid*. Mais de ce qu'il écrivit deux ou trois notes fur cet ouvrage de l'académie, s'enfuit-il qu'il en fut l'auteur ? non fans doute ; un miniftre qui avait à combattre la maifon d'Autriche, les proteftans, la moitié de la France, la cour & le caractère de fon maître, n'avait pas plus le temps de faire la critique raifonnée du *Cid*, que de travailler lui-même à toutes les pièces des cinq auteurs dont il donnait quelquefois

l'idée rapidement, à *Rotrou*, à *Scudéri*, à *Colletet* &c.
& dont il fe contentait de faire quelques vers.

Quand je fis l'hiftoire de la guerre de 1741,
à Verfailles chez M. le comte d'*Argenfon*, ce miniftre
en margina quelques pages. S'eft-on jamais avifé
d'attribuer à M. d'*Argenfon* cet ouvrage, dont on
m'a volé plufieurs cahiers informes ridiculement
imprimés?

Je préfume furtout que depuis 1638, depuis le
28 juillet 1641, le cardinal, qui écrivait très-peu,
ne put jamais ni avoir affez de loifir, ni en abufer
affez pour s'étendre dans un long ouvrage fur toute
autre chofe que fur les affaires de fon maître, pendant que la guerre contre la maifon d'Autriche
mettait la France en alarmes, que *Picolomini* battait
les Français, que la province de Normandie était
révoltée, que les révolutions du Portugal & de la
Catalogne exigeaient toute l'attention du miniftre;
pendant que le comte de *Soiffons*, le duc de *Guife*
& le duc de *Bouillon*, ligués avec l'Efpagne, fefaient
la guerre civile; pendant qu'ils gagnaient contre
les troupes du roi, ou plutôt contre le cardinal,
la bataille de la Marfée; pendant que la confpiration de *Cinq-Mars* fe tramait; enfin, pendant
que tous ces orages conduifaient le cardinal au
tombeau.

Etait-ce alors le temps de parler des vîtres de
la Sainte-Chapelle, & de recommander la chafteté
à *Louis XIII* moribond?

Et qui fait-on prêcher la chafteté fi mal à propos?
Il faut le répéter encore, c'eft l'amant public de

V 2

Marion de Lorme; c'eſt celui de la *Béjar*, qui diſait
qu'elle ne regrettait que deux hommes dans le
monde, le cardinal de *Richelieu* & *Gros-René*. C'eſt
celui qui jouit le premier de la fameuſe *Ninon*, ſi j'en
crois l'abbé de *Châteauneuf*, intime ami de cette
perſonne ſi célébre, à qui je l'ai ouï dire pluſieurs
fois dans mon enfance, & à qui je dois d'avoir été
placé dans le teſtament de *Ninon;* teſtament beaucoup plus ſûr que celui dont il eſt queſtion. C'eſt
enfin celui dont les amours ſont décrits avec tant
de naïveté par le cardinal de *Retz*, ſon rival auprès
de Mᵐᵉ de *la Meilleraie*, & ſon rival heureux.

Ce n'eſt pas aſſurément que je prétende reprocher
à un miniſtre ſes galanteries; je ſais combien il eſt
permis à un grand-homme, qui a pris une ville
réputée imprenable, & qui a rendu des ſervices
à la patrie, de joindre les plaiſirs aux travaux;
mais combien eût-il été ridicule au cardinal, combien
même dangereux, de parler de chaſteté à *Louis XIII*,
qui devait être très-inſtruit du tour que lui avait
joué Mᵐᵉ du *Fargis*, dame d'atour de la reine?
Conſultez ſur cette aventure & ſur tant d'autres,
les mémoires du cardinal de *Retz*, dans les premières
pages du premier livre de ces mémoires. Ne dites point
que les amours du cardinal avec *Marion de Lorme,
ne ſont connus que par les mémoires intitulés, Galanteries
depuis le commencement de la monarchie, & par le
Diélionnaire de Bayle.* Voyez ce que le cardinal de
Retz en dit à l'endroit déjà cité, & ce qu'il ajoute
ſur madame de *Fruge*.

Le cardinal de *Retz*, archevêque de Paris, parle
de ſes amours avec autant de vérité que de ceux du

cardinal de *Richelieu* ; mais il ne donne de leçon de chafteté à perfonne.

Quis tulerit Gracchos de feditione querentes?

N'eft-il donc pas de la plus extrême vraifemblance que l'abbé de *Bourzeys*, ayant fait la narration fuccinéte que le cardinal corrigea très-fuccinétement, s'avifa depuis de travailler de lui-même, & de joindre fes rêveries à la narration dont il était l'auteur? Il était le *Colletet* de la politique.

C'eft le premier fentiment de M. de *Foncemagne*, c'eft le mien, & je m'en rapporte au leéteur dont le jugement eft fans prévention.

Réflexion.

J'AURAIS fouhaité que M. de *Foncemagne*, en me réfutant, ou plutôt en m'inftruifant, s'en fût rapporté feulement à ce qui eft publié dans le tome IV de mes faibles ouvrages, imprimés à Genève en 1757, & non à des éditions antérieures, imprimées fans mon aveu : j'aurais défiré qu'il eût confulté, à la page 298 de ce IVᵉ tome, le chapitre 48 intitulé : *Raifons de croire que le livre intitulé* Teftament politique &c. *eft un ouvrage fuppofé.*

Il aurait vu que dans cette édition il n'eft point queftion des millions d'or dont il parle. Ne mêlons point ces bagatelles à l'effentiel de la caufe : des difcuffions inutiles détournent des grands objets ; allons toujours au fait principal dans toute affaire.

V 3

Objection.

J'AVAIS dit qu'il n'est pas naturel qu'un premier ministre demande l'abolition des comptans ; j'avais dit que l'affaire des comptans ne fit du bruit qu'au temps de la disgrace de *Fouquet*. M. de *Foncemagne* me répond *que l'affaire des comptans avait fait du bruit long-temps avant la disgrace du surintendant ; le cardinal ne l'ignorait pas. Le grand Henri*, dit-il, *connaissait le mal établi du temps de son prédécesseur, & ne l'a pu ôter. L'exemple de M. de Sulli &c.*

Réponse.

JE m'en tiens à ces propres paroles, pour être fondé à croire que le testament politique ne peut être du cardinal de *Richelieu*. Les mémoires de *Sulli* ne parurent que long-temps après la mort du cardinal ; ce ne peut donc être lui qui les cite, ce ne peut être que l'abbé de *Bourzeys*. L'affaire des comptans n'avait donc point fait de bruit avant la disgrace de *Fouquet*.

Mais il y a bien plus. Voici comme l'auteur fait parler le cardinal : „ Entre les voies par lesquelles „ on peut tirer illicitement les deniers des coffres „ du roi, il n'y en a point de si dangereuses que „ celles des comptans, dont l'abus est venu à un „ tel point, que n'y remédier pas, & perdre l'Etat, „ c'est la même chose &c. „

Qui disposait alors des comptans, je vous prie ? qui les signait ? C'était le cardinal lui-même. On lui fait donc dire qu'il tire *illicitement* les deniers des coffres du roi ; on met dans fa bouche une accufation de péculat contre fa perfonne ; on lui fait dire nettement qu'il eſt criminel de lèſe-majeſté. Une pareille abſurdité eſt-elle poſſible ? eſt-elle concevable ? & après cette preuve de ſuppoſition, en faut-il d'autres encore ?

L'abbé de *Bourzeys* aura donc mis ſes idées vers l'an 1660 à la fuite de la narration ſuccincte : ce manuſcrit ſera tombé entre les mains de Mme la ducheſſe d'*Aiguillon*, ſeconde du nom ; on l'aura enlevé chez elle après ſa mort, avec toutes les négociations du cardinal ; voilà tout le myſtère ; rien n'eſt plus naturel, plus ſimple, plus aiſé à concilier.

Réflexion.

J E ne répéterai pas ici ce que j'ai déjà dit de la fauſſeté des faits, des réflexions & des calculs. L'auteur du prétendu teſtament prétend *que quand on établit un nouvel impôt, on eſt obligé de donner une plus grande paye aux ſoldats.* Cela eſt faux dans tous les Etats de l'Europe ; donc le cardinal de *Richelieu* ne peut l'avoir dit. M. de *Foncemagne* laiſſe cette objection accablante ſans réplique.

Il eſt parlé dans le prétendu teſtament des grands périls de la navigation d'Eſpagne en Italie, & d'Italie en Eſpagne. Il eſt impoſſible que le cardinal de *Richelieu*, ſurintendant des mers, ait parlé avec tant d'ignorance ; auſſi M. de *Foncemagne* ſe garde bien de juſtifier l'abbé de *Bourzeys* ſur cet article.

Ce même abbé de *Bourzeys*, dans ce même prétendu teſtament, oſe dire que la ſeule Provence a plus de beaux ports que la monarchie d'Efpagne. Encore une fois, comment le furintendant des mers aurait-il pu avancer une fauffeté fi publique?

Preuves de la fuppofition du teftament. Affaires de finance.

A toutes ces vraifemblances, qui me paraiffent des certitudes, j'ajouterai toujours que fi le cardinal a voulu donner des leçons à fon maître, il a donné des leçons bien étranges: s'il entre dans quelques détails, il fe trompe toujours: s'il parle de finances, chap. IX, il fait des fautes qu'un écolier qui apprendrait l'arithmétique ne commettrait pas.

De trente millions à fupprimer, il y en a près de fept dont le rembourfement ne devant être fait qu'au denier cinq, la fuppreffion fe fera en fept années & demie par la feule jouiffance.

Premièrement, l'auteur met le denier cinq pour le denier vingt.

Secondement, comment imaginer que dans fept années & demie un fonds eft abforbé par la jouif-fance à cinq pour cent? ces cinq pour cent en fept années & demie font trente - fept & demi : or, je demande à *Barême* fi trente-fept & demi font cent?

Je prie tous les calculateurs, & tous les hommes verfés dans la finance, de lire ce chapitre, & de dire s'ils ont jamais vu de pareils comptes, & de pareils projets de miniftre.

Autres preuves.

Vous voyez que fur terre & fur mer le rédacteur du teftament politique s'éloigne affez des idées

ordinaires. Il foutient qu'il n'y a point d'établiffemens à faire dans l'Occident ; les Anglais & les
Hollandais nous ont bien prouvé le contraire ; & il
eft très-certain que le feu comte *Maurice*, qui était
plein de vie en 1642 , gouvernait le Bréfil que les
Hollandais avaient conquis fur les Portugais.

M. de *Foncemagne* me dit que j'ai confondu ce
comte *Maurice* avec le *Maurice* , prince d'Orange.
Non , c'eft l'abbé de *Bourzeys* qui les confond, &
c'eft une de fes moindres méprifes.

Il n'y a fans doute que cet abbé de *Bourzeys*,
qui ait pu avancer (chap. IX) que Gènes était la
plus riche ville d'Italie, tandis que le pape jouiffait
de quinze millions de nos livres de rente, tandis
que Livourne fefait un plus grand commerce que
Gènes , tandis que Venife trouva des fonds affez
confidérables pour réfifter aux forces de l'empire
ottoman.

Réflexion.

JE crains que tant de fautes accumulées ne
fatiguent le lecteur ainfi que moi. Je finis par cette
grande difficulté à laquelle on n'a jamais pu
répondre , & que j'ai indiquée dans mes premières
réflexions. Y a-t-il quelqu'un qui puiffe croire qu'un
premier miniftre parle à fon roi de tant de petits
détails qui n'appartiennent qu'à des commis fubal-
ternes, & furtout de tant de calculs erronés & de
projets chimériques de finances, qui n'appartiennent
qu'à ces écrivains qu'on appelle en Angleterre
projeteurs ? qu'il propofe aux Français de ne s'ha-
biller que d'un bon drap du Seau , aux parlemens

de payer la taille, aux gentilshommes d'être enrôlés,
aux chefs des armées de lever toujours par ménage
cent mille foldats, quand il en faut cinquante mille;
qu'il ne donne d'ailleurs que des confeils vagues
fur la grande adminiftration; qu'il s'appefantiffe dans
la moitié de fon livre fur des lieux-communs de
morale, & en faffe un fermon infipide, fans dire
un feul mot de la manière dont il fallait foutenir
alors l'Etat chancelant ?

J'avoue que j'ai toujours été fi frappé d'une
inconvenance fi marquée, que fi l'abbé de *Bourzeys*
me montrait aujourd'hui fon livre figné de la main
du cardinal de *Richelieu*, je lui dirais : Non, il n'eft
pas de lui, c'eft vous qui lui avez fait figner votre
propre ouvrage ; il vous avait demandé peut-être
quelques obfervations politiques dont il pût faire
ufage ; il a pu les figner, comme tant de grands
feigneurs fignent les comptes de leurs intendans,
fans les avoir prefque lus.

Objection.

M. de *Foncemagne* me dit qu'il n'eft pas étonnant
que le cardinal de *Richelieu* ait préfenté à *Louis XIII*
ces lieux-communs, puériles, vagues, ce catéchifme pour un
prince de dix ans, fi déplacé à l'égard d'un roi âgé de
quarante années, puifque le grand Boffuet compofa autrefois,
pour l'inftruction du dauphin, la politique tirée de
l'écriture fainte.

Réponfe.

JE réponds à M. de *Foncemagne* : Il eft pardonnable au grand *Boffuet* d'avoir fait pour un enfant

ce livre peu digne de lui, intitulé *Politique tirée de l'écriture fainte;* mais ce fublime écrivain aurait bien négligé toute décence, s'il avait fait un tel ouvrage pour l'ufage de *Louis XIV.* Vous favez mieux qu'un autre, Monfieur, comment il faut parler aux jeunes princes & aux princes d'un âge mûr; & dans le fond de votre cœur, vous fentez encore mieux que moi les prodigieufes difparates que j'ai obfervées, & l'extrême inconvenance de dire à un prince qui règne depuis trente-fix ans, ce qu'on dirait à peine à un enfant qu'on élève, & furtout ce qu'il ne faudrait pas lui dire dans un ftyle prolixe & rebutant.

Queſtion importante.

IMAGINONS que *Louis XIV*, après les batailles d'Hochftet, de Ramillies, d'Oudenarde, de Turin, manquant d'argent, ayant peine à recruter fes armées, demanda au maréchal de *Villars* un plan qui pût remédier aux maux préfens de la France. Croyez-vous de bonne foi qu'alors le maréchal de *Villars*, prêt à partir pour entrer en campagne, eût dit au roi : ,, Sire, il faut commencer par reftreindre ,, les appels comme d'abus; toute contravention à ,, la pragmatique a été eftimée cas privilégié; vous ,, avez tort de prétendre le droit de régale dans ,, certains diocèfes : il faut annexer à la Sainte- ,, Chapelle une abbaye; il ne faut pas croire les ,, gens de palais, qui jugent de la puiffance du roi ,, par la forme de fa couronne, qui étant ronde, ,, n'a point de fin; les univerfités prétendent qu'on ,, leur fait un tort extrême, de ne leur pas laiffer

„ privativement à tout autre la faculté d'enseigner
„ la jeuneffe.

„ L'hiftoire de *Benoît XI* contre les cordeliers qui,
„ piqués fur le fujet de la perfeƈtion de la pauvreté,
„ fource des revenus de *St François*, s'animèrent à
„ tel point qu'ils lui firent ouvertement la guerre
„ par livres &c.

„ Je vous apprends que les meilleurs princes ont
„ befoin d'un bon confeil : je vous apprends qu'un
„ prince capable eft un grand tréfor dans un Etat,
„ & que beaucoup de qualités font requifes pour
„ faire un confeiller d'Etat parfait. Je vous apprends
„ qu'un confeiller d'Etat doit être un honnête
„ homme ; & voici fept grands paragraphes où je
„ parle des grands confeillers d'Etat, fans dire un
„ feul mot du fait dont il s'agit. (*a*)

„ Il eft queftion, Sire, d'empêcher les ennemis
„ de venir à Paris ; mais n'en parlons point.
„ Apprenez, à votre âge, que le règne de Dieu
„ eft le principe du gouvernement des Etats, & que
„ la pureté d'un prince chafte bannira plus d'im-
„ pureté du royaume que toutes les ordonnances
„ qu'on pourrait faire à cette fin.

„ Ecoutez, Sire, cette vérité fi peu connue ; la
„ raifon doit être la règle & la conduite d'un Etat ;
„ la lumière naturelle fait connaître à un chacun
„ que l'homme, ayant été fait raifonnable, ne doit
„ rien faire que par cette raifon.

(Cette maxime eft nouvelle, je l'avoue, mais
elle n'en eft pas moins curieufe, & elle prouve

(*a*) L'abbé de *Bourzeys* avait le titre de confeiller d'Etat.

qu'il ne faut pas croire le P. *Canaye* qui loue tant le maréchal d'*Hocquincourt* de n'avoir point de raifon.)

„ Je vous apprends que la prévoyance eft nécef-
„ faire au gouvernement d'un Etat.

„ Je me donnerai bien de garde de vous dire
„ quels négociateurs fecrets il faudrait employer
„ pour détacher l'Angleterre de l'Allemagne & de
„ la Hollande, pour oppofer le comte d'*Oxford* au
„ duc de *Marlborough*; mais lifez, fi vous pouvez,
„ mon chapitre VII, où je parle des négociations;
„ je vous y apprends que la faveur peut innocem-
„ ment avoir lieu dans quelques chofes, lorfque
„ le trône de cette fauffe déeffe eft élevé au-deffus
„ de la raifon : lifez le chapitre VII, où un abbé
„ que j'ai confulté, dit que les Français étant
„ deftitués de flegme, font des viandes fervies fans
„ fauffe. „

Si le maréchal de *Villars* avait parlé ainfi, n'eft-il pas vrai que le roi *Louis XIV* l'aurait cru un peu affaibli du cerveau, & ne l'eût certainement pas envoyé commander fur la frontière ?

Voilà pourtant très-précifément ce qu'on impute au cardinal de *Richelieu*.

Maintenant je fuppofe que le cardinal eût donné à lire fon teftament à *Louis XIII* qui ne lifait jamais; je fupppofe même que le roi eût fait l'effort difficile de parcourir cet ouvrage; dans quel excès de furprife ne ferait-il pas tombé ? n'aurait-il pas été en droit de dire à fon miniftre : „ J'attendais de vous des
„ confeils un peu plus précis : vous favez de quelle
„ importance il eft d'attacher à mon fervice les

» troupes veimariennes, & que c'eſt l'unique moyen
» d'incorporer l'Alſace à la France.

» La Savoie va nous échapper : le chancelier
» *Oxenſtiern* peut faire une paix avantageuſe avec
» l'Allemagne, & nous abandonner. De grands
» troubles ſe préparent en Angleterre, dont il me
» ſemble que nous pouvons profiter.

» Quel avantage tirerons-nous de la révolte de
» la Catalogne contre le roi d'Eſpagne, & de la
» priſe de Turin par le comte de *Harcourt de*
» *Lorraine* ?

» Quels négociateurs emploierons-nous pour
» attacher le landgrave de Heſſe aux intérêts de la
» France ? Avons-nous aſſez d'argent pour lui payer
» des ſubſides ?

» Quel ſecours pouvons-nous donner au
» Portugal ?

» Par quel moyen pourrons-nous diſſiper les
» conſpirations qui ſe trament en ſecret en France ?

» Quelles propoſitions faudra-t-il faire au duc de
» *Bouillon*, pour l'engager à céder ſa principauté de
» Sédan, & à n'avoir déſormais d'autre intérêt que
» celui de me ſervir ?

» Que dois-je faire ſurtout pour écarter de mon
» frère les conſeillers pernicieux qui ſont près de
» l'engager à prendre les armes ?

» Parlez-moi de tant d'intérêts importans de qui
» dépend le deſtin de l'Europe & de la France : ces
» ſeuls objets ſont dignes de vous & de moi ;
» laiſſez-là vos viandes ſervies ſans ſauſſe, & vos
» ſept paragraphes des devoirs d'un conſeiller
» d'Etat. Je veux bien que l'abbé de *Bourzeys* &

,, *Sirmon* , & *Salomon* , &c...... aient le brevet de
,, conseiller d'Etat pour faire votre panégyrique,
,, mais je ne veux pas qu'ils m'ennuient.

,, Votre abbé de *Bourzeys* m'a déjà fait perdre
,, mon temps à lire une narration succincte & erronée
,, de ce qui s'est passé publiquement depuis quelques
,, années , & de ce que je savais mieux que lui.
,, Tâchez donc de me procurer un mémoire succinct
,, de ce que je dois faire ; que l'un soit la suite de
,, l'autre ; & si *Bourzeys* n'est pas capable d'un tel
,, ouvrage , donnez - le à faire à *Colletet* ou à
,, *Chapelain.* ,,

Je demande à M. de *Foncemagne* & à tous les
lecteurs , si un tel discours dans la bouche de
Louis XIII n'aurait pas été d'autant plus raisonnable,
que le testateur politique emploie une section entière
à prouver qu'il faut être gouverné par la raison?

Suite de cette question.

TROUVEZ bon , Monsieur , que je me serve
encore d'une de vos allégations pour me prouver
invinciblement à moi-même que ce célébre ministre
n'a point fait le testament qu'on lui reproche.

Vous le reconnaissez , dites-vous , au conseil qu'il
donne à *Louis XIII* en ces termes : ,, Conjurant
,, votre majesté d'appliquer son esprit aux grandes
,, choses importantes à son Etat, & de mépriser les
,, petites. ,,

Voilà précisément le défaut dans lequel on fait
tomber le cardinal ; rien n'était plus important que
l'éducation du dauphin : quel gouverneur lui donnera-
t-on ? qui mettra-t-on auprès de sa personne ? Il n'en

eſt pas dit un mot dans le teſtament ; & cependant la narration ſuccincte ne peut être que du mois d'août 1641, trois ans après la naiſſance du dauphin. Ainſi dans cette longue déclamation adreſſée à *Louis XIII*, dans ces conſeils donnés à ſon ſouverain d'un ton de maître, il n'eſt queſtion, ni de l'héritier de la couronne, ni des grands intérêts du roi, ni de ceux du royaume.

Queſtion intéreſſante.

SOUFFREZ que je vous propoſe un de mes doutes, qui me paraît mériter l'attention du public.

Je ne ſais s'il eſt bien vraiſemblable qu'un grand miniſtre ait conſeillé de perpétuer l'abus de la vénalité des charges ; la France eſt le ſeul pays ſouillé de cet opprobre.

Je ne ſais s'il eſt bien vrai que ce qu'on appelle *baſſe naiſſance, produit rarement les qualités néceſſaires à un magiſtrat, & que de deux perſonnes dont le mérite eſt égal, celle qui eſt plus aiſée en ſes affaires eſt préférable à l'autre.* Le teſtament ajoute : *Il eſt certain qu'il faut qu'un pauvre magiſtrat ait l'ame d'une trempe bien forte, ſi elle ne ſe laiſſe amollir quelquefois par la conſidération de ſes intérêts.*

Le cardinal pouvait-il penſer ainſi, lui qui avait vu les magiſtrats les plus pauvres du parlement, *Barillon, Sallo, l'Aîné, Bitaut,* & le père de *Scarron,* réſiſter à ſa violence avec le plus de courage ?

Peut-être les hommes d'une fortune médiocre ſont en tout pays les meilleurs citoyens, puiſqu'ils

ſont

font au-deffus d'une extrême pauvreté qui peut conduire à des baffeffes, & au-deffous de la grande opulence qui nourrit prefque toujours l'ambition.

A l'égard de ce qu'il appelle *baffe naiffance*, les avocats dont on tire les magiftrats dans tout le refte de l'Europe, font tous des citoyens de familles honnêtes, & précifément dans cet état également éloigné de la mifère & de la fortune, état convenable à l'intégrité de la magiftrature ; tous ont reçu une bonne éducation, tous ont étudié les lois : la diffipation & les plaifirs, fuite ordinaire de la richeffe, ne les ont point corrompus ; ils enfeignent les magiftrats, & font par conféquent dignes de l'être.

Avouons que la vénalité des charges eft un très-grand mal, qui n'a eu fa fource que dans les malheurs de *François I*, & dans la très-mauvaife adminiftration de fes finances.

Ce ferait une chofe monftrueufe en Angleterre, en Allemagne, en Efpagne, & même dans prefque toute l'Italie, que d'acheter le droit de juger les hommes, comme on achète un pré & un champ. Cet abus n'eft connu ni en Turquie, ni en Perfe, ni à la Chine.

Enfin, je ne puis imaginer qu'un miniftre ait pu confeiller le maintien de ce trafic honteux contre lequel l'univers entier réclame. Tous ceux qui exercent aujourd'hui la magiftrature en France avec tant de dignité & de juftice, aimeraient mieux avoir été élus à la pluralité des voix, comme ils l'auraient été fans doute, que d'avoir tous acheté leur office à prix d'argent. Ainfi cette magiftrature elle-même s'élève avec le refte de la terre contre l'abus qu'on fuppofe approuvé par le cardinal de *Richelieu*.

Conclufion.

Je perfifte toujours, Monfieur, dans mon fentiment, qui a été le vôtre, & qui femble encore l'être,
c'eft-à-dire, que le cardinal de *Richelieu* put jeter
un coup-d'œil fur la narration fuccinče de l'abbé de
Bourzeys; & j'ajoute que, fi le cardinal avait vu le
refte, il n'aurait pas eu grande opinion de la capacité
de ce projeteur.

Le monde eft plein de ces donneurs d'avis qui
font parler les miniftres; mais j'ofe croire que toutes
les fois qu'on attribue à un miniftre des projets
vifiblement impraticables, des calculs erronés, des
affertions évidemment fauffes, des erreurs groffières
fur les chofes les plus communes, des déclamations de
rhétorique fans objet précis, & de vagues réflexions
fans convenance, qui n'ont rien de commun ni avec
l'état préfent des chofes, ni avec la fituation du
miniftre, ni avec le caraĉère du prince à qui s'adref-
fent ces difcours, on peut être affuré que l'ouvrage
n'eft point du miniftre.

Pouvez-vous penfer autrement, Monfieur, vous
qui foupçonnez toujours dans vos remarques, que
Bourzeys & *Dageant* ont fabriqué le teftament politique ? vous qui, effrayé des bévues dont les chapitres fur le commerce & la finance fourmillent, dites,
page 118 : *Ce pourrait bien être le fruit du travail de
Dageant;* vous n'avez donc écrit en effet que pour
confirmer mon opinion, & pour prouver que le
teftament n'eft pas du cardinal.

Je ne peux imaginer, Monfieur, que vous fou-
teniez le pour & le contre, & que vous vouliez vous

contredire, parce que le teftament fe contredit en cent endroits. Je crois devoir inférer de tout votre ouvrage, que, quand vous dites le cardinal de *Richelieu*, vous entendez toujours *Dageant* & *Bourzeys*.

Cependant comment fe peut-il faire qu'étant vous-même perfuadé que le teftament prétendu n'eft pas du cardinal de *Richelieu*, & que la moitié de cet ouvrage eft un tiffu de lieux-communs, & l'autre moitié un amas de projets impraticables, vous penfiez m'éblouir en me difant qu'il a été loué par *la Bruyère*? N'eft-il jamais arrivé qu'un homme de lettres fe foit laiffé féduire par un grand nom, par l'envie de faire fa cour à des perfonnes puiffantes, enfin par l'erreur populaire, qui domine fouvent les efprits les mieux faits? Si l'abbé de *Bourzeys* avait donné fes *idées politiques* fous fon nom, on en aurait ri, comme des projets de M. *Ormin* & de *Caritidès*.

Il fentit combien *Sofie* a raifon de dire :

> Tous ces difcours font des fottifes,
> Partant d'un homme fans éclat;
> Ce ferait paroles exquifes,
> Si c'était un grand qui parlât.

Dès qu'une fois la prévention eft établie, vous favez que la raifon perd tous fes droits. Les noms en tout genre font plus d'impreffion que les chofes.

Vous avez peut-être entendu parler de ce qui fe paffa dans un fouper au Temple chez M. le prince de *Vendôme*, au fujet des fables de *la Motte*. Elles venaient de paraître, & par conféquent tout le monde affectait d'en dire du mal. Le célébre abbé de *Chaulieu*, l'évêque de Luçon, fils du fameux *Buffi Rabutin*, & beaucoup plus aimable que fon père, un ancien ami de *Chapelle*, plein d'efprit & de goût, l'abbé *Courtin*, & d'autres bons juges des ouvrages, s'égayaient aux dépens de *la Motte*; le prince de *Vendôme* & le chevalier de *Bouillon* enchériffaient fur eux tous; on accablait le pauvre auteur; je leur dis : Meffieurs, vous avez tous raifon; vous jugez en connaiffance de caufe : quelle différence du ftyle de *la Motte* à celui de *la Fontaine*! Avez-vous vu la dernière édition des *Fables de la Fontaine*? Non, dirent-ils. Quoi, vous ne connaiffez pas cette belle fable qu'on a retrouvée parmi les papiers de madame la ducheffe de *Bouillon*? Je leur récitai la fable, ils la trouvaient charmante, ils s'extafiaient. Voilà du *la Fontaine*! difaient-ils; c'eft la nature pure; quelle naïveté! quelle grâce! Meffieurs, leur dis-je, la fable eft de *la Motte*; alors ils me la firent répéter, & la trouvèrent déteftable.

J'ai été fouvent à portée de conter cette hiftoire à propos; & je crois que c'eft ici fa véritable place.

Vous penfez, Monfieur, juftifier les bévues du miniftre par les miennes; vous feignez de croire que le cardinal de *Richelieu* a pû prendre le pape *Benoît XI* pour le pape *Jean XXII*, parce que mon imprimeur allemand a mis dans l'*Effai fur les mœurs &c.*, la *Sardaigne* pour la *Cerdagne*. Vous concluez de ce que j'ai dit des fottifes, que le cardinal de *Richelieu* a pu auffi en dire. Le cas eft bien différent. Il n'eft pas permis à un miniftre de fe tromper quand il donne des leçons à fon maître. Je ne donne de leçons à perfonne ; je fuis fait pour en recevoir ; c'eft à moi qu'il eft permis de fe tromper ; & c'eft à vous de me redreffer.

Auffi vous me reprochez, pour juftifier le cardinal de *Richelieu*, ou plutôt *Bourzeys* & *Dageant*; vous me reprochez, dis-je, que j'ai dit dans l'*Effai fur les mœurs &c.*, que *Conftance de Naples* était fille de *Guillaume II;* non, Monfieur, je ne l'ai point dit : l'édition que j'ai fous mes yeux, imprimée à Genève en 1761, porte au tome II, page 12 : *Il ne reftait de la race légitime des conquérans normands, que Conftance fille du roi Roger premier du nom.* Si on a mis *Viċtor II* pour *Viċtor IV*, ce n'eft pas ma faute, & cela ne prouve rien pour le teftament du cardinal. Je ne fais pas de quelle édition vous vous êtes fervi. Si je pouvais encore avoir quelque amour - propre dans ma vieilleffe, en connaiffant, comme je fais, le néant de la plupart des livres, & furtout des miens, je pourrais me plaindre de la manière dont on défigure à Paris tous mes ouvrages, jufque-là que plufieurs de mes tragédies font remplies de vers qui ne font pas de moi, & que je n'ai reconnu ni Tancrède ni Olympie dans les éditions des libraires de cette ville.

Je me juftifie auprès de vous, Monfieur, moins par vanité que par mon amour pour la vérité, qui affurément eft égal au vôtre ; amour qui ne doit jamais s'affaiblir, qui ne doit céder à aucune com- plaifance, contre lequel l'envie & la calomnie s'élèvent trop fouvent, mais qu'elles font forcées de refpeċter en fecret.

J'avoue que vous avez très-grande raifon quand vous relevez la faute que j'avais faite de prendre un *Léopold d'Autriche* pour un autre *Léopold d'Autriche*, dans l'*Effai fur les mœurs &c.* Que DIEU vous conferve les yeux, dont la privation prefque entière me fait faire bien des fautes ! il m'a jufqu'ici confervé un peu de mémoire ; elle m'a fervi depuis long-temps à corriger cette bévue ; & fi vous aviez pris la peine de lire mes *Remarques fur l'hiftoire générale*, imprimées en 1753, vous auriez vu ces paroles à la page 85.

Je me fuis trompé fur un duc d'Autriche qui enchaîna & vendit Richard II roi d'Angleterre : ce n'eft pas ce duc qui fit la guerre aux Suiffes. Il y a quelques erreurs pareilles dont les lecteurs favans s'aperçoivent, & dont les autres doivent être informés.

Ainfi, Monfieur, étant d'accord avec moi fur une de mes erreurs que vous relevez près de deux ans après moi, foyons auffi d'accord enfemble fur les fautes innombrables de M̄ʳˢ *Dageant* & *Bourzeys*. Il y a une petite différence entre eux & moi ; c'eft qu'on loue le cardinal de *Richelieu* d'un ouvrage qu'ont fait ces meffieurs, & qu'on m'impute à moi tous les jours des ouvrages dont on ne loue perfonne. Jamais on ne parla à *Louis XIII* du teftament politique, attribué au cardinal de *Richelieu* ; & on parle quelquefois à *Louis XV* & à fa cour d'écrits qu'on m'attribue, & auxquels je n'ai pas la moindre part. Ce malheur eft le partage des gens de lettres ; on les calomnie pendant leur vie, on leur rend quelquefois juftice après leur mort. Je vous prie, Monfieur, de me la rendre de mon vivant ; cette juftice eft furtout d'être bien perfuadé de mes fentimens refpectueux pour vous, & de ma très-fincère eftime ;

Si quid novifti rectius iftis,
Candidus imperti, fi non, his utere mecum.

Vous femblez penfer que la narration fuccincte fut écrite par ordre du cardinal de *Richelieu*, & que le teftament politique a été compofé en partie par *Dageant* & en partie par *Bourzeys*, ou quelque autre ; fi vous trouvez des raifons convaincantes pour vous rétracter, je vous promets de me rétracter auffi, & de me foumettre à votre jugement.

Aux Délices, près de Genéve, 23ᵉ octobre 1764.

LETTRE

ECRITE DEPUIS L'IMPRESSION DES DOUTES.

EN vous envoyant, Monfieur, la réponfe que j'ai faite à M. de *Foncemagne*, je n'en fens pas moins l'extrême futilité de la plupart de ces difputes. Il n'importe guère de qui foit un livre, pourvu qu'il foit bon. Notre véritable intérêt eft d'y puifer des inftructions ; le nom de l'auteur n'eft qu'un objet de curiofité. Que gagnerons-nous à favoir qui font les fauffaires qui ont fabriqué les teftamens de *Louvois*, de *Colbert*, du duc de *Lorraine*, du cardinal *Albéroni*, du maréchal de *Belle-Ifle*? Les teftamens politiques font devenus fi fort à la mode, qu'on a fait enfin celui de *Mandrin*.

Lorfque le teftament du cardinal *Albéroni* parut, je crus d'abord qu'il avait été publié par l'abbé de *Montgon*, parce qu'en effet il y a un chapitre fur l'Efpagne, beaucoup plus vrai & plus inftructif que tout ce que j'ai lu dans toutes les rapfodies auxquelles on a donné le nom de *teftament*. Je fouhaitai à l'auteur qu'il eût été couché fur celui du cardinal *Albéroni* pour quelque bonne penfion : il fe trouva que cet auteur était un capucin échappé de fon couvent, à qui perfonne n'avait fait de legs, & qui, n'ayant pas de quoi fubfifter, fefait des teftamens pour gagner fa vie.

M. de *Bois-Guillebert* s'avifa d'abord d'imprimer la *Dixme royale* fous le nom de *Teflament politique du maréchal de Vauban* : ce *Bois-Guillebert*, auteur du *Détail de la France* en deux volumes, n'était pas fans mérite ; il avait une grande connaiffance des finances du royaume ; mais la paffion de critiquer toutes les opérations du grand *Colbert* l'emporta trop loin ; on jugea que c'était un homme fort inftruit qui s'égarait toujours, un fefeur de projets qui exagérait les maux du royaume, & qui propofait de mauvais remèdes. Le peu de fuccès de ce livre auprès du miniftère lui fit prendre le parti de mettre fa Dixme royale à l'abri d'un nom refpeété ; il prit celui du maréchal de *Vauban*, & ne pouvait mieux choifir. Prefque toute la France croit encore que le projet de la Dixme royale eft de ce maréchal fi zélé pour le bien public ; mais la tromperie eft aifée à connaître.

Les louanges que *Bois-Guillebert* fe donne à lui-même dans la préface, le trahiffent ; il y loue trop fon livre du Détail de la France ; il n'était pas vrai-femblable que le maréchal eût donné tant d'éloges à un livre rempli de tant d'erreurs ; on voit dans cette préface un père qui loue fon fils , pour faire bien recevoir un de fes bâtards.

L'abbé de *Saint-Pierre*, d'ailleurs excellent citoyen , s'y prenait d'une autre façon pour faire goûter fes idées ; il les donnait à la vérité fous fon nom avec franchife ; mais il les appuyait du fuffrage du duc de Bourgogne, & prétendait que ce prince avait tou-jours été occupé du fcrutin perfeétionné, de la paix perpétuelle, & du foin d'établir une ville pour tenir la diète européane , ou européenne , ou europaine.

Il reſſemblait aux anciens légiſlateurs qui diſaient avoir reçu leurs lois de la bouche des demi-dieux.

Plût à DIEU, Monſieur, qu'il n'y eût de charlatanerie que dans ces projets chimériques! mais il y a des charlatans de toute eſpèce, & le nombre de ceux qui ont voulu tromper les hommes peut à peine ſe compter.

Ce qu'il y a de pis, c'eſt qu'on voit quelquefois des hommes du plus rare mérite ſoutenir avec autant d'eſprit que de bonne foi les plus grandes erreurs, uniquement parce qu'elles ſont accréditées. S'ils trouvent une faible lueur qui puiſſe favoriſer la cauſe qu'ils embraſſent, ils ne manquent pas de la faire valoir. Si quelque lumière plus vive éclaire le mauvais côté de leur cauſe, ils ferment les yeux de peur de la voir. Il eſt peut-être plus commun encore de ſe tromper ſoi-même, que de chercher à tromper les autres.

La ſéduction & la charlatanerie entrent même dans les choſes purement de goût, dans le jugement qu'on porte d'une tragédie, d'une comédie, d'un opéra, d'une pièce de vers, d'un diſcours oratoire. Tel qui ſera enchanté de l'*Arioſte* n'oſera l'avouer, & dira en bâillant que l'Odyſſée eſt divine.

Il y a une foule prodigieuſe de gens d'eſprit; mais les perſonnes d'un goût épuré, qui penſent juſte, & qui diſent ce qu'elles penſent, ſont bien rares.

Que d'erreurs monſtrueuſes accréditées par la ſcience même, qui aurait dû les détruire! On commence par une fauſſe charte, par un diplome ſuppoſé; on le montre en ſecret à quelques perſonnes intéreſſées à le faire valoir; ſa réputation s'établit avant même

qu'il foit connu. Commence-t-il à percer, les
honnêtes gens, les efprits fenfés fe récrient contre
l'impofture; on les fait taire; on rectifie une erreur;
on déguife habilement un menfonge; on corrompt
le fens du texte par des commentaires. Ecoutez
Montagne, il dira bien mieux que moi.

   ,, Les premiers qui font abreuvés de ce commen-
,, cement d'étrangeté, venant à femer leur hiftoire,
,, fentent, par les oppofitions qu'on leur fait, où loge
,, la difficulté de la perfuafion, & vont calfeutrant
,, cet endroit de quelque pièce fauffe. Outre ce que,
,, *infilâ hominibus libidine alendi de induftriâ rumores:*
,, nous fefons naturellement confcience de rendre ce
,, qu'on nous a prêté, fans quelque ufure & acceffion
,, de notre crû. L'erreur particulière fait première-
,, ment l'erreur publique, & à fon tour l'erreur
,, publique fait l'erreur particulière. Ainfi va tout ce
,, bâtiment, s'étoffant & formant de main en main;
,, de manière que le plus éloigné témoin en eft
,, mieux inftruit que le plus voifin, & le dernier
,, informé, mieux perfuadé que le premier. C'eft un
,, progrès naturel. Car quiconque croit quelque
,, chofe, eftime que c'eft ouvrage de charité, de la
,, perfuader à un autre; & pour ce faire, ne craint
,, point d'ajouter de fon invention, autant qu'il voit
,, être néceffaire en fon conte, pour fuppléer à la
,, réfiftance & au défaut qu'il penfe être en la
,, conception d'autrui. ,,

   Qui veut apprendre à douter, doit lire ce chapitre
entier de *Montagne*, le moins méthodique des philofophes, mais le plus fage & le plus aimable.

ARBITRAGE

Entre M. de Voltaire & M. de Foncemagne.

M. de *Voltaire* & M. de *Foncemagne* ont donné au monde littéraire un de ces exemples de politesse dans la dispute, qui ne sont pas toujours imités par les écrivains. Ces égards & cette décence conviennent également aux deux antagonistes.

Le sujet qui les divise paraît très-important; il s'agit de savoir, non-seulement si le plus grand ministre qu'ait eu la France, est l'auteur du testament politique, mais encore s'il est digne de lui; & s'il faut ou l'accuser de l'avoir fait, ou le justifier de ne l'avoir point écrit.

Nous vivons heureusement dans un siècle où la recherche de la vérité est permise dans tous les genres. Nulle considération particulière ne doit empêcher d'examiner cette vérité toujours précieuse aux hommes jusque dans les choses indifférentes. Un homme public, un grand-homme appartient à la nation entière; il est comme un de ces monumens publics exposés aux yeux & aux jugemens de tous les hommes.

Je vais donc user du droit naturel que nous avons tous, & proposer mes idées sur ce fameux testament politique.

Je suis persuadé que M. de *Foncemagne* a raison d'attribuer au cardinal de *Richelieu* la *narration succincte des grandes actions du roi Louis XIII*, & de rendre en effet ce ministre responsable de tout ce qu'on lit

dans ce difcours, fuppofé qu'en effet il y ait quelques
lignes corrigées de la propre main du cardinal,
comme je n'en doute pas. Les mots écrits de fa
main font une démonftration qu'il avait vu l'ouvrage,
& laiffent penfer en même temps que l'ouvrage n'était
point de lui, mais qu'il l'approuvait.

Il femble furtout par ces mots, *Monaco, fi vous
reperdez Aire, galères d'Efpagne perdues par la tempête &c.*
que ce font des avis qu'il donne à l'écrivain qu'il fait
travailler.

M. de *Voltaire* nous a donné la véritable époque
du temps auquel ce difcours fut écrit; *ce ne peut être,*
dit-il, *que fur la fin de juillet ou au mois d'août 1641,*
puifque la ville d'Aire fut prife le 27 juillet 1641,
& reprife un mois après par les Efpagnols.

Le cardinal avertit donc l'écrivain par cette note
de ne pas parler de la conquête d'Aire, que l'on eft
près de perdre; & il l'avertit qu'il pourra parler de
(g) Monaco, dont en effet on s'empara le 18 novembre
de cette même année : il devient donc refponfable de
cette pièce, quoiqu'il n'en foit point l'auteur. Ainfi les
princes, dans leurs manifeftes & dans leurs traités, font
cenfés parler eux-mêmes. Le difcours dont il s'agit eft
vifiblement un manifefte écrit par l'ordre du cardinal
de *Richelieu*, pour juftifier toute fa conduite depuis
qu'il était entré dans le miniftère.

M. de *Voltaire* demande pourquoi ce manifefte
n'eft point figné par le cardinal? En voici, je crois,
la raifon :

_____

(g) *N. B.* Il paraît pourtant bien difficile à croire que le cardinal de
Richelieu ait fait en juillet une note de Monaco, qui ne fut au pouvoir
du roi qu'au mois de novembre.

Le cardinal voulait & devait examiner bien foigneu-
fement ce mémoire avant de le préfenter au roi.
L'auteur, dans le deffein de relever toutes les actions
du premier miniftre, le fefait parler en plufieurs
endroits d'une manière un peu contraire à la vérité
& à la modeftie. Il lui fefait dire des chofes dont
Louis XIII n'aurait que trop reconnu la fauffeté. Il
était impoffible que le cardinal de *Richelieu*, en
entrant dans le confeil, eût promis au roi la ruine
des proteftans, & l'abaiffement des grands. C'était le
marquis duc de *la Vieuville*, qui était alors premier
miniftre. C'eft le titre que le comte de *Brienne* fecrétaire d'Etat lui donne. Le comte de *Brienne* nous
apprend dans fes mémoires, que ce fut le duc de
la Vieuville qui fit entrer le cardinal au confeil,
pour y affifter feulement ainfi que le cardinal de *la
Rochefoucauld*. (*h*) Le roi ne lui donna point alors le
fecret des affaires.

Les mémoires de *Rohan*, le journal de *Baffompierre*,
les mémoires de *Vittorio Siri*, les manifeftes de la
reine-mère, les mémoires de *Dageant*, nous apprennent
que le cardinal ne traita même avec aucun ambaffadeur dans les fix premiers mois qu'il jouit de fa
place; il n'était chargé d'aucun département; il était
très-éloigné d'avoir le premier crédit; & ce ne fut qu'à
l'occafion du mariage de la fœur de *Louis XIII* avec
le roi d'Angleterre, qu'il commença à manifefter fes
grands talens, & à l'emporter fur tous fes concurrens.

Ainfi, quelque deffein qu'il eût de faire valoir fes
fervices auprès du roi, il ne pouvait, fans fe nuire à
lui-même, dire qu'il avait eu d'abord toute l'autorité,

(*h*) *Mémoires de Brienne*, tome I, page 160.

& qu'il promit de s'en fervir *pour rabaiffer l'orgueil des grands.*

Ce fut depuis le mois d'août 1641 que le cardinal eut tout à craindre de ces grands, & du roi même. Le roi était fi fatigué & fi mécontent de lui, que le grand-écuyer *Cinq-Mars* ofa lui propofer d'affaffiner ce même miniftre qu'il ne pouvait garder, & dont il ne pouvait fe défaire.

C'eft un fait dont on ne peut douter, puifque *Louis XIII* lui-même l'avoua dans une lettre au chancelier de *Châteauneuf.*

Les confpirations éclatèrent bientôt après de toutes parts; on ne voit guère de momens depuis le mois d'août 1641 jufqu'à la mort du cardinal, où il ait eu le temps de s'occuper de la narration fuccincte; & une grande préfomption qu'il ne l'a pas revue, c'eft qu'il ne l'a point fignée.

Il y a une grande apparence que, s'il eût eu le loifir de l'examiner avec attention, il y aurait corrigé bien des chofes que le zèle inconfidéré de fon écrivain avait laiffé échapper, & que la circonfpection d'un premier miniftre ne pouvait avouer. Il aurait exigé qu'on parlât du cardinal de *Bérulle* avec plus de modération; il aurait adouci les injures odieufes, prodiguées à toute la nation efpagnole, avec laquelle il voulait faire la paix. Il n'aurait pas permis qu'on fe fervît de fon nom pour dire de la ducheffe de Savoie, fœur du roi fon maître, *que les extravagances ajoutaient une nouvelle honte à fa conduite.*

Il y a tant de traits de cette efpèce dans la narration fuccincte, toutes les grandes maifons du royaume

y font fi maltraitées, on y parle de plufieurs principaux perfonnages avec tant de mépris, que je ne
fuis point étonné que le cardinal de *Richelieu* n'ait
jamais figné cette pièce.

Nous accorderons à M. de *Foncemagne* que cet
ouvrage eft authentique ; qu'il a été compofé en
1641 ; que le cardinal de *Richelieu* l'a vu ; qu'il y a
fait des notes ; qu'en un mot c'eft un monument
précieux de ces temps-là.

Nous penfons en même temps qu'il ne faut point
faire de reproches au cardinal fur cet ouvrage, puifqu'il ne lui a pas donné une fanction légitime en le
fignant. Nous le regarderons comme un projet qui
n'a point eu d'exécution, comme une pièce digne
d'être confervée, & qui reçoit fa principale importance du nom fous lequel elle a été compofée.

Il nous paraît extrêmement vraifemblable que
cette narration fuccincte, ce projet de manifefte, fait
évidemment en 1641, finiffait à ces mots : *d'un
prince dont la préfence n'était pas peu utile à maintenir en
fon obéiffance les peuples qu'il avait en gouvernement ;* car
c'eft au bas de cette page, qui eft probablement la
dernière, qu'on trouve dans un grand efpace ces
mots de la main du cardinal ainfi rangés :

Monaco,
Si vous reperdez
Airé,
galères d'Efpagne
perdues par la tempête ;
diftribution de
bénéfices.

Enfuite

Enfuite, à une autre page, l'auteur ajoute ces paroles :

„ Voilà, Sire, jufqu'à préfent, quelles ont été
„ les actions de votre majefté, que j'eftimerai heureu-
„ fement terminées, fi elles font fuivies d'un repos
„ qui vous donne moyen de combler votre Etat de
„ toutes fortes d'avantages. Pour ce faire, il faut
„ confidérer les divers ordres de votre royaume,
„ l'Etat qui en eft compofé, votre perfonne qui eft
„ chargée de fa conduite, & les moyens qu'elle doit
„ tenir pour s'en acquitter dignement ; ce qui ne
„ requiert autre chofe en général que d'avoir un
„ bon & fidelle confeil, faire état de fes avis, &
„ fuivre la raifon dans les principes qu'elle prefcrit
„ pour le gouvernement de fes Etats : c'eft à quoi
„ fe réduira le refte de cet ouvrage, traitant diftinc-
„ tement ces matières en divers chapitres fubdivifés
„ en diverfes fections, pour les éclaircir plus métho-
„ diquement. „

Premièrement, cette addition ne nous paraît pas tout-à-fait du même ftyle que la narration fuccincte.

Secondement, elle n'eft point annoncée dans le commencement de la narration, elle ne l'eft que dans une lettre au roi qui précède cette narration ; & jamais on n'a vu l'original de cette lettre, laquelle n'étant nullement fujette à révifion, comme la narration fuccincte, devrait avoir été fignée fans aucune difficulté.

S'il nous paraît indubitable que ce manifefte du cardinal de *Richelieu* auprès du roi fon maître, fous le nom de *narration fuccincte*, a été vu & corrigé de la main du premier miniſtre , nous croyons qu'il n'en eſt pas de même du teſtament politique. Nous penſons que l'auteur , ſoit l'abbé de *Bourzeys* , ſoit quelque autre , a voulu lier ces deux ouvrages enſemble , & faire paſſer ſes propres idées , non-ſeulement ſous un nom illuſtre , mais à la faveur d'une pièce avouée en quelque façon par le cardinal lui-même. Nous ſommes portés à penſer que l'abbé de *Bourzèys* n'avait aucune part à la narration. Le ſtyle du teſtament politique ſemble être entièrement conforme à celui du dernier paragraphe ajouté après coup à cette narration ſuccincte.

Nous ſommes entièrement de l'avis de M. de *Voltaire*, quand il dit que ſi le teſtament politique avait été vu du cardinal de *Richelieu*, il y aurait certainement fait des notes comme il en fit à la narration.

Ce teſtament , en effet , mérite beaucoup plus de notes qu'aucun autre ouvrage de ce genre ; & il ne nous paraît nullement vraiſemblable qu'un homme auſſi inſtruit , & auſſi éclairé que le cardinal, n'eût pas indiqué en marge une ſeule des erreurs dont le teſtament politique eſt rempli.

Nous avouons que cette réflexion de M. de *Voltaire* eſt d'un très-grand poids.

Il convient de faire ici un relevé des erreurs , des fauſſetés , des incompatibilités , des ſuperfluités , dont M. de *Voltaire* s'eſt contenté de faire remarquer une partie, & qui n'auraient certainement pas échappé aux yeux d'un miniſtre tel que le cardinal.

1°. Page 104 , le teſtament politique dit *que le déſordre des perſonnes qui autoriſait les laïques à poſſéder des bénéfices , eſt abſolument banni.*

Il eſt certain que cet abus n'a été abſolument banni que ſous *Louis XIV.* M. de *Voltaire* a juſtement remarqué que le cardinal lui-même avait donné cinq abbayes au comte de *Soiſſons* tué à la bataille de la Marſée, onze au duc de *Guiſe*, l'évêché de Metz, au duc de *Verneuil*; l'abbaye de Saint-Denis, au prince de *Conti* ; celle de Saint-Rémi de Reims, au duc de *Nemours*, celle de Moutier-Ender, au marquis de *Treville*, &c. Cet uſage était ſi commun, & dura ſi long-temps, que nous liſons dans la vie du célèbre *Boileau Deſpréaux*, qu'il jouit long-temps d'un bénéfice étant laïque.

2°. Dans le chapitre des appels comme d'abus, chapitre entièrement contraire à toutes les lois du royaume, il eſt dit, page 112 : ,, Il y a très-grand ,, lieu de croire que le premier fondement de cet ,, uſage vient de la confiance que les eccléſiaſtiques ,, prirent en l'autorité royale, lorſqu'étant maltraités ,, par les antipapes *Clément VII*, *Benoît XIII*, & ,, *Jean XXIII*, réfugiés en Avignon, ils eurent recours ,, au roi. ,,

Clément VII, qui diſputait la papauté avec tant de ſcandale à *Urbain VI*, plus ſcandaleux encore, vint en effet dans Avignon, tandis que ſon compétiteur *Urbain* prêchait une croiſade contre la France. Après la mort d'*Urbain*, celui qui s'appelait *Boniface IX* diſputa la tiare à celui qui ſe feſait appeler *Clément VII;* & tous deux à l'envi taxèrent, autant qu'ils le purent, les égliſes dont ils étaient reconnus. L'univerſité de Paris réſiſta à *Clément VII*, l'accuſa de ſimonie par la bouche de *Clémengis*, & propoſa *de le chaſſer du troupeau de l'Egliſe comme un loup dangereux;* mais il ne fut point queſtion d'appels comme d'abus dans cette affaire.

Jean XXIII ne fut jamais *réfugié en Avignon.* L'opiniâtre *Luna* antipape, qui lui ſuccéda ſous le nom de *Benoît XIII*, eſſuya de l'univerſité un appel en 1396; mais ce n'était pas un appel comme d'abus, c'était un appel au futur pape légitime. Il fut ſuivi d'un autre appel à un concile écuménique.

Ainſi tout cet article du teſtament politique eſt entièrement erroné, & l'auteur ſe trompe évidemment ſur l'origine des appels comme d'abus.

3°. (page 127) *Les perſonnes qui s'attachent à* Dieu *&c., ſont ſi abſolument exemptes de la juriſdiction temporelle des princes, qu'elles ne peuvent être jugées que par leurs ſupérieurs eccléſiaſtiques.*

M. de *Foncemagne* fait à cette occaſion la remarque judicieuſe, *que cette propoſition fauſſe dans tous ſes points, eſt peu digne d'un légiſlateur français.* Nous ajoutons que ce qui eſt ſi indigne d'un miniſtre, ne doit point être préſumé avoir été écrit par ce miniſtre.

4°. Nous en diſons autant de cette aſſertion ſi évidemment fauſſe, (page 128) *que l'Egliſe donna pouvoir aux juges ſéculiers de prendre connaiſſance des cas appelés privilégiés.* Il n'eſt certainement ni dans la nature humaine, ni dans la nature eccléſiaſtique, de ſe dépouiller de ſes droits pour en revêtir ceux qu'on croit ſes compétiteurs; & M. de *Foncemagne* penſe comme nous.

Ce chapitre des cas privilégiés nous paraît compoſé par un eccléſiaſtique, beaucoup plus attaché à ſon état qu'à l'autorité royale, & qui n'avait aucune idée des principes du miniſtère.

5°. Nous dirons la même chofe de l'article fur la régale , & de celui des trois fentences conformes , requifes pour punir les clercs , & de l'article fur les exemptions. Ce font des traités de jurifprudence ultramontaine , dont les maximes font prefque en tout l'oppofé de nos lois. On y propofe de faire révoquer toutes ces exemptions qui font la plupart fubreptices , & on y fuppofe (page 156) que ce remède ferait improuvé par les parlemens.

Nous penfons que le cardinal devait être inftruit combien tous les parlemens du royaume font contraires à ces droits abufifs des moines.

6°. Les feâions fur le droit des laïques de préfenter aux cures , & fur la réforme des monaftères , nous paraiffent, comme à M. de *Voltaire* , moins dignes de l'attention d'un grand miniftre , que les objets intéreffans qui devaient occuper le roi & le cardinal , comme les négociations avec la Suède , & avec une partie de l'Allemagne ; l'éducation du dauphin , & tant d'autres matières véritablement politiques , fur lefquelles le teftament garde un filence abfolu : & nous penfons que la caufe évidente de ce filence fur des chofes fi néceffaires , & de cet appefantiffement fur des chofes inutiles , vient de ce que l'auteur théologien était peu inftruit des unes, & n'avait aucune connaiffance des autres.

7°. Nous ne voyons pas que jamais la fociété des jéfuites ait donné *tant de jaloufie à l'archiduc Albert :* comme il eft dit (page 174) elle en donna à l'univerfité de Louvain ; mais il nous femble qu'il n'eft rien dit nulle part de cet ombrage donné à l'archiduc par les jéfuites, fi dévoués en tout temps à la maifon d'Autriche.

8°. (page 175) Selon l'auteur du teftament, *l'ordre de St Benoît a été autrefois fi abfolument maître des écoles, qu'on n'enfeignait en aucun autre lieu.*

Le cardinal de *Richelieu* favait fans doute que *Charlemagne* inftitua l'école du palais. Il y eut des écoles attachées à toutes les cathédrales, & il y eut toujours des écoles à Paris, jufqu'à *Guillaume de Champeau* qui illuftra cette école, érigée bientôt après en univerfité.

9°. (page 176) L'hiftoire du pape *Benoît XI*, *contre lequel les cordeliers piqués au fujet de la perfection de la pauvreté, &c.*

Nous ne pouvons nous empêcher de relever avec M. de *Voltaire*, cette erreur effentielle. Ce n'eft pas ici une fimple erreur de nom, une fimple méprife en chronologie, un mot mis pour un autre. *Benoît XI* ou *XII*, à qui on attribue de grandes querelles avec l'empereur & les cordeliers, ne peut être pris pour le pape *Jean XXII*, qui fut accufé d'héréfie fur la vifion béatifique, & qui long-temps auparavant, s'étant déclaré contre l'empereur *Louis de Bavière*, ofa le dépofer en idée par une bulle, en 1327. Il fut dépofé à fon tour, non moins vainement par l'empereur, qui le condamna dans Rome à être brûlé vif, le 22 mai 1328.

L'auteur du teftament brouille toute cette hiftoire avec une ignorance étonnante. Il fuppofe que les cordeliers engagèrent l'empereur à faire la guerre au pape. Il eft feulement vrai que deux cordeliers, pendant cette guerre, offrirent leur plume à *Louis de Bavière ;* mais il eſt aſſez connu que cette guerre était un intérêt d'Etat, & non un intérêt de moines, & qu'il s'agiſſait de la domination de l'empereur en Italie, & non d'une diſpute de cordeliers ſur la forme de leur capuchon.

Nous avouons que dans ce morceau il n'y a pas un mot qui ne ſoit une faute. Nous ne croyons pas le cardinal de *Richelieu* capable d'avoir laiſſé tant d'erreurs à la poſtérité.

10°. Nous ne dirons rien de la vénalité des charges de judicature, dont l'auteur paraît être le partiſan. Il ſe pourrait qu'un miniſtre, ſentant combien il eſt difficile de rembourſer toutes ces charges, eût conclu à laiſſer ſubſiſter un abus qui ne ſe pouvait corriger qu'avec un argent qu'on n'avait pas. Mais en ce cas, il nous ſemble que celui qui fait parler le miniſtre, l'aurait fait parler plus dignement, en déplorant la néceſſité de ce trafic honteux, qu'en cherchant à pallier ce vice par quelques avantages, peut-être imaginaires, qu'on prétend en réſulter.

Nous croyons remarquer une contradiction dans cet article. L'auteur dit à la page 205, que les eſprits des magiſtrats qui ſont d'une naiſſance trop médiocre, *ont une auſtérité ſi épineuſe, qu'elle n'eſt pas ſeulement fâcheuſe, mais préjudiciable ;* & à la page 206, il dit *qu'il faut qu'un pauvre magiſtrat ait l'ame d'une trempe bien forte, s'il ne ſe laiſſe fléchir par la conſidération de ſes propres intérêts.*

Nous invitons le lecteur à lire ce que dit M. de *Voltaire* ſur ce ſujet : il nous paraît qu'il s'explique en véritable citoyen.

Nous remarquons ici que le célèbre auteur de l'*Eſprit des lois* n'a que trop abuſé de ce paſſage du

Y 4

teſtament politique. (*i*) ,, Si dans le peuple , dit-il ,
,, il ſe trouve quelque malheureux honnête-homme ,
,, le cardinal de *Richelieu* inſinue qu'un monarque doit
,, ſe garder de s'en ſervir , tant il eſt vrai que la
,, vertu n'eſt pas le reſſort de ce gouvernement. ,,

Il met en marge , *que le teſtament politique a été fait
ſous les yeux & ſur les mémoires du cardinal de Richelieu
par MM. de Bourzeys & de . . . . qui lui étaient attachés.*

Nous convenons avec M. de *Monteſquieu* que l'abbé
de *Bourzeys* fit ce teſtament , mais non pas ſous les
yeux du cardinal. Nous convenons encore moins
que le teſtament diſe ce que M. de *Monteſquieu* lui
fait dire. Il le cite ainſi en marge : *Il ne faut* , y eſt-il
dit , *ſe ſervir de gens de bas lieu , ils ſont trop auſtères &
trop difficiles.* Ce n'eſt pas citer exactement; le teſtament
dit dans cet endroit que les hommes d'une baſſe
naiſſance ſont d'ordinaire difficiles & d'une auſtérité
épineuſe ; il ne dit point qu'il ne faut pas ſe ſervir
d'un pauvre honnête-homme ; & il ſe contredit dans
le moment d'après , en diſant *qu'un pauvre magiſtrat
eſt trop expoſé à ſe laiſſer amollir.*

Ainſi l'auteur du teſtament tombe dans des contra-
dictions , & l'auteur de l'*Eſprit des lois* dans une grande
erreur , & ſurtout dans une erreur très-odieuſe , en
ſuppoſant que la vertu n'entre jamais dans le gouvernement monarchique. Il ne faut point être flatteur ,
mais il ne faut point être ſatirique. C'eſt encourager
au crime que de repréſenter la vertu comme inutile
ou comme impoſſible.

(*i*) *Eſprit des lois* , chap V , liv. 8 , dernières lignes.

Rapportons ici le paſſage qui ſe trouve dans une note du *Siècle de Louis XIV.* (*k*)

» Il eſt dit dans l'*Eſprit des lois*, qu'il faut plus de » vertu dans une république; c'eſt en un ſens tout » le contraire : il faut beaucoup plus de vertu dans » une cour pour réſiſter à tant de ſéductions. Le duc » de *Montauſier*, le duc de *Beauvilliers* étaient des » hommes d'une vertu très-auſtère ; le maréchal de » *Villeroi* joignit des mœurs plus douces à une probité » non moins incorruptible; le marquis de *Torci* a été » un des plus honnêtes hommes de l'Europe, dans » une place où la politique permet le relâchement » de la morale ; les contrôleurs-généraux *le Pelletier* » & *Chamillart* paſſèrent pour être moins habiles que » vertueux. Il faut avouer que *Louis XIV*, dans cette » guerre malheureuſe, ne fut guère entouré que » d'hommes irréprochables. C'eſt une obſervation » très-vraie, & très-importante dans une hiſtoire où » les mœurs ont tant de part. »

Tout ce paſſage eſt dans la plus exacte vérité; nous croyons qu'on ne peut trop le citer. Il eſt ſi beau qu'il ſe ſoit trouvé dans une cour tant d'hommes vertueux à la fois, cela eſt ſi honorable pour la nation & pour le beau ſiècle de *Louis XIV*, ſi encourageant pour tous les ſiècles, qu'il y aurait de l'injuſtice & de l'ingratitude à ne ſavoir pas quelque gré à l'auteur, d'avoir ſeul de tous les hiſtoriens démêlé & mis dans ſon jour, cette vérité utile au genre-humain.

Saiſiſſons avec plaiſir, cette occaſion d'obſerver que dans tous ſes ouvrages M. de *Voltaire* a toujours eu pour objet la vérité & la vertu. Sa Henriade, ſes

(*k*) Tome II, page 42.

tragédies, ſes hiſtoires reſpirent l'humanité, la bien-
feſance, l'indulgence ; il a toujours rendu juſtice au
mérite malheureux & à la vérité perſécutée. Nul
auteur n'a jamais détruit plus de calomnies ; nul en
écrivant l'hiſtoire, n'a jamais tant confondu les auteurs
des libelles. Nous devons faire pour lui ce qu'il a
fait pour tant d'autres ; nous devons la vérité à celui
qui l'a dite.

11°. Nous n'entrons point ici dans la diſcuſſion
des atteintes que le teſtament politique (page 217)
donne aux parlemens du royaume. Il n'était pas hors
de vraiſemblance que le cardinal de *Richelieu* eût de
tels ſentimens ; mais auſſi, il eſt très-vraiſemblable
que l'auteur, en conſeillant au roi d'envoyer dans les
provinces des conſeillers d'Etat, & des maîtres des
requêtes pour rendre la juſtice, écrivait après l'année
1665, lorſque *Louis XIV* eut fait tenir les grands
jours dans quelques provinces par une commiſſion
extraordinaire. Il n'eſt guère poſſible qu'alors on eût
ſuivi en cela les inſtructions du cardinal de *Richelieu*,
dont le teſtament ne parut qu'en 1688 ; & il eſt aſſez
naturel que l'auteur déguiſé ſous le nom du cardinal,
ait conſeillé ce qu'on venait de faire.

12°. Après avoir lu attentivement le chapitre
intitulé *Du conſeil du prince*, nous ſommes forcés
d'avouer notre extrême étonnement de n'y avoir rien
trouvé que de vague ſur la probité néceſſaire à un
conſeiller d'Etat, ſur le cœur & la force d'un conſeiller
d'Etat, ſur l'application que doivent avoir les conſeillers d'Etat ; & nous préſumons qu'il n'eſt pas vraiſemblable qu'un miniſtre ait perdu ſon temps à
compoſer une déclamation ſi vaine & ſi faſtidieuſe,

lorfqu'il avait tant de chofes intéreffantes à dire , & tant de grands intérêts à difcuter.

Telle eft notre opinion concernant la première partie du teftament , & tel a été l'avis de ceux qui l'ont lu avec nous , & que nous avons confultés. Venons à la feconde partie.

13°. Nous n'avons trouvé rien de relatif à la France, rien qui la concerne plutôt qu'un autre pays , dans les chapitres intitulés : *Fondement du bonheur d'un Etat. Etabliffement du règne de* DIEU. *La raifon doit être la règle & la conduite d'un Etat. Les intérêts publics doivent être l'unique fin de ceux qui gouvernent un Etat. La prévoyance eft néceffaire au gouvernement d'un Etat. Les peines & les récompenfes font deux points tout-à-fait néceffaires à la conduite d'un Etat. Une négociation continuelle ne contribue pas peu au bon fuccès des affaires, &c.*

Tout cela convient à la Suède , à la Ruffie , à la Chine auffi-bien qu'à la France.

Rien ne nous paraît porter davantage le caractère d'un déclamateur qui veut fe faire valoir , rien ne reffemble moins à un miniftre qui veut être utile.

14°. Nous remarquerons feulement une maxime bien cruelle : (page 27 IIᵉ part.) il eft dit qu'en plufieurs occafions on peut, fans preuve authentique, *commencer par l'exécution;* c'eft-à-dire qu'il faut d'abord faire mourir un homme foupçonné de crime d'Etat , fauf à examiner enfuite s'il eft coupable.

Quelque defpotique qu'ait été le cardinal de *Richelieu*, il eft difficile de penfer qu'il ait donné des confeils fi abominables. Ce font des barbaries qu'on a le malheur de commettre quelquefois ; mais qu'on n'a jamais l'imprudence de dire. Cela eft trop oppofé au chapitre intitulé : *Du règne de* DIEU. C'eft ici que l'auteur affecte de reffembler à *Machiavel* , pour fe donner le relief d'un politique profond. Il croit qu'en prenant le nom d'un grand miniftre , il doit le faire parler en tyran. Nous refpectons trop la mémoire du cardinal, pour lui imputer des confeils qui rendraient à jamais fa mémoire odieufe à tous les peuples ; & nous nous joignons à M. de *Voltaire* pour bénir le ciel que *Fénélon* ait fait fon *Télémaque* , & que *Richelieu* puiffe être lavé du foupçon d'avoir fait ce teftament.

Venons enfin au peu d'articles qui regardent pré-cifément la France.

15°. Il eft dit , au chapitre V de la puiffance fur mer , non-feulement *que la Provence a beaucoup plus de grands ports , & de plus affurés que l'Efpagne & l'Italie enfemble ;* (ce que M. de *Voltaire* a très-bien relevé) mais on affure encore *que la Bretagne contient les plus beaux ports qui foient dans l'Océan ;* ce que M. de *Voltaire* ne devait pas moins reprendre.

Nous fommes entièrement de fon avis fur cette exagération infoutenable , dont il n'a pas cru que le furintendant des mers pût être capable : & tout le refte de ce chapitre nous a paru être d'un homme qui affecte de connaître le meftral & la tramontane , & qui n'a aucune connaiffance de la mer.

16°. Sur l'article du commerce il nous paraît bien difficile que le cardinal de *Richelieu* foit entré dans le détail des foies & des cotons filés. Il fe ferait bien trompé s'il avait dit (page 130) que les velours rouges, violets & tannés fe fabriquaient à Tours beaucoup plus beaux qu'à Gènes ; ce qui eft d'une fauffeté reconnue par tous les marchands. On ne peut non plus foupçonner le cardinal d'avoir dit qu'il n'y avait point d'établiffement à faire en Amérique.

17°. La fection 7 (page 141) annonce le projet *de décharger le peuple des trois quarts du faix qui l'accable maintenant.* Ce titre reffemble plutôt, il faut l'avouer, au projet d'un citoyen oifif, effrayé des charges de l'Etat, qu'aux idées juftes d'un grand miniftre qui fentirait l'impoffibilité de diminuer les trois quarts de ces charges.

Nous ne pouvons condamner le doute que M. de *Voltaire* a élevé au fujet des comptans : on fent affez qu'il n'eft pas naturel qu'un miniftre traite d'*illicites* des ordonnances qu'il fignait lui feul, & qu'il s'accufe lui-même de péculat.

18°. Nous avons lu attentivement ce projet de finances ; nous avons été bien étonnés de la propofition de retrancher toutes les penfions, (page 161) & de réduire (même page) le comptant du roi à trois cents mille livres, tandis qu'à la page 145, il réduit ce même comptant à un million d'écus d'or. Cette énorme contradiction nous a paru impoffible dans un miniftre tel que le cardinal.

Il n'y a pas moyen de rien comprendre à la page 172 & fuivantes, dans lefquelles on propofe de rembourfer trente millions de capitaux de rentes. *La fuppreffion*, dit l'auteur, *d'un capital de fept millions, à cinq pour cent, fe fera en fept années & demie, par la feule jouiffance.*

M. de *Voltaire* a très-bien remarqué qu'il faut vingt années pour rembourfer à cinq pour cent un capital par la jouiffance. Il aurait dû faire voir auffi quelle ferait l'énorme injuftice de dépouiller une famille de fon capital , fous prétexte qu'elle aurait reçu la valeur de ce capital en plufieurs années. Cette propofition révoltante ferait la deftruction de la fociété.

Tous les calculs qui fuivent font également fautifs. *De fept autres millions*, dit l'auteur, *qui ne devront être rembourfés qu'au denier fix , qui eft le prix courant de telles charges, elles pourront être rembourfées en huit années & demie.* Cet auteur n'entend pas un mot de la matière, & n'entend pas mieux l'arithmétique la plus fimple qu'il ne fait le français. Au lieu du denier fix il devait dire le denier feize & un quart, parce que fix pour cent font la feizième partie & un quart de cent ; & il eft bien clair qu'en huit années & demie, un capital à fix pour cent d'intérêt ne ferait pas rembourfé par la jouiffance. Six fois huit & demi font cinquante & un ; de forte qu'il s'en manquerait prefque la moitié. Et que fignifie *rembourfés qu'au denier fix* ? fix pour cent font-ils moins que cinq pour cent ? Autant de paroles, autant d'inepties.

Nous ne pouvons affez nous étonner que des abfurdités fi groffières aient été imputées au cardinal de *Richelieu* , & nous ne pouvons qu'applaudir à M. de *Voltaire* qui a perfévéré conftamment à défendre fa mémoire.

19°. Nous avions penfé d'abord qu'il s'était exprimé avec trop peu d'exactitude , & trop d'exagération , quand il a reproché à l'auteur du teftament d'avoir voulu impofer les cours fouveraines à la taille : mais il n'eft que trop certain que cette propofition fe trouve expreffément énoncée (page 175.) La taille eft une ancienne impofition établie par les feigneurs des terres fur leurs vaffaux roturiers , fur les villains nommés alors leurs *fujets* , impôt devenu humiliant, refte de fervitude, titre de baffeffe , auquel chacun cherche à fe dérober aujourd'hui, dès qu'il s'eft élevé un peu par fon induftrie.

Affujettir toute la robe à cette humiliation , ce ferait avilir la magiftrature au point qu'aucun citoyen ne voudrait embraffer cet état. La noble fonction de rendre la juftice ferait confondue avec les dernières claffes des hommes ; l'honneur de juger la nation deviendrait un opprobre ; le commis d'un receveur des tailles ferait trembler fon juge. Une chimère auffi tyrannique rendrait le nom d'un miniftre éternelle-ment odieux , s'il avait pu la propofer.

Il eft très-vrai encore (page 101) que l'auteur du teftament propofe d'ordonner *à tous les gentilshommes qui auront paffé vingt ans de porter les armes*, & d'ordon-ner à tous les capitaines de cavalerie , *d'enrôler dans leurs compagnies au moins la moitié des gentilshommes.*

C'eft dans le même chapitre (page 103) que l'auteur dit *que fi l'on veut avoir cinquante mille hommes, il en faut lever cent mille.*

Saifis d'étonnement à la lecture de tant d'étranges propofitions, nous croirions en effet être coupables envers la nation comme envers la mémoire d'un grand miniftre , fi nous pouvions le foupçonner un moment d'avoir eu la moindre part à de tels fyftèmes, qui nous paraiffent enfantés par un écrivain bien indigne du grand nom qu'il ufurpe. Nous penfons que pour peu qu'on ait de juftice, on doit des remer-cîmens à celui qui nous a ouvert les yeux.

Il refte à rechercher comment il s'eft pu faire qu'on ait fi long-temps attribué au cardinal de *Richelieu* ce teſtament politique. Il eſt trop vrai, comme l'a dit M. de *Voltaire*, que bien qu'il y ait une foule immenſe de livres, on lit peu & on lit mal : l'eſprit ſe repoſe ſur la foi d'un grand nom ; il eſt plus aiſé & plus commun de croire que d'examiner ; le temps donne de l'autorité à l'erreur ; ceux qui la combattent trop tard, paſſent pour téméraires ; & on emploie quelquefois pour la ſoutenir, toutes les armes dont on ne devrait ſe ſervir que pour défendre la vérité.

Enfin, pour réſumer tout ce que nous avons dit, nous penſons que M. de *Foncemagne* a ſaiſi le vrai, en feſant voir que le cardinal de *Richelieu* commanda, lut & margina ſon manifeſte ſous le nom de *narration ſuccinEte* ; & que M. de *Voltaire* a prouvé que le teſtament politique, joint à cette narration, n'eſt, ni ne peut être l'ouvrage d'un miniſtre dont le nom ſera toujours illuſtre, & qui nous devient cher de jour en jour par les mérites & les ſervices des héritiers de ſon nom & de ſa gloire.

EXAMEN

EXAMEN

DU

TESTAMENT POLITIQUE

DU CARDINAL ALBERONI.

APRÈS tant de teftamens caffés par le public, celui du cardinal *Albéroni* vient de paraître. Je fouhaite à l'éditeur qu'en effet le cardinal *Albéroni* l'ait mis fur fon teftament. Cet éditeur, ou cet auteur, connaît fans doute affez les hommes, les affaires, & le train du monde, pour ne pas favoir qu'un bon legs, qui procure une vie heureufe, vaut mieux que toutes les fpéculations politiques. Un écrivain fait un beau livre plein de profonds raifonnemens fur le commerce ruineux de l'Europe avec les grandes Indes : un négociant d'un trait de plume y envoie, fans raifonner, des effets ; il s'enrichit & ne lit point le livre. Il en eft de même dans la politique; l'homme d'efprit oifif fait des projets pour changer la face de l'Europe; ceux qui gouvernent fuivent leur routine, & ne s'informent pas feulement fi on a fait des projets.

L'abbé de *Bourzeys*, dans la crainte de n'être point lu, prit fans façon le nom du cardinal de *Richelieu.* D'autres ont pris le nom de *Mazarin*, de *Colbert*, de *Louvois*, du duc de Lorraine. Tous ces teftamens font faits dans le goût de celui de *Crifpin*, qui prend la robe de chambre & le nom de *Géronte* dans le Légataire univerfel. On voit bien que ce n'eſt pas *Géronte* qui a fait ce teſtament-là ; on y reconnaît bien vîte *Criſpin*.

Ce n'eſt pas un *Criſpin* à la vérité qui a compoſé le teſtament du cardinal *Albéroni ;* c'eſt un homme paſſablement inſtruit : mais il faut qu'il ſe détrompe de la vanité de faire accroire que ce teſtament ſoit effectivement l'ouvrage du cardinal. Il a beau dans ſa préface vouloir éluder la loi que j'ai fait valoir, que ce ſeul mot *teſtament d'un miniſtre ,* impoſe le devoir indiſpenſable de dépoſer dans des archives publiques l'original de l'ouvrage, ou d'en conſtater l'authenticité par des voies équivalentes ; cette loi ne peut être violée ſans que le public ſoit en droit de crier à la ſuppoſition. Il eſt abſolument néceſſaire de montrer au public qu'on ne le trompe pas, quand il s'agit d'ouvrages de cette importance. Lorſque je fis imprimer à la Haye l'*Anti-Machiavel ,* j'en dépoſai l'original à l'hôtel de ville, & il y eſt encore. Auſſi l'auteur ne prétend pas que le teſtament du cardinal *Albéroni* ſoit l'ouvrage de ce miniſtre ; il dit ſeulement que ce ſont ſes intentions ; que c'eſt un recueil de quelques penſées du cardinal, auxquelles l'éditeur a joint les ſiennes ; & par-là c'eſt un ouvrage qui peut devenir doublement précieux. Qu'on l'appelle *teſtament* ou non , il n'importe : les titres des livres ſont comme ceux des hommes aux yeux du philoſophe ; il ne juge de rien par les titres.

Que ce ſoit le cardinal *Albéroni ,* ou ſon truche-ment, qui propoſe au roi d'Eſpagne d'encourager l'agriculture, il eſt clair que c'eſt un très-bon avis, & qu'il faut le ſuivre, ſoit qu'il vienne d'un miniſtre ou d'un fermier. L'auteur propoſe de cultiver les terres eſpagnoles par des nègres. Pourquoi non ? ces terres qui manquent de laboureurs, accuſent encore le malheureux roi qui les priva des mains des Maures ſous leſquelles elles étaient fertiles. Les déſerts de la Pruſſe, cultivés par des étrangers, font un reproche aux terres de la Caſtille.

Peu d'hommes connaiſſent mieux l'Eſpagne que l'auteur ; on croirait preſque que c'eſt le miniſtre de *Philippe V*, ou celui qui a été le compagnon de ſa retraite & ſon malheureux ami, ſi l'on peut être l'ami d'un roi. Il compte toutes les cauſes de la dépopulation de l'Eſpagne : mais il me ſemble qu'il a tort de ne pas mettre parmi ces cauſes l'expulſion des Juifs & des Maures, & les tranſplantations en Amérique. L'émigration des proteſtans eſt inſenſible en France. Oui, parce que la France poſſède environ vingt-deux millions d'habitans induſtrieux ; mais il n'y a guère plus de ſix millions d'ames en Eſpagne ; & la fière oiſiveté y étouffe l'induſtrie. Otez beaucoup à celui qui a peu ; que lui reſte-t-il ? & comment réparer ces pertes dans un pays où les pères tranſmettent aux enfans la maladie qui attaque le genre-humain dans ſa ſource, & où la ſuperſtition enſevelit la nature dans les cloîtres ? Je me ſers ici du mot de *ſuperſtition* que le cardinal emploie ; je me ferais un ſcrupule de changer ſes paroles. D'ailleurs l'auteur fait bien voir que l'Eſpagne eſt le pays de la grandeur & des abus. Il fait plus : il montre les reſſources ; l'ouvrage n'a pas été revu par les inquiſiteurs. Il y a tel pays qui exige

Z 2

qu'on foit à fix cents milles de lui pour lui dire des vérités utiles.

Dans le chapitre **VII** on voit une partie de ce plan immenfe conçu autrefois par le cardinal *Albéroni.* Cet homme en 1707 n'avait été connu dans Anet (dont il refufa la cure) que fur le pied d'un *uomo faceto e piacevole*, qui fefait des foupes à l'oignon excellentes. *Campiftron* le protégeait alors ; & en 1718 il allait bouleverfer la terre. J'en parlai dans l'hiftoire de *Charles XII.* Je lui rendis juftice , & il me remercia avec d'autant plus de fenfibilité qu'il était alors malheureux. Ce projet, prêt à éclore, était d'armer l'empire ottoman contre l'Autriche ; *Charles XII* & le czar contre l'Angleterre ; d'établir le prétendant à Londres par les mains du vainqueur de Nerva ; d'arracher la régence de la France au duc d'Orléans ; de rendre pour jamais l'Italie indépendante de l'Allemagne , après fept cents ans de fujéion ou d'efclavage ou de foumiffion. Suivant ce deffein, un corps italique s'établiffait, à l'exemple à peu près du corps germanique. Dom *Carlos* devait pofféder Naples & Sicile ; fon frère dom *Philippe* avait la Tofcane. La Lombardie fefait le partage des ducs de Savoie. Mantoue était ajoutée aux Etats de Venife. Le domaine du duc de Modène s'accroiffait de plus de moitié par celui de Parme.

Les vues du commerce le plus étendu venaient à l'appui de ces arrangemens ou de ces dérangemens politiques. Le coup de fauconneau qui tua *Charles XII* renverfa tout le projet : mais cette machine brifée fut encore affez forte quelque temps après pour porter

dom *Carlos* fur le trône des deux Siciles par de nouveaux efforts.

L'auteur voudrait que le prétendant fe fût fait roi
en Corfe, au lieu de tenter inutilement d'être roi
d'Angleterre ; enfuite il lui propofe la vice-royauté de
Majorque : eft-ce bien le cardinal *Albéroni* qui fait ces
propofitions ?

Eft-ce bien lui qui s'acharne contre la mémoire du
cardinal de *Fleuri*, & qui dit qu'on n'a entendu que
les plaintes & les gémiffemens des peuples pendant fon
miniftère ? Si c'eft le cardinal *Albéroni* qui parle ainfi :
ou il eft bien prévenu, ou il ne connaiffait pas la
France comme il connaiffait l'Efpagne. Il s'attache à
décrier en tout le cardinal de *Fleuri*. Il l'abaiffe au-
deffous du médiocre. Mais quand on voyage de Saint-
Dizier à Moyenvic, on dit : *C'eft le cardinal de Fleuri
qui a donné toutes ces terres à la France ; qu'aurait fait de
mieux alors un grand-homme ?* Le cardinal *Albéroni* eft
devenu un cenfeur bien impitoyable depuis fa mort :
fon teftament eft une fatire.

Il blâme le cardinal de *Fleuri* d'avoir voulu la
guerre de 1741 ; & on fait qu'il ne la voulait pas, &
qu'il s'y oppofa autant qu'il put.

Il blâme l'empereur *Charles VI* d'avoir fait fa
pragmatique-fanction. Sa fille ne fera pas de cet avis.
Il veut changer la conftitution de l'Allemagne : c'eft
un homme qui a perdu fon bien au jeu, & qui, fe
plaifant encore à regarder jouer, dit tout haut les
fautes qu'il croit apercevoir.

Eft-ce donc le cardinal *Albéroni* qui juge ainfi les
vivans & les morts ? On connaît dans l'Europe un

Z 3

maréchal de France qui s'eft fait un nom célébre
par fes grandes vues , par fon efprit d'ordre & de
détail, par fon génie & par fon aɛtivité. Le prétendu
teftateur le traite bien durement. Je ne crois pas qu'il
foit permis à l'hiftoire de parler des vivans : elle doit
imiter les jugemens de l'Egypte qui ne décidaient du
mérite des citoyens que lorfqu'ils n'étaient plus. Les
portraits des hommes publics font toujours dans un
faux jour pendant leur vie. Mais fi quelqu'un voulait
répondre aux reproches amers que fait le cardinal
Albéroni à cet illuftre français, ne pourrait-il pas lui
dire : Ceffez de reprocher à ce maréchal l'épuifement
des tréfors de la France, dans la magnifique ambaffade
de Francfort, où *Charles VII* fut élu empereur. Ceffez
de repréfenter l'Allemagne en défiance de cette pro-
fufion prétendue. L'ambaffadeur d'Efpagne y fefait
une auffi grande figure que celui de France. Le duc
de *Riperda* avait paru avec plus d'éclat encore à
Vienne ; & jamais on n'a vu les nations prendre
l'alarme fur le nombre des domeftiques & fur la
vaiffelle d'un plénipotentiaire. Vous étiez malade
apparemment quand vous diɛtâtes cet article de votre
teftament ; & vous donnez en mourant votre malé-
diɛtion pour bien peu de chofe. Votre éminence était
de mauvaife humeur quand elle a diɛté l'article par
lequel elle réprouve en politique le projet de ce
général. Ce n'eft pas à elle à juger par l'événement.
Des hommes qui auront plus de réputation que vous
dans la poftérité, parce qu'avec un génie égal au vôtre
ils ont eu plus de bonheur, ont dit que ce plan qui vous
paraît chimérique était le comble de la vraifemblance.
En effet quel était ce plan ? c'était d'unir la France,

l'Efpagne, la Pruffe, la Saxe, la Bavière, pour juger,
les armes à la main, le procès de la fucceffion de
l'Autriche. Un jeune roi victorieux avait d'un côté
cent mille hommes en armes & les mieux difciplinés
de l'Europe; la Saxe en avait près de cinquante mille;
deux armées françaifes, d'environ quarante mille
hommes chacune, étaient toutes deux au milieu de
l'Allemagne. On était aux portes de Vienne. L'Efpagne
allait fondre dans l'Italie : & à peine paraiffait-il alors
qu'il y eût un ennemi à combattre. On avait propofé
encore de faire agir d'autres refforts que l'hiftoire
découvrira un jour. On demande après cela fi jamais
entreprife eut de plus belles apparences ? on demande
fi ce projet n'était pas cent fois plus plaufible que les
vôtres ? On a vu quelquefois de petites armées ren-
verfer de grands empires. Ici deux cents cinquante
mille hommes attaquent une femme fans défenfe ; &
elle fe foutient. Avouez-le, monfieur le cardinal, il y
a quelque chofe là-haut qui confond les deffeins des
hommes.

Vous êtes bien mal inftruit pour un grand miniftre,
quand vous dites que ce général que vous condamnez,
demanda cent mille hommes au cardinal de *Fleuri*.
Je peux affurer votre éminence qu'il n'en demanda
que cinquante mille pour aller à Vienne ; & dans
cette armée il voulait vingt mille hommes de cavalerie.
On ne lui donna que trente-deux mille hommes
complets, parmi lefquels il n'y avait que huit mille
cavaliers : mais cela compofait, avec les troupes des
alliés, une force à laquelle il paraiffait que rien ne
devait réfifter, puifque ceux qu'on attaquait n'avaient
pas encore une armée raffemblée. Je pourrais fur ce

point d'hiftoire apprendre à feue votre éminence bien des chofes qu'elle ignore, & qui lui feraient connaître que celui qu'elle feint de méprifer eft très-digne de fon eftime.

Comme je fuis encore en vie, il ne m'eft pas permis, d'être auffi libre que vous, qui êtes mort, & qui pouvez tout dire impunément : mais je pourrais vous donner au moins des lumières fur le fiége de Prague, qui vous feraient changer de penfée. Vous ne pourriez nier que les forties n'aient été de véritables batailles, & que la retraite n'ait été glorieufe.

Je ne fais pas ce que le cardinal de *Fleuri*, & le général dont vous parlez, vous ont fait : mais il me femble, Monfeigneur, qu'un bon chrétien comme vous, qu'un cardinal devait en mourant fe réconcilier avec fes ennemis. Il femble que votre teftament ait été fait *ab irato ;* cela feul fuffirait pour l'invalider.

Ce teftament fera plus utile aux politiques qu'aux hiftoriens. Le teftateur eft loin de tomber dans la faute abfurde du fauffaire qui prit le nom du cardinal de *Richelieu.* Ce fauffaire mal-habile, en fefant parler le plus grand miniftre de l'Europe, dans la crife de la guerre avec l'empereur & le roi d'Efpagne, ne dit pas un mot de la manière dont la France devait fe conduire avec fes alliés & avec fes ennemis. C'était un étrange contrafte de voir le cardinal de *Richelieu* paffer fous filence les négociations, les intérêts de tous les princes, pour parler de l'univerfité & de la gabelle. C'eft ici tout le contraire. L'auteur entre dans les intérêts de tous les potentats ; il fait à chacun leur part ; il arrange le monde à fon gré, & fe met à la place de la

Providence. Il parle de tout ce qu'on aurait pu faire, de tout ce qui pourrait arriver ; c'eft le recueil des futurs contingens.

On ne voit dans cet écrit aucune notion fimple & commune. Il y eft dit que lorfque l'empereur *Charles VII* était fans Etats & fans armée, il aurait dû mettre la reine de Hongrie au ban de l'Empire. Il paraît cependant que quand on rend un pareil arrêt, il faut avoir cent mille huiffiers aguerris pour le fignifier.

Au refte jamais teftament ne contint des legs plus confidérables. Le cardinal donne & légue la Bohème à l'électeur de Saxe, le duché de Zell au duc de Cumberland, le Tirol & la Carinthie à l'électeur de Bavière, le Brifgau avec les villes foreftières au duc des Deux-Ponts, & le duché des Deux-Ponts à l'électeur palatin. Cela reffemble au teftament que *Cérifantes* le gafcon fit à Naples du temps du duc de *Guife*. Il légua à ce prince fes pierreries & fa vaiffelle d'or, cent mille écus aux jéfuites, autant à un hôpital ; il fonda un collége & une bibliothèque publique. Il n'avait pas de quoi fe faire enterrer.

DES CONSPIRATIONS

CONTRE LES PEUPLES.

Conspirations ou proscriptions juives.

L'HISTOIRE est pleine de conspirations contre les tyrans ; mais nous ne parlerons ici que des conspirations des tyrans contre les peuples. Si l'on remonte à la plus haute antiquité parmi nous ; si l'on ose chercher les premiers exemples des proscriptions dans l'histoire des Juifs ; si nous séparons ce qui peut appartenir aux passions humaines, de ce que nous devons révérer dans les décrets éternels ; si nous ne considérons que l'effet terrible d'une cause divine, nous trouverons d'abord une proscription de vingt-trois mille juifs après l'idolâtrie d'un veau d'or ; une de vingt-quatre mille pour punir l'israélite qu'on avait surpris dans les bras d'une madianite ; une de quarante-deux mille hommes de la tribu d'Ephraïm, égorgés à un gué du Jourdain. C'était une vraie proscription ; car ceux de Galaad, qui exerçaient la vengeance de *Jephté* contre les Ephraïmites, voulaient connaître & démêler leurs victimes en leur fesant prononcer l'un après l'autre le mot *schibolet* au passage de la rivière ; & ceux qui disaient *sibolet*, selon la prononciation éphraïmite, étaient reconnus & tués sur le champ. Mais il faut considérer que cette tribu d'Ephraïm ayant osé s'opposer à *Jephté*, choisi par DIEU même pour être le chef de son peuple, méritait sans doute un tel châtiment.

C'eſt pour cette raiſon que nous ne regardons point comme une injuſtice l'extermination entière des peuples du Canaán ; ils s'étaient, ſans doute, attiré cette punition par leurs crimes ; ce fut le DIEU vengeur des crimes qui les pourſuivit ; les Juifs n'étaient que les bourreaux.

Celle de Mithridate.

DE telles proſcriptions commandées par la Divinité même, ne doivent pas ſans doute être imitées par les hommes ; auſſi le genre-humain ne vit point de pareils maſſacres juſqu'à *Mithridate*. Rome ne lui avait pas encore déclaré la guerre, lorſqu'il ordonna qu'on aſſaſſinât tous les Romains qui ſe trouvaient dans l'Aſie mineure. *Plutarque* fait monter le nombre des victimes à cent cinquante mille ; *Appien* le réduit à quatre-vingts mille.

Plutarque n'eſt guère croyable, & *Appien* probablement exagère. Il n'eſt pas vraiſemblable que tant de citoyens romains demeuraſſent dans l'Aſie mineure où ils avaient alors très-peu d'établiſſemens. Mais quand ce nombre ſerait réduit à la moitié, *Mithridate* n'en ſerait pas moins abominable. Tous les hiſtoriens conviennent que le maſſacre fut général, & que ni les femmes ni les enfans ne furent épargnés.

Celles de Sylla, de Marius, & des Triumvirs.

MAIS environ dans ce temps-là même, *Sylla* & *Marius* exercèrent ſur leurs compatriotes la même fureur qu'ils éprouvaient en Aſie. *Marius* commença les proſcriptions, & *Sylla* les ſurpaſſa. La raiſon humaine

eft confondue quand elle veut juger les Romains. On
ne conçoit pas comment un peuple chez qui tout
était à l'enchère, & dont la moitié égorgeait l'autre,
pût être dans ce temps-là même le vainqueur de tous
les rois. Il y eut une horrible anarchie depuis les
profcriptions de *Sylla* jufqu'à la bataille d'Actium ; &
ce fut pourtant alors que Rome conquit les Gaules,
l'Efpagne, l'Egypte, la Syrie, toute l'Afie mineure &
la Grèce.

Comment expliquerons-nous ce nombre prodigieux
de déclamations qui nous reftent fur la décadence de
Rome, dans ces temps fanguinaires & illuftres ? Tout
eft perdu, difent vingt autres latins ; *Rome tombe par
fes propres forces, le luxe a vengé l'univers.* Tout cela
ne veut dire autre chofe, finon que la liberté publique
n'exiftait plus : mais la puiffance fubfiftait ; elle était
entre les mains de cinq ou fix généraux d'armée ; &
le citoyen romain, qui avait jufque-là vaincu pour
lui-même, ne combattait plus que pour quelques
ufurpateurs.

La dernière profcription fut celle d'*Antoine*,
d'*Octave* & de *Lépide ;* elle ne fut pas plus fanguinaire
que celle de *Sylla*.

Quelque horrible que fût le règne de *Caligula* &
des *Nérons*, on ne voit point de profcriptions fous
leur empire ; il n'y en eut point dans les guerres des
Galba, des *Othons*, des *Vitellius*.

Celle des *Juifs* fous *Trajan*.

Les Juifs feuls renouvelèrent ce crime fous *Trajan*.
Ce prince humain les traitait avec bonté. Il y en avait

un très-grand nombre dans l'Egypte & dans la province de Cyrène. La moitié de l'île de Chypre était
peuplée de juifs. Un nommé *André* qui fe donna
pour un meffie, pour un libérateur des Juifs, ranima
leur exécrable enthoufiafme qui paraiffait affoupi. Il
leur perfuada qu'ils feraient agréables au Seigneur,
& qu'ils rentreraient tous enfin victorieux dans Jéru-
falem, s'ils exterminaient tous les infidelles dans les
lieux où ils avaient le plus de fynagogues. Les Juifs
féduits par cet homme, maffacrèrent, dit-on, plus de
deux cents vingt mille perfonnes dans la Cyrénaïque
& dans Chypre. *Dion* & *Eufébe* difent que non contens
de les tuer, ils mangeaient leur chair, fe fefaient une
ceinture de leurs inteftins, & fe frottaient le vifage
de leur fang. Si cela eft ainfi, ce fut, de toutes les
confpirations contre le genre - humain dans notre
continent, la plus inhumaine & la plus épouvantable;
& elle dut l'être, puifque la fuperftition en était le
principe. Ils furent punis, mais moins qu'ils ne le
méritaient, puifqu'ils fubfiftent encore.

Celle de Théodofe.

JE ne vois aucune confpiration pareille dans l'hiftoire du monde, jufqu'au temps de *Théodofe*, qui
profcrivit les habitans de Theffalonique, non pas
dans un mouvement de colère, comme des menteurs
mercenaires l'écrivent fi fouvent, mais après fix mois
des plus mûres réflexions. Il mit dans cette fureur
méditée un artifice & une lâcheté qui la rendaient
encore plus horrible. Les jeux publics furent annoncés
par fon ordre, les habitans invités; les courfes

commencèrent : au milieu de ces réjouiffances, fes foldats égorgèrent fept à huit mille habitans ; quelques auteurs difent quinze mille. Cette profcription fut incomparablement plus fanguinaire & plus inhumaine que celle des triumvirs ; ils n'avaient compris que leurs ennemis dans leurs liftes ; mais *Théodofe* ordonna que tout pérît fans diftinction. Les triumvirs fe contentèrent de taxer les veuves & les filles des profcrits ; *Théodofe* fit maffacrer les femmes & les enfans, & cela dans la plus profonde paix, & lorfqu'il était au comble de fa puiffance. Il eft vrai qu'il expia ce crime ; il fut quelque temps fans aller à la meffe.

Celle de l'impératrice Théodora.

UNE confpiration beaucoup plus fanglante encore que toutes les précédentes, fut celle d'une impératrice *Théodora*, au milieu du neuvième fiècle. Cette femme fuperftitieufe & cruelle, veuve du cruel *Théophile*, & tutrice de l'infame *Michel*, gouverna quelques années Conftantinople. Elle donna ordre qu'on tuât tous les manichéens dans fes Etats. *Fleuri*, dans fon *Hiftoire eccléfiaftique*, avoue qu'il en périt environ cent mille. Il s'en fauva quarante mille qui fe réfugièrent dans les Etats du calife, & qui, devenus les plus implacables comme les plus juftes ennemis de l'empire grec, contribuèrent à fa ruine. Rien ne fut plus femblable à notre Saint-Barthelemi, dans laquelle on voulut détruire les proteftans, & qui les rendit furieux.

Celle des croiſés contre les Juifs.

CETTE rage des conſpirations contre un peuple entier ſembla s'aſſoupir juſqu'au temps des croiſades. Une horde de croiſés dans la première expédition de *Pierre* l'ermite, ayant pris ſon chemin par l'Allemagne, fit vœu d'égorger tous les Juifs qu'ils rencontreraient ſur leur route. Ils allèrent à Spire, à Vorms, à Cologne, à Maïence, à Francfort ; ils fendirent le ventre aux hommes, aux femmes, aux enfans de la nation juive qui tombèrent entre leurs mains, & cherchèrent dans leurs entrailles l'or qu'on ſuppoſait que ces malheureux avaient avalé.

Cette action des croiſés reſſemblait parfaitement à celle des juifs de Chypre & de Cyrène, & fut peut-être encore plus affreuſe, parce que l'avarice ſe joignait au fanatiſme. Les Juifs alors furent traités comme ils ſe vantent d'avoir traité autrefois des nations entières ; mais ſelon la remarque de *Suarez : Ils avaient égorgés leurs voiſins par une piété bien entendue, & les croiſés les maſſacrèrent par une piété mal entendue.* Il y a au moins de la piété dans ces meurtres, & cela eſt bien conſolant.

Celle des croiſades contre les Albigeois.

LA conſpiration contre les Albigeois fut de la même eſpèce, & eut une atrocité de plus ; c'eſt qu'elle fut contre des compatriotes, & qu'elle dura plus long-temps. *Suarez* aurait dû regarder cette proſ-cription comme la plus édifiante de toutes, puiſque

de faints inquifiteurs condamnèrent aux flammes
tous les habitans de Béziers , de Carcaffonne , de
Lavaur , & de cent bourgs confidérables ; prefque
tous les citoyens furent brûlés en effet , ou pendus,
ou égorgés.

Les vêpres ficiliennes.

S'IL eft quelque nuance entre les grands crimes,
peut-être la journée des vêpres ficiliennes eft la moins
exécrable de toutes, quoiqu'elle le foit exceffivement.
L'opinion la plus probable eft que ce maffacre ne fut
point prémédité. Il eft vrai que *Jean de Procida* ,
émiffaire du roi d'Arragon, préparait dès-lors une
révolution à Naples & en Sicile ; mais il paraît que ce
fut un mouvement fubit dans le peuple animé contre
les Provençaux, qui le déchaîna tout d'un coup, &
qui fit couler tant de fang. Le roi *Charles d'Anjou*,
frère de *St Louis*, s'était rendu odieux par le meurtre
de *Conradin* & du duc d'Autriche, deux jeunes héros
& deux grands princes dignes de fon eftime, qu'il fit
condamner à mort comme des voleurs. Les Provençaux qui vexaient la Sicile étaient déteftés. L'un
d'eux fit violence à une femme le lendemain de
pâques ; on s'attroupa, on s'émut, on fonna le tocfin,
on cria *meurent les tyrans :* tout ce qu'on rencontra de
Provençaux fut maffacré ; les innocens périrent avec
les coupables.

Les Templiers.

JE mets fans difficulté au rang des conjurations
contre une fociété entière, le fupplice des templiers.

Cette

Cette barbarie fut d'autant plus atroce, qu'elle fut commife avec l'appareil de la juftice. Ce n'était point une de ces fureurs que la vengeance foudaine ou la néceffité de fe défendre femble juftifier : c'était un projet réfléchi d'exterminer tout un ordre trop fier & trop riche. Je penfe bien que dans cet ordre il y avait de jeunes débauchés qui méritaient quelque correction ; mais je ne croirai jamais qu'un grand-maître & tant de chevaliers , parmi lefquels on comptait des princes , tous vénérables par leur âge & par leurs fervices, fuffent coupables des baffeffes abfurdes & inutiles dont on les accufait. Je ne croirai jamais qu'un ordre entier de religieux ait renoncé en Europe à la religion chrétienne, pour laquelle il combattait en Afie , en Afrique , & pour laquelle même encore plufieurs d'entre eux gémiffaient dans les fers des Turcs & des Arabes , aimant mieux mourir dans les cachots que de renier leur religion.

Enfin , je crois fans difficulté à plus de quatre-vingts chevaliers qui , en mourant, prennent DIEU à témoin de leur innocence. N'héfitons point à mettre leur profcription au rang des funeftes effets d'un temps d'ignorance & de barbarie.

Maffacres dans le nouveau monde.

DANS ce recenfement de tant d'horreurs , mettons furtout les douze millions d'hommes détruits dans le vafte continent du nouveau monde. Cette prof-cription eft à l'égard de toutes les autres ce que ferait l'incendie de la moitié de la terre à celui de quelques villages.

Jamais ce malheureux globe n'éprouva une dévaſtation plus horrible & plus générale, & jamais crime ne fut mieux prouvé. *Las Caſas*, évêque de Chiapa dans la nouvelle Eſpagne , ayant parcouru pendant plus de trente années les îles & la terre ferme découvertes avant qu'il fût évêque , & depuis qu'il eut cette dignité, témoin oculaire de ces trente années de deſtruction , vint enfin en Eſpagne dans ſa vieilleſſe , ſe jeter aux pieds de *Charles-Quint* & du prince *Philippe* ſon fils , & fit entendre ſes plaintes qu'on n'avait pas écoutées juſqu'alors. Il préſenta ſa requête au nom d'un hémiſphère entier : elle fut imprimée à Valladolid. La cauſe de plus de cinquante nations proſcrites, dont il ne ſubſiſtait que de faibles reſtes , fut ſolemnellement plaidée devant l'empereur. *Las Caſas* dit que ces peuples détruits étaient d'une eſpèce douce , faible & innocente , incapable de nuire & de réſiſter , & que la plupart ne connaiſſaient pas plus les vêtemens & les armes que nos animaux domeſtiques. J'ai parcouru , dit-il , toutes les petites îles Lucaies , & je n'y ai trouvé que onze habitans, reſte de plus de cinq cents mille.

Il compte enſuite plus de deux millions d'hommes détruits dans Cuba & dans Hiſpaniola , & enfin plus de dix millions dans le continent. Il ne dit pas : j'ai ouï dire qu'on a exercé ces énormités incroyables, il dit : *Je les ai vues : j'ai vu cinq caciques brûlés pour s'être enfuis avec leurs ſujets ; j'ai vu ces créatures innocentes maſſacrées par milliers ; enfin , de mon temps , on a détruit plus de douze millions d'hommes dans l'Amérique.*

On ne lui conteſta pas cette étrange dépopulation , quelque incroyable qu'elle paraiſſe. Le docteur

Sepulvéda, qui plaidait contre lui, s'attacha feulement à prouver que tous ces Indiens méritaient la mort, parce qu'ils étaient coupables du péché contre nature, & qu'ils étaient anthropophages.

Je prends DIEU à témoin, répond le digne évêque *las Cafas*, que vous calomniez ces innocens après les avoir égorgés. Non, ce n'était point parmi eux que régnait la pédéraftie, & que l'horreur de manger dé la chair humaine s'était introduite; il fe peut que dans quelques contrées de l'Amérique que je ne connais pas, comme au Bréfil ou dans quelques îles, on ait pratiqué ces abominations de l'Europe; mais ni à Cuba, ni à la Jamaïque, ni dans Hifpaniola, ni dans aucune île que j'aie parcourue, ni au Pérou, ni au Mexique où eft mon évêché, je n'ai entendu jamais parler de ces crimes, & j'en ai fait les enquêtes les plus exactes. C'eft vous qui êtes plus cruels que les anthropophages; car je vous ai vu dreffer des chiens énormes pour aller à la chaffe des hommes, comme on va à celle des bêtes fauves. Je vous ai vu donner vos femblables à dévorer à vos chiens. J'ai entendu des Efpagnols dire à leurs camarades : Prête-moi une longe d'Indien pour le déjeûner de mes dogues, je t'en rendrai demain un quartier. C'eft enfin chez vous feuls que j'ai vu de la chair humaine étalée dans vos boucheries, foit pour vos dogues, foit pour vous-mêmes. Tout cela, continue-t-il, eft prouvé au procès, & je jure par le grand DIEU qui m'écoute, que rien n'eft plus véritable.

Enfin, *las Cafas* obtint de *Charles-Quint* des lois qui arrêtèrent le carnage réputé jufqu'alors légitime,

attendu que c'était des chrétiens qui massacraient des
infidelles.

Conspiration contre Mérindol.

LA proscription juridique des habitans de Mérindol
& de Cabrière, sous *François I*, en 1546, n'est à la
vérité qu'une étincelle en comparaison de cet incendie
universel de la moitié de l'Amérique. Il périt dans
ce petit pays environ cinq à six mille personnes des
deux sexes & de tout âge. Mais cinq mille citoyens
surpassent en proportion, dans un canton si petit, le
nombre de douze millions dans la vaste étendue des
îles de l'Amérique, dans le Mexique, & dans le Pérou.
Ajoutez surtout que les désastres de notre patrie nous
touchent plus que ceux d'un autre hémisphère.

Ce fut la seule proscription revêtue des formes de la
justice ordinaire ; car les templiers furent condamnés
par des commissaires que le pape avait nommés, &
c'est en cela que le massacre de Mérindol porte un
caractère plus affreux que les autres. Le crime est
plus grand quand il est commis par ceux qui sont
établis pour réprimer les crimes & pour protéger
l'innocence.

Un avocat-général du parlement d'Aix, nommé
Guerin, fut le premier auteur de cette boucherie.
C'était, dit l'historien *César Nostradamus*, *un homme
noir ainsi de corps que d'ame, autant froid orateur que
persécuteur ardent & calomniateur effronté.* Il commença
par dénoncer en 1540 dix-neuf personnes au hasard
comme hérétiques. Il y avait alors un violent parti

dans le parlement d'Aix, qu'on appelait les *brûleurs*. Le préfident d'*Oppède* était à la tête de ce parti. Les dix-neuf accufés furent condamnés à la mort fans être entendus ; & dans ce nombre il fe trouva quatre femmes & cinq enfans qui s'enfuirent dans des cavernes.

Il y avait alors, à la honte de la nation, un inqui- fiteur de la foi en Provence ; il fe nommait frère *Jean de Rome*. Ce malheureux, accompagné de fatellites, allait fouvent dans Mérindol & dans les villages d'alentour ; il entrait inopinément & de nuit dans les maifons où il était averti qu'il y avait un peu d'argent ; il déclarait le père, la mère & les enfans hérétiques, leur donnait la queftion, prenait l'argent, & violait les filles. Vous trouverez une partie des crimes de ce fcélérat dans le fameux plaidoyer d'*Aubri*, & vous remarquerez qu'il ne fut puni que par la prifon.

Ce fut cet inquifiteur qui, n'ayant pu entrer chez les dix-neuf accufés, les avait fait dénoncer au par- lement par l'avocat-général *Guerin*, quoiqu'il prétendît être le feul juge du crime d'héréfie. *Guerin* & lui foutinrent que dix-huit villages étaient infectés de cette pefte. Les dix-neuf citoyens échappés devaient, felon eux, faire révolter tout le canton. Le préfident d'*Oppède*, trompé par une information frauduleufe de *Guerin*, demanda au roi des troupes pour appuyer la recherche & la punition des dix-neuf prétendus coupables. *François I*, trompé à fon tour, accorda enfin les troupes. Le vice-légat d'Avignon y joignit quelques foldats. Enfin en 1544, d'*Oppède* & *Guerin* à leur tête mirent le feu à tous les villages ; tout fut tué, & *Aubri* rapporte dans fon plaidoyer que plufieurs

foldats affouvirent leur brutalité fur les femmes & fur
les filles expirantes qui palpitaient encore. C'eft ainfi
qu'on fervait la religion.

Quiconque a lu l'hiftoire fait affez qu'on fit juftice ;
que le parlement de Paris fit pendre l'avocat-général,
& que le préfident d'*Oppède* échappa au fupplice qu'il
avait mérité. Cette grande caufe fut plaidée pendant
cinquante audiences. On a encore les plaidoyers; ils
font curieux. D'*Oppède* & *Guerin* alléguaient pour
leur juftification tous les paffages de l'Ecriture, où il
eft dit :

Frappez les habitans par le glaive, détruifez tout
jufqu'aux animaux. (*a*)

Tuez le vieillard, l'homme, la femme, & l'enfant
à la mamelle. (*b*)

Tuez l'homme, la femme, l'enfant fevré, l'enfant
qui tette, le bœuf, la brebis, le chameau & l'âne. (*c*)

Ils alléguaient encore les ordres & les exemples
donnés par l'Eglife contre les hérétiques. Ces exemples
& ces ordres n'empêchèrent pas que *Guerin* ne fût
pendu. C'eft la feule profcription de cette efpèce qui
ait été punie par les lois, après avoir été faite à l'abri
de ces lois mêmes.

Confpiration de la Saint-Barthelemi.

Il n'y eut que vingt-huit ans d'intervalle entre les
maffacres de Mérindol & la journée de la Saint-Barthelemi. Cette journée fait encore dreffer les cheveux à
la tête de tous les Français, excepté ceux d'un abbé (*)

(*a*) Deut. chap. XIII.
(*b*) *Jofué*, chap. XVI.
(*c*) Premier liv. des Rois, chap. XV.
(*) *Cavcirac.*

qui a ofé imprimer en 1758 une efpèce d'apologie
de cet événement exécrable. C'eft ainfi que quelques
efprits bizarres ont eu le caprice de faire l'apologie du
diable. *Ce ne fut*, dit-il, *qu'une affaire de profcription.*
Voilà une étrange excufe ! il femble qu'une affaire de
profcription foit une chofe d'ufage, comme on dit,
une affaire de barreau, une affaire d'intérêt, une
affaire de calcul, une affaire d'églife.

Il faut que l'efprit humain foit bien fufceptible de
tous les travers, pour qu'il fe trouve au bout de près
de deux cents ans un homme qui de fang-froid entreprend de juftifier ce que l'Europe entière abhorre.
L'archevêque *Perefixe* prétend qu'il périt cent mille
Français dans cette confpiration religieufe. Le duc de
Sulli n'en compte que foixante & dix mille. Monfieur
l'abbé abufe du martyrologe des calviniftes, lequel n'a
pu tout compter, pour affirmer qu'il n'y eut que quinze
mille victimes. Eh, monfieur l'abbé ! ne ferait-ce rien
que quinze mille perfonnes égorgées, en pleine paix,
par leurs concitoyens ?

Le nombre des morts ajoute, fans doute, beaucoup
à la calamité d'une nation, mais rien à l'atrocité du
crime. Vous prétendez, homme charitable, que la
religion n'eut aucune part à ce petit mouvement populaire. Oubliez-vous le tableau que le pape *Grégoire XIII*
fit placer dans le Vatican, & au bas duquel était
écrit : *Pontifex Colignii necem probat* ? Oubliez-vous fa
proceffion folemnelle de l'églife de Saint-Pierre à
l'églife Saint-Louis, le *Te Deum* qu'il fit chanter, les
médailles qu'il fit frapper pour perpétuer la mémoire de
l'heureux carnage de la Saint-Barthelemi ? Vous n'avez

peut-être pas vu ces médailles ; j'en ai vu entre les mains de M. l'abbé de *Rothelin*. Le pape *Grégoire* y eſt repréſenté d'un côté, & de l'autre c'eſt un ange qui tient une croix dans la main gauche, & une épée dans la droite. En voilà-t-il aſſez, je ne dis pas pour vous convaincre, mais pour vous confondre ?

Conſpiration d'Irlande.

LA conjuration des Irlandais catholiques contre les proteſtans, ſous *Charles I* en 1641, eſt une fidelle imitation de la Saint-Barthelemi. Des hiſtoriens anglais contemporains, tels que le chancelier *Clarendon* & un chevalier *Jean Temple*, aſſurent qu'il y eut cent cinquante mille hommes de maſſacrés. Le parlement d'Angleterre, dans ſa déclaration du 25 juillet 1643, en compte quatre-vingts mille : mais M. *Brooke*, qui paraît très-inſtruit, crie à l'injuſtice dans un petit livre que j'ai entre les mains. Il dit qu'on ſe plaint à tort ; & il ſemble prouver aſſez bien qu'il n'y eut que quarante mille citoyens d'immolés à la religion, en y comprenant les femmes & les enfans.

Conſpiration dans les vallées du Piémont.

J'OMETS ici un grand nombre de proſcriptions particulières. Les petits déſaſtres ne ſe comptent point dans les calamités générales ; mais je ne dois point paſſer ſous ſilence la proſcription des habitans des vallées du Piémont en 1655.

C'eſt une choſe aſſez remarquable dans l'hiſtoire que ces hommes preſque inconnus au reſte du monde, aient perfévéré conftamment, de temps immémorial, dans des ufages qui avaient changé par-tout ailleurs. Il en eft de ces ufages comme de la langue : une infinité de termes antiques fe confervent dans des cantons éloignés, tandis que les capitales & les grandes villes varient dans leur langage de fiècle en fiècle.

Voilà pourquoi l'ancien roman, que l'on parlait du temps de *Charlemagne*, fubfifte encore dans le patois du pays de Vaud, qui a confervé le nom de *pays Roman*. On trouve des veftiges de ce langage dans toutes les vallées des Alpes & des Pyrénées. Les peuples voifins de Turin qui habitaient les cavernes vaudoifes, gardèrent l'habillement, la langue, & prefque tous les rites du temps de *Charlemagne*.

On fait affez que dans le huitième & dans le neuvième fiècle, la partie feptentrionale de l'Occident ne connaiffait point le culte des images ; & une bonne raifon, c'eft qu'il n'y avait ni peintre ni fculpteur : rien même n'était encore décidé fur certaines queftions délicates, que l'ignorance ne permettait pas d'approfondir. Quand ces points de controverfe furent arrêtés & réglés ailleurs, les habitans des vallées l'ignorèrent ; & étant ignorés eux-mêmes des autres hommes, ils reftèrent dans leur ancienne croyance ; mais enfin, ils furent au rang des hérétiques, & pourfuivis comme tels.

Dès l'année 1487, le pape *Innocent VIII* envoya dans le Piémont un légat nommé *Albertus de Capitoneis*, archidiacre de Crémone, prêcher une croifade contre eux. La teneur de la bulle du pape eft fingulière.

Il recommande aux inquisiteurs, à tous les ecclésias-
tiques, & à tous les moines, ,, de prendre unanime-
,, ment les armes contre les Vaudois, de les écraser
,, comme des aspics, & de les exterminer saintement.,,
*In hæreticos armis insurgant, eosque velut aspides vene-
nosos conculcent, & ad tam sanctam exterminationem
adhibeant omnes conatus.*

La même bulle octroie à chaque fidelle le droit de
,, s'emparer de tous les meubles & immeubles des
,, hérétiques, sans forme de procès. ,, *Bona quæcumque
mobilia & immobilia quibuscumque licitè occupandi, &c.*

Et par la même autorité elle déclare que tous les
magistrats qui ne prêteront pas main-forte, seront
privés de leurs dignités : *Seculares honoribus, titulis,
feudis, privilegiis privandi.*

Les Vaudois, ayant été vivement persécutés en
vertu de cette bulle, se crurent des martyrs. Ainsi
leur nombre augmenta prodigieusement. Enfin, la
bulle d'*Innocent VIII* fut mise en exécution à la lettre,
en 1655. Le marquis de *Pianesse* entra le 15 d'avril
dans ces vallées avec deux régimens, ayant des
capucins à leur tête. On marcha de caverne en
caverne, & tout ce qu'on rencontra fut massacré. On
pendait les femmes nues à des arbres, on les arrosait
du sang de leurs enfans, & on emplissait leur matrice
de poudre à laquelle on mettait le feu.

Il faut faire entrer, sans doute, dans ce triste
catalogue les massacres des Cévènes & du Vivarais,
qui durèrent pendant dix ans, au commencement de
ce siècle. Ce fut en effet un mélange continuel de
proscriptions & de guerres civiles. Les combats, les
assassinats, & les mains des bourreaux, ont fait périr

près de cent mille de nos compatriotes, dont dix mille ont expiré fur la roue, ou par la corde, ou dans les flammes, fi on en croit tous les hiftoriens contemporains des deux partis.

Eft-ce l'hiftoire des ferpens & des tigres que je viens de faire? non, c'eft celle des hommes. Les tigres & les ferpens ne traitent point ainfi leur efpèce. C'eft pourtant dans le fiècle de *Cicéron*, de *Pollion*, d'*Atticus*, de *Varius*, de *Tibulle*, de *Virgile*, d'*Horace*, qu'*Augufte* fit fes profcriptions. Les philofophes de *Thou* & *Montagne*, le chancelier de l'*Hofpital*, vivaient du temps de la St Barthelemi : & les maffacres des Cévènes font du fiècle le plus floriffant de la monarchie françaife. Jamais les efprits ne furent plus cultivés, les talens en plus grand nombre, la politeffe plus générale. Quel contrafte, quel chaos, quelles horribles inconféquences compofent ce malheureux monde! On parle des peftes, des tremblemens de terre, des embrafemens, des déluges, qui ont défolé le globe; heureux, dit-on, ceux qui n'ont pas vécu dans le temps de ces bouleverfemens! Difons plutôt : heureux ceux qui n'ont pas vu les crimes que je retrace! Comment s'eft-il trouvé des barbares pour les ordonner, & tant d'autres barbares pour les exécuter? Comment y a-t-il encore des inquifiteurs & des familiers de l'inquifition?

Un homme modéré, humain, né avec un caractère doux, ne conçoit pas plus qu'il y ait eu parmi les hommes des bêtes féroces ainfi altérées de carnage, qu'il ne conçoit des métamorphofes de tourterelles en vautours; mais il comprend encore moins que ces monftres aient trouvé à point nommé une multitude d'exécuteurs. Si des officiers & des soldats courent au combat sur un ordre de leurs maîtres, cela est dans l'ordre de la nature; mais que, sans aucun examen, ils aillent assassiner de sang-froid un peuple sans défense, c'est ce qu'on n'oserait pas imaginer des furies même de l'enfer. Ce tableau soulève tellement le cœur de ceux qui se pénètrent de ce qu'ils lisent, que, pour peu qu'on soit enclin à la tristesse, on est fâché d'être né ; on est indigné d'être homme.

La seule chose qui puisse consoler, c'est que de telles abominations n'ont été commises que de loin à loin : n'en voilà qu'environ vingt exemples principaux dans l'espace de près de quatre mille années. Je sais que les guerres continuelles qui ont désolé la terre sont des fléaux encore plus destructeurs par leur nombre & par leur durée; mais enfin, comme je l'ai déjà dit, le péril étant égal des deux côtés dans la guerre, ce tableau révolte bien moins que celui des proscriptions, qui ont été toutes faites avec lâcheté , puisqu'elles ont été faites sans danger, & que les *Sylla* & les *Auguste* n'ont été au fond que des assassins qui ont attendu des passans au coin d'un bois, & qui ont profité des dépouilles.

La guerre paraît l'état naturel de l'homme. Toutes les sociétés connues ont été en guerre , hormis les brames , & primitifs que nous appelons *Quakers*, & quelques autres petits peuples. Mais il faut avouer que très-peu de sociétés se sont rendues coupables de ces assassinats publics appelés *proscriptions*. Il n'y en a aucun exemple dans la haute antiquité , excepté chez les Juifs. Le seul roi de l'Orient qui se soit livré à ce crime est *Mithridate; &* depuis *Auguste* il n'y a eu de profcriptions dans notre hémifphère que chez les chrétiens qui occupent une très-petite partie du globe. Si cette rage avait faifi fouvent le genre-humain, il n'y aurait plus d'hommes fur la terre, elle ne ferait habitée que par les animaux qui font fans contredit beaucoup moins méchans que nous. C'eft à la philofophie, qui fait aujourd'hui tant de progrès, d'adoucir les mœurs des hommes; c'eft à notre fiècle de réparer les crimes des fiècles paffés. Il eft certain que quand l'efprit de tolérance fera établi, on ne pourra plus dire :

Ætas parentum pejor avis tulit
Nos nequiores, mox daturos
Progeniem vitiofiorem.

On dira plutôt, mais en meilleurs vers que ceux-ci :

Nos aïeux ont été des monftres exécrables,
Nos pères ont été méchans ;
On voit aujourd'hui leurs enfans,
Etant plus éclairés, devenir plus traitables.

Mais pour ofer dire que nous fommes meilleurs que nos ancêtres, il faudrait que, nous trouvant dans les mêmes circonftances qu'eux, nous nous abftinffions avec horreur des cruautés dont ils ont été coupables ; & il n'eft pas démontré que nous fuffions plus humains en pareil cas. La philofophie ne pénètre pas toujours chez les grands qui ordonnent, & encore moins chez les hordes des petits qui exécutent. Elle n'eft le partage que des hommes placés dans la médiocrité, également éloignés de l'ambition qui opprime, & de la baſſe férocité qui eſt à ſes gages.

Il eſt vrai qu'il n'eſt plus de nos jours de perſécutions générales ; mais on voit quelquefois de cruelles atrocités. La ſociété, la politeſſe, la raiſon, inſpirent des mœurs douces ; cependant quelques hommes ont cru que la barbarie était un de leurs devoirs. On les a vu abuſer de leurs miſérables emplois ſi ſouvent humiliés, juſqu'à ſe jouer de la vie de leurs ſemblables en colorant leur inhumanité du nom de juſtice ; ils ont été ſanguinaires ſans néceſſité : ce qui n'eſt pas même le caractère des animaux carnaſſiers. Toute dureté qui n'eſt pas néceſſaire eſt un outrage au genre-humain. Les cannibales ſe vengent, mais ils ne font pas expirer dans d'horribles ſupplices un compatriote qui n'a été qu'imprudent. (*)

Puiſſent ces réflexions ſatisfaire les ames ſenſibles, & adoucir les autres !

(*) Alluſion au ſupplice du chevalier de la *Barre.* (Voyez le tome II de *Politique & Légiſlation.*)

TABLE

DES PIECES

CONTENUES DANS CE VOLUME.

Examen de quelques objections contre pluſieurs faits rapportés dans l'*Eſſai ſur les mœurs & l'eſprit des nations.*

Fin de la Table du Tome second.

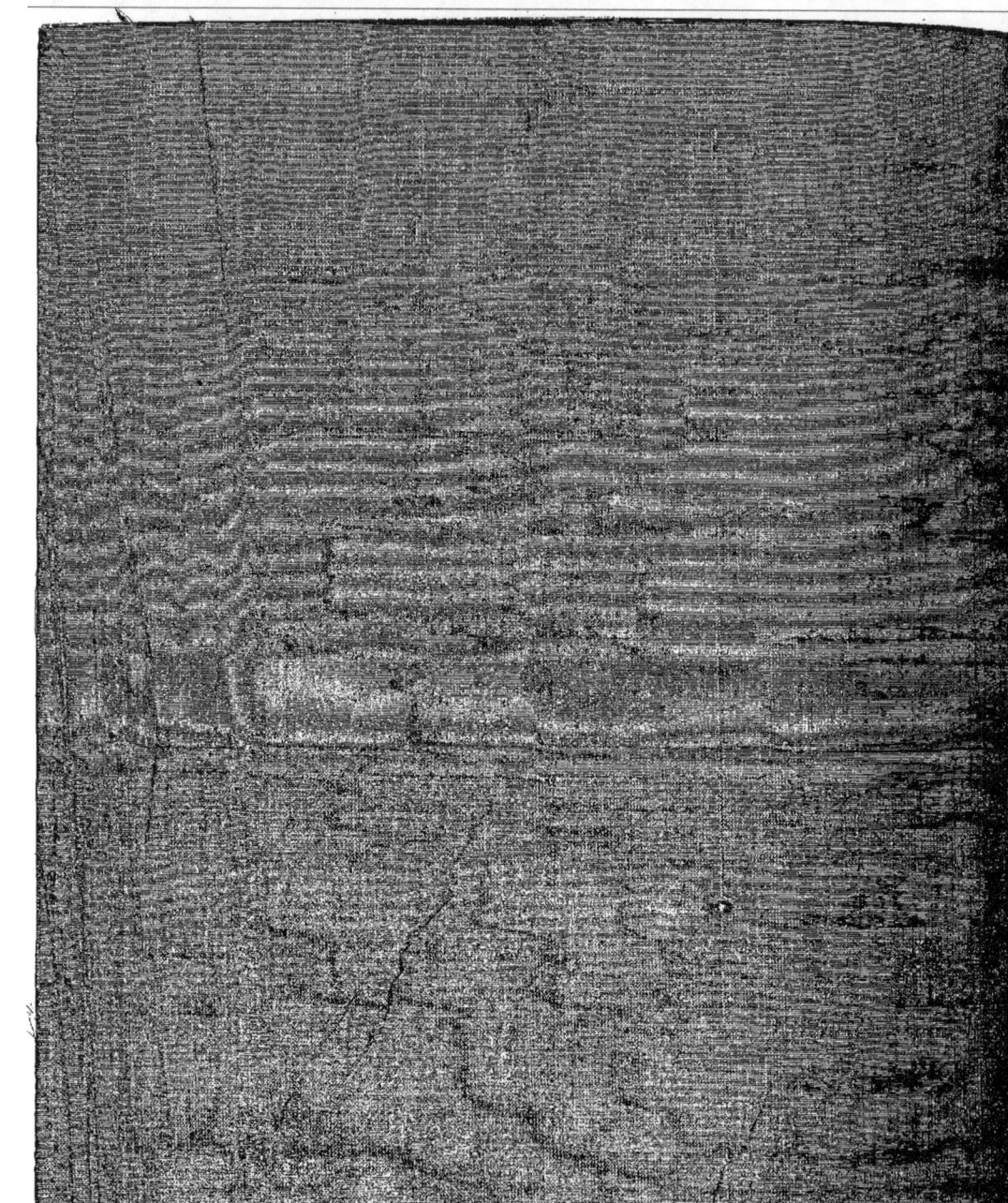

VOLTAIR

28

MELANGES

HISTORIQ

TOM II

www.ingramcontent.com/pod-product-compliance
Lightning Source LLC
Chambersburg PA
CBHW050302030726
47505CB00003B/537